# A LUZ BRILHA SOMENTE AGORA

# ABDI NAZEMIAN

# A LUZ BRILHA SOMENTE AGORA

**Tradução**
**Vitor Martins**

Harper Collins

Rio de Janeiro, 2023

Título original: Only This Beautful Moment
Copyright © 2023 by Abdi Nazemian.
Todos os direitos desta publicação são reservados à Casa dos Livros Editora LTDA.
Nenhuma parte desta obra pode ser apropriada e estocada em sistema de banco de dados ou processo similar, em qualquer forma ou meio, seja eletrônico, de fotocópia, gravação etc., sem a permissão do detentor do copyright.

Editora: *Julia Barreto e Chiara Provenza*
Copidesque: *Isadora Prospero*
Revisão: *João Rodrigues e Daniela Georgeto*
Design de capa: *Julia Feingold*
Ilustração de capa: *Safiya Zerrougui*
Adaptação de capa: *Maria Cecilia Lobo*
Diagramação: *Juliana Ida*

Publisher: *Samuel Coto*
Editora-executiva: *Alice Melo*

---

CIP-Brasil. Catalogação na Publicação
Sindicato Nacional dos Editores de Livros, RJ

N248L

Nazemian, Abdi
 A luz brilha somente agora / Abdi Nazemian ; tradução Vitor Martins. - 1. ed. - Rio de Janeiro : Harper Collins, 2023.
 336 p. ; 23 cm.

 Tradução de: Only this beautiful moment
 ISBN 978-65-6005-083-9

 1. Romance iraniano-americano. I. Martins, Vitor. II. Título.

23-85753

CDD: 813
CDU: 82-31(73)

Meri Gleice Rodrigues de Souza - Bibliotecária - CRB-7/6439

---

Os pontos de vista desta obra são de responsabilidade de seu autor, não refletindo necessaria-mente a posição da HarperCollins Brasil, da HarperCollins Publishers ou de sua equipe editorial.

Rua da Quitanda, 86, sala 601A – Centro
Rio de Janeiro, RJ – CEP 20091-005
Tel.: (21) 3175-1030
www.harpercollins.com.br

*Para Evie e Rumi*
*Sempre amarei vocês mais do que tudo*
*Neste momento tão lindo*

# MOUD

## De Los Angeles a Teerã, 2019

Ser gay na internet é exaustivo. É isso que passa pela minha cabeça enquanto apago todas as gayzices das minhas redes sociais. Lá se vão minhas opiniões sobre *Drag Race* ou atores héteros interpretando personagens gays. Lá se vão todas as fotos que já postei beijando Shane, ou de mãos dadas com ele, ou ironicamente pintando um arco-íris no peito (ironicamente, porque não somos o tipo de gay que fica biscoitando na internet, não porque desrespeitamos nossa bandeira). Quando acabo de deletar tudo, só sobra um vazio. É como se eu não tivesse mais um passado. Apenas possibilidades.

Alguém bate à porta.

— Mahmoud — diz meu pai do outro lado.

Ele nunca me chama de Moud, por mais que eu peça. Simplesmente não quer aceitar meu verdadeiro eu.

— Pode entrar.

Desde que meu pai me pegou estudando com Shane na cama, nunca mais entrou sem ser explicitamente convidado. Isso que nós dois estávamos cem por cento vestidos. Livros de trigonometria abertos sobre o colo. E *ainda assim* meu pai ficou chocado. Talvez porque estivéssemos descalços com os dedões se encostando. Talvez porque Shane estivesse vestindo uma camiseta que dizia *Make America Gay Again*. Talvez porque, apesar de eu ter me assumido dois anos antes, ele houvesse guardado aquela conversa no compartimento do cérebro em que ficam as coisas sobre as quais nunca fala. Como o fato de eu ser gay. Ou de a minha mãe ter partido. Ou de o meu avô estar doente. Negar, reprimir, evitar.

Bom, uma hora ele acabou me contando sobre essa última. Precisava contar antes que fosse tarde demais. Acho que, considerando o histórico de evasão emocional do meu pai, eu não deveria ter ficado surpreso por ele ter escondido o câncer do meu avô até o último segundo. Esconder a dor é algo profundamente iraniano, e meu pai é profundamente iraniano.

— Pai, tô sozinho. Pode entrar.

Ele abre a porta e olha pela fresta. Seu rosto está barbudo, o que é um sinal de que não anda muito bem. Ele acha que parecemos terroristas quando deixamos de fazer a barba.

— Precisamos voltar na embaixada paquistanesa — diz ele. — Seu passaporte ficou pronto.

— Ah, nossa.

Alguma coisa no fato de que há um passaporte iraniano pronto, com meu nome e minha foto, me paralisa, como se um pedaço de papel já tivesse me mudado. Ainda estou encarando o computador, o vazio das minhas redes sociais. Na minha cabeça, o processo de deletar todas aquelas lembranças seria traumático. Tecnicamente, estou abrindo mão da minha liberdade pelo medo de ser punido por alguma autoridade iraniana. Mas é o oposto, porque as lembranças importantes ficam mais fortes no meu peito no momento em que passam a pertencer somente a mim, não mais a uma central de dados na nuvem. De um jeito estranho, ao abrir mão do que deveria ser um pedaço da minha liberdade, me sinto mais livre. Queria poder falar sobre isso com meu pai, mas nós dois não conversamos sobre nada. Queria poder falar sobre isso com Shane também, mas já sei que ele vai ficar bravo.

Fecho o computador e me levanto.

— Leva um casaco — diz meu pai.

— Estamos em Los Angeles. Nunca faz frio.

Não é verdade. Estamos num dia geladinho de novembro.

Ele me encara de cima a baixo, e eu pego um casaco. Era do meu avô. Ele me deu de presente na última vez que nos vimos, em Genebra. Disse que ele estava encolhendo e eu estava crescendo, então já era hora de suas roupas serem passadas para mim.

Não existe uma embaixada iraniana nos Estados Unidos, então precisamos usar uma ala da embaixada paquistanesa. Algumas famílias chegam junto com a gente e, conforme entram, as mulheres cobrem a cabeça, se preparando para entrar em um mundo com regras diferentes.

Com o passaporte iraniano em mãos, peço ao meu pai para me deixar na casa de Shane. Ele só assente e começa a subir a ladeira. Ainda se refere a Shane como meu *amigo*, embora saiba que nós somos mais do que isso.

A sra. Waters abre a porta quando eu toco a campainha.

— Moud! — diz ela, com aquele tom permanente de otimismo na voz. Ela me abraça e depois acena para o meu pai, ainda dentro do carro. — Olá, sr. Jafarzadeh.

Meu pai abaixa o vidro alguns centímetros.

— Olá, como vai? — pergunta ele, com educação. Meu pai sempre demonstra bons modos quando está em público, mais preocupado com a opinião dos outros do que com a do próprio filho.

— Nada a reclamar. Quer entrar? — pergunta ela.

— Não, não — gagueja ele. — Tenho bastante coisa pra fazer antes da viagem. — Meu pai acrescenta um "obrigado" antes de ir embora.

A sra. Waters me leva para dentro, com o braço ao meu redor.

— Viagem? — pergunta ela. — Aonde vocês vão?

— Ah — respondo. — É complicado.

Não é nada complicado. Vamos para o Irã ver meu avô antes que ele morra. A parte complicada é que não contei nada disso para Shane porque estou com medo de como ele vai reagir.

— Está tudo bem? — pergunta ela, com uma ternura na voz que imediatamente me dá vontade de ser filho de outra pessoa.

Será que minha mãe se preocuparia com os meus sentimentos do jeito que a sra. Waters se preocupa? Será que a reação dela com a minha saída do armário seria diferente?

— Sim — digo. — Quer dizer, não. Meu avô está doente.

— Nossa, sinto muito. O professor de música que mora no Irã?

Fico chocado por ela saber disso. Shane conta mesmo tudo para ela. Assinto.

— Não contei para o Shane ainda, então...

— Bom, aposto que ele vai te dar todo o apoio. Ele está lá em cima gravando.

A sra. Waters aperta minhas mãos e me encara com os olhos marejados. Ela realmente demonstrou mais emoções com a doença do baba do que o próprio filho dele.

Abro a porta do quarto de Shane fazendo o mínimo de barulho possível. Sei como ele e Sonia levam o podcast *Vai engolir essa, América?* a sério. Eles têm um número surpreendentemente alto de ouvintes para um programa gravado por dois adolescentes num quarto.

— Desculpa, mas não vou engolir essa — diz Shane. — Ninguém mais compra música, então acabamos forçando nossas artistas favoritas a criar linhas de maquiagem e perfumes, e isso acaba tirando o foco do que realmente queremos: mais música!

— Nada a ver! — diz Sonia, incrédula. — Não estamos fazendo ninguém de *refém*, implorando para que se torne uma marca. — Uma parte de mim se arrepia com a palavra *refém*, porque me lembro da crise dos reféns no Irã. — E quanto tempo você acha que as divas pop dedicam de verdade para suas marcas de maquiagem? Elas só licenciam o próprio nome. Mandando a real aqui.

— Eu tô mandando a real — diz Shane, sorrindo para mim. — E nossos ouvintes sabem o que eu penso da palavra *real* e como ela implica que existem coisas no mundo que são falsas. Tudo é autêntico, principalmente as coisas artificiais.

— Enfim, que bom que as suas cantoras favoritas não estão mais lançando tanta música nova quanto faziam antes. Assim, as chances de fazerem uma apropriação cultural aqui, outra ali, são bem menores.

— Já falamos disso em outro episódio — diz Shane. — Mas agora queremos saber a opinião dos ouvintes.

— Marcas criadas por celebridades. Vai engolir essa, América?

— E agora, vou dar um beijo *muito real* no meu namorado Moud, que acabou de chegar aqui, enquanto tocamos algumas respostas dos ouvintes sobre o último episódio, quando falamos do sofrimento queer.

Shane se levanta e me recebe. Assim que seus lábios tocam os meus, Sonia aperta o play na gravação dos ouvintes. Uma voz estridente toma conta do quarto.

— Eu *não vou engolir* o sofrimento queer. Cansei de ver personagens queer sofrendo nas histórias. Sem falar que são sempre centradas em se assumir *para os héteros*. Especialmente para os pais. Não está na hora de superar isso?

— E aí, Moud? Não está na hora de superar isso? — pergunta Shane, beijando meu pescoço de leve.

— Para — sussurro.

Sei bem o que ele quer. Ele quer que eu diga que já superei meu pai. Quer que eu deixe meu pai sozinho e venha morar com ele e os pais dele, numa casa cheia de *aceitação*. Certa vez, chegou a sugerir isso de verdade quando eu estava chorando porque meu pai se recusou a reconhecer minha sexualidade. Como se sair de casa fosse algo fácil.

Enquanto Shane continua beijando meu pescoço, penso no quanto o amo. No poder e na autoridade dele. Em como ele é destemido. Afinal de contas, foi por causa dele que me assumi. Também penso na barreira cultural entre nós dois. Claro, falamos o mesmo idioma. Mas está na cara que lidamos com certas coisas de jeitos diferentes, e com frequência eu me pego defendendo meu pai homofóbico dos ataques de Shane. Aposto que eu defenderia Shane se meu pai o atacasse, mas ele nunca fez isso. Ele simplesmente não fala nada. Talvez os problemas não estejam entre mim e Shane, mas entre a parte de mim que se sente na obrigação de defender minha família e a outra parte que quer celebrar minha sexualidade sem medo.

O que meu namorado vive esquecendo é que, com a morte da minha mãe, só me resta meu pai. Já disse isso para Shane, e ele respondeu que eu poderia *escolher* uma nova família. E, no fim, tudo se resume a isso. Shane quer que eu o escolha. De certa forma, ele e meu pai não são tão diferentes assim.

— E aí? — diz Shane. — O que achou?

— Até onde eu ouvi, adorei — respondo. — É sempre muito bom. Vocês têm muito talento.

— Quando você vai ser nosso convidado no podcast? — pergunta Sonia.

— Ah — respondo. — Não sou como vocês dois. Eu não saberia expressar meus pensamentos assim tão rápido. Prefiro ficar só ouvindo.

— O mundo precisa de ouvintes. — Shane sorri enquanto fala. — Peraí, tenho uma teoria. Acho que todos os relacionamentos bem-sucedidos precisam de um ouvinte e um falante. Igual ao nosso, né?

— Vocês parecem meus pais — diz Sonia. — Eles têm esse negócio de que um é o barman e o outro é o garçom.

— Oi? — diz Shane. — Desculpa, mas a minha teoria é muito melhor.

— É meio que a mesma coisa — argumenta ela. — O barman fica parado no lugar, esperando as pessoas irem até ele, e o garçom passeia pelo ambiente, distribuindo comidinhas gostosas. E, por falar em gostosa, combinei de ir encontrar a Becca.

Eu e Shane começamos a rir. Para enfatizar a piada, Sonia lambe os dedos ao sair do quarto. Então, ao descer as escadas, diz num tom repentinamente fofo:

— Tchauzinho, sra. Waters!

O ar fica pesado no quarto quando sobramos só nós dois. O passaporte no meu bolso começa a pesar uma tonelada.

Shane me puxa para um beijo, mas parece sentir minha hesitação, porque pergunta:

— O que houve?

— É… Podemos nos sentar?

— Moud, tá tudo bem?

— Deixa só eu pensar por onde começar. — Me sento na cama dele. Há uma edição do livro *The Velvet Rage* ao lado do travesseiro. O cheiro de Shane parece emanar do lençol quando sento, me dando uma força momentânea. — Seguinte: meu avô está doente.

— Pera, como assim? — Ele se senta ao meu lado, me envolvendo com as pernas. — Doente como?

— Muito doente. — Ouço minha voz distante e entorpecida. — Tipo, câncer de pulmão estágio quatro. — Balanço a cabeça. — Sempre achei que ele viveria uns cem anos, mas acho que foi inocência da minha parte.

— Mas… não entendi. Ele só foi descobrir agora?

— Não. Quem descobriu só agora fui eu. — Ouço a mentira e me corrijo imediatamente: — Bom, eu descobri tem umas semanas.

— E não me contou nada? — Sinto as pernas dele se enrijecendo ao meu redor. — É a *cara* do seu pai fazer uma coisa dessas.

— Sim, bom, meu pai escondeu o câncer do meu avô de mim por dois anos. Eu não te contei por três semanas.

— Você disse "umas semanas". Umas é no máximo duas. Três já é quase um mês. Há quanto tempo você sabe de verdade?

Me afasto dele e fico de pé.

— Shane, meu avô vai morrer. Podemos falar sobre isso em vez de quanto tempo eu demorei pra te contar? Não sou bom em falar sobre dor, tá bom? É uma coisa meio cultural e hereditária.

— Que injusto — fala ele. — Quando você diz que é algo cultural, ignora completamente meu ponto de vista.

— Tá, que seja. Achei que todo relacionamento bem-sucedido tinha um ouvinte e um falante. Bom, eu obviamente *não sou* o falante, então não venha me punir por ser ruim em falar as coisas.

Ele morde o lábio. Só faz isso quando está nervoso.

— Desculpa. Você sabe como eu fico sensível quando mentem para mim. É claro que vou te dar todo o apoio do mundo. O que eu posso fazer?

Para começar, ele poderia parar de dizer que eu menti quando não foi isso o que aconteceu. Há uma grande diferença entre mentir e processar a verdade, mas isso é conversa para outro dia.

— Você pode apoiar minha decisão de ir para o Irã — sussurro, evitando o olhar dele.

Shane não diz nada. Só fica sentado mordendo o lábio. Pego o passaporte e mostro para ele.

— Esquisito, né? Agora tenho dupla nacionalidade.

— Mas você não nasceu lá.

— Não, mas meu pai nasceu. Você só precisa ter um pai iraniano com um *shenasnameh* para conseguir um passaporte.

— Um o quê?

— É tipo uma carteira de identidade iraniana. Meu pai tem, porque nasceu lá.

— Mas e se só a sua mãe for iraniana? — pergunta ele, me analisando. Balanço a cabeça.

— Daí você não consegue tirar passaporte nem herdar qualquer propriedade, ou… — Percebendo o que ele está prestes a dizer, completo: — Olha, eu sei que o Irã tem suas complicações, mas…

— Mas eles matam gays! — grita ele, finalmente botando pra fora.

— Não… Quer dizer, sim, já mataram, mas não é sempre que… Quer dizer, é raro e…

— Ouve o que você tá dizendo! Tá defendendo um regime que te quer morto. — Ele está usando sua voz de podcast agora, como se quisesse me ensinar alguma coisa. Talvez ache que defender meu pai e defender o regime sejam a mesma coisa. Que isso signifique que eu não me ame ou algo do tipo.

— Não estou defendendo ninguém. Só quero ver meu avô antes que ele…

— Eu entendi. Óbvio que entendi. Mas, tirando algumas viagens, todo o seu relacionamento com ele é baseado em conversas de WhatsApp. E foram viagens para a Europa ou para a Turquia, não para o Irã.

— Bom, ele está doente demais para viajar, então é a nossa única opção. E a Turquia faz parte da Europa.

— Uma *parte* da Turquia faz *parte* da Europa — diz ele. Depois, com mais delicadeza, me puxa de volta para a cama e me envolve num abraço. — Tá bom, espera. Sinto muito. Muito, muito mesmo. Pelo seu avô, e pela minha reação. Eu só não quero que você seja… Sabe…

— Eu não vou... — Não consigo dizer as palavras.

É claro que estou com um pouco de medo. Assim como todo mundo, já vi as fotos de dois adolescentes gays sendo enforcados publicamente no Irã. Por que mais eu teria apagado qualquer sinal da minha sexualidade na internet?

— Shh — sussurra ele. — Fica aqui comigo um tempinho.

— Tá bom — digo, fechando os olhos.

— Quando vocês vão?

— Depois de amanhã — sussurro, esperando outra rodada de choque.

— Nossa. — Sinto Shane se segurando para não perguntar por que demorei tanto para contar. Ele não é muito bom em conter suas vontades, e sinto uma onda de gratidão por ele se esforçar pelo menos desta vez. E uma onda de gratidão por Shane ser do jeito que é. Afinal, ele não é o motivo pelo qual eu não me escondo mais do meu pai? O motivo pelo qual eu consegui me aceitar e me amar? — Mas e o colégio?

— Já combinamos que eu vou entregar trabalhos individuais para não atrapalhar o começo do último ano — explico. — Eu volto antes das férias de fim de ano, a não ser que... — Não termino a frase. Há muitas coisas que podem dar errado. Baba pode morrer antes do fim do ano. Eu posso ser apreendido e levado para a cadeia. — Vou sentir muita saudade. — Encaro os olhos dele e, quando Shane os fecha, dou um beijo em sua pálpebra.

— Eu também — diz ele. — Acho que não vamos passar a virada do ano juntos, né? Vai ser esquisito começar um novo ano sem você.

— Eu volto bem antes do Ano-Novo persa. Nem tudo está perdido.

— Nunca está tudo perdido. — Ele sorri e se deita.

Me deito ao lado dele, apoiando a cabeça em seu peito. Enquanto encaro o teto branco, me lembro das minhas redes sociais todas em branco. Toda a história de Shane e Moud apagada. Como o vídeo da primeira vez que ele tocou ukulele para mim, compondo uma melodia só nossa. Ele chamou de "O Tema de Shane e Moud", explicando que, em todos os grandes filmes românticos, o casal tem uma melodia que se repete na trilha sonora nas cenas em que estão juntos. Aquela era a nossa melodia. Ele pediu para que eu a imaginasse tocando toda vez que ele me beijasse, depois me beijou pela primeira vez. Tiramos uma foto. E postamos. E, agora, foi deletada.

Eu deveria contar a ele sobre a limpa que fiz no meu feed. Deveria dizer alguma coisa. Porque, se tem uma coisa em mim que o deixa irritado, é como às vezes espero que ele leia minha mente porque não sou muito bom em verbalizar o que estou sentindo. Mas não consigo. Não enquanto encaro o pôster de Harvey Milk na parede dele, com a citação "Toda pessoa gay deve se assumir".

Como contar para o meu namorado, que acredita que toda pessoa LGBTQIAPN+ deve se pronunciar com orgulho, que acabei de dar um passo para trás? E como contar para o meu namorado, que expressa todas as opiniões dele na internet, que eu já me sinto um pouco mais liberto pela minha ausência online? Que é gostoso não ter a pressão de engajar em todas as discussões e conhecer todos os memes? Que não quero postar mais uma foto de uma estrela do pop com a legenda "gay rights"? Que nunca liguei muito para a rivalidade entre cantoras, ou receitas de macarrão, ou quem é a dona da indústria, ou quem serviu mais, ou quem entregou *tudo* ou quem não entregou *nada*, porque, quando se trata de redes sociais, a pessoa que não entrega *nada* sempre fui eu? Nunca entendi a necessidade de documentar minha vida sem graça. As pessoas sempre começam suas postagens com "Precisamos falar sobre...", e a real é que geralmente não precisamos coisa nenhuma.

Enquanto eu e meu pai fazemos uma chamada de vídeo com baba durante o jantar, o termo "redes sociais" já me parece distante. Shane parece distante também, como se pertencesse a um mundo completamente diferente do que eu, meu pai e baba habitamos.

— Nivea — diz baba. — Traz muito Nivea pra mim. Minha pele está tão seca, não existem hidratantes bons aqui.

— Anota aí — diz meu pai.

Engulo um pedaço de pizza antes de dizer:

— Não vou esquecer que ele precisa de hidratante.

— Ele vai pedir mais coisas, acredite.

Baba continua:

— Pasta de dente. Sensodyne. Meus dentes estão muito sensíveis.

Meu pai me olha com cara de "eu avisei", e eu abro uma página nova do aplicativo de notas do celular para começar a listar tudo que o baba quer que a gente leve para o Irã.

— Advil — diz baba. — Ou Aleve, se não existir mais Advil.

— Ainda existe Advil, baba — responde meu pai. — Estamos nos Estados Unidos. Aqui tem uma quantidade infinita de analgésicos para uma quantidade infinita de dores.

— Ótimo, então traz Advil. O mais forte que tiver. E Pepto-Bismol. Mas não aquele de mastigar. O gosto é horrível. Aquele de engolir.

— Quer que a gente leve uma farmácia inteira na mala? — brinca meu pai.

Baba não ri. Ele só continua listando o que precisa. Creme para os pés, hidrocortisona, Diazepam.

— Diazepam precisa de receita, baba — explica meu pai. — Não vamos conseguir comprar.

— Tudo bem. Então traz um iPad. O modelo mais recente, por favor.

Olho para o meu pai, incrédulo. Por um momento, me sinto próximo dele, nós dois nos divertindo com este momento.

— Não é para mim. É para o filho do Hassan Agha. O Hassan Agha tem me ajudado muito desde que fiquei doente, e eu queria fazer algo bacana para o filho dele.

— A gente tem permissão para entrar no país com tudo isso? — questiono.

— Eles não vão confiscar nada — responde baba. — O pior que podem fazer é abrir as malas e taxar. Eles não se importam com regras ou moral, só com dinheiro.

— E como você está se sentindo, baba? — pergunto.

O olhar do meu pai me diz que ele não gosta dessa pergunta. Não falamos sobre sentimentos dentro de casa, principalmente quando já sabemos que alguém não está bem.

— Estou com dor — diz baba. — Minha esposa se foi. Meu filho e meu neto moram longe. Passo a maior parte do tempo com Hassan Agha, e pago ele para ficar aqui.

Meu pai me lança mais um olhar de "eu avisei", como se quisesse me deixar arrependido de ter perguntado, quando, na verdade, gostei de receber uma resposta honesta. Pelo menos baba fala sobre sentimentos.

— Estaremos aí logo, logo, baba — diz meu pai, de maneira abrupta, antes de encerrar a conversa: — Agora precisamos terminar de jantar.

— Comer pizza direto da caixa não é jantar — diz baba. — Vou mostrar o que é comida de verdade quando vocês chegarem. Já compramos tudo no mercado e a carne está marinando.

Meu pai usa uma expressão persa de gratidão que significa "Que a sua mão não sinta dor", depois desliga. Não falamos mais nada pelo resto do jantar.

Na noite antes do voo, mando mensagem chamando Shane para vir em casa. Meu pai está no escritório encerrando alguns projetos antes da viagem, então não há risco de os dois se encontrarem. Mostro a Shane tudo o que estou levando na mala quando ele entra no quarto.

— Nossa… quanto hidratante e remédio — diz ele.

— Baba fez muitos pedidos. Falando nisso, eu tenho um a fazer pra você.

— O que quiser.

— Só quero chegar no Irã tomando todo o cuidado possível e, bom, você reparou que eu deletei quase tudo nas minhas redes sociais?

Shane balança a cabeça.

— Por quê? Acha que eles vão ver e te prender ou algo do tipo?

— Não sei, Shane. Só estou me precavendo. Mas aí me dei conta de que, bom, você me marcou em um monte de fotos nossas nos beijando, e outras coisas supergays, e…

— Coisas supergays? — indaga Shane, pegando o celular e abrindo as fotos de nós dois que ele já postou. — Tipo a Parada do Orgulho, o protesto contra o Chick fil-A, o show da Gaga, o evento da Lana…

— Bom, sim — digo. — É só por precaução.

— Você não para de dizer isso — responde ele.

— Porque é verdade.

— Não é esquisito que você tenha participado de um protesto contra uma rede de sanduíches de frango, mas vai visitar um país que...

— Para, por favor — imploro. — Não é sobre política. É sobre o meu avô. E, mesmo se fosse sobre política, as coisas são muito mais complicadas do que só boicotar tudo do que não gostamos. Tipo, toda a nossa economia gira em torno de petróleo que vem de países com um histórico horrível quando se trata de direitos humanos. Nós armamos países que estão bombardeando todo o Oriente Médio. De que adianta protestar contra um sanduíche de frango no grande esquema das coisas?

— Ah, pronto — diz ele.

— Que foi? — pergunto.

— Você nunca teve os mesmos valores que eu. — Ele deleta uma foto nossa enquanto fala, depois mais uma. — Sempre concordou comigo só para me acalmar. — Ele continua deletando uma foto atrás da outra.

— Não precisa deletar tudo. Pode só me desmarcar — falo, com o máximo de delicadeza que consigo, fazendo exatamente o que ele acabou de me acusar de fazer: tentar acalmá-lo.

— Tá tudo bem, eu não preciso celebrar publicamente nada que te envergonhe.

— Eu nunca disse que tenho vergonha. — Puxo ele para um beijo. — Não tenho.

Então, o carro do meu pai embica na entrada da garagem. Nós dois ouvimos e congelamos.

— Quer me esconder para o seu pai não flagrar a gente de novo? — pergunta ele.

— Shane, não — respondo. — Você sabe que já me assumi pra ele. Como você queria.

— Você não se assumiu por minha causa. Foi por *você*. E, desde então, faz de tudo para me manter longe do seu pai.

— Porque ele finge que eu nunca me assumi.

— Então se assume de novo. Talvez uma vez só não seja o suficiente. Você não quer que ele te conheça?

Sinto as lágrimas se juntando dentro de mim.

— É claro que quero. Você sabe muito bem disso. Mas não é fácil para mim. Seus pais perceberam que você é gay, e sempre te amaram. Você nunca precisou se assumir.

Ele desvia o olhar. Há uma pontada de culpa em sua voz.

— Tem razão. Sinto muito. Melhor eu ir embora.

— Tá tudo bem? — pergunto.

— Sim, claro — diz ele. — Por que não estaria?

Eu o beijo de novo, mas sem qualquer paixão. Passamos pelo meu pai quando eu o levo até a porta.

— Hum, olá — diz meu pai.

— Oi, sr. Jafarzadeh. — Shane estende a mão e meu pai o cumprimenta. — Meus sentimentos pelo seu pai.

Consigo sentir o desconforto do meu pai em ter que falar sobre algo tão pessoal.

— Ah, obrigado. — É tudo o que consegue dizer.

— Bom, só vim aqui me despedir. — Shane olha para mim, com amor nos olhos de novo.

— Então, tchau — diz meu pai. Queria que ele fosse só um pouquinho gentil.

Levo Shane até o carro. Não dizemos muita coisa um para o outro. Não há muito mais o que dizer, principalmente com meu pai de olho. Prometo que vou mandar mensagem assim que chegar no Irã, e ele me diz de novo que sente muito pelo baba. A última coisa que fala é:

— Cuida bem do seu sistema imunológico emocional, tá bom?


Voamos por Dubai. Os voos são longos, e estou nervoso e ansioso demais para dormir. Mas meu pai permanece de olhos fechados durante os dois voos. Talvez ele esteja dormindo, ou talvez só esteja evitando falar comigo. A única coisa que ele diz durante a viagem inteira é:

— A gente costumava voar por Frankfurt, mas isso mudou por causa daquelas sanções idiotas.

Quando pousamos em Teerã, as mulheres que ainda não estão com a cabeça coberta se cobrem. E, então, entramos na fila para sair do avião, chegando ao lugar que definiu minha vida inteira. Sou tomado por uma onda de emoções assim que entramos no aeroporto. O que mais me pega é ver como todo mundo se parece comigo, uma experiência que nunca tive antes. Sempre me destoei por conta da pele marrom, mas aqui eu me misturo. É estranho... e seguro.

Depois, vem uma onda de medo, porque posso até ser parecido com todo mundo, mas *sei* que sou diferente. E se as pessoas erradas descobrirem? Como o cara que está portando uma arma enquanto caminhamos até a fila da imigração. Ele parece ter a minha idade, mas segura a arma como um especialista. Ele não me machucaria, né?

Meu pai entrega nossos passaportes para o policial da imigração e sinto o coração quase saindo do peito enquanto ele nos observa.

— Qual é o motivo da visita? — pergunta ele.

Com solenidade, meu pai explica:

— Meu pai está doente.

— Que Deus o proteja — diz o policial. E então devolve os passaportes com um sorriso. — Bem-vindos de volta ao lar.

As palavras pairam no ar enquanto nos encaminhamos até a retirada de bagagens, onde baba e Hassan Agha nos esperam. Baba está numa cadeira de rodas; Hassan Agha, logo atrás dele. Hassan Agha pode até estar sorrindo, mas é difícil enxergar por trás do bigode gigante no formato de ferradura. Baba acena para nós, com um sorriso acolhedor no rosto. Seu corpo tem encolhido ao longo dos últimos anos, mas a cabeça permanece do mesmo tamanho. O cabelo está branco de doer a vista. Os olhos profundos brilham, cheios de vida e mistério, e o sorriso continua iluminando tudo ao redor.

Penso naquelas palavras de novo. *Bem-vindos de volta ao lar.* Me dou conta de que posso estar chegando num país estrangeiro, mas meu pai, não. Ele está voltando para o lugar onde nasceu, o país que o formou.

— Como se sente voltando para casa? — pergunto.

Ele balança a cabeça, como se desaprovasse a curiosidade sobre seus sentimentos.

— Tudo parece diferente — diz.

Eu não perguntei como as coisas parecem, perguntei como ele se sente. Quero sacudi-lo e exigir uma resposta. *Como se sente ao voltar? Como se sentiu quando foi embora? Por que não conversa comigo? Por que não me diz quem você é?*

# SAEED

## Teerã, 1978

— Vamos lá, seis-seis — sussurra baba enquanto balança o copo com os dados como se fosse um instrumento. Meu pai transforma tudo em música. — Parvaneh, vem cá. Preciso de você.

Como se já estivesse esperando, maman entra, segurando uma planta arquitetônica baixa. Sem perguntar nada, ela assopra o copo com os dados de baba.

— Não tenho chances agora — digo, com um sorriso pesaroso.

Maman se posiciona atrás de mim. Ela apoia as mãos nos meus ombros e beija o topo da minha cabeça.

— Não se preocupe, eu assopro os seus também. Tenho sorte o bastante para meus dois homens favoritos.

Baba lança os dados. Como esperado, ele tira dois números seis. Remove quatro fichas do lado dele do tabuleiro com um sorrisinho maquiavélico.

— Sua vez, filho.

Levanto meu copo para maman assoprar. Quando balanço os dados, não parece música. Baba pode até ter me ensinado a tocar as notas certas no piano ou dedilhar as cordas do tar, mas nunca vai me ensinar a ser um artista. Não sou assim. Peyman diz que todas as crianças devem se tornar o oposto de seus pais em pelo menos um aspecto importante, e acho que ele tem razão. Só que às vezes sinto que sou o oposto dos meus pais em *todos* os aspectos. Tiro dois e um nos dados.

— Ah, não acredito! — grito, com uma frustração exagerada. — Agora não tem mais como eu vencer.

— Volta para o meu lado, Parvaneh. — Baba abre um sorriso malicioso. — Parece que sua sorte só funciona comigo.

— Nem ouse, maman — imploro.

Bem a tempo de salvá-la, a campainha toca. Começo a levantar, a velha cadeira de madeira rangendo embaixo de mim.

— Continua jogando, eu atendo — diz maman.

— Se for o meu aluno, peça que me espere no escritório — pede baba enquanto joga os dados, tirando três e dois e, em seguida, fazendo uma careta.

— Ora, ora, ora — digo. — Parece que sua sorte está acabando.

Ouço maman abrindo a porta e recebendo Peyman com carinho. Os passos deles se aproximam, o ritmo mudando conforme saem do piso barulhento de madeira e chegam no tapete colorido que ilustra a história da *Épica dos Reis*.

— Quem está ganhando? — pergunta Peyman ao entrar. Ele está vestindo um sobretudo preto e segurando uma bandeja grande e coberta.

— Cada um já ganhou uma partida — explico. — Mas estou quase derrotando o baba. O que tem nessa bandeja?

— *Yakh dar behesht* caseiro para vocês. — Peyman entrega a bandeja para minha mãe.

Maman dá uma espiada antes de colocá-la sobre a mesa de jantar comprida.

— Por favor, diga à sua mãe que ela não precisa mandar comida pra gente toda vez que você vier aqui.

— Posso até dizer, mas ela não vai escutar. — Então, me encarando no fundo dos olhos, Peyman diz: — Temos que ir, Saeed. Senão vamos nos atrasar.

— Aonde vocês vão? — pergunta maman.

— Por favor, me digam que vão se divertir um pouco — diz baba. — Vocês são jovens. A juventude precisa ser aproveitada.

— Podemos deixar o tabuleiro aqui e terminar a partida amanhã? — pergunto.

Baba assente e se levanta. Ele acende a luz e a lâmpada ilumina a caligrafia ao redor do lustre.

— Você mudou de assunto — diz baba. — Aonde vocês dois estão indo?

— À biblioteca — digo. — Estudar com uns amigos.

Não olho para nenhum dos dois. Odeio mentir para meus pais, mas que escolha tenho? Se eles soubessem aonde estou indo, não iriam deixar. Meus pais têm a mente aberta para quase tudo. Me encorajam a sair, aproveitar as cafeterias e discotecas de Teerã. A única coisa de que sou proibido é participar dos protestos que se alastram pela cidade.

— Você tem dezoito anos e só quer saber de estudar — diz baba para mim. Então, se vira para Peyman. — Você me parece um garoto divertido. Não pode convencer nosso filho a se soltar e aproveitar a juventude pelo menos um pouco?

Peyman ri.

— Queria que meus pais fossem mais como vocês. Eles vivem me dizendo que preciso estudar mais, trabalhar duro, pensar no futuro.

Peyman se solta de vez em quando, mas, diferente de mim, tem a misteriosa habilidade de equilibrar faculdade, protestos e festas sem nunca perder o foco.

— Estudar *mais*? — pergunta maman, com um sorriso. — Vocês dois já estudam na melhor universidade de engenharia do país. Estão até fazendo curso de férias.

A campainha toca de novo.

— Agora deve ser meu aluno novo — diz baba. Ele começa a caminhar na direção da porta, mas para e se vira para mim. — Eu e sua mãe não queremos que fique farreando o tempo todo. Ou estudando o tempo todo. Ou fazendo qualquer coisa o tempo todo. Só queremos que encontre o equilíbrio. Quando não se tem equilíbrio... Quando só se tem um único foco...

A campainha toca de novo. Baba perde a linha do raciocínio.

— Babak — diz maman, gentilmente.

Ele sai do transe e vai até a porta para receber seu aluno.

Enquanto eles seguem para o escritório do baba, maman pega meu casaco em uma das cadeiras da sala de jantar e o joga por cima de mim. Ela ajusta a gola.

— Quer que eu pegue um cachecol? — pergunta ela.

— Não precisa — respondo.

— Já começou a esfriar de noite. — Maman me olha nos olhos, com um carinho desconfortante.

O som do tar do baba flutua em nossa direção, lançando sua mágica pela casa. Então há uma breve pausa, seguida pelo som do tar sendo tocado pelo aluno novo, que transforma as cordas em um instrumento de tortura.

— Minha nossa! — Peyman faz uma careta engraçada, e maman e eu começamos a rir. — Acho que encontramos um jeito de convencer o xá a mudar suas políticas. É só obrigá-lo a escutar o pior tocador de tar do mundo até ele ceder.

Maman balança a cabeça, rindo.

— Você ficaria surpreso com a rapidez com que babak transforma um músico horrível em um músico decente.

Queria dizer que ela ficaria surpresa com a rapidez com que um grupo de jovens estudantes pode fazer isso com o governo também, mas não posso. Ela não pode saber que estamos a caminho do protesto. Queria poder explicar para os meus pais que, quando estou em um protesto e minha voz se levanta em coro junto à dos meus colegas estudantes, me sinto vivo de um jeito raro.


O carro de Peyman está parado ao lado do meu na calçada.

— Entra — comanda ele.

— Minha vez de dirigir — digo.

Nós dois amamos os Paykans que ganhamos de nossos pais quando entramos na faculdade, e sempre brigamos para decidir quem vai ficar atrás do volante e guiar os carros mágicos pelas ruas lotadas de Teerã.

Estaciono a cinco minutos da Praça Shahyad, e caminhamos juntos rumo ao protesto, ao lado de outros alunos que estão indo para a mesma praça. Peyman cumprimenta nossos colegas de classe com carinho. Ele é um ser social. Faz amizade por onde quer que passe, e deve ser por isso que sempre me sinto sortudo por ter sido escolhido como seu melhor amigo.

Enquanto Peyman conversa com dois caras que jogam futebol com ele, avisto a garota mais bonita que já vi em toda a minha vida. Seu cabelo preto comprido brilha. Sua pele marrom reluz. É como se ela emanasse luz.

— Saeed! — chama Peyman.

Fico hipnotizado até ela deixar cair o elástico de cabelo enquanto arruma seu rabo de cavalo. Então me abaixo para pegar o laço no chão e devolvo como se fosse algo raro e precioso.

— Obrigada — diz ela, amarrando o cabelo de novo.

— Saeed! — grita Peyman na minha direção. — Vem cá, quero te apresentar meus parceiros do futebol.

Olho para a garota, envergonhado.

— Eu, hum, preciso ir. Meu amigo está me chamando…

— Prazer em te conhecer, *Saeed* — diz ela, com os olhos castanhos cintilando. Então se afasta, misturando-se àquele mar de gente a caminho do protesto na Praça Shahyad.

— Espera, qual é o seu nome? — pergunto, mas ela já está longe demais para me ouvir.

Peyman me apresenta para os caras do futebol, e eu brigo com ele enquanto seguimos para a praça.

— Você acabou de interromper minha conversa com a garota mais linda que já conheci — digo.

Peyman dá de ombros.

— Não vi quem era, mas, se for linda como você diz, com certeza é areia demais para o seu caminhãozinho.

Dou um tapa um pouquinho forte demais no ombro dele.

— Aperta o passo. Preciso encontrá-la.

Peyman sorri, impressionado.

— Olha só! Meu melhor amigo finalmente abrindo as asinhas.

A energia dos nossos companheiros de protesto nos impulsiona para a frente. Atravesso a multidão, arrastando Peyman comigo. Até que a encontro de novo, alguns passos à frente.

Quero saber tudo sobre ela. Sei que tem fogo nos olhos e prende o cabelo num rabo de cavalo simples, evitando os penteados europeus elaborados que muitas jovens iranianas têm usado ultimamente. Sei que ela tem os mesmos valores que eu. Por que outro motivo estaria aqui nas ruas também, gritando por liberdade, exigindo um país melhor?

— Vai falar com ela agora, antes que a gente chegue na praça e não dê mais tempo — alerta Peyman.

De repente, me sinto nervoso.

— Eu não... não sei o que dizer.

Ele revira os olhos.

— Beleza. Já que você não tem coragem, eu vou lá chamá-la para jantar. Imagina só, eu e ela sentados bem juntinhos ao pé das montanhas Alborz, comendo *kookoo sbzi*, bebendo *doogh*...

— Posso ser considerado um péssimo iraniano por dizer isso, mas *doogh* é nojento. Iogurte foi feito para se comer de colher. E você nem ousaria fazer uma coisa dessas. — Lanço um olhar firme para Peyman.

— É claro que não. Mas outra pessoa pode fazer. Então vai logo.

Peyman me dá um empurrãozinho na direção dela, do mesmo jeito como me empurrou para as ruas na época em que eu tinha medo de usar minha voz. Sempre acreditei no que os estudantes estavam exigindo (liberdade de imprensa, liberdade de expressão, mais oportunidades para os jovens), mas, se não fosse por Peyman, nunca teria tido a coragem de desafiar meus pais e me juntar ao movimento.

O empurrão delicado me coloca aos tropeços do lado dela, que olha para mim e sorri.

— Ah, oi de novo, Saeed.

Sorrio de volta, mas não digo nada. Minha boca está seca.

— Você vai dizer alguma coisa? — pergunta ela.

— Eu, hum… Não sei o que dizer.

— Pode começar com um oi.

— Ah, sim, oi — digo, com um sorriso. Engulo em seco. Preciso de água. E de alguém que me ensine a conversar com garotas. — Dia legal, né? Quer dizer… não choveu e também não está ventando muito e… bom, olá.

Peyman, que está perto o suficiente para supervisionar minha tentativa patética de flertar, coloca o braço ao redor dos meus ombros.

— Peço desculpas em nome do meu amigo. Ele só é um pouco tímido. Mas também é ridiculamente brilhante, insuportavelmente bonito e extremamente educado.

Olhando para Peyman, ela diz:

— Algo me diz que é melhor não acreditar em você. — Virando-se para mim, ela acrescenta: — Não há nada de extremamente educado em conhecer uma garota e nem perguntar o nome dela. — Ela começa a andar de novo, nos desafiando a acompanhá-la.

— Desculpa — digo. — Qual é o seu…

— Shirin — interrompe ela, com um sorriso. — Me chamo Shirin. Se você é tão educado assim, pode se apresentar?

— Me chamo Saeed Jafarzadeh. Esse é meu amigo Peyman, que é muito confiável. Eu garanto. — Encaro Peyman enquanto digo: — Na verdade, ele é tão estudioso que está indo estudar para uma prova agora mesmo.

— Você não vai participar do protesto? — pergunta ela a Peyman, com um sorriso, como se já tivesse sacado tudo.

— Hoje não. Mas foi um prazer te conhecer, Shirin. — Peyman me puxa para um abraço e sussurra: — Não pisa na bola. E obrigado por não me deixar vir dirigindo. Agora vou precisar voltar para casa de ônibus.

Peyman vai embora. Minhas pernas tremem enquanto caminho com Shirin.

— Você está aqui com seus amigos? — pergunto, olhando para as pessoas ao nosso redor. Boa parte delas parecem ser estudantes.

— Vim sozinha — diz ela. — A maioria dos meus amigos tem medo. Eles dizem que o quebra-pau de verdade ainda não começou.

— E qual é a sua opinião sobre isso? — pergunto.

— Olha só! Um homem que se importa com a opinião de uma *mulher*.

— Eu me importo com a *sua* opinião. — Percebendo que não era bem isso que eu queria dizer, acrescento rapidamente: — Mas também não é como se eu não me importasse com as opiniões de outras mulheres, óbvio.

— Óbvio. — Ela segura um sorriso.

— Você acredita que a revolução será boa para as mulheres? — pergunto.

— Se não acreditasse, acha mesmo que estaria aqui?

— Não, creio que não — digo.

— Estamos marchando pela liberdade. Isso ajuda *todo mundo*.

— Exatamente.

À nossa frente, o som do protesto vai ficando mais alto. Escutamos buzinas de carros em apoio e gritos por "Independência!" e "Liberdade!". Há também gritos de "O xá é um traidor! Morte ao xá!". O grupo de estudantes caminhando ao nosso lado repete as palavras, mas percebo que Shirin não os acompanha. Mantém os lábios fechados em vez de desejar a morte do homem contra o qual estamos todos aqui protestando.

Ela percebe que estou observando e diz:

— Não acho certo desejar a morte de qualquer ser humano, mesmo os que queremos tirar do poder.

— Estou começando a achar que você poderia comandar esse país — digo. — Coragem e compaixão, uma combinação rara.

Um cara dirigindo uma Mercedes-Benz preta e reluzente tenta ultrapassar o semáforo, quase passando por cima dela. Shirin salta para trás, segurando meu braço para se equilibrar. O toque da sua mão faz meu coração acelerar.

— Olha por onde anda! — grita ela para o motorista barbudo depois que ele freia bruscamente.

— Cala a boca, Miss Irã! — grita o motorista de volta.

Conforme nos afastamos dele, ela se vira para mim.

— Miss Irã? Eu pareço o tipo de garota que entraria num concurso de beleza?

— Você parece o tipo de garota que *poderia* entrar num concurso de beleza, mas não o tipo de garota que *de fato* entraria.

Ela sorri.

— Você deveria falar mais — diz ela. — Eu gosto das coisas que diz. E eu não sou assim todo dia.

— Assim como? — pergunto. — Você é... perfeita.

Ela revira os olhos.

— Bom, você nunca me viu numa noite de sexta-feira no Key Club.

Enquanto os gritos continuam — "Abaixo os Estados Unidos! Abaixo os Estados Unidos!" —, olho bem no fundo dos olhos dela e nós dois paramos por um momento, como se estivéssemos perdidos. Ou talvez como se finalmente tivéssemos nos encontrado. Porque chegamos ao meio do protesto agora. Estamos na Praça Shahyad, cercados por árvores, minúsculos diante da Torre Azadi, que o xá construiu com dinheiro que poderia ter usado para alimentar a população. Estamos marchando pelo nosso futuro, mas também por todos os iranianos que não conseguem alimentar suas famílias hoje. Uma multidão marcha ao nosso lado, nos apertando um contra o outro. Os homens são uma mistura de trabalhadores mais velhos e estudantes jovens. Os mais novos batem as botas com força no chão, balançando as calças boca de sino enquanto se movem.

Conforme somos levados pela multidão, percebo que não faço ideia de como poderei encontrá-la de novo.

— Qual é o seu sobrenome? — grito em meio ao barulho do protesto.

Antes que ela possa me responder, há uma comoção repentina.

— É o exército! — grita alguém lá da frente.

O pânico me invade. Já participei de três protestos, mas, até o momento, todos eles terminaram de forma pacífica. Se o exército está aqui, podemos esperar uma repressão violenta. Ouço as vozes de baba e maman me dizendo que é exatamente por isso que devemos nos manter distantes da política: porque protestos levam à violência. E eles não querem perder o único filho.

— Shirin, me dá a mão! — grito.

Tento alcançá-la, mas as pessoas estão correndo muito rápido, fugindo do exército. Não adianta. Acabamos nos separando.

Mantenho os olhos grudados nela, mas tudo passa como um borrão. Armas são disparadas, balas voando pelo céu como um aviso. Uma debandada de manifestantes passa por mim, escapando da ameaça. Gritos atravessam o ar. Gritos que não têm mais força nem propósito, apenas o som frio e metálico do medo.

— Shirin! — grito desesperadamente.

Não a vejo mais. Cadê ela?

— Saeed! — responde sua voz distante.

Procuro por ela em meio à fumaça e ao borrão de medo. Mas ela se foi.

Fecho os olhos e faço uma prece silenciosa para que ela não tenha medo de aparecer no próximo protesto. Senão, como poderei encontrá-la?

Então corro até meu carro e dirijo para a rua Lalehzar. Penso nela durante todo o caminho, imaginando-a nos meus braços. Todo pensamento que antes era consumido pela revolução agora é consumido por Shirin, como se ela tivesse se tornado a revolução da minha vida, a mudança de que eu mais precisava.

Ainda estou ofegante quando chego em casa, o som dos tiros ecoando nos ouvidos. Tento me acalmar antes de entrar, mas estou fazendo um péssimo trabalho em esconder minhas emoções. Baba e maman correm para a porta quando me ouvem.

— Onde você estava? — questiona baba.

— Eu te disse, estudando com Peyman.

Minha respiração está pesada demais. Eles percebem que estou mentindo. Esse pode ser um bom momento para contar aos meus pais sobre em que eu acredito, sobre quem eu sou. Mas já sei o que eles vão dizer, então de que adianta?

— Saeed. — Baba diz meu nome com delicadeza. — Você sabe que pode conversar com a gente sobre qualquer coisa, não sabe?

Desvio o olhar.

— Claro que sei.

— Não precisa esconder coisas da gente — continua baba.

— Eu sei — digo.

Baba espera mais alguns instantes desconfortáveis antes de suspirar de frustração.

— Tudo bem, então. Meu aluno está me esperando.

Maman continua ao meu lado por um momento. Ela não diz nada. Só beija minha testa e depois me deixa ir para o quarto. Abro um livro de engenharia e sonho acordado com Shirin. O som do tar sendo tocado no escritório atrapalha minha concentração. É baba quem está tocando agora, e a música dele captura todas as minhas emoções. Há hesitação, desejo, paixão e uma pontada de medo no som que atravessa o ar até o meu quarto.

Não desço para jantar. Estou sem fome. Meu corpo ainda está cheio da energia do dia e das lembranças dela. Leio um poema em voz alta antes de ir para a cama. Khayyam.

— *"Ah, minha amada, encha o cálice que esvazia o dia de hoje de arrependimentos do passado e medos do futuro."*

Ouço um barulho do lado de fora. Uma batidinha de leve na porta.

— Boa noite, Saeed. — Baba sabe que a última coisa que faço antes de dormir é ler um poema. Peguei o costume dele, afinal.

— Boa noite, baba — digo.

Sinto a presença dele lá fora, provavelmente pensando se deve ou não me fazer mais perguntas sobre aonde eu fui e por que não jantei. Finalmente, ele abre a porta. Está segurando o tabuleiro de gamão.

— Temos um jogo para terminar — diz ele, colocando o tabuleiro na minha cama e me entregando o copo com os dados. — Acho que era minha vez.


No dia seguinte, entre uma aula e outra, conto a Peyman tudo sobre os momentos que passei com Shirin. Ele me chuta na canela e diz:

— Eu te mandei não pisar na bola, e agora você vem me dizer que nem pegou o sobrenome da garota?

— Teve um tiroteiro — digo, incrédulo.

— Você vai deixar uma besteira como um tiroteio te afastar da primeira mulher pela qual já se interessou na vida?

Saímos da faculdade para o ar fresco. Ao nosso redor, alunos vão para suas aulas, carregando livros e mochilas.

— Desculpa se, diferente de certas pessoas, eu não fico desejando qualquer mulher que vejo por aí.

Com uma voz aguda, ele responde:

— Não sei de quem você está falando. — Depois, com a voz normal, acrescenta: — Mas, e aí? Como você vai encontrá-la de novo?

— Quando é o próximo protesto? — pergunto.

Peyman balança a cabeça, decepcionado.

— Meu melhor amigo. Tão esperto quando se trata de engenharia e cálculos, mas tão burro quando o assunto é mulher.

— O que eu fiz dessa vez? — questiono.

Do lado de fora da faculdade, um homem vende milho grelhado. Peyman compra duas espigas e entrega uma para mim.

— Dado o que aconteceu, você chegou a considerar que um protesto político talvez não seja o melhor lugar do mundo para começar um romance? Da próxima vez, recomendo levá-la a um lugar onde o exército não vai interromper vocês.

Dou uma mordida no milho quente.

— Mas onde mais posso encontrá-la? Não sei seu sobrenome nem onde ela mora. — De repente, arregalo os olhos. — Sexta à noite. Key Club.

Peyman fala com a boca cheia de milho:

— Sim, eu já fui. É fantástico. As garotas vão de minissaia, e calças superjustas. É uma delícia.

— Não, me escuta. Ela me disse que frequenta o Key Club nas noites de sexta.

Peyman sorri.

— Problema resolvido!

Dou uma risada porque estou todo tonto de empolgação, e também porque Peyman fica muito engraçado com milho preso nos dentes.

Sexta-feira, depois da aula, Peyman aparece para me ajudar a me arrumar para a noite. Baba e maman espiam pela porta do quarto e encontram todas as minhas roupas espalhadas. Estou só de cueca, esperando Peyman me dizer o que devo experimentar em seguida.

— Estudando muito? — pergunta baba.

Peyman dá um pulo ao vê-los.

— Senhor e sra. Jafarzadeh, por favor, me ajudem. — Encaro Peyman, o alertando em silêncio para que não conte muita coisa para os meus pais. — Vejam bem, eu convenci o filho de vocês a sair para dançar pela primeira vez.

Baba e maman entram e dão um beijo em cada bochecha de Peyman.

— Vocês queriam que eu me divertisse mais. Bom, estou tentando. Mas Peyman disse que minhas roupas são deprimentes.

— Venham comigo — diz baba, com autoridade, e todos o seguimos. Baba nos leva para o closet dele. Empurra as peças penduradas na arara da frente até revelar algumas roupas que nunca vi, escondidas lá no fundo. Ele pega uma camisa de botão com uma estampa linda, quase arquitetônica. Cores rodopiam umas entre as outras, roxo-escuro, azul--marinho, marrom-chocolate. — Essa camisa era do meu pai. Já serviu em mim. Talvez sirva em você agora.

Baba me entrega a camisa e eu a visto. Peyman assente em aprovação.

— Agora, sim! — Ele pega um blazer azul-marinho do closet. Há um acolchoado de suede caramelo nos cotovelos. — Posso?

— Pode — diz baba. — Meu pai comprou esse paletó para mim antes de um recital. Acho que eu era um pouco mais velho que você, Saeed *joon*.

Visto o blazer e me olho no espelho de corpo inteiro. Sem calça, pareço um bobo. E, por mais que as roupas do baba sejam legais, elas não com-binam comigo. Mas talvez essa seja a questão. Talvez eu esteja mudando.

— Agora temos que dar um jeito nesse cabelo — diz Peyman. — Tem tesoura aqui? — Ele vê o meu olhar de pavor e começa a rir. — Tô brincando. Vamos só passar um gel.

Maman passa a mão pelo meu cabelo desgrenhado.

— O que te inspirou a finalmente sair para se divertir?

— Só estou seguindo o conselho dos meus queridos pais — digo, com um sorriso forçado.

Baba semicerra os olhos, sem acreditar na minha conversinha furada.

— Peguem um táxi, por favor. Não quero vocês bebendo e dirigindo.

— Baba, eu nem bebo — protesto.

— E, até hoje, também não saía para dançar. — Baba me encara com seriedade. — Pode se arriscar, mas nada de riscos estúpidos. Não vou perder meu único filho para um acidente de carro com bebida ou para um protesto político sem sentido. Vocês dois me entenderam? — Os olhos do baba estão fixos em mim. Parece que ele sabe de tudo.

O táxi nos deixa na frente do Key Club, em Shemran, onde um grupo de caras com calça boca de sino fumam cigarros. Conforme nos aproximamos do clube, me viro para Peyman.

— Peraí, antes de entrarmos, me diz se é verdade o que dizem.

— Do que você está falando? — pergunta ele.

Peyman também está de boca de sino, com uma camisa de poliéster e um blazer creme. Nunca saí para dançar com ele, então nunca o vi vestido desse jeito.

— Você sabe. Que aqui se chama Key Club porque todo mundo que entra ganha uma chave para um quarto privado onde... sabe... onde as pessoas...

Peyman põe a mão no meu ombro.

— Infelizmente esses rumores são mentira. Agora tira esse medo do rosto. Ainda precisamos entrar.

Peyman é associado do clube, então entra sem problemas. Ninguém pergunta nossa idade. Ninguém pede para ver nossos documentos. Quando as portas se abrem, meus sentidos ganham vida. O cheiro de perfume, colônia, cigarros e suor me atinge com tudo. O som sensual de Donna Summer cantando sobre ter um caso de primavera me transforma. E meus olhos mal conseguem acreditar no que estão vendo. Peyman estava certo sobre as garotas. Nunca vi saias tão curtas nem calças tão justas. Elas dançam sem medo, com bebidas nas mãos.

— Sei que você não bebe, mas quer beber? — pergunta Peyman.

Só dou risada.

— Está vendo ela em algum lugar?

Procuro ao redor, mas não a encontro nesse mar de cabelos esvoaçantes, poliéster e luzes piscantes.

— Vou pegar uma vodca com tônica pra você — anuncia ele.

— Eu não… — Mas ele já está seguindo para o bar, me deixando sozinho e todo sem jeito.

Estou procurando por ela quando outra garota se aproxima com um sorriso.

— Você parece um cachorrinho perdido — diz ela.

— Ah, estou procurando uma pessoa. Uma amiga.

A garota bebe um gole do seu drinque colorido.

— Eu sempre achei cachorrinhos superfofos. — Ela pisca para mim, e me dou conta de que está flertando.

— O nome dela é Shirin. Minha amiga. Você a conhece?

Decepcionada, a garota diz:

— Conheço pelo menos umas dez Shirins. Divirta-se.

Enquanto ela vai embora, Peyman volta com nossas bebidas.

— Quem era aquela?

— Sei lá — digo. — Uma garota que não é a Shirin.

Peyman balança a cabeça.

— Seu idiota, a melhor coisa que você pode estar fazendo quando a Shirin aparecer é estar flertando com outra garota. Não sabe que o ciúme é o caminho para conquistar o coração de uma mulher?

Tomo um gole do drinque. Queima o fundo da garganta.

— Não quero provocar ciúme. Só quero fazê-la feliz.

— Você é um caso perdido — diz ele antes de tomar um gole muito maior do que o meu.

A música muda de Donna Summer para Aretha Franklin. Estou tomando outro gole quando me viro e a encontro. Ela está de pé em cima de uma mesa, com um terninho preto justo e uma camisa de brilhos por baixo do blazer. Segura uma garrafa de champanhe e seu rabo de cavalo balança de um lado para o outro enquanto ela grita a letra a plenos pulmões.

— *What you want, baby, I got it!* — grita ela ao encontrar meus olhos. *O que você quer, bebê, eu tenho!*

Com a mão livre, acena para mim. Eu aceno de volta.

Peyman bate tão forte nas minhas costas que derrubo um pouco da bebida.

— Vai lá dançar com ela.

— Espera. Não vai dar. Eu não sei…

— Vira esse copo — ordena ele, e eu obedeço, terminando o que resta da bebida numa golada sofrida. — Agora vai.

Tropeço em direção a ela — não sei se é o álcool subindo à cabeça ou só o nervosismo. Quando a alcanço, fico parado com a cabeça inclinada para trás, a encarando em cima da mesa.

— *R-E-S-P-E-C-T* — grita ela enquanto estende a mão.

Eu aceito e ela me puxa para cima da mesa. Shirin me entrega a garrafa de champanhe e eu não consigo dizer não. Bebo um gole; o líquido doce e borbulhante é muito mais agradável do que o sabor ardido da vodca. Tento não parecer idiota dançando. A música chega no auge enquanto Shirin e eu nos encaramos, cantando a letra todinha, pedindo um ao outro que "sock it to me", seja lá o que isso significa.

Quando a música termina, ela se joga no sofá da cabine.

Fico corado e me sento ao lado dela.

— Oi — digo.

— E não é que você me encontrou? Estou impressionada.

— Como você sabe que eu vim aqui atrás de você?

Ela revira os olhos.

— Você não me parece o tipo de cara que passa as noites dançando. Se fosse, eu já teria te visto aqui antes. Ou no Cheminée. Ou no La Bohème. Ou no Cave d'Argent.

— Você fala francês? — pergunto, maravilhado com a facilidade como ela pronuncia o nome das discotecas. Em Teerã, discotecas e restaurantes amam usar nomes em francês e inglês.

— Sou uma mulher cheia de talentos secretos. — Ela pega a garrafa de champanhe de novo. Bebe um gole rápido. — E você? Quais são seus talentos?

— Sei lá — digo, nervoso. — Dançar obviamente não é um deles, como você pôde ver agora há pouco.

— Até que não foi tão ruim assim. — Ela olha para mim por um longo instante e, de repente, me sinto envergonhado pelo peitoral exposto. Peyman insistiu que eu deixasse os dois primeiros botões da camisa abertos. — Gostei do visual.

— As roupas são do meu baba. — Por que eu tinha que falar dos meus pais do nada? Mudando de assunto rapidamente, comento: — Meus talentos são engenharia. E matemática.

— Imagino que você também seja universtiário — diz ela.

— Universidade de Aryamehr — declaro, com orgulho, porque dizer que estudo na Aryamehr significa alguma coisa. Significa que fui escolhido entre inúmeros candidatos que se inscreveram para uma vaga lá.

— Graças a Deus não é burro.

Sei que meus pais odeiam como eu vivo pensando no futuro, mas no momento estou feliz por ter estudado a ponto de entrar numa faculdade capaz de impressionar Shirin.

— O que aconteceria se eu fosse burro? — pergunto, com uma risada.

— Depois do primeiro jantar eu já estaria superentediada de te ouvir, daí teria que encontrar um jeito de dizer que não quero continuar te vendo sem magoar seus sentimentos. Ficaria um climão danado entre nós dois.

Sorrio. Minha cabeça parece leve.

— E você? Também estuda?

— Universidade de Teerã — diz ela.

Assinto. Assim como Aryamehr, só os mais brilhantes entram na Universidade de Teerã. E, diferente de alguns países ocidentais, a universidade é gratuita, então não tem como pagar para entrar. É um lugar onde a corrupção que infesta o resto do país não existe. A família real controla bilhões enquanto as pessoas passam fome e seus oponentes desaparecem, mas nas universidades há igualdade de verdade. Talvez seja por isso que os alunos estão indo às ruas. Porque nós sabemos como é viver em igualdade.

— Estudo biologia — continua ela. — Quero me tornar médica. Talvez pesquisadora na área da medicina. Mas aqui não é lugar de ficar falando de faculdade, né? Quer dançar de novo?

Uma nova música começa. "American Pie", de Don McLean.

— Acho que não sei dançar essa.

— Eu te ensino. — Shirin se levanta e eu a sigo.

— Eles não tocam música persa aqui? — pergunto enquanto caminhamos até a pista de dança.

— Não. Se quiser ouvir música persa, tem que ir para os cabarés.

Na pista, Peyman está estalando os dedos.

— Só acho meio sem sentido, sabe?

— O quê?

— Bom, por um lado, estamos protestando porque queremos que os Estados Unidos deixem nosso país em paz, certo? Mas, por outro, amamos as músicas e os filmes de lá. Como um lugar que produz tanta arte incrível consegue fazer tanta coisa horrível?

Estamos na beirada da pista agora. Ela pensa por um momento antes de dizer:

— Acho que o governo de um país nem sempre representa seu povo. O governo é responsável pelas atrocidades. As pessoas fazem arte. E não foram só os norte-americanos que se meteram com o Irã. — Com um sorriso e um sotaque britânico impecável, ela completa: — Os britânicos vêm fazendo isso há muito mais tempo.

— Onde você aprendeu a falar assim?

Ela volta a falar em persa:

— Já viajei muito. Londres. Paris. Roma.

É aí que percebo que, mesmo compartilhando os mesmos valores, eu não sou como ela. Claro, recebi uma boa educação. Sei falar inglês. Frequento uma universidade de primeira porque estudei muito. Mas só as famílias mais abastadas viajam pela Europa.

— E sua cidade favorita é...? — pergunto.

Ela abre um sorriso melancólico.

— Teerã.

Então me puxa para a pista, e nós levantamos as mãos para o alto enquanto cantamos sobre como hoje será o dia em que vamos morrer. Quando a música termina, um grupo de amigos dela se aproxima para dizer que estão a caminho da próxima parada.

— Vou te ver de novo em breve? — pergunta ela enquanto a puxam para longe.

— É claro! — grito por cima da música.

Quero pará-la só para poder anotar o número dela, ou ao menos perguntar seu sobrenome, mas é tarde demais. Será que vou passar o resto da vida procurando por Shirin em protestos e discotecas?

Já são duas da manhã quando chego em casa. Vou para o quarto na ponta dos pés. Jogo as roupas no chão e pego um livro de poesia. Saadi. Subo na cama e começo a sussurrar poemas para mim mesmo quando escuto a porta ranger. É baba. Ele para sob o batente da porta.

— Como foi? — sussurra.

— Foi legal — respondo. — Não te acordei, né?

Ele entra e se senta na beirada da cama.

— Não. Eu estava lendo.

Lembranças de Shirin dançam no meu cérebro.

— Baba? — pergunto, hesitante. — Você soube que amava a maman assim que se conheceram, ou precisou de um tempo?

Ele desvia o olhar ao responder:

— Essa é uma história longa demais para uma hora dessas.

— Ela foi a primeira pessoa por quem você se apaixonou?

Baba se levanta e passa a mão pelo meu cabelo com delicadeza.

— Está tarde — sussurra ele. — Vai dormir.

Ao sair do quarto, seu olhar está distante.

# BOBBY

## Los Angeles, 1939

— Bobby, anda logo! — diz o treinador Lane, impaciente, enquanto amarro meus cadarços. — Hoje quero ver tênis de qualidade!

Mas a questão é que não quero jogar tênis. Jogo apenas por um motivo: para ficar perto de Vicente.

Jogamos em duplas e, felizmente, Vicente não está no meu time. Ou seja, vai ficar na minha frente, o tempo todo no meu campo de visão. Ele saca e eu me distraio com sua camisa levantando quando ele joga a bola para o alto. A visão momentânea do seu abdômen peludo me tira dos trilhos, e a bola passa direto ao lado da minha raquete. Um ace.

— Quinze-love* — anuncia Vicente enquanto se move para o outro lado da quadra.

— Quinze-*love* — repito.

Esse é um jogo que faço comigo mesmo, encontrar jeitos discretos de declarar meus sentimentos por Vicente em voz alta.

Ele saca para a minha dupla e, apesar de já conhecermos todos os saques do arsenal dele — chapado, *slice*, por baixo, por cima —, a maioria

---

\* No tênis, em vez de dizer que alguém está com zero pontos, é usado o termo "love". Acredita-se que a expressão teve origem na França, onde um "ovo" (*l'oeuf*) era símbolo de que uma pessoa não tinha nada em sua posse. *L'oeuf* acabou sendo adaptado internacionalmente para *love*, graças à fonia semelhante (N.E.).

dos jogadores não consegue rebater as bolas dele. Vicente é o melhor do time, nosso astro. É por causa dele que um colégio pequeno como o nosso tem chances de chegar às finais estaduais. O treinador Lane diz que ele tem potencial para chegar longe, contanto que corra atrás de patrocínio esportivo. Lane leva patrocínio esportivo *muito* a sério. Ele não treina meros jogadores. Treina jovens atletas de classe, garotos do sul da Califórnia que um dia vão competir com a elite mundial do tênis na Costa Leste, no universo todo branco do Torneio de Wimbledon. Ele espera que sejamos perfeitos dentro *e* fora da quadra.

— Trinta-love — diz Vicente.

Ele saca para mim de novo e, desta vez, consigo rebater. Minha raquete balança por instinto, um *forehand* que manda a bola lá para o fundo da quadra. Ele corre para trás e, sem esforço nenhum, devolve com tudo a bola para a minha mão não dominante. Ele sabe que *backhand* é meu ponto fraco. Não tem medo de tirar vantagem de mim, e espero que um dia tire vantagem de outros jeitos. Mas, primeiro, preciso dizer a ele como me sinto.

Meu *backhand* chega no meio da quadra, dando um ponto de bandeja para ele. Vicente corre para a frente, se posiciona e corta a bola com força. Bato a palma da mão na raquete para parabenizá-lo.

— Quarenta-*love* — digo.

Minha dupla não ganhou uma partida sequer, mas não estou nem aí. No instante seguinte, o treinador Lane anuncia o *match point*. Vicente quica a bola três vezes. Quando a joga para o ar, o treinador Lane grita:

— Falta!

Vicente se vira para o treinador.

— Sério mesmo? Eu não pisei na linha.

— Pisou. Quarenta-quinze agora.

Vicente caminha até o treinador.

— Você nunca cobra falta de linha com mais ninguém, só comigo.

— Ninguém mais pisa na linha, só você — responde o treinador Lane, com calma.

— Ah, faça-me o favor. — Vicente revira os olhos e se volta para o resto do time. — Patrick pisa na linha o tempo todo e o senhor não diz nada.

Patrick nem ousa falar. Ninguém diz muita coisa quando o treinador está por perto. Eles só agem como os cavalheiros perfeitos que o treinador Lane quer que sejam. Calmos. Educados. A pele tão branca quanto os uniformes. Eu e Vicente somos os únicos garotos de pele escura do colégio. O Mexicano e o Filho da Mãe. É assim que nos chamam nos corredores.

— Agora é quarenta-trinta — diz o treinador, com seu tom gelado de sempre. — Continue discutindo comigo, Vinnie, e esse jogo vai empatar.

— Não é justo — diz Vicente. — Não pisei na linha. O senhor só não gosta de mim.

Quero atravessar a quadra e dar um abraço nele. Dizer que não adianta de nada discutir com os treinadores Lanes desse mundo. É claro que o treinador Lane odeia Vicente. Em parte, por ele ser mexicano — provavelmente culpa homens como o pai de Vicente por roubarem os empregos dos americanos "de verdade", como os pais de todos esses branquelos azedos que estudam com a gente. Mas o treinador Lane também odeia Vicente porque ele tem talento para ser um profissional *de verdade*, não apenas um treinador.

— Volte para a quadra e termine a partida — diz o treinador Lane. — Tênis é um esporte para cavalheiros, e você está agindo como um selvagem.

— Um selvagem? Sério? — Vicente cospe as palavras, sua fúria crescendo. Ele levanta a raquete para o alto, pronto para destruí-la em pedacinhos.

— Nem ouse jogar essa raquete — alerta o treinador. — Você vai ter que se comportar como um cavalheiro se quiser representar este esporte, este colégio e este país.

Vicente faz uma careta de nojo. Ele sabe exatamente o que o treinador quis dizer. Olha para mim e tento enviar todo o apoio que consigo do outro lado da quadra. Tento convencê-lo a não perder tempo discutindo com alguém que não vale a pena. Ele relaxa os ombros.

— Tá bom — diz ele. — Tá bom.

— Quarenta-trinta — diz o treinador.

Vicente volta para a quadra. Joga a bola para o ar. Eu me agacho, me preparando para o poder da jogada dele. E... tchum! A bola passa voando por mim. Ele sempre consegue se superar no jogo quando está furioso.

— *Game. Set. Match* — anuncia o treinador Lane. — Para o banho, rapazes. E, Vinnie, sua sorte é que essa partida era só um treino. Se algum dia eu te pegar fazendo drama durante uma competição de verdade, você está fora do time.

Eu e Vicente caminhamos até o centro da quadra. Nós nos cumprimentamos, apertando a mão um do outro com força. Amo sentir sua palma quente e suada contra a minha. Ele me puxa para perto.

— Bela partida — diz.

— Bela partida — respondo. E então, num sussurro, completo: — Ignora o treinador. Ele é um cuzão.

As quadras públicas onde treinamos ficam a cinco minutos do colégio. Caminhamos de volta para lá num ritmo mais lento que o resto do time. Sempre fazemos isso. Em parte porque não queremos tomar banho com aqueles moleques nojentos, que gostam de zoar uns aos outros sem dó por causa do tamanho do pênis e lidam com o desconforto que sentem quando estão perto de outros garotos pelados dizendo coisas perversas sobre as garotas. Eles podem até agir como cavalheiros perfeitos na frente do treinador, mas, na privacidade dos chuveiros, se transformam em algo completamente diferente.

— Sua tia ainda está doente? — pergunto.

— Está, sim — diz ele. — Ela pegou um resfriado daqueles. Pode até jantar com a gente, mas com certeza não é ela quem vai cozinhar.

— Que bom — digo.

Ele ri.

— Você *quer* que a minha família fique doente?

— Desculpa, não foi isso que eu quis dizer. — Dou risada também. — Só pensei que, não sei... pode ser legal ter sua casa só pra gente pelo menos uma vez.

Ele me encara, curioso.

— Ah, é?

— É. — Sorrio. — Bom, pelo menos por uma hora. Tenho aula de piano hoje à noite. Queria poder cancelar, mas você sabe como minha mãe é.

— E como sei — diz ele, rindo.

Chegamos na entrada do colégio. Todos os outros garotos já entraram. A esta altura, devem estar nos chuveiros, batendo na bunda uns dos outros enquanto listam todas as garotas que querem pegar. Como perfeitos cavalheiros.

— Vocês dois, saiam do caminho — grita o treinador Lane atrás de nós.

Vicente se vira. O treinador está empurrando o carrinho com bolas de tênis na nossa direção. Dá para ver que Vicente quer continuar batendo boca, então lanço um olhar duro para ele.

— Deixa quieto — digo. — Não vale a pena.

Vicente respira fundo para se acalmar enquanto entra no colégio. Caminhamos até o vestiário lado a lado. Felizmente, os outros garotos já estão se secando quando chegamos lá.

— Olha só, é o Mexicano e o Filho da Mãe — diz um deles. — Tira a roupa, vai! Vamos ver se algum de vocês cresceu durante a noite ou se continuam sendo os menores do time.

Me encolho diante de toda essa estupidez.

— Já arrancou aquela pele toda, Vinnie? — pergunta outro garoto, com deboche.

— Não — responde Vicente. — Mas vou arrancar sua cabeça se você não calar a boca. E não estou falando da que fica em cima do pescoço. Tô falando daquela que parece um cogumelo infectado.

Os garotos riem, soltando uns "uuhs" e "aahs".

— Vocês dois, cuidado com as brincadeiras quando a gente for embora, hein? — diz um deles. — Vocês sabem o que dizem sobre os mexicanos, né?

— O quê? — pergunta outro.

— Que adoram ficar de joelhos. Meu pai disse que é porque eles são biologicamente feitos para trabalhar como peões na roça.

Vicente se aproxima do garoto.

— Ah é? Bom, meu pai trabalha numa fábrica de automóveis — diz ele. — E ele é tão estadunidense quanto você e o idiota do seu pai. Tem até o passaporte para provar.

O garoto se afasta de Vicente.

— Não chega muito perto. Me disseram que, com essa pele toda, fica fedido lá embaixo.

Quero acabar com esse garoto na porrada. Em vez disso, grito:

— Quem te disse isso? Sua mãe?

Todo mundo congela. Ninguém solta um pio. Aqui no vestiário, a zoação é liberada. Só que as mães talvez sejam a única coisa ainda sagrada no mundinho deles.

Os garotos se vestem. Antes de saírem, me encaram com violência no olhar. Um deles passa o dedo indicador pelo pescoço, um alerta silencioso de que vai me matar na próxima vez que eu ousar falar com ele.

— Foi mal — digo para Vicente depois que todo mundo vai embora. — Passei dos limites?

— Não, foi engraçado — diz ele, tirando as roupas suadas.

— Tá bom, mas...

O que quero dizer é que me arrependo de ter dito algo horrível sobre a mãe de outra pessoa. Porque, se tem alguém para quem mães são sagradas, é o Vicente. Ele perdeu a dele quando tinha sete anos.

— Bobby — diz ele. — Sei no que você está pensando, e tá tudo bem. Você não disse nada sobre a *minha* mãe.

É claro que ele sabia que eu estava pensando na sra. Madera. É como se conseguisse me enxergar com visão de raio X.

Ele está nu na minha frente agora, a pele cintilando sob as luzes do vestiário.

— Anda — diz ele. — Vamos tomar banho para irmos logo lá pra casa e sair de perto de todos esses babacas.

Ele vai na frente até os chuveiros. Eu me junto a ele. Nos posicionamos sob chuveiros lado a lado, sendo atingidos com força pela água gelada.

Quero tanto chegar perto, ensaboar o corpo dele, confessar meus sentimentos. Mas o treinador Lane pode chegar a qualquer momento. Ou algum dos garotos do time. E se o Vicente não corresponder aos meus sentimentos? E se, ao contar tudo para ele, eu acabar perdendo meu melhor amigo? Meu coração acelera enquanto olho para o corpo dele. Digo a mim mesmo que de hoje não passa. Ficaremos sozinhos na casa dele. É a minha chance de contar a verdade.

Mamãe nunca me busca no colégio. Porém, do nada, lá está ela, recostada no capô do nosso novo Buick preto. Está vestindo sua melhor saia também, aquela que só usa em ocasiões especiais.

— Não é a sua mãe ali? — pergunta Vicente. — Achei que ela só iria te encontrar na aula de piano.

Estamos segurando nossos livros enquanto saímos do Colégio Hollywood. Numa segunda-feira normal, eu me despediria de Vicente, ficaria uma hora e meia estudando na biblioteca, depois iria para a aula de piano antes de voltar para casa, para comer um jantar gelado com minha mãe, meu padrasto Willie e meu poodlezinho, Frisco, que eu amo do fundo do coração. Mas esta não é uma segunda-feira normal. Hoje é o dia em que finalmente direi a Vicente o quanto o amo.

Só que aqui está mamãe, sem avisar, com seu cabelo cor de chocolate preso num coque alto. Ela acena para mim com uma mão e retoca o batom nos lábios rígidos com a outra. Vermelho selvagem, desde que assistimos a *As mulheres*.

— É minha mãe mesmo. — Respiro fundo. Sempre faço questão de respirar o mais fundo possível antes de passar algum tempo com a minha mãe, porque é difícil respirar na companhia dela. Sei que ela me pressiona porque quer que eu seja bem-sucedido, mas às vezes a pressão parece que vai me sufocar. — Vamos lá dar um oi e depois vamos para a sua casa, tá? Quero muito... Preciso te contar umas coisas.

— Claro — diz ele, tranquilamente. — Que carrão — comenta com a minha mãe, passando a mão pelo capô brilhante.

— Uma belezinha por uma pechinchinha! — Ela recita o anúncio do carro.

— *Uma pechinchinha* — sussurro, olhando de soslaio para Vicente.

— Com ignição dinâmica — diz mamãe, com um sorriso, ainda citando o anúncio.

Ela nos mostrou o anúncio um dia antes de mandar Willie comprar o carro. Nada de trólebus pra gente. Apesar de ter sido Willie quem comprou, a decisão foi da minha mãe. É sempre ela quem decide como vamos gastar o dinheiro que ganhamos como o Trio Reeves. Willie no violão. Ela no vocal. Eu no piano.

— O que está fazendo aqui, mãe? — pergunto. — Pensei que só ia te encontrar na aula de...

Ela aperta meu braço com força.

— Mudança de planos. Das grandes.

Olho para ela curioso. Meus planos raramente mudam. Aula de piano. Aula de violino. Aula de canto. Minha rotina vive lotada.

Ela envolve minhas bochechas e sorri. Tem uma mancha de batom vermelho no dente da frente.

— Você conseguiu um teste de câmera, meu amor!

Vicente olha para mim todo orgulhoso.

— Nossa! Era isso que você queria me contar?

— Não, eu-eu nem sabia...

— Ah, não finja surpresa. — Mamãe começa a ajeitar a gola da minha camisa. Ela cospe na palma da mão e alisa meu cabelo para trás. — A gente sempre soube que este dia chegaria. Era só questão de tempo até o produtor executivo certo aparecer em um show nosso e ver o que eu vejo toda vez que olho pra você. Um astro lindo e talentoso.

Não consigo evitar uma pontada de orgulho ao ouvi-la me descrevendo como lindo e talentoso, mas queria ser mais para ela do que um bilhete para o estrelato. A verdade não dita da nossa família infeliz é que tanto mamãe quanto Willie fracassaram em se tornar as estrelas que queriam ser, e me usam para escutar os aplausos que passaram a vida inteira buscando.

— Mãe, eu...

Tento dizer que estou nervoso, mas como posso fazer isso com ela esfregando minhas sobrancelhas grossas? Ela costumava odiar minhas sobrancelhas, antes de decidir que o que me separava dos grandes astros atuais era meu cabelo preto, minha pele marrom-clara e meus olhos profundos e misteriosos.

— Está pronto pra isso? — pergunta Vicente delicadamente.

— É claro que ele está pronto! — diz minha mãe. — Ele passou a vida inteira se preparando para este momento.

Correção: *ela* passou a vida inteira se preparando para este momento.

— Posso ir com você — oferece Vicente. — Se estiver nervoso.

— Não precisa — diz minha mãe. — Além do mais, o nervosismo é bom. Se você não está nervoso, significa que não se importa. Sempre devemos fazer aquilo que mais nos dá medo.

O que mais me dá medo é contar a Vicente tudo o que sinto por ele. Não consigo nem imaginar como mamãe reagiria ao saber que eu quero arrancar a roupa do meu melhor amigo. Ela nunca gostou de Vicente. Vive culpando-o pelo tempo precioso de ensaio que desperdiço no tênis, quando a música é a minha verdadeira vocação.

— Tudo bem, vamos logo — diz minha mãe. — Você está prestes a se tornar uma estrela!

— Primeiramente, é só um teste — rebato. — Além disso...

Ela me interrompe:

— Você precisa parar de dizer "primeiramente" o tempo todo. Chega desse linguajar redundante. Se é a primeira coisa que você vai dizer, o "primeiramente" já está implícito. Em breve você estará dando entrevistas. As revistas vão querer falar contigo. Você precisa ser eloquente.

Alguns alunos do colégio escutam a conversa e começam a rir.

Quero me esconder. Talvez seja difícil acreditar para quem já assistiu a alguma das minhas apresentações, mas sou tímido de doer. Sempre fui.

— *Só* um teste? — diz minha mãe, me imitando de um jeito que me faz parecer uma criancinha mimada. — Você tem noção de tudo o que fiz para conseguir esse teste?

Não quero nem pensar no que ela fez. Sei muito bem que mamãe faria qualquer coisa para ver nosso sobrenome sob os holofotes. Quando eu era mais novo e a grana estava curta, ela implorava para que professores de música e de canto me dessem aulas de graça. Dizia que pagaria tudo quando eu ficasse famoso. A resposta sempre era não. Mas aí mamãe pedia para eu esperar do lado de fora enquanto ela tinha uma conversa em particular com o instrutor em questão. E, quando ela voltava, ele tinha mudado de ideia. Eu não entendia direito quando tinha seis ou sete anos. Conforme fui crescendo, percebi que os únicos professores que concordavam em me ensinar de graça eram homens. E aí comecei a me perguntar o que exatamente mamãe fazia para que eles mudassem de ideia.

— Mais de uma década de trabalho, meu amor. — Mamãe praticamente me empurra para dentro do carro. — Todas aquelas aulas. Todas as noites em que te levei ao cinema, muitas vezes deixando de comer. Só para que você pudesse analisar os maiores. E você acha que essa foi a primeira vez que te ofereceram um teste? Não. Mas eu nunca te deixaria assinar um contrato com um estúdio de quinta categoria. Quero apenas o melhor para você.

E é aí que me dou conta de que não estamos a caminho de um estúdio qualquer. Estamos indo para o maior de todos. Metro-Goldwin-Mayer. Dizem que a MGM tem mais estrelas que o céu, e é verdade. Como é que vou me encaixar num lugar desses?

— Boa sorte, Bobby! — grita Vicente enquanto mamãe ocupa o banco do motorista.

Olho para ele pela janela. O desejo dentro de mim parece quase físico. Me engole. Aceno para ele com melancolia.

Mamãe dirige pela Culver City, passando por quarteirões e quarteirões de casas de um andar só e restaurantes. Já vi fotos de Nova York e sempre quis conhecê-la pessoalmente. Como deve ser a sensação de estar em uma cidade onde os prédios tocam as estrelas?

— Senta direito, como se estivesse no piano — ordena ela. — Você é um homem poderoso.

Eu obedeço. É mais fácil do que discutir com ela.

— Sinceramente, Bobby. Como você pode ter tanta compostura no piano e tanta... descompostura o resto do tempo? Nossa, é um mistério para mim.

Nem ouso dizer no que estou pensando. Que, talvez, eu tenha puxado a timidez e o desleixo do meu pai. Que eu sou um mistério para mim mesmo porque não tenho a menor ideia de quem ele é. A primeira vez que perguntei sobre o assunto para a minha mãe, eu tinha cinco anos. Ela pareceu entrar em pânico e me disse que ele era um soldado que morreu na Grande Guerra. Devia ter achado que um moleque de cinco anos era capaz de sapatear, mas *incapaz* de fazer matemática básica. Naquela noite, apontei que era impossível o meu pai ter morrido na guerra, porque ela terminou antes que eu nascesse. Mamãe me mandou parar de fazer tantas perguntas. E eu parei. Porque, assim que comecei a ligar os pontos sobre o que mamãe fazia o tempo todo, percebi que meu pai provavelmente era um professor de música com quem ela fez um acordo antes mesmo de eu nascer.

— Se você se sair bem hoje, a gente sai para tomar sorvete — diz ela, com um sorriso forçado.

— Tenho dezessete anos. Vou me formar daqui a quatro meses — zombo. — E você ainda acha que me comprar com sorvete vai adiantar?

Mamãe ri e liga o rádio. Ela começa a cantar "My Heart Belongs to Daddy" junto com Mary Martin.

Quando a música termina, ela abaixa o volume e diz:

— Estamos quase lá.

Percebo um leve tremor em sua voz, que geralmente é tão controlada.

— Mãe, está tudo bem?

— Claro que sim.

Ela evita me olhar e atravessa os portões do estúdio. O glamour e a grandeza do ambiente me atingem de uma só vez. É quase possível sentir o cheiro das estrelas pelo ar.

— Mãe, tem certeza? Você parece, sei lá, emocionada. Olha pra mim.

— Estou bem — insiste ela, puxando o colar que nunca tira e segurando os pingentes que sempre carrega. Um coelho de prata. Um olho grego. Uma chave de ouro.

— Onde conseguiu esses amuletos da sorte, afinal? — pergunto.

— Numa joalheria, onde mais?

Rapidamente, ela esconde o colar de novo dentro da blusa.

— Aqui em Los Angeles? — pergunto. — Eles parecem tão...

— Pare de fazer tantas perguntas! — exclama ela. — E lembre-se: as regras do trio Reeves se aplicam aqui na MGM. Eu não sou sua mãe. Sou Margaret. Por favor.

— Tá bom... Margaret.

Chamá-la pelo nome sempre soou esquisito para mim. Pelo menos ela não me pede para chamá-la de Mags, como Willie faz.

Ela veste suas luvas brancas e segura meu braço com força enquanto me leva até o set onde o teste vai acontecer. Meus olhos saltam de um lado para o outro, atraídos por todas as pessoas da indústria que passam por nós. Cinco dançarinas de vestido prateado fumam cigarros em uma rua cenográfica de Nova York. Homens gigantescos carregam equipamentos de iluminação de um cenário para outro. Bicicletas passam voando por nós. Uma delas carrega um palhaço. E outra... Joan Crawford.

— Mamãe — sussurro. — Mamãe!

— Margaret — chia ela.

— Desculpa. Margaret, olha. Olha rápido!

Ela acompanha meu olhar até Joan Crawford, que passa por nós pedalando, cabelos ao vento, o sol iluminando as sardas que eu nem sabia que ela tinha. De todas as estrelas do cinema que nós dois admiramos, Crawford é nossa favorita. Nisso nós concordamos.

— Que rosto... — diz minha mãe.

Lembro dela dizendo essas mesmíssimas palavras quando me levou para assistir a Crawford em *Fogueira de paixão*. Ela disse o mesmo sobre Garbo. E Gable. E Dietrich. E eu concordei. Isso é o que nos une. Quando vamos ao cinema, fugimos juntos.

E é assim que me dou conta de que é óbvio que eu quero isso. Posso até estar com medo, mas não há nada que eu queira mais do que fugir. Como espectador, fujo por umas duas horas. Mas, como um astro de cinema, minha vida inteira será uma fantasia. Talvez eu consiga até comprar uma casa com espaço suficiente para Vicente. Talvez meu pai me veja na telona, saiba logo de cara que sou seu filho e venha me encontrar.

E então Joan Crawford se vai. Voltamos à realidade. Mamãe tira alguns papéis da bolsa.

— Aqui a cena que você vai interpretar.

— Cena? — pergunto.

— Eles já sabem que você toca e canta. Te viram no clube ontem à noite. Agora querem ver se você sabe atuar.

— Mas… eu não sei atuar — digo. — Não sei o que fazer. Nunca tive aulas.

— Você nunca teve aulas porque atuação não é como canto ou dança. Atuar é agir naturalmente. — Assinto. — Então, só aja naturalmente, tá bom?

Dou uma olhada no diálogo. É uma cena entre mãe e filho. Nela, a mãe diz ao filho perturbado que seu amado avô faleceu. Não tenho ideia de como agir naturalmente nesse personagem, principalmente porque nunca conheci nenhum dos meus avôs.

Entramos no set. A imensidão do espaço faz com que eu me sinta pequenininho. As luzes no alto iluminam e aquecem o lugar como o sol de verão. Mamãe avista a executiva ao fundo.

— Lá está ela!

Antes de me levar até a mulher, ela respira fundo e seca uma lágrima que escapou do olho.

— Mãe… Margaret — digo. — Dá para ver que você está escondendo alguma coisa de mim.

— Chega de perguntas — diz ela, bem baixinho. — Não queria te contar antes de voltarmos para casa.

— Me contar o quê? — Sinto o coração acelerar. Mamãe nunca chora. Algo terrível deve ter acontecido. — É o Willie? Ele está bem?

— É o Frisco — sussurra ela.

A executiva caminha na nossa direção segurando uma prancheta. Sua saia-lápis lhe cai com perfeição. O salto alto faz barulho no chão de concreto.

— Mãe, o que aconteceu com o Frisco?

— Não posso… — A voz dela embarga. — Por favor… Depois eu te conto… Em casa. — E então, soltando um suspiro alto, ela cobre o rosto com as mãos. — É terrível demais.

— O que houve? Não vou conseguir fazer o teste se você não me contar.

A executiva é interrompida por uma mulher em boa forma vestindo um suéter superjusto. Elas discutem calorosamente sobre alguma coisa, e mamãe aproveita a oportunidade para dizer depressa:

— Tá bom, vou te contar. Mas você precisa manter a calma, está me entendendo?

— Estou.

— Promete?

— Prometo.

Ela segura minhas mãos trêmulas com as suas, de luva.

— Hoje de manhã eu saí para buscar a correspondência, e o Frisco saiu correndo pela porta. Você sabe como ele adora latir para o carteiro.

De repente, meu corpo fica fraco. Não quero saber mais.

— Bom, ele saiu correndo atrás do furgão do carteiro e...

— Mãe, ele...

Não consigo dizer a palavra *morreu*. Meu coração parece ter despencado.

— Um carro virou a esquina. — Ela me encara com aqueles olhos. Dá para ver como está segurando o choro. — Eu sinto muito, Bobby. Mas vou te dizer uma coisa. Se você conseguir esse contrato, pegaremos outro cachorro. Igualzinho ao Frisco. Mais fofo até.

— Só existe um Frisco — sussurro.

Posso sentir as lágrimas chegando, mas não agora. No momento, só estou em choque. Meu cachorro se foi. O único morador da nossa casa que me ama incondicionalmente. Que não me julga por quem eu sou.

— Margaret e Bobby Reeves — diz a executiva, com animação. — Prontos?

— Ele nasceu pronto — diz minha mãe, afundando as unhas afiadas no meu braço.

— Bobby, meu anjo, eu sou Ida Koverman. Secretária executiva do sr. Mayers — diz a mulher. — E estou muito feliz por poder ver você se apresentando. Fiquei sabendo do seu show pela mulher que lava minhas roupas, e ela tinha razão. Quantos instrumentos você toca, afinal?

— Quatro, mas meu favorito é o piano. — Me escuto responder, mas só consigo pensar em Frisco.

Enquanto a executiva nos mostra o caminho, mamãe sussurra para mim:

— Eu subornei a lavadeira para que ela convencesse a Ida Koverman a assistir nosso show.

Me viro para minha mãe, sem nem me importar com as manipulações dela.

— Mas... o Frisco... — começo.

Rapidamente, ela sussurra de volta:

— Depois falamos disso, tá bom?

Me sinto perdendo o chão quando Ida diz:

— Você é um pequeno grande músico! E é tão fofo te ver tocando com seu pai.

Fuzilo mamãe com o olhar. Ela sabe como me sinto desconfortável quando as pessoas acham que Willie é meu pai de verdade. Mamãe o conheceu três anos atrás, se casou um ano depois num cartório e me obrigou a usar o sobrenome dele porque achava que soava melhor como nome artístico. Ela gostou de Bobby Reeves. Amou a sonoridade do nome Trio Reeves.

Quando chegamos perto de um operador de câmera, Ida para.

— Aqui estamos nós. Agora vamos descobrir se você sabe atuar. Pode ficar ali. — Ela aponta para uma cadeira, iluminada por um holofote forte. — Vou ler as falas que não são suas.

— Eu estava pensando — diz minha mãe. — Talvez Bobby se sinta mais confortável se eu ler o papel da mãe.

É a cara da mamãe transformar o meu teste de câmera no teste de câmera *dela*.

— Por que não? — responde Ida.

Mamãe me leva até a cadeira. Me faz sentar. Então se aproxima, chegando tão perto do meu rosto que consigo sentir o cheiro da salada de ovo que ela almoçou.

— Lembre-se — diz ela. — Não pense no Frisco agora.

— Ação! — exclama Ida.

Mamãe se agacha ao meu lado, interpretando o papel da mãe consoladora com uma ternura desconcertante. Quando chega minha vez de falar, só consigo pensar no Frisco. O choque passou e tudo o que restou foi a tristeza. Leio as falas no papel que está à minha frente, mas só penso no meu pobre cachorrinho. As lágrimas chegam e não param mais. Porém, de alguma forma, ainda consigo falar. Leio cada frase do roteiro na página até Ida gritar:

— Corta!

Recupero o fôlego enquanto mamãe se levanta num salto e se aproxima da mulher.

— Eu não te disse? — diz minha mãe. — Meu menino é músico *e* ator. O que achou das *lágrimas*?

— Entraremos em contato — ouço Ida dizer. — O sr. Mayer precisa ver isso.


Mamãe destranca a porta de casa. Tiramos os sapatos. Ela tem regras muito rígidas sobre sapatos. Aqui em casa, não se anda de sapato e não se acumula poeira embaixo da cama. Enquanto coloco os meus ao lado dos dela, ouço a batidinha de passos no chão e a respiração ofegante que sempre me recepciona quando chego.

É Frisco. Vivo, bem e mais feliz do que nunca. Meu choque imediatamente se transforma em alívio. Ele pula nos meus braços quando me agacho. Eu o abraço com força, como se fosse desaparecer a qualquer momento. Não quero nem olhar para ela, de tanto ódio. Ainda assim, não consigo me segurar, e me viro para mamãe furioso.

— Nem adianta me olhar assim — diz ela ao perceber meu julgamento. — Eu menti pelo seu bem.

— Como você teve coragem? Eu achei que o Frisco tinha… — Ainda não consigo dizer a palavra.

Ela fala comigo com a mesma ternura desconcertante que usou na cena que interpretamos juntos.

— Sei disso, e sinto muito. Mas eu precisava te fazer chorar, e você chorou. Um dia você vai me agradecer, assim espero.

Estou chocado demais para falar. Só quero ficar sozinho com Frisco. E o único jeito de fugir de mamãe é me submeter a ela. Então, digo:

— Tem razão. Obrigado, mamãe.

Agradeço por ter mentido sobre meu cachorro ter morrido. Assim como a agradeci por todos os anos ensaiando enquanto as outras crianças brincavam.

— Não tem de quê — diz ela, sem um pingo de arrependimento, enquanto eu coloco a coleira em Frisco. — Aonde você vai?

— Levar o Frisco para passear. — Calço meus sapatos.

Sentindo a acidez no meu tom, ela me segue até a porta.

— Meu Bobbyzinho, olha pra mim. — Não quero, mas obedeço. Os olhos dela estão embaçados. — Sei que às vezes eu pego pesado, mas só faço isso *por você*. Para que tenha a vida que merece.

Frisco saltita aos meus pés, empolgado para sair.

— Espera só até você ter filhos. Daí vai entender que um pai é capaz de contar qualquer mentira pelo bem dos filhos. — Há certo peso no que ela diz, como se a fúria dentro dela tivesse sido substituída por tristeza. Talvez até arrependimento.

— Bom, não tenho planos de ter filhos — digo, pensando que eu e Vicente jamais poderemos ter um juntos. — Então talvez essa seja uma lição que nunca vou aprender.

— Na sua idade eu também não queria — diz ela. — Mas um dia você será pai. Você vai ver. Será um astro *e* um pai. Você terá tudo. Mal vejo a hora.

Enquanto saio com Frisco da nossa casa claustrofóbica rumo ao ar fresco da noite, faço as contas e me dou conta de que mamãe já estava grávida de mim quando tinha a minha idade. Se ela não queria ter filhos, então não me queria. O que explica muita coisa. Mas, até aí, é o jeitinho da mamãe, e ela provavelmente mente sobre a própria idade para parecer mais jovem.

— Anda, Frisco! — digo. — Vamos ver o Vicente. Talvez o pai dele esteja trabalhando até tarde.

Na caminhada de vinte minutos até a casa de Vicente, converso baixinho com Frisco. Conto a ele como estou desesperado para confessar meus sentimentos. Vez ou outra, ele olha para mim, aqueles olhos doces me dando todo o apoio. Os passos corridos dele me levam até a casa de Vicente. Através da janela aberta, consigo ver e ouvir Vicente, o pai e a tia jantando comida chinesa direto das caixinhas do restaurante. Estão conversando sobre o dia que tiveram, rindo das piadas uns dos outros. Não bato à porta. Não de imediato. Primeiro, fecho os olhos e faço uma prece silenciosa para que, um dia, eu tenha uma família assim. Menti quando disse para mamãe que não quero ter filhos. É claro que quero. Quero uma família igualzinha a esta. Feliz. Conectada. Unida.

# MOUD

## Teerã, 2019

Eu e meu pai estamos no banco de trás do carro do baba, que Hassan Agha dirige pelas ruas de Teerã, explicando o caminho como se fosse um guia turístico.

— A caminho da zona norte, vamos passar por Eslamshar. Você nunca veio pra cá, né, Mahmoud?

— Nunca. É minha primeira vez.

Pela janela, olho para a vida acontecendo lá fora. Esse país inteiro sempre foi apenas história para mim. Minha própria história escondida. Quando fazia chamadas de vídeo com o baba, nunca via nada além das paredes da casa dele. Agora, porém, Teerã é uma cidade cheia de vida. É fim de tarde e as famílias entram nas lojas, grupos de garotos jogam futebol nos parques e motoristas buzinam uns para os outros no engarrafamento enquanto voltam do trabalho para casa.

— Não acredito, Mahmoud *jan!* — diz Hassan Agha, em choque. — Aqui é sua casa.

— Pois é — digo, hesitante. — Mas, tipo, eu nasci nos Estados Unidos.

— E lá parece sua casa? — pergunta ele.

Paro por um instante antes de responder porque, na verdade, não tenho certeza. É o país onde eu nasci. O único país onde já morei. Mas nunca me senti parte dele verdadeiramente. Talvez por eu ser diferente. Talvez pelas regras da minha casa não serem as mesmas que as de todo mundo. Talvez porque meu pai fala comigo em persa. Por fim, apenas sussurro:

— Não sei.

— Se depois de dezessete anos você não sabe se seu país é sua casa, tem um problema aí, Mahmoud.

Baba se vira para Hassan Agha.

— Ele gosta de ser chamado de Moud.

— Moud? — Trocando para o inglês, ele pergunta: — Como quem pede para que a outra pessoa "mude"?

— Mudanças podem ser boas — rebato.

— Mas esse nome é ridículo. Não carrega história nenhuma. Se não carregamos nossa história, não somos ninguém. Quais Mouds vieram antes de você?

Meu pai ri. É o primeiro som que ele emite desde que entramos no carro. Até o momento ele só estava encarando a janela em silêncio, com a cabeça nas nuvens, como de costume.

— Eu concordo, Hassan Agha. Mas nunca consegui articular tão bem quanto você.

— Existiu um rei chamado Mahmoud — diz Hassan Agha. — O filho mais velho dos Mirwais.

— Mirwais? — pergunto, empolgado. — Tipo o cara que produz as coisas da Madonna?

Lembro de Shane argumentando fervorosamente em um dos episódios do podcast sobre como o álbum menos famoso de um artista é, no fim das contas, seu melhor álbum. Ele usou *American Life*, da Madonna, e *Honeymoon*, da Lana Del Rey, como principais exemplos.

— Quem? — pergunta Hassan Agha.

Meu pai me olha de canto de olho, como se estivesse com medo de eu ter acabado de me assumir para Hassan Agha com essa informação gay demais. Óbvio que meu pai se importa com o que um cara que trabalha para o baba pensa sobre mim. Deus me livre envergonhar a família na frente de Hassan Agha.

— Mahmoud foi o primeiro afegão a derrubar os safávidas, se não me falha a memória — diz meu pai, tentando colocar a conversa de volta nos trilhos.

— Isso mesmo — diz baba. — Muito bem, Saeed *jan*. Mas, é claro, naquela época éramos todos um único povo. Afegãos. Iranianos. Muita gente que hoje vive no Turcomenistão, no Uzbequistão, até mesmo na Índia. Éramos um único povo conectado pela cultura e pelo idioma persa antes das novas fronteiras serem criadas.

— Antes dos ingleses proibirem as pessoas do subcontinente indiano de falar persa — acrescenta meu pai, com tristeza.

Me sinto envergonhado com a quantidade de informação que não sei sobre a minha própria cultura, então fico quieto.

— Fronteiras são fluidas — diz baba. Então, olhando na minha direção, acrescenta: — E nomes também, Moud.

— E por que você gosta de ser chamado de Moud, afinal? — pergunta Hassan Agha.

Não tenho coragem de contar a Hassan Agha os principais motivos que me fizeram mudar meu nome para Moud. Primeiro, para facilitar para os norte-americanos, o que me parece bobo agora que estou em um lugar onde todo mundo sabe pronunciá-lo. Será que um norte-americano mudaria de nome para facilitar a *nossa* vida?

O segundo motivo, porém, é um pouco mais sério. É que o único Mahmoud que eu conhecia na infância era o ex-presidente do Irã, Ahmadinejad, o babaca que disse que "no Irã nós não temos homossexuais como no país de vocês", e que chamou ser gay de "uma escolha horrível", entre outras atrocidades que cometeu. Eu tinha onze anos quando ouvi o pronunciamento dele no noticiário, a mesma idade de quando me dei conta de que passava o tempo todo pensando em outros garotos, a mesma idade de quando eu e Shane nos tornamos inseparáveis. Ainda não éramos namorados naquela época, apenas melhores amigos. Mas já tínhamos muitas afinidades, um senso de pertencimento que nos unia. Por que eu iria querer ter o mesmo nome de um homem que não queria que eu existisse, que achava uma parte essencial de mim horrível? Então, eu mudei. Comecei a dizer para todo mundo que meu novo nome era Moud. E pegou. Todos, exceto meu pai, me chamam assim desde então.

— Agora chegamos ao coração de Eslamshahr — diz Hassan Agha. — Você vinha muito aqui quando era mais novo, Saeed *jan*?

Meu pai encara a janela, os olhos enevoados.

— Não muito. Na época se chamava Shadshahr.

— O Irã parece até meu neto — diz baba, com um sorriso. — Gosta de ficar trocando de nome. O país mudou de nome depois da revolução, depois mudou os nomes das ruas e dos bairros.

— Mas nada pode mudar nosso espírito — proclama Hassan Agha, com orgulho. — Nossa paixão. Me diz um país que tenha tantos poetas grandiosos como os nossos. Rumi. Hafez. Saadi. Khayyam.

— Verdade — diz baba, olhando para o meu pai enquanto fala. — A poesia está no nosso sangue.

Hassan Agha começa a recitar seu poema favorito de Saadi:

— *De que servem os ricos, se são como...*

Para a minha surpresa, meu pai completa o poema:

— *... as nuvens de agosto, que não chovem em cima de ninguém.*

Encaro meu pai, que nunca expressou qualquer interesse em poesia para mim e que, do nada, sabe recitar um poema de cor. O que mais está escondendo? Me sinto desesperado para saber mais. No que está pensando?

— E agora chegamos em Lalehzar — diz baba. — Em casa.

— Que lindo — digo, enquanto o carro atravessa ruas cheias de folhas secas, passando por galerias, restaurantes e, por fim, enormes casas antigas.

— Aqui costumava ser o lugar mais desejado — explica baba. — Era a zona norte de Teerã. O xá queria que fosse como a Champs-Élysées, e foi. Só que, depois da revolução, a cidade foi expandindo mais para o norte, e as famílias ricas foram subindo também, deixando nossa pequena vizinhança para trás. Mas agora voltou a ser um bairro da moda.

Olho pela janela e vejo duas garotas com lenços brilhantes cobrindo a cabeça. Elas fazem biquinho enquanto tiram uma selfie juntas.

Baba balança a cabeça.

— Talvez até demais. Vive lotado de jovens que vêm só para tirar fotos para o Instagram.

Lembro imediatamente das minhas redes sociais, de todas as fotos que deletei e de Shane. Nem avisei para ele que pousei. Na mesma hora, pego o celular para mandar uma mensagem, mas estou sem Wi-Fi.

— Nossa família mora em Lalehzar há muitas gerações — diz baba. — Nossa casa era do meu avô. É um milagre estar de pé há tanto tempo, mas acredito que certas coisas são destinadas a ficar com a família.

Hassan Agha estaciona o carro na frente de uma casa antiga deslumbrante. Fico de queixo caído com a arquitetura. Em Los Angeles, uma casa construída na década de 1920 ou 1930 é considerada histórica. A cidade inteira é como um delírio moderno. Esta casa parece ter sido construída há séculos, e lembra mais um museu do que uma casa de família. Tudo dentro é colorido e misterioso. Os tapetes pitorescos contam histórias do passado. O piso range com segredos. Alguns quartos não são separados por portas, mas por arcos arredondados que parecem portais para um reino mágico.

— Bem, entrem — diz baba enquanto Hassan Agha o ajuda a sentar na cadeira de rodas.

Quando meu pai tenta ajudar Hassan Agha a erguer a cadeira sobre os degraus da entrada, é afastado.

— Deixa comigo, esse é meu trabalho — diz Hassan Agha. — Vá aproveitar a comida que seu pai preparou para a sua chegada.

— Baba, não precisava ter cozinhado para nós — diz meu pai.

— E quem disse que precisei? — diz baba, rindo. — Eu *quis* cozinhar para vocês. Comida e música são minhas duas paixões. É o que me sustentou por quase cem anos, e doença nenhuma vai tirar isso de mim.

Depois que Hassan Agha sobe com baba pelos degraus, retorna até o carro para buscar nossas malas.

— Vem comigo — diz baba, empurrando a cadeira de rodas até uma sala de jantar toda ornamentada que me deixa estupefato com sua majestade.

Tudo nesta sala é como um caleidoscópio de detalhes. As cadeiras de madeira possuem padrões esculpidos. O tapete enorme no chão é uma explosão de cores. Há luminárias em todos os cantos, brilhando como ouro, com caligrafia entalhada no meio das cúpulas. E, sobre a mesa comprida de madeira, um banquete. Arroz e *tahdig* e cozidos e *kotlet* e *kookoo sabzi* e iogurte e picles e pão *lavash* e *barbari*.

— Nossa — digo, observando tudo.

— Eu não sabia o que vocês estariam com vontade de comer, então preparei um pouquinho de tudo — explica baba. — Por sorte, comida iraniana sempre fica melhor no dia seguinte, então é só guardar o que vocês não comerem.

Me aproximo das luminárias brilhantes.

— Posso tocar? — pergunto.

Baba ri.

— Claro que pode. Essas luminárias sobreviveram muitos anos.

— O que diz aqui? — pergunto, passando o dedo pela caligrafia.

Baba empurra sua cadeira para mais perto de mim.

— É um verso do Alcorão que diz: "Faça o bem. Alá ama quem faz o bem".

Assinto.

— Não sabia que sua família era religiosa.

— Não muito — diz ele. E depois, segurando minha mão, completa:
— Meu avô, e depois meu pai, foram donos de uma fábrica de móveis. A maioria das coisas nesta casa veio da fábrica deles.

— Sério? — pergunto. — Que demais.

— Sim, sério — diz baba. — Agora, vamos comer. O voo foi demorado. Você deve estar faminto.

Nós nos sentamos ao redor da mesa e, ao fundo, Hassan Agha vai levando nossas malas para os quartos onde vamos dormir. Enquanto baba põe um pouquinho de cada coisa nos nossos pratos, diz:

— Saeed, te coloquei no seu antigo quarto. E, Moud, você vai ficar no quarto que era da maman.

— Ela tinha um quarto só dela? — pergunto.

Meu pai faz um sanduíche de *kotlet*, usando pão *lavash* e iogurte, e responde:

— Baba e maman sempre dormiram em quartos separados. Ela tinha o sono muito leve.

— E não aguentava meu ronco — diz baba, rindo.

Quando dou a primeira mordida na comida, minhas papilas gustativas parecem que vão explodir.

— Baba, como pode isso aqui ser tão gostoso? — pergunto. — Já provei pratos parecidos em alguns restaurantes persas, mas nada era tão bom assim.

— São os ingredientes — explica baba. — Espera só até você provar as frutas daqui.

Comemos em silêncio por alguns instantes, com baba sorrindo enquanto provamos os pratos. Depois, o silêncio é substituído por um borrão de acontecimentos. Primeiro, a porta da frente batendo. Depois, o som de saltos altos estalando sobre o piso de madeira do saguão, seguido pelo som inconfundível da Britney Spears dizendo *"You better work, bitch"*. Quando Britney repete a frase, percebo que é um toque de celular.

— Alô? — diz uma voz feminina e alta. — Pra que você tá me ligando agora? Eu te disse que estou ocupada hoje... Se vira aí... E não me liga de novo.

— Esta é Ava — diz baba. — Ela insistiu em vir receber vocês.

Antes que eu possa perguntar quem é Ava, ela faz uma entrada triunfal, segurando dois presentes embrulhados em papel dourado com listras prateadas. Coloca ambos sobre uma caixa de madeira antiga na entrada da sala de jantar e tira o lenço de cabeça cheio de lantejoulas e o sobretudo preto, revelando que está vestindo um suéter justo e jeans pretos mais justos ainda, que abraçam todas as suas curvas. Então enrola o lenço de cabeça ao redor da cintura, como se fosse um cinto estiloso.

— *Vay, vay, vay, vay!* — diz ela, usando a expressão persa para "nossa" com uma voz carregada de drama. — Não acredito que meus parentes americanos finalmente chegaram. Só esperei vinte e um anos para conhecer vocês. Ou seja, minha vida inteira.

Olho para o meu pai, depois para o baba, superconfuso. Quem é essa parente de quem eu nunca ouvi falar?

— Ava *joon* — diz baba, tentando se levantar para cumprimentá-la.

— Baba *joon* — diz ela, correndo para o lado dele e o beijando na testa. — Não precisa levantar por minha causa. Olha só isso! Tá feliz agora que seu filho e seu neto pousaram em segurança?

— Olá, Ava *jan* — diz meu pai, se levantando. — Prazer em finalmente te conhecer. — Eles trocam beijos formais na bochecha. — Mahmoud, esta é a Ava. Ela é sua...

— Prima — exclama Ava, empolgada. — Sou sua prima.

— Mas como? — pergunto. — Meu pai e minha mãe eram filhos únicos. — E então, lembrando como os iranianos adoram guardar segredos, me viro para o baba e pergunto: — Peraí, meu pai *era* filho único, né? Ou também tenho algum tio ou tia que não conheço?

Ava ri.

— Tecnicamente, sou sua prima de segundo ou terceiro grau. Sou neta da irmã da sua maman.

Minha cabeça gira enquanto tento ligar os pontos. Nunca sequer conheci a irmã da maman, muito menos sua neta, mas agora cá está ela, na minha frente.

— Trouxe presentes, é claro — diz Ava. — Primeiro, para o tio Saeed. — Ela entrega um presente para o meu pai, que parece envergonhado ao aceitar. — E, depois, para o meu primo Moud. Amei seu nome, aliás. Superdivertido.

— Ah, valeu — respondo, meio sem jeito.

Depois de beijar minhas bochechas, ela sussurra no meu ouvido:

— A gente vai se divertir pra caralho, espera só pra ver.

Não consigo segurar o sorriso.

— Ava *joon*, o que você está cochichando? — pergunta baba.

— Só estou falando para o meu primo como estou feliz em finalmente conhecê-lo — diz Ava, toda educada.

Fico impressionado com a habilidade que ela tem de filtrar seu tom e sua linguagem na frente dos mais velhos.

— Devemos abrir os presentes agora ou mais tarde? — pergunta meu pai.

— Como preferir — diz Ava. — Mas, se abrirem agora, posso contar um pouquinho mais sobre eles. — Ela puxa uma cadeira e, por fim, se senta.

Eu e meu pai desembrulhamos nossos presentes ao mesmo tempo. Ele ganhou um cachecol, com estampas diferentes costuradas umas nas outras. E eu ganhei um casaco grande e marrom, com a gola laranja brilhante.

— Então, essas são peças da loja em que o meu amigo trabalha — explica Ava. — Eles encontram roupas vintage e dão uma repaginada nelas. Às vezes costuram pedaços de tecidos diferentes, como esse cachecol. E tudo que é antigo vira novo. Você tem que ver o Instagram deles, Moud. É tão legal.

— Ah — digo, com os olhos fixos no prato. — Não uso muito o Instagram. Mas obrigado pelo presente. Eu amei.

— Sim, muito obrigado — diz meu pai, dobrando o cachecol de novo e o colocando sobre a cadeira vazia ao seu lado. — Foi muito gentil da sua parte.

Ava é quem mais fala durante a refeição. Ela nos conta que chegou a estudar economia na faculdade, mas agora trabalha em um aplicativo de streaming de música.

— É basicamente o Spotify do Irã. Tem até as músicas da Rihanna, mas não podemos mostrar as fotos dela, o que é meio idiota porque todo mundo sabe como ela é.

Também fala sobre como seus amigos fazem as coisas mais incríveis do mundo.

— O Irã é o novo Vale do Silício. Temos de tudo aqui. Os Estados Unidos não podem nos obrigar a usar os apps de lá, então todo mundo começou a criar seus próprios aplicativos. Temos apps de carona, de delivery de comida, de tudo!

Por fim, ela menciona que o pai dela quer construir um arranha-céu no terreno onde fica a casa do baba.

— Só estou comentando porque tenho certeza de que meus pais vão falar disso quando conhecerem vocês.

— Vão dizer que é tanto dinheiro que dá para mudar de vida — diz baba. — E eu vou lembrar a eles que não quero que a minha vida mude.

— Estou contigo, sério mesmo. — Ava aponta para todos os móveis antigos. — Acredito muito na preservação da nossa história. Mas meus pais nunca desistem, e eu já implorei para eles deixarem isso pra lá.

— E é por isso que você é a única da família que recebo na minha casa — diz baba, com um sorriso debochado.

— Uma honra e tanto para mim. — Ava sorri. Os dentes dela são brancos a ponto de ofuscar a visão.

Depois que todos terminamos a sobremesa — sorvete de açafrão com *faloodeh* —, Ava começa a limpar os pratos.

— Deixa eu ajudar — ofereço.

— Nem pensar — insiste ela. — Você é visita. E nem desfez as malas ainda. — Tento recolher meu prato, mas ela dá um tapa na minha mão. — Solta. Anda logo.

— Vamos — diz meu pai. — Vou te mostrar onde fica o antigo quarto da maman.

Enquanto meu pai me leva até o saguão de entrada e começa a subir as escadas, eu o imagino crescendo nesta casa. Estes devem ter sido os primeiros degraus que ele subiu na vida. As paredes foram as primeiras a ouvi-lo falar.

— É aqui — diz ele, apontando para uma porta no segundo andar.

— Onde fica o seu quarto? — pergunto.

— No final do corredor. Aquele lá. — Ele aponta para o último cômodo do corredor.

— O baba parece estar bem — digo. — Quer dizer, ele parece o mesmo de sempre.

— É, ele parece estar bem. — É tudo o que meu pai diz antes de ir até o quarto dele.

Entro no quarto antigo da maman e imediatamente envio uma mensagem para Shane. Oie, cheguei no Irã. É esquisito. Saudades.

Guardo o celular e observo o quarto. Minha mala está em cima de uma antiga cama de madeira, coberta por uma colcha enorme. O papel de parede tem estampa de folhas douradas e está descascando nas beiradas. No canto, há outra daquelas luminárias cintilantes com caligrafia. Abro a mala e tiro todos os itens que trouxemos para o baba: o hidratante, os remédios e cremes para os pés, e o iPad para o filho de Hassan Agha. Compramos tudo isso há menos de quarenta e oito horas, mas parece que já se passou uma vida inteira desde que saímos dos Estados Unidos.

Tiro minhas coisas da mala e começo a guardar tudo em uma cômoda barulhenta. Só que, quando abro as duas últimas gavetas, descubro que estão cheias de trabalhos da maman. Encaro maravilhado as plantas baixas e imagens dos prédios para os quais minha avó dedicou a vida.

Fecho as gavetas quando meu celular apita. É uma mensagem de Shane. Los Angeles fica onze horas e meia atrás de Teerã, então ele provavelmente acabou de acordar. Enviou uma selfie de cara feia com a palavra SAUDADE escrita na testa. A foto é acompanhada de uma mensagem que diz: Espero que seu baba esteja bem. Me desculpa se as coisas ficaram esquisitas depois que você foi embora. Esse país inteiro parece vazio pra caralho sem você aqui.

Sorrio e abro o app de podcasts para ouvir o último episódio do *Vai engolir essa, América?*, porque quero escutar a voz dele. Mas o aplicativo não funciona. Salvei alguns episódios antigos no computador, então abro o notebook e coloco um deles para tocar.

"Eu sou Shane Waters", o som da voz dele preenche o quarto, e parece anacrônico escutado aqui, como se ele nunca pudesse pertencer a este espaço.

"E eu sou Sonia Souza."

"Prontos para mais um episódio de *Vai engolir essa, América?* Porque esse vai ser bom demais."

"Hoje vamos falar sobre apropriação cultural. O que é? Quem são os culpados? É sempre errado? Não esqueça de ligar para deixar sua opinião, porque queremos saber se vocês vão engolir ou não. Então, Shane, deixa eu te perguntar... Quando eu digo 'apropriação cultural', qual é a primeira imagem que te vem à cabeça?"

"Tipo..." Shane ri, e então diz: "A Katy Perry vestida de gueixa. A Gwen Stefani de bindi. A carreira inteira do Elvis..."

Estou guardando as roupas quando escuto uma voz que não é nem de Shane nem de Sonia.

— Quer saber o que eu acho? — pergunta Ava ao entrar no quarto e se jogar na cama.

Por instinto, fecho o computador, tentando lembrar se Shane menciona seu namorado neste episódio. Diferente dos homens da minha família, Shane gosta de falar sobre *tudo*.

— Acho que os estadunidenses estão tão sem o que fazer que acabam falando sobre coisas que não têm a menor importância — diz Ava, tirando os sapatos ao perceber que estavam em cima do meu cobertor.

— Esse é o podcast do meu amigo — digo, um pouco ofendido com o descaso dela e com nojo de mim mesmo por ter chamado Shane de "meu amigo", como meu pai.

— Então fala para o seu amigo que quero ser a próxima convidada. Apropriação cultural. Eu adoraria ver as pessoas abraçando a cultura iraniana. É melhor do que ficar pensando que somos terroristas ou vítimas. Olha a Beyoncé, por exemplo. Ela se apropriou da nossa cultura quando batizou a filha de Rumi, e eu amei. Que bom que ela sabe quem é Rumi.

— Claro — digo, fechando uma gaveta de meias. — Mas, quando a Rumi *dela* crescer, já vão ter patenteado o nome, transformado numa marca, e todo mundo vai achar que Rumi é a filha da Beyoncé, não o nosso poeta.

— Você é tão cínico — diz ela, semicerrando os olhos com desaprovação. — Não seja cínico.

Sinto uma vontade furiosa de mandá-la sair do quarto. Então, digo num sussurro:

— E você é escandalosa, presunçosa e nem sequer é minha prima.

Com isso, ela ri e bate uma palma.

— *Vay*, estou obcecada por você! — Então, imediatamente faz uma ligação no celular. — Siamak, você precisa conhecer meu primo. Ele é um mala igualzinho a você. Acabou de me chamar de escandalosa e... — Ela olha para mim. — Do que mais você me chamou?

— Presunçosa.

— Presunçosa! — repete ela. — A minha cara, né? Peraí, vou te colocar no viva-voz.

— Não, sério, de boa. Estou cansado — digo, mas não adianta de nada.

— Siamak, conheça meu primo Moud.

— Olá! — diz a voz do outro lado da linha. — Bem-vindo a Teerã.

— Ah, obrigado.

— Você vem na festa hoje à noite? — pergunta ele.

Antes que eu possa responder que não vou a uma festa para a qual nem fui convidado, Ava diz:

— Óbvio que ele vai! E vai usar o casaco que eu dei de presente. É superchique!

— Estou com muito jet lag da viagem... — sussurro.

— Não seja mal-educado. — Ava balança o dedo indicador para mim. — Você está no Irã. Não pode recusar um convite feito por adultos.

— Você é adulta?

— Sou mais velha do que você — diz ela, com um sorriso. — Além do mais, jet lag, fuso horário e tudo mais... Isso é tudo psicológico. — Ela salta da cama e me dá um beijo em cada bochecha. — Te pego às onze. Me encontra lá fora. Não conta para o seu pai nem para o seu baba. Eles vão achar que estou sendo uma má influência.

— A festa *começa* às onze?

— Que horas as festas começam nos Estados Unidos? — pergunta ela, mas não espera por uma resposta. Só vai embora, conversando com o amigo. — Siamak, vai ter coisa pra beber? — Ela está falando sobre o que eu acho que está falando? Achei que álcool era ilegal aqui. — Quer que eu leve um uísque do meu pai?

Acho que ela não se importa muito com a legalidade. Leis, assim como fuso horário, devem ser psicológicas para ela também. Fluidas como fronteiras e nomes. Mas só a ideia de beber no Irã já me deixa morrendo de medo.

Quando estou certo de que ela já foi, pego o celular e faço uma chamada de vídeo com Shane. Ele atende de imediato. Está tomando café da manhã com os pais.

— Oi! — diz ele. — Você sabe que meus pais têm aquela regra de "nada de celular durante as refeições", mas eles me deixaram abrir uma exceção desta vez.

Ele gira o celular para mostrar os pais sorrindo.

— Oi, Moud! — Eles acenam.

— E aí? — pergunta Shane, saindo da mesa para conversar comigo em particular. — Como estão as coisas?

Conto a ele que o baba parece estar bem, que a casa é incrível e que conheci uma prima de segundo ou terceiro grau, mas minhas palavras não transmitem toda a emoção da viagem.

— Bom, preciso ir para o colégio — diz Shane. Brincando, ele completa: — Lembra? Aquele lugar de onde você fugiu.

— Eu não fugi — respondo. — Só vou perder as aulas por algumas semanas. No resto da viagem já vamos estar de férias, de qualquer forma. E vou manter os trabalhos em dia.

— Três semanas e meia — diz ele. — É isso tudo de aula que você vai perder. E três milhões e meio de toneladas é o tanto de saudade que eu vou sentir.

Sorrio.

— Também vou sentir saudade.

— Me liga amanhã?

Concordo e me despeço. Sinto um vazio esquisito ao desligar. Não quero ficar sozinho. Sinto falta de Shane. Sinto falta de como as coisas costumavam ser tranquilas entre nós dois, daquela sensação de que éramos um só.

Atravesso o corredor até o quarto do meu pai, me perguntando se devo comentar com ele sobre a festa. A porta está com uma fresta aberta, e consigo vê-lo lá dentro. Ele ainda não desfez as malas. Nem sequer tirou os sapatos.

Ele segura o celular com força e fala, com a voz baixa:

— Oi, é da secretaria dos ex-alunos? Gostaria de ajuda para localizar uma pessoa que eu conheci um tempo atrás...

Quando começo a me inclinar para ouvir mais, Hassan Agha dá um tapinha no meu ombro.

— Mamoud *jan*, está com fome?

Me viro e o encontro segurando um aquecedor.

— Com fome? — pergunto em choque. — Depois de tudo o que comemos, acho que vou ficar uns dois meses sem fome.

Hassan Agha ri.

— Você está em fase de crescimento. — Ele levanta o aquecedor para mim. — De noite faz bastante frio. Se quiser, posso levar um para o seu quarto também.

Hassan Agha entra no quarto e instala o aquecedor bem na hora em que meu pai encerra a ligação, me deixando desesperado para saber quem ele quer encontrar.

Às onze, não consigo dormir. Minha mente está a mil, e uma das coisas que me mantém acordado é a curiosidade sobre a festa à qual Ava quer me levar. Mesmo sabendo que não é a melhor ideia do mundo, visto uma calça jeans e o casaco que ela me deu, depois desço as escadas na ponta dos pés. Consigo ouvir baba roncando na sala de estar. Ele fica lá agora, já que não consegue subir a escada com a cadeira de rodas. E a sala fica ao lado do quarto onde Hassan Agha dorme, então ele pode ajudar em caso de emergência.

Encontro meus sapatos na entrada e os calço. Está frio do lado de fora, e o vento gelado me faz questionar minha decisão. Talvez seja melhor voltar. Porém, antes que eu consiga dar meia-volta, o carro de Ava chega. Ela abaixa o vidro.

— Entra — diz ela.

Eu obedeço. Para minha surpresa, fico feliz ao vê-la. Sim, ela é esquentadinha, mas também é fascinante. Quando pisa no acelerador, aumenta o volume da música. É um remix de uma música antiga da Dalida.

— Eu adoro ela! Você gosta?

— Meu pai sempre escuta as músicas dela — respondo. — Vive na playlist que ele toca nas noites de carteado. Um monte de homem iraniano fica cantando junto enquanto joga pôquer.

— Todos os amigos do seu pai são homens iranianos? — pergunta ela.

Assinto.

— Acho que vez ou outra ele joga golfe ou tênis com não iranianos, mas, sim, a maioria são homens iranianos. E, tipo, as esposas deles também. Mas elas nunca vão lá pra casa porque, bom, minha mãe não está mais lá.

Ela abre um sorriso carinhoso e diz:

— Deve ter sido uma barra e tanto, né? Perder sua mãe tão novo.

Assinto, mas não digo nada, porque nunca falo sobre como foi difícil perdê-la.

— Não fala nada sobre hoje com o seu pai, tá bom? Muito menos com os meus.

— Você não tem vinte e um anos? — pergunto. — Por que teve que sair escondida?

Ela ri.

— Bem-vindo ao Irã, onde todas as filhas são tratadas como crianças até se casarem. Ainda bem que meus pais dormem feito pedras.

— Então você ainda mora com eles? — pergunto, pensando que, com a idade dela, não quero mais estar morando com meu pai.

— Sempre morei. — Ela dá de ombros. — Pensei em me mudar para os dormitórios durante a faculdade, mas esses lugares são ainda mais cheios de regras.

— Aonde estamos indo? — pergunto quando ela vira bruscamente.

— Meu amigo Siamak trabalha meio período numa galeria de arte. Ele acabou de entrar na faculdade de artes plásticas. É o bebezinho do nosso grupo e provavelmente o mais talentoso. Enfim, o dono da galeria deixou a gente dar uma festa na casa dele, em Niavaran. Vai ser incrível, você vai ver. E vai amar meus amigos. Eles são os melhores, óbvio. Eu só ando com as melhores pessoas.

Ela entra numa rua silenciosa e dá uma freada abrupta na frente de uma casa com portão de ferro. Saímos do carro, e Ava aperta um botão do lado de fora e alguém nos deixa entrar. Ava segura minha mão e me puxa para dentro. Está tocando música, um som ambiente bem delicado. Há fumaça de cigarro no ar, atrapalhando minha visão dos convidados. Ela não estava brincando: todo mundo aqui é incrível, um mais estiloso que o outro.

— Olha lá o Siamak — diz ela, apontando para um cara alto, esguio e desengonçado. Seu cabelo preto e cacheado está preso para trás com uma faixa, deixando o rosto limpo receber toda a luz. Ele nos avista rapidamente, mas depois volta a atenção para o cara com quem está conversando no batente de uma porta. — Eu apresento vocês mais tarde. Parece que ele está meio ocupado agora.

— Quer dizer que... — Quero perguntar se ela quis dizer que o amigo dela está flertando com o outro garoto.

Ela claramente saca o que estou pensando. Com um sorriso, diz:

— Muitos dos meus amigos são queer.

Conforme a fumaça se esvai, começo a entender o que estou vendo aqui. Espalhados pela multidão, há homens de mãos dadas. Mulheres flertando com outras mulheres. Não sei o que estava esperando encontrar numa festa iraniana, mas não era isso.

— Nem todo mundo na festa é queer, óbvio — diz ela. — Mas todo mundo tem a mente bem aberta. São vários estudantes de arte.

Olho em volta. Muitos dos jovens transformaram seus corpos em arte, experimentando com cores diferentes de cabelo, piercings, tatuagens... Um garoto tem a cabeça metade raspada e metade com cabelo turquesa num corte de máquina. Quase todos os garotos exibem pelo menos um brinco nas orelhas; a maioria tem muito mais. Há garotas com os olhos esfumados. Algumas pessoas vestindo só roupas pretas e outras, cores vibrantes.

Eu deveria contar para Ava que sou gay. Deveria contar a ela que tenho um namorado há quatro anos. Só que, de certa forma, me parece informação demais para um único momento. Então, tudo o que digo é:

— Nossa, que maneiro.

Ela sorri enquanto amarra o lenço de cabeça na cintura.

— Viu só? Teerã não é só um monte de usinas nucleares e prisões como a mídia ocidental quer que você acredite.

A festa clandestina prega peças no meu cérebro. Não é apenas o que estou vendo. Vida queer no Irã. Moda persa. Arte contemporânea nas paredes. Pessoas recostadas em esculturas enquanto sopram anéis de fumaça pelo ar. Não, o que está me deixando mexido é o jeito como meus dedos instintivamente querem pegar o celular e, mais do que nunca, fotografar toda essa magia. Minha imaginação já começa a transformar cada cantinho da festa em uma legenda diferente.

#NãoHáGaysNoIrã, uma pequena homenagem ao meu xará Ahmadinejad e seu bordão idiota.

#MoudClandestino, uma pequena homenagem ao meu apelido.

#PorQueEstouPensandoEmHashtags quando me sinto tão feliz por ter me libertado das redes sociais?

Ava segura um decanter de vinho tinto.

— Você já bebe, priminho?

Sorrio.

— Sim, mas sou muito fraco. Quero só uma tacinha bem pequena.

Ela serve uma taça pequena para mim e uma grande para ela. Estou perdido em pensamentos enquanto dou o primeiro gole, ainda pensando em como adoraria postar sobre tudo isso aqui; compartilhar com o mundo.

— Que cara é essa, hein? — comenta Ava, já com os dentes manchados de vinho tinto.

— Só estou processando tudo isso.

— Parece estar com uns pensamentos bem profundos. — Ela bebe mais vinho. — Olha, tá tocando Tori Amos. Você gosta dela?

— Hum, meu… — Quase respondo *meu namorado gosta dela*. Ele descobriu Tori Amos quando gravou um episódio do podcast sobre artistas femininas que produziram seus próprios discos. — Meu conhecimento musical não é tão amplo quanto o seu.

— Eu sei que você não quer me contar o que está pensando *de verdade* — diz ela. — Mas tudo no seu tempo. É que eu sou intrometida. E abusada. E... do que foi que você me chamou mesmo?

— Presunçosa — digo, rindo de nervoso. Mas ela ainda parece amar a palavra. Bebo mais um gole de vinho e a acidez me assusta. E depois me relaxa. — É bobeira. Só estava pensando que esse é o primeiro lugar que conheço que de fato merece ser compartilhado nas redes sociais. Porque tudo é legal demais. E as pessoas deveriam saber que o Irã é *assim*.

— Bom, não exatamente — diz ela. — Isso aqui é um pedaço bem pequeno e bem secreto de Teerã.

— Sim, mas talvez, se mais pessoas soubessem disso aqui, não seria mais tão pequeno ou tão secreto.

— Hashtag bomba da verdade — diz ela, rindo.

— Hashtag verdade seja dita — brinco.

— Hashtag a verdade te liberta — acrescenta ela, com uma piscadinha.

— Hashtag terça da verdade. — Tomo um gole de vinho. Já estou me sentindo quente e altinho.

— Bom, não é terça-feira, então acho que não funciona — comenta ela.

— E a gente nem está postando nada, então tanto faz. — Mais um gole. Ela ri.

— Terça do tapão na cara! — exclama, e nós dois caímos na gargalhada.

— Enfim, agora mandando a real. Eu deletei todas as minhas redes sociais, então nem tenho onde postar sobre essa festa. Nada de Instagram, nem TikTok...

— Nossa, você existe? — Ela me cutuca. Depois me belisca de brincadeira, mas com firmeza. — Só estou checando pra ver se é de verdade mesmo.

— Isso meio que doeu — digo.

Ela me solta e me olha arrependida. Depois, semicerra os olhos na minha direção.

— Talvez o que eu vou falar seja bem óbvio, mas, só por via das dúvidas... Você tá ligado que, se postasse qualquer coisa sobre isso aqui, poderia colocar todo mundo que está na festa em perigo, né? Principalmente se o seu perfil for aberto. Ou se você for um influenciador.

Solto uma risada.

— Sou qualquer coisa *menos* influenciador. E eu não estava falando que ia postar. É só que, no meio de tantas fotos idiotas de pessoas jantando, aplaudindo o pôr do sol e essas merdas todas, isso aqui é algo que *deveria* ser compartilhado.

— E o motivo que torna a festa tão especial é que ninguém sabe da existência dela — diz Ava. — É um ciclo infinito.

Sorrio. Ela é escandalosa, mas inteligente. Lembra um pouco Shane. Talvez seja o jeitinho dela de me deixar à vontade.

— Deveria existir uma palavra para quando você fica, tipo, escrevendo legendas para as redes sociais na sua cabeça enquanto está vivendo a vida.

— Existe — diz ela, com firmeza.

— Qual? Desassociação?

— Não. Abstinência. O que você está sentindo é abstinência. Você é viciado. Todos nós somos.

— Pois é — digo, com seriedade. — Isso parece... verdade.

— Talvez seja até bom que a gente não seja tão aberto aqui como você pode ser nos Estados Unidos. — Ela observa os convidados da festa. Os casais agarradinhos. Os amigos trocando fofocas. Os bêbados barulhentos e os bêbados tristes. — Tipo, não é bom que as pessoas queer daqui não tenham liberdade de existir. Não é isso que estou falando.

— Eu sei que não é isso. Você não...

— Mas talvez não registrar todos os acontecimentos faça com que a gente, sei lá, viva o momento.

— Isso — respondo.

— É o lado positivo de se viver sob um regime repressivo — diz uma voz atrás de mim.

Me viro e encontro Siamak, que não está mais flertando com o garoto.

— Siamak está sempre olhando o lado positivo das coisas — diz Ava, puxando o amigo para um abraço. — É por isso que eu te amo, neném. — Ela aperta as bochechas dele com tanta força que ele fica com bico de peixinho.

— Não sou neném. Mês que vem eu já faço dezoito!

— Um neném! — grita Ava. — Olhe em volta, você e Moud são os mais novos daqui.

— Só porque eu não convidei ninguém da minha idade. A maioria das pessoas de dezessete anos é um saco. Me sinto tão mais velho que os meus colegas de classe.

— E Siamak está um ano adiantado, então ele é o mais novo da turma — conta Ava, toda orgulhosa. — Nosso geniozinho.

— Não sou gênio coisa nenhuma. Só me esforço muito. E não fico procurando o lado positivo das coisas o tempo todo. — Siamak faz cara feia até Ava finalmente soltar as bochechas dele e olha para o garoto com quem estava flertando. — Ele não está a fim de mim. Disse que só curte caras mais velhos. Eu disse que já tenho quase dezoito anos, e ele me disse para ligar pra ele quando tiver o dobro disso.

— Isso parece uma epidemia iraniana — diz Ava. — Nossos pais são uns trogloditas que não nos dão amor o suficiente, daí a gente vive buscando amor em outros homens mais velhos.

Penso no meu próprio pai iraniano troglodita e todo o amor que eu sempre quis dele e nunca recebi.

— Então, meu companheiro adolescente — diz Siamak para mim. — Você é primo da Ava, mas vocês dois não se parecem nem um pouco.

Eu o corrijo.

— Somos primos de segundo grau. E nos Estados Unidos *todo mundo* acharia a gente superparecido.

Siamak ri.

— Norte-americanos acham que somos todos a mesma pessoa. Fui ao casamento do meu primo de segundo grau em Houston, e trinta e dois estadunidenses me parabenizaram. Sim, eu contei. Eles acharam que eu era o noivo, que, por acaso, era uns trinta centímetros mais alto e dez anos mais velho do que eu. Mas nós dois somos iranianos, ou seja...

— Sinto muito — falo. — Os Estados Unidos só me fazem passar vergonha.

— Não, não — diz Ava. — Não diga "Estados Unidos". Sempre diga estadunidenses. Usar o nome do país inocenta as pessoas que fizeram as coisas erradas.

— Que *fazem* as coisas erradas, no presente — corrige Siamak.

Olho para a minha taça, me sentindo culpado. Eu nasci nos Estados Unidos. É o meu lar.

— Siamak morou nos Estados Unidos por anos, então ele tem permissão para falar mal de lá — explica Ava.

— Por que você voltou? — Imediatamente odeio como a pergunta soou, como se os Estados Unidos fossem um lugar superior.

Siamak arqueia uma sobrancelha.

— Bom, foi minha família que decidiu voltar. Não estava dando mais para pagar as contas em New Hampshire, principalmente depois da recessão. E eles queriam recuperar um terreno que foi tomado da gente durante a revolução.

— E conseguiram? — pergunto.

— Ainda não — diz ele, dando de ombros. — Burocracia. Tanta burocracia. De qualquer forma, eu quis voltar para cá. Até tive a opção de me mudar para Houston, meus tios estavam dispostos a ficar comigo. Mas escolhi voltar. E quer saber? Prefiro mil vezes aqui. Essa é a minha galera. Quero ser um artista *persianizado*, representando minha cultura.

Assinto, me perguntando se eu conseguiria viver aqui para sempre.

— O que é persianizado? — pergunto.

— Agora não, por favor — implora Ava. — Já ouvi a palestra do Siamak sobre a Sociedade Persianizada um bilhão de vezes. Pesquisa depois. É doidera.

— Teoria acadêmica não é divertido pra você? — pergunta Siamak, com uma piscadinha.

Ava ri.

— O que quero saber é… Se seu primo de Houston é de segundo grau, então sua tia e seu tio não são tecnicamente seus….

— Para — ordena Siamak. — Nada disso importa. Porque você sabe muito bem que todos nós iranianos somos primos de segundo grau. Tudo família.

Ava bate palma.

— Verdade, verdade.

— Mais um motivo para ser gay. — Siamak me encara de canto de olho ao dizer isso. — Precisamos impedir todos esses iranianos heterossexuais de continuar procriando com suas primas de segundo grau.

— Minha bisavó casou com um primo de *primeiro* grau — anuncia Ava, com orgulho.

— Sério mesmo? — pergunto, um pouquinho chocado.

— Para a época não é nada de mais — diz Siamak. — Todo mundo se casava com primos. Principalmente os ricos, para manter o dinheiro dentro da família.

— Ah.

— Quem sabe você não acaba se casando com a Ava? — diz Siamak, com um sorriso debochado que me diz que a piada vai além do fato de nós sermos parentes.

Será que ele sabe que eu sou gay? Será que conseguiu farejar em mim? Sempre tive um péssimo gaydar, mas talvez os iranianos que moram no Irã precisem desenvolver um gaydar afiado como forma de proteção.

— Eu seria uma péssima esposa — diz Ava. — Odeio cozinhar. Odeio fazer faxina. Sou barulhenta. E só penso em festas e apostas.

— Perfeita para mim! — diz Siamak, lambendo a bochecha dela de brincadeira.

— Sabe o que eu quero mesmo? — Respondendo à própria questão, Ava diz: — Quero casar com um árabe podre de rico, desses com um monte de esposas. Quero ser a *menos* favorita, para ele não me encher o saco, mas me dar dinheiro o suficiente para eu viver a porra da minha vida do meu jeito.

Meu celular vibra no bolso. Ao pegar o telefone, vejo o rosto de Shane na tela. Na foto, ele está segurando uma casquinha na frente da Big Gay Ice Cream. Rapidamente silencio a chamada.

— Pode atender — diz Ava.

— Não, tá tudo bem — respondo. — É só meu... — Pauso por um segundo antes de completar. — Amigo.

Ava e Siamak trocam um olhar.

— Que foi? — pergunto.

Siamak vira para o lado.

— Nada, não — diz ele.

Mas Ava não consegue se segurar.

— Que bobeira, Moud — diz ela, num tom carinhoso. — Olha só onde você está. Por que está se escondendo da gente? Nós não somos policiais disfarçados.

Engulo em seco. Me sinto tão esquisito. Por que estou me escondendo deles?

Siamak apoia a mão no meu ombro.

— Pode ser você mesmo com a gente. Não precisa ter vergonha de nada.

Sinto meu rosto queimando. Não tenho vergonha de quem eu sou. Pelo menos acho que não.

— Desculpa — diz Ava. — É tudo minha culpa. Eu espionei suas redes sociais antes de você vir para cá só para ver como você era. A gente sabe que era seu namorado ligando, o Shane. Eu deveria ter te contado logo de cara, mas imaginei que você iria querer contar pra gente primeiro, mas você não disse nada e... Bom, me desculpa.

— Nossa — digo, me sentindo idiota por ter me escondido de pessoas que obviamente me aceitam. — Bom, não precisa pedir desculpas. Minhas redes sociais eram públicas. Você não fez nada de errado. E, sim, sou gay e tenho um namorado. Não tenho vergonha disso nem nada do tipo... É só que, sei lá, não imaginei que poderia me assumir aqui. Com certeza eu não estava esperando nada... disso.

— Você fez certo em apagar sua história — diz Siamak.

As palavras que ele escolhe — *apagar sua história* — são como um soco no estômago. Eu não quero apagar minha história. Quero honrá-la, carregá-la dentro de mim.

Ava fala o mais baixo que consegue:

— Você poderia ter só deixado seu perfil privado. É o que todos nós fazemos aqui.

— É — digo. — Acho que eu não sabia quão *privado* um perfil privado é.

— Enfim, agora somos amigos — diz Ava. — Todos nós. Se você é queer ou aliado no Irã, temos que ficar juntos.

— Porque só temos a nós mesmos — acrescenta Siamak, com tristeza.

A palavra *vergonha* continua rodopiando na minha cabeça. Siamak tinha razão. Eu me sinto envergonhado. Envergonhado por ter mentido. Envergonhado por ter me permitido voltar para o armário. Envergonhado por ter julgado minha própria comunidade.

— Como suas redes sociais eram públicas, acredito que o seu pai já saiba — diz Ava. — Mas o baba sabe que você é gay?

— Ele sabe — respondo. — E, por mais surpreendente que pareça, ele me aceitou muito melhor do que o meu pai.

— Zero surpresas — comenta Ava, dando uma olhadinha rápida para Siamak.

Siamak a fuzila com o olhar. Dá para ver que eles estão escondendo algo de mim, mas não sou tão intrometido e fofoqueiro como Ava, e não quero forçá-los a contar algo contra a própria vontade.

— Baba é muito gentil — diz Ava. — Aposto que seu pai também é. Afinal de contas, ele é filho dele.

— Tipo, meu pai é confiável. É presente. Gentil eu já não tenho muita certeza. Ele não fala sobre o fato de eu ser gay, tipo, nunca. Jamais convidou o Shane para jantar lá em casa nem nada parecido.

É tão bom poder falar sobre o meu pai com alguém que me entende. Com Shane, sinto que preciso ficar defendendo meu pai o tempo todo. Com Ava, posso ser honesto. Afinal de contas, ela é da família.

Ava assente.

— Sei que isso não vai te consolar, mas seu pai ter te criado sozinho como ele fez e não falar nada sobre a sua sexualidade... Bom, já é um grande avanço para um homem iraniano. Se meu pai tivesse um filho gay... — Ava balança a cabeça para espantar a ideia e abre um sorriso compreensivo. — Bom, a vida é sua, o namorado é seu... Não vou me meter se você não quiser. Mas, se quiser, sempre terá todo o meu apoio.

— Obrigado — digo. — Na verdade, bem que estou precisando de apoio, então, é. Eu aceito.

— Que bom, então liga pra ele — ordena ela. — Quero conhecer o Shane.

— Vamos lá pra fora — sugere Siamak. — Tá muito barulhento aqui dentro, e a luz é melhor na varanda.

Siamak nos leva para fora. Ficamos bem embaixo de um poste de luz. Hesito antes de retornar a ligação de Shane, mas me parece o certo a fazer. Sinto que estamos a um mundo de distância, e não quero me sentir distante dele. Talvez, ao conhecer Ava e Siamak, ao me ver neste novo contexto, ele não se sentirá tão longe assim de mim.

Shane atende do pátio do colégio. Sonia está ao lado dele. O sol de Los Angeles ilumina os dois, os deixando quase invisíveis. No retângulo menor no cantinho da tela, quase não dá para me ver também.

— Oi! — diz ele. — Imaginei que você ainda estaria com jet lag, se revirando na cama.

— Bom, na verdade não — digo, com timidez.

Ava pega o celular. Ela segura perto demais, cobrindo quase a tela inteira com seus lábios vermelhos.

— Shane *joon*, eu sou a prima Ava. *Salam, azizam.* Prazer te conhecer.

— Hum, oi pra você também. Onde vocês estão?

— Na festa do meu amigo Siamak, na casa do chefe dele. Dá um oi, Siamak.

Ava vira o celular para filmar Siamak envergonhado.

— Oi. — Siamak dá um aceno. — Estamos cuidando direitinho do seu namorado, não se preocupe.

— Ah, caramba, ele falou sobre mim? — pergunta Shane.

— Somos todos assumidos aqui nessa festa — explica Siamak. — Tem um monte de pessoas queer. E a gente até tolera quem não é, tipo a Ava.

— EU QUERIA SER LÉSBICA! — grita Ava na maior empolgação.

Siamak olha sério para ela.

— Ava *joon*, chega.

— Nossa — diz Shane. — Achei que… Tipo, não é ilegal ser gay no Irã?

— Sim — responde Siamak. — E sodomia era ilegal nos Estados Unidos até 2003, não era?

Ava sussurra para mim:

— Não te disse que o Siamak é um gênio? Ele pesquisa tudo!

— Só as coisas que me interessam — diz Siamak. — E a vida queer me interessa bastante.

— Bom, quer dizer… Aquela lei da sodomia raramente era colocada em prática — diz Shane.

— Claramente, a nossa também — rebate Siamak. — Porque cá estamos nós.

Isso é raro. Shane sem palavras. Shane percebendo que talvez ele não esteja certo a respeito de alguma coisa.

Sonia intervém:

— Aposto que o Irã é cheio de surpresas. Li um artigo sobre pessoas trans aí. O governo iraniano paga a cirurgia de pessoas trans, não é? Quer dizer, que loucura. Além de ser legalizado, é pago pelo governo. Tipo, quem diria que o Irã estaria à frente dos países ocidentais nas questões trans?

— Não é bem assim — diz Siamak. — Pessoas trans podem até conseguir fazer suas cirurgias aqui, mas não são tratadas nem um pouco bem. A maioria é deserdada pela família e excluída pela sociedade. Muitas acabam se tornando profissionais do sexo, viciadas em drogas, morando em abrigos. Nem tudo é o que você lê num artigo. Às vezes você precisa ver algo com os próprios olhos para entender. Se um dia visitar o Irã, vai entender.

— Nossa — diz Sonia. — Seria bem legal. Eu adoraria conhecer o Irã um dia.

Ava fica radiante.

— Vocês dois serão muito bem-vindos aqui. No nosso grupo, o chefe de alguém sempre está viajando, então poderemos receber vocês com estilo.

— Pois é, quem sabe... — gagueja Shane.

Ele não teria coragem nem de falar sobre as ressalvas morais que teve com a *minha* viagem para o Irã, quem dirá vir ele mesmo visitar.

Nem consigo imaginar o que Ava e Siamak achariam se eu contasse que, para Shane, visitar o Irã é a mesma coisa que comer um sanduíche de frango numa lanchonete homofóbica. As duas coisas são apenas *pink money* no bolso de homofóbicos.

Um cara bonitão de trinta e poucos anos aparece da escuridão e vai em direção à porta. Seu cabelo preto e espesso está penteado para trás com gel, como se estivesse numa versão iraniana de *Grease: Nos tempos da brilhantina*. Ele está vestindo uma camiseta preta justa e uma calça jeans preta ainda mais justa.

— Siamak, Ava, *salam* — diz ele.

— Na moral, vai embora, Hormoz — diz Ava, com frieza.

— A gente nem te convidou — completa Siamak, com mais frieza ainda.

— E daí? — pergunta Hormoz. — Bom, muitos dos seus convidados solicitaram minha presença aqui, então vou lá para dentro colocar um sorrisinho no rosto de todo mundo.

— A gente não quer problema — implora Siamak. — E você só traz problema.

Hormoz joga os braços para o alto, fingindo que foi baleado enquanto tropeça para trás. Quando ele entra na festa, Ava vira para mim e sussurra:

— Fica longe dele. Ele é traficante. E adora gente vulnerável que precisa dar uma fugidinha das próprias dores.

— O que, infelizmente, é a descrição de muitas pessoas queer — diz Siamak. — Vou tirar ele de lá.

Siamak entra na festa sem se despedir de Shane e Sonia.

— É uma pena mesmo — diz Ava. — Hormoz era tão fofo. E ele é um gato, né?

Olho para Shane, ainda no celular. Não vou chamar outro cara de gato na frente dele. A gente tem passe livre para fantasiar com celebridades e gays do Insta, mas caras da vida real, nem tanto.

Ava continua. Ela tem o dom de preencher silêncios desconfortáveis, e gosto disso nela.

— Ele costumava vender coisas que não destroem as pessoas. CDs do mundo todo. Livros. Sabe, escapismos saudáveis. Mas a internet destruiu o mercado alternativo de mídia dele, então começou a vender drogas. Opioides. Metanfetamina. A internet ainda não deu um jeito de distribuir esse tipo de coisa.

— Jesus amado — diz Shane. — Achei que essa epidemia de opioides era coisa dos Estados Unidos.

— E de onde você acha que os opioides saem? — pergunta Ava.

— Enfim, eu até tinha empatia pelo Hormoz, mas não tenho mais. E culpar a internet por ter que traficar drogas é meio idiota, né? Dá pra culpar a internet por *tudo* na nossa vida! Eu culpo a internet pelos meus problemas de autoestima!

— Você tem problemas de autoestima? — pergunto.

— Bom, já tive — diz Ava. — Acha que é fácil ser uma garota gorda no Irã? Faz favor.

— Eu te acho linda — digo.

Ela revira os olhos.

— Você é gay.

— Eu também te acho linda — diz Sonia. — E eu sou bissexual de carteirinha e tudo.

— Você mal consegue me ver com essa iluminação horrível, mas agradeço aos dois.

— Temos que voltar para a aula — diz Sonia, fora da tela. — Tchau, Moud. Saudades.

— Tchau, Sonia. Tchau, lindo. Eu...

Quero dizer que amo Shane, mas parece esquisito na frente de Ava e, mais uma vez, penso que posso estar sentindo um pouquinho de vergonha mesmo sem perceber.

— A gente se fala depois — diz Shane. — Me manda fotos de tudo.

— Nem tudo — digo. — Tem várias coisas rolando aqui que não podem ser fotografadas.

— Por favor, diz isso para os Jovens Ricos de Teerã e para aquele Instagram pavoroso deles — brinca Ava. — Eles bem que podiam deixar algumas coisas só no privado.

Shane e Sonia se despedem. Depois que desligo e guardo o celular no bolso, Ava estica a cabeça na direção da porta, onde Siamak está praticamente empurrando Hormoz para fora, ameaçando ligar para as autoridades caso ele volte.

Hormoz sorri, não parecendo se importar.

— Se quiser, eu mesmo posso ligar para as autoridades.

— Hormoz, por favor — implora Siamak. — Essa casa é do meu chefe. Se rolar qualquer confusão, vou perder meu emprego.

Hormoz dá de ombros.

— Quem será que a polícia vai querer punir mais? Um traficante heterossexual ou uma sala cheia de pervertidos?

Siamak respira fundo. Ava se aproxima e passa o braço ao redor dele. Ela estende a outra mão para Hormoz.

— A gente se conhece desde que eu era criança — diz ela para Hormoz. — Vamos ficar de boa.

— Tá bom, beleza. — Hormoz muda o tom de voz. — Eu tenho outras festas me esperando, de qualquer forma.

Observamos o cara desaparecer na escuridão, rumo à próxima festa, aos próximos clientes.

O hip-hop francês que estava tocando chega ao fim, e uma música persa que nunca ouvi começa a tocar.

— *Vaaaaaay*, minha música! — grita Ava, correndo para dentro, e na mesma hora transforma o espaço livre ao lado da mesinha de centro numa pista de dança improvisada.

Ela fica no meio da rodinha, girando, rebolando e gritando, vivendo a vida ao máximo. Os caras ao seu redor juntam as mãos e estalam os dedos no estilo iraniano.

Eu e Siamak ficamos ao lado, observando toda a diversão.

— Eu nunca conseguiria fazer uma coisa dessas — digo.

— O quê? — pergunta ele. — Ser desinibido desse jeito como a sua prima de segundo grau?

Dou risada.

— Não. Estalar os dedos assim. Fazer o *beshkan*. Meu pai consegue, mas acho que, bom, ele nunca me ensinou.

— Faz assim, ó, levanta as mãos — diz Siamak. — Vou te ensinar.

Levanto as mãos na minha frente.

— Junta os dedos — explica ele. — Toca a ponta do seu dedo anelar da mão direita...

— Qual é o anelar mesmo? — pergunto.

Ele me encara, chocado.

— Vocês, gays dos Estados Unidos, são obcecados com casamento gay e mal sabem diferenciar o anelar dos outros dedos? — Ele segura minha mão. A dele está mais quente que a minha. — É este aqui — sussurra. — Agora pressiona esse dedo contra este aqui.

Ele leva minha mão direita até a esquerda, pressionando meu dedo anelar contra o dedo do meio. Não digo nada. Me sinto nervoso porque minha mente está pensando coisas que eu queria não pensar. Tipo como Siamak é gato de um jeito meio roqueiro alternativo do Brooklyn que acabou de chegar de Teerã. Ele poderia muito bem ser o novo membro iraniano do Strokes. E também... Como seria a sensação de ficar com outro iraniano? Seria a mesma coisa que ficar com Shane, ou será que eu me sentiria mais visto, mais compreendido de um jeito profundo?

Siamak continua com as instruções, mas, quando chega a hora de estalar os dedos, eu falho miseravelmente.

— Sou péssimo — digo. — Desculpa. Sou um iraniano de quinta categoria.

— Leva tempo para ficar bom nisso. — Ele segura minhas mãos de novo e as coloca na posição correta. — Mas não vou te deixar ir embora do Irã enquanto você não aprender. Que tipo de iraniano não sabe estalar os dedos direito? Está no nosso sangue.

— Você vai se decepcionar, depois não diz que não te avisei — alerto.

— Pode até ser — diz ele. — Mas eu amo desafios.

Ele continua segurando minhas mãos. Não me mexo. Ele também não.

Ava está fora do meu campo de visão, cercada pelos amigos que tanto a adoram. Posso até não conseguir vê-la, mas ouço seus gritos de *"Vaaaaaay"* e *"Baaaaabaaaa"* de dentro da rodinha. *Baba*. Significa "pai", mas os iranianos usam como uma interjeição que pode expressar literalmente qualquer coisa. Pode ser "uau". Ou "cala a boca". Pode significar apoio, choque, surpresa, felicidade. Assim como um pai de verdade, que pode mudar de forma tão rápida que você nem consegue entender o que ele é.

Siamak afasta os dedos.

— Quer conhecer a casa? — pergunta ele. — As obras de arte aqui são incríveis. É como um museu. Meu chefe é demais.

Assinto.

— Claro, eu adoro arte. — Como pareço idiota! Quem não ama arte? — Qual dessas pessoas é o seu chefe?

— Ah, ele não está aqui — responde Siamak. — Está em Qeshm com uns amigos.

— Nossa, ele é demais mesmo, hein? Só de deixar vocês darem uma festa aqui enquanto viaja. Há quanto tempo você trabalha para ele?

Ele começa a me guiar pela casa deslumbrante.

— Comecei no verão passado. É só um emprego de meio período enquanto ainda estou na faculdade. Ele gostou da minha arte e concordou em me contratar, o que é ótimo porque eu estava precisando muito de outro emprego e não quero trabalhar em nada que não seja na área artística. A maioria aqui na festa são jovens ricos, mas não é o meu caso. Talvez seja por isso que eu me esforce tanto, sei lá.

— Acho legal que você já saiba quem é. E quem quer ser. O Shane é assim também. — Eu queria ser assim. — O que você faz na galeria de arte?

— Eu atualizo as redes sociais e o site. Fotografo todas as obras. Um dia vou ver a *minha* arte no site.

Enquanto caminhamos, ele vai me contando de onde veio cada obra. Os azulejos do banheiro foram criados por uma artista marroquina. O candelabro ficava na casa da irmã do xá. As fotografias no corredor são da visita que a Elizabeth Taylor fez ao Irã com seu amigo Firooz Zahedi em 1976. A escultura no escritório é de um artista que venceu o prêmio de primeiro lugar na Bienal de Esculturas Contemporâneas de Teerã quatro anos atrás. O chefe de Siamak agencia o artista agora.

— E, finalmente, o quarto do meu chefe. — Ele me leva a um cômodo espetacular, com uma cama moderna e brilhante em cima de um tapete antigo colorido. Ele aponta para uma pintura acima da cama. — Essa é a minha obra favorita na casa inteira. Não agenciamos a artista porque, infelizmente, ela precisou sair do país.

— Por quê?

Ele dá de ombros.

— Perguntar por que uma pessoa precisou sair do Irã é como perguntar por que seus ancestrais morreram.

— Peraí, por que meus ancestrais morreram?

Ele ri.

— Porque naquela época as pessoas simplesmente morriam. Quando voltei para o Irã com a minha família, me dei conta de que tinha um monte de parentes que eu nem sabia que existiam.

— Certo — digo.

— Então, decidi montar minha árvore genealógica. — Talvez eu devesse fazer o mesmo. Tem tanta coisa que eu não sei sobre baba e maman, quem dirá sobre aqueles que vieram antes. — Perguntei para todo mundo sobre os meus ancestrais. Meus pais. Tias. Tios. Tinha um monte de gente que eu não conhecia. Meu tataravô era um dervixe, o que eu amei descobrir. Mas, enfim, no geral tem um monte de gente que morreu cedo. Perguntei para minha única avó viva por que fulano morreu, por que ciclano morreu, e toda vez ela só dava uma risada e dizia que as pessoas simplesmente morriam naquela época.

— Que sinistro.

— Pois é. — Ele sorri. — Perguntei para minhas tias, tios e pais a mesma coisa. Toda vez a mesma resposta. As pessoas simplesmente morriam naquela época. — Ele respira fundo. — Enfim, é isso que sinto em relação a quem precisa sair do Irã. O motivo que faz as pessoas irem embora. Não tem muito o que dizer, *principalmente* no caso de artistas. Esse país é especialista em fazer vista grossa, mas não quando se trata de política. E arte é política.

— Mas você trabalha numa galeria — digo.

— Uma galeria que toma muito cuidado na hora de selecionar as peças. — Ele suspira. — Tem tantas obras que eu queria poder exibir.

— Então, a mulher que pintou aquele quadro — digo, voltando a atenção para a pintura. — Ela falou demais, ou foi política demais, ou...

— O que você acha que essa pintura diz? — pergunta ele.

Encaro a obra. É uma mulher de véu em pé no oceano, como se estivesse andando sobre as águas. Ou talvez como se estivesse quase afundando. Há uma onda atrás dela que parece prestes a afogá-la. Apesar disso, está sorrindo, como se entendesse exatamente a posição complicada em que se encontra e não estivesse nem aí. Na verdade, ela aceita o perigo.

— Acho que a mensagem é que não podemos viver com medo — respondo.

Ele assente.

— Também acho. Consegue ver onde a obra foi pintada?

Balanço a cabeça.

— Chega mais perto. — Notando minha hesitação, ele completa: — Não tem problema, pode subir na cama. Meu chefe é super de boa.

Tiro os sapatos e subo na cama, me aproximando da pintura. Só quando meus olhos estão a centímetros da obra, percebo que ela foi pintada em cima de escritos persas, escondidos atrás da tinta.

— Não sei ler persa.

— É um poema da Forough Farrokhzad — explica Siamak.

— Eu não... Nunca ouvi falar dela.

— Claro que não. Ela deveria ser idolatrada, mas a maioria das pessoas nem sabe que ela existe.

— Ela ainda escreve? — pergunto, desejando conhecer tanto quanto ele.

— Ela morreu aos trinta e dois anos — diz ele. — Num acidente de carro.

— Que horror.

Ele tira os sapatos e se junta a mim na cama. Estamos de joelhos, encarando a pintura de perto.

— *Como me sinto confortável* — diz ele, e acho que está falando da cama até perceber que está recitando o poema escondido atrás da pintura.

— *Nos braços amorosos da pátria mãe. O acalento do glorioso passado histórico. A canção de ninar da civilização e da cultura. E o som ruidoso do roquete da lei. Como me sinto confortável.*

As palavras destacam exatamente o tema da pintura, a armadilha ilusória do conforto num mundo que precisa de mudanças.

— Não sei como você conseguiu ler — digo. — Mal dá para enxergar as palavras por trás da tinta.

— Eu não estava lendo — diz ele, olhando para mim. — Sei de cor. Todo iraniano deve saber pelo menos cinco dos nossos melhores poemas de cor.

Dou uma risada.

— Cinco? Quem inventou essa regra?

— Eu — diz ele, girando o corpo e se deixando cair na cama, apoiando a cabeça no travesseiro branco limpíssimo.

Faço o mesmo. Me sinto tão nervoso, deitado na cama com um garoto que não é Shane. Ao mesmo tempo, sinto que aqui é o meu lugar.

— Bom, eu sei um total de zero poemas. Meu pai nunca foi o cara das poesias. Ele é engenheiro.

— E sua mãe? — pergunta ele.

— Ah, ela morreu quando eu tinha quatro anos. Achei que a Ava tivesse te contado, mas por que ela contaria, né?

— Desculpa por ter perguntado. — Ele apoia a mão sobre a minha e aperta. — Não precisa falar sobre isso, a não ser que você queira.

— Tipo, ela teve câncer. No pâncreas. Ela... Não sei muito bem o que dizer. Sei como ela é por causa das fotografias, mas... A gente não fala muito sobre ela. O baba só a viu uma vez. Maman, nunca. Meu pai nunca foi próximo do lado dela da família, e... Eu não sei muita coisa sobre ela.

— Você já perguntou? — A voz dele é gentil.

— Na verdade, não. — Evito o olhar. — Não sei... Sempre achei que perguntar sobre ela para o meu pai seria como jogar sal na pior ferida de todas. Quer dizer, foi *ele* quem a perdeu, sabe? Eu nem me lembro dela. Mas ela foi esposa dele e, desde que ela morreu, ele nunca mais saiu com ninguém. Acho que a amava muito.

— Aposto que sim. — Ele leva a mão até minha bochecha. — Mas, Moud, você também a perdeu. E merece saber quem ela era.

Assinto. Quero fugir da intimidade agonizante deste momento. Quero que Ava apareça aqui para preencher o silêncio com sua efervescência.

— Você vai me ensinar cinco poemas depois de me ensinar a estalar os dedos? — pergunto, tentando dar um tom de piada para mudar o clima. — Porque estou me sentindo um péssimo iraniano agora.

— Esquece essas regras bobas — diz ele. — Não tem um jeito único de ser um bom iraniano. Você já é ótimo do jeitinho que é.

Sorrio.

— Obrigado.

Ele chega mais perto. Eu sei o que vai acontecer. Ele vai me beijar. Eu quero beijá-lo, mas também preciso parar antes que aconteça.

— Que tipo de arte você faz? — pergunto.

Ele se afasta.

— Quer que eu te mostre?

Assinto.

Ele pega o celular e segura bem na frente dos nossos olhos. Abre a galeria e passa por algumas fotos dele com os amigos, a família, fotos do pôr do sol, rascunhos, comida, pinturas e esculturas. Finalmente, para no que me parece ser uma miniatura persa antiga.

— Essa é a minha favorita — diz ele.

— Você que fez? Parece ter sido feita séculos atrás.

— Dá zoom — diz ele, rindo.

Uso os dedos para ampliar os detalhes, e é aí que percebo que ele cobriu a miniatura com cenas de um bacanal gay. Homens apertando a bunda de outros homens. Homens se beijando. Homens dançando uns para os outros. É deslumbrante. E, tenho vergonha de admitir, me deixa excitado.

— Nossa, que demais — digo. — Sério mesmo.

— Obrigado.

Ele me mostra mais peças que criou. Cada uma de uma obra persa antiga cheia de imagens gays. Então, passando as fotos, ele chega em algumas imagens de rapazes jovens. Eles se beijam. Se abraçam. Dançam em êxtase. Reconheço alguns da festa.

— Ai, foi mal. Eu não deveria te mostrar essas.

— São seus modelos? — pergunto.

— Sim, e meus amigos. — Ele bloqueia o celular e o guarda no bolso.

— Você é muito talentoso.

— Eu tento. — Ele dá de ombros. — Só espero um dia poder mostrar minha arte no meu próprio país. Por enquanto, só posso sonhar com uma exposição no ocidente. E, quando isso acontecer, provavelmente terei que ir embora daqui. Querer eu não quero. Mas que escolha tenho?

— Seus professores, seu chefe, todo mundo já viu suas peças?

— Claro — diz ele. — Eles todos me apoiam.

— Bom, eu amei as coisas que você faz.

Ele ri e olha na direção da minha virilha.

— Dá pra ver.

Sinto o rosto queimando. Que vergonha! Mas ele está sorrindo enquanto se aproxima.

— Te ver excitado assim me deixou excitado — sussurra.

Siamak abre a boca. Eu não me mexo. Poderia muito bem o empurrar delicadamente. Poderia pedir que parasse. Mas não peço. Deixo ele me beijar. Quero saber como é sentir os lábios de outro iraniano tocando os meus. E a sensação é maravilhosa. Me sinto conectado. É lindo. Até eu me lembrar de Shane, e de tudo o que já passamos juntos, e de como sempre fomos honestos um com o outro.

É aí que me afasto de Siamak.

— Desculpa, é que… Eu tenho…

— Namorado. — Ele balança a cabeça. — Eu sabia disso, não deveria ter…

— Tudo bem. — Me levanto todo nervoso e calço os sapatos. — Foi, tipo, dois segundos só. Não significou nada. Não mesmo.

O que estou dizendo, quando sei que dois segundos podem mudar tudo? Quantos segundos levaram para o carro da Forough Farrokhzad bater? Quantos segundos são necessários para destruir a confiança em um relacionamento? No *meu* relacionamento? Não posso fazer isso.

— Me desculpa, sério. — Ele se arrasta até a beirada da cama. Calça os sapatos. — Foi coisa do momento e...

— Tudo bem. É bom curtir o momento. — Caminho até a porta.

— Não é bom quando a gente não pensa direito nas coisas. — Ele se junta a mim perto da porta, mas nenhum de nós a abre ainda. — Não precisamos contar sobre isso para a Ava, se você não quiser.

— Boa ideia — digo. — Não que eu ache o que fizemos tão errado, é só que...

— A Ava adora um drama. Eu amo aquela garota, ela é como uma irmã mais velha para mim, mas vai fazer tempestade em copo d'água.

— Exato — digo. Abrindo um sorriso forçado, completo: — Obrigado por me mostrar a casa.

Ele ri.

— O prazer foi todo meu.

Abro a porta e nós voltamos para a festa. Ava está no bar, servindo bebidas para um grupo de pessoas.

— *Vay*, apareceram as bonitas! — grita ela na nossa direção. — O Siamak fez o tour completo?

Assinto e sorrio.

— *Babaaaaa*, pega mais um drinque. A noite é uma criança e nós também! — Ela olha sério para mim e acrescenta: — Mas eu sou mais velha do que você, então vê se não perde a linha porque estou de olho.

Não aceito o drinque que ela oferece, mas Ava está certa sobre a noite ser uma criança. A festa dura até o amanhecer. A galera animada não para de cantar, dançar e gargalhar. Quando a noite termina, ela já me apresentou a todo mundo. Tem Roshanak, uma mulher lésbica que sai na rua vestida como um garoto porque não quer usar roupas femininas nem o xador. Tem Farbod e Aryabod, um casal gay que está junto desde o primeiro ano do ensino médio. Tem Goli, um diretor de teatro clandestino que trabalha com um grupo de mulheres trans na criação de uma peça sobre as experiências pessoais delas. Fico fascinado por todos que conheço, pela vontade de viver e a felicidade de cada um. Ninguém aqui parece amargo, o que é surpreendente num mundo que parece tão impregnado de ironia. Essas pessoas incríveis vivem com esperança, aproveitando cada segundo de liberdade e conexão que conseguem na calada da noite antes de tentarem tornar o mundo um lugar melhor na luz do dia.

Caio no sono com o sol fumegante atravessando as frestas da cortina. Acho que ninguém me ouviu chegando na ponta dos pés. Sou acordado cedo demais pelo toque da campainha. Tento voltar a dormir, mas é impossível com toda a gritaria vinda lá de baixo. Estou cansado demais para ouvir quem quer que esteja gritando ou o motivo de tanto barulho. Jogo um travesseiro por cima da cabeça, desesperado para abafar o som e pegar no sono de novo. Mas cá está meu pai, parado ao meu lado, já vestido.

— Acorda, Mahmoud — ordena ele. — Os pais da Ava se convidaram para o café da manhã.

— Tô tão cansado — resmungo.

— Não dormiu?

Rapidamente, respondo:

— Jet lag.

Meu pai obviamente não pode saber onde eu estava ontem à noite. Ao sair do meu quarto, ele diz:

— Jet lag é invenção das pessoas. Eu consigo dormir a qualquer hora, em qualquer lugar.

Isso é a cara do meu pai, achar que todo mundo é igual a ele, ou talvez que todo mundo *deveria* ser igual a ele.

Afasto o cobertor e me dou conta de que dormi com a roupa da festa. Ainda bem que meu pai não viu. Também não escovei os dentes, então consigo sentir o gosto do meu bafo de bebida. Tomo um banho rápido, escovo os dentes e visto algo casual.

Conforme desço as escadas, já consigo ouvir a discussão ganhando força.

— Por favor, baba *joon* — implora uma voz de mulher bem alto. — Esse dinheiro pode mudar tudo para a sua família.

— Não ligo para dinheiro — diz baba, tentando deixar a voz frágil tão alta quanto a da mulher. — E, se a nossa família precisa de dinheiro, eles que corram atrás.

— Sendo bem honesto, não é como se o senhor tivesse juntado o dinheiro para comprar esta casa — diz um homem, com a voz estridente. — A casa está na sua família há gerações! Apenas calhou de ser herdeiro, e agora está de teimosia, sem querer considerar o que ela pode fazer pelo senhor. Por nós. Me deixe construir aqui. Pessoas com terrenos da metade do tamanho do seu já ficaram milionárias. O senhor está com a faca e o queijo na mão para nos deixar viver com conforto pelo resto da vida.

Entro na sala de jantar, esperando encontrar a mesa posta para o café da manhã. Mas o cômodo está vazio. As vozes vêm da cozinha.

A voz estridente continua implorando:

— Não estou pedindo um tostão pela venda do terreno. Só a sua permissão para construir. O senhor ficará com a maior parte do lucro, baba *jan*.

Vou até a cozinha. Baba está sentado na cadeira de rodas, virado para Hassan Agha, que está de pé na frente do fogão. Na mesa da cozinha estão meu pai, Ava e os pais dela. Fico chocado ao ver como ela parece revigorada. Por que ela aparenta ter dormido feito um anjo a noite inteira enquanto eu mal consigo manter os olhos abertos?

— *Salam* — digo.

Todo mundo olha na minha direção. Baba sorri.

— Meu neto chegou. Moud *joon*, os pais da Ava decidiram fazer uma visita surpresa porque…

Os pais de Ava se levantam para me cumprimentar. Os dois beijam meu rosto. A mãe dela aperta minha bochecha e diz que sou muito bonito.

— Moud, esta é minha mãe, Shamsi, e este é meu pai, Farhad.

— Pode nos chamar de Ameh Shamsi e Amu Farhad — diz a mãe dela. — Estamos muito felizes em te ver aqui.

— Obrigado — respondo. — Prazer em conhecer vocês.

— Perdão por estarmos falando de dinheiro na frente das crianças — diz Farhad. — Apesar de achar bom que eles aprendam sobre essas coisas.

Sorrio por educação, mas não digo nada. Não vou me meter nessa discussão, embora esteja surpreso com o valor do terreno do baba.

— Acredito que você esteja do nosso lado, Saeed *jan* — diz Farhad. — Afinal, é americano agora. Entende muito bem a importância de aproveitar uma boa oportunidade. Se mais pessoas daqui pensassem como os americanos, talvez o Irã não fosse um país tão destruído como é.

— E o que os americanos como eu pensam? — O tom de voz do meu pai é frio.

Farhad levanta as mãos, rendido.

— Não estou te criticando. Você fez o que ninguém mais da família teve a coragem de fazer. Foi embora para os Estados Unidos e construiu uma vida de sucesso.

— Sucesso — diz meu pai, olhando na direção do baba. — É uma daquelas palavras que pode significar qualquer coisa.

— Tá bom, tá bom — diz Farhad. — Eu entendo, mas peço encarecidamente que compreenda como é difícil ganhar a vida aqui. Seu presidente laranja nojento nos baniu do seu país perfeitinho...

— Ele não é meu presidente — digo baixinho.

— Nem meu — diz meu pai, e sou grato por isso.

— Bom, ele representa o país de vocês. — Farhad não desiste. — E as sanções que ele aprovou tornam impossível viver aqui. Sustentar uma família. Quem você acha que é prejudicado com essas leis? Os mulás? Eles estão ótimos. Sentados numa pilha de dinheiro, movimentando bilhões para países estrangeiros. Os bilionários do mundo são todos a mesma coisa, independentemente de onde nasceram. Sempre encontram um jeito de esconder o dinheiro. Mas nós, as pessoas normais, temos medo de que em breve nossos filhos não terão mais o que comer. Sabe quanto a Ava ganha nesse aplicativo onde ela trabalha? Praticamente nada.

Ava, que claramente herdou a intensidade dos pais, interrompe Farhad:

— Papai, você sabe que concordo com você sobre as sanções, os mulás e tudo mais, mas não vem me usar para provar seu argumento. Não quero que esta casa seja demolida para você construir um arranha-céu.

O pai de Ava parece genuinamente magoado.

— Desculpe, papai — diz ela gentilmente. — Você sabe que eu te amo e que sou grata por como você trabalhou duro para me dar a vida que tenho. Mas a história da nossa família está nesta casa.

— História é um conceito — argumenta o pai dela. — É só uma ideia. Não põe comida na mesa. Não põe um teto sobre a sua cabeça.

— Na verdade, põe, sim — diz meu pai. — Neste caso, história é literalmente o teto sobre nossas cabeças.

Sorrio para o meu pai, impressionado.

Baba se vira para Hassan Agha e diz a ele que está na hora dos legumes. Hassan Agha pega alguns já picados e joga em uma panela. Eles fritam no azeite de oliva.

— Deixa os legumes cozinharem por alguns minutos antes de jogar os ovos — diz baba. Virando para mim, ele completa: — É assim que eu cozinho agora. Antigamente eu fazia tudo sozinho. Agora não alcanço mais o fogão nem os armários. Envelhecer é horrível.

— Melhor do que morrer — diz Hassan Agha.

Ava solta um ganido.

— Sinistro. Porém, fatos.

— Você leva jeito com as palavras, Hassan Agha — diz baba.

— Já vi o que o senhor está fazendo, baba *joon* — diz Shamsi. — Mudando de assunto.

— O assunto está encerrado — diz baba, com firmeza. — A casa é minha. Eu herdei do meu pai, que herdou do pai dele, que herdou do pai dele. E quando eu morrer...

— Baba *joon*, não fala uma coisa dessas — implora Ava.

— Mas eu estou morrendo — responde baba. — Não é segredo para ninguém. Olha para mim. Quando eu morrer, e eu nem queria tocar nesse assunto agora porque, acreditem ou não, não gosto de ficar falando sobre o fim da minha vida...

Ava corre para o lado do baba e se apoia no corpo dele.

— Baba, não precisa dizer mais nada.

Ele respira fundo.

— Quando eu morrer, esta casa será do meu filho. Como manda a tradição.

O silêncio na cozinha frita como os legumes. Hassan Agha quebra os ovos na panela. Frita, quebra, frita, quebra. Me viro para o meu pai, que não diz nada. Não sei em que está pensando agora. Talvez ele já esperasse herdar a casa. Talvez não.

— Então — diz baba —, se me permitirem, eu adoraria nunca mais ter que discutir sobre a venda desta casa enquanto estiver vivo. Se meu filho quiser deixar vocês transformarem isto aqui num condomínio, a decisão é dele. Estamos resolvidos?

Farhad não desiste.

— Saeed pode até ser seu filho, mas não coloca os pés em Teerã desde que tinha, o quê? Dezessete anos?

— Dezoito — corrige meu pai.

— Mais de quatro décadas atrás! — exclama Farhad. — Não faria mais sentido se ele herdasse dinheiro em vez de uma propriedade num país que ele visita a cada quarenta anos? Minha proposta não é puramente egoísta. É boa para você, baba *jan*. Para você, Saeed *jan*. E, sim, é boa para nós e para Ava. E o mercado ainda está aquecido. Se esperarmos tempo demais, a situação pode mudar. Você sabe como o país funciona. Não faz sentido esperar.

— Poucas coisas na vida fazem sentido — diz baba, dando de ombros. — Agora, você está na minha casa, que continua sendo minha até eu morrer, e vai obedecer às regras da casa. A regra número um é a hospitalidade. Saeed e Moud acabaram de chegar dos Estados Unidos. Como iremos mostrar a eles a beleza deste país?

— Seria uma honra levá-los a alguns pontos turísticos — diz Shamsi, nada convincente.

— Não precisa — diz meu pai, seco. — Sei me virar aqui.

Shamsi e Farhad sorriem.

— A oferta continua de pé — diz Shamsi.

— Tive uma ideia — diz Ava, com um brilho convidativo no olhar. Ela encara Hassan Agha, que joga pão *barbari* na torradeira e tira alguns queijos e verduras da geladeira. — *Vay, barbari!* — exclama ela. — Meu favorito.

— Precisa mesmo servir pão? — pergunta Shamsi. — Tem gente aqui que precisa ficar de olho nas calorias.

Ava revira os olhos.

— Tem mesmo, mãe? Está falando de mim?

— Não estou falando de você — responde Shamsi.

— Ah, tá.

Ava lança um olhar raivoso para a mãe enquanto se levanta e pega o pão *barbari* na torradeira. Ela coloca queijo e ervas em cima do pão. Dá uma mordida provocativa e volta a se sentar.

— Você teve uma ideia, minha linda Ava? — Baba retoma a conversa.

Ela termina de mastigar.

— Ah, é. Se você não se importar, tio Saeed, queria levar o Moud para Shemshak no próximo final de semana.

— Para esquiar? — pergunta meu pai.

Ava assente.

— Viu só? Eu pratico exercícios — diz ela, com um olhar debochado para a mãe.

Hassan Agha serve o omelete enorme que ele preparou com queijo e ervas. Os pratos estão empilhados, então o baba passa entre os convidados enquanto vamos nos sentando e nos servindo.

— Tipo, eu não sei esquiar — digo.

— Não tem problema — diz ela. — O importante é se divertir.

— Por mim, tudo bem — diz meu pai. — O que Mahmoud preferir.

— O que me diz, primo de segundo grau? — pergunta Ava. — Vai ser supertranquilo. E a tia da minha amiga Goli tem um apartamento incrível lá. É enorme, mas seremos só nós. E a Goli não esquia, então ela pode te fazer companhia se você não estiver a fim de aprender.

— Quem é Goli? — pergunta Shamsi enquanto corta o omelete em pedaços minúsculos. — Já a conhecemos?

— Ainda não. — Virando-se para mim, Ava diz: — Enfim, seremos só eu, Goli e meu amigo Siamak. — Ava finge direitinho que eu ainda não conheço os amigos dela. — Acho que você vai gostar deles.

Me distraio com a comida. É realmente o melhor pão, o melhor queijo, as melhores ervas, os melhores ovos. Tudo aqui é mais saboroso. O que estou tentando tirar da cabeça é o gosto do beijo de Siamak na minha boca. Não posso ficar no mesmo apartamento que ele por um fim de semana inteiro. Não depois de tudo o que deixei acontecer. Mas também não posso contar para Ava sobre o beijo.

— Parece divertido mesmo — digo, depois de engolir a comida. — Mas, sinceramente, vim para ficar com o baba, então acho melhor deixar pra próxima.

Ava ignora a rejeição.

— Como preferir — diz ela. — Mas vê se não volta para os Estados Unidos sem sair da cidade algumas vezes. O Irã tem de tudo. Montanhas e lagos. Palácios e mesquitas.

Durante o resto do café da manhã, conversamos sobre o Irã. Ava e baba falam sem parar, nos contando todas as coisas empolgantes que podemos fazer e conhecer, enquanto Shamsi e Farhad os lembram de que, para tudo que há de lindo e histórico no país, há também corrupção, pobreza e injustiça. Então me dou conta de que, tirando as especificidades do que eles estão falando, o assunto poderia ser qualquer país do mundo. Também temos beleza e história nos Estados Unidos — e corrupção, pobreza e injustiça.

Ava me abraça forte antes de ir embora com os pais.

— Ontem foi tão divertido — sussurra no meu ouvido. — Vamos repetir em breve.

— Claro — respondo, mas não tenho tanta certeza assim.

Não é que eu não queira continuar saindo com ela e seus amigos incríveis. É só que estou com medo. Se uma noite já me fez beijar outro garoto, o que pode rolar se eu sair de novo?

Estou pensando em Shane quando volto para o quarto para tirar um cochilo. Me reviro na cama, cheio de perguntas rodopiando na mente inquieta. Será que meu beijo de dois segundos já é considerado traição ou eu impedi a traição de acontecer quando interrompi o beijo? Devo contar a verdade para Shane? Ou contar só o deixaria magoado à toa? Porque nunca vai acontecer de novo. Né?

Devo ter caído no sono, porque sou acordado no começo da tarde com uma chamada de vídeo de Shane. A foto dele no meu celular parece me julgar. Me deito de barriga para baixo e atendo a ligação.

— Oie — digo, meio grogue.

— Tava dormindo? — pergunta ele, deitado na cama. — Calculei o fuso horário errado? Pensei que aí fosse…

— É uma da tarde aqui — digo, ligando a luminária ao lado da cama. — Mas, sim, eu estava tirando um cochilo.

Ele sorri.

— Noite intensa, né?

— É — digo. — Iranianos sabem como curtir uma festa.

— Que bom que você se divertiu.

Ele apoia a cabeça no travesseiro. Ao lado dele, há outro travesseiro, o que eu uso quando deitamos juntos na cama. Queria estar lá de novo.

— Tô com saudade — digo.

— Eu também. — Ele dá um beijinho no ar.

Encaramos os olhos um do outro por alguns instantes, mas, no fundo, só estamos olhando para a porra de um celular.

— E aí, como foi? — pergunta ele.

— O quê?

Sei sobre o que ele está perguntando, mas estou com medo de contar sobre a festa. Medo de deixar escapar algo e acabar contando sobre o beijo.

— Bom, vou ser bem sincero. Fiquei chocado em saber que você estava numa festa no Irã com pessoas queer e traficantes, e…

— Várias pessoas queer. Um traficante.

— Justo. — Ele sorri. — Enfim, foi supermaneiro, né? Tipo, aposto que foi um momento poderoso para você.

— Foi. — É tudo o que eu digo.

— Ei, Moud, sou eu. — Mesmo através da tela, consigo sentir o hálito dele, o calor, seu corpo contra o meu. — Por que você está se escondendo?

— Nada, eu só estou… acordando. — Coloco um travesseiro atrás das costas e me sento. — Foi uma noite poderosa. Muito poderosa.

— Me conta — diz ele. — Quero saber.

— É difícil descrever. — Fecho os olhos e tento me lembrar da festa. — Não sei como colocar em palavras, mas eu me senti, sei lá, parte de uma comunidade de verdade.

Ele congela.

— Como assim "de verdade"?

— Não sei se estou escolhendo as palavras certas, mas… bom… tipo…

— Desculpa — diz ele. — Você sabe como palavras tipo "de verdade" ou "autêntica" sempre me deixam chateado em alguns contextos.

Eu sei? Acho que sim. Ele falou sobre isso em um dos episódios do podcast. Estava falando sobre como as pessoas adoram chamar a cultura queer de falsa ou artificial.

— Sim, eu sei — respondo. — E sei que tudo o que existe, até mesmo as coisas mais projetadas, é real e autêntico.

— Olha só, você ouve *mesmo* meu podcast — diz ele, com um sorriso.

— Claro que ouço.

*Tudo tem substância*, Shane disse em um dos episódios. Falou que sente falta da irreverência. E que todo mundo leva tudo muito a sério, e que ele leva a irreverência a sério.

— Irreverência é a coisa que você mais valoriza — digo, me referindo a uma fala dele.

— Bom, isso e meu amor por você.

Relaxo de novo. Voltamos ao normal.

— Enfim, acho que você entendeu o que eu quis dizer. Não é como se a comunidade aqui parecesse mais *real* do que a daí, mas…

— Estamos falando da comunidade queer, né?

Assinto.

— Claro, e todas são reais. Todas são válidas. Mas a sensação aqui, quando eu estava na festa… Tipo, as pessoas que estavam lá não têm a mesma liberdade quando deixam a segurança da festa. E isso só torna tudo muito mais, sei lá, presente. Importante. Além disso, ninguém fica mexendo no celular. É como se as pessoas estivessem de fato umas com as outras, não apenas performando a própria vida.

— É assim que você se sente quando está aqui? Que está fazendo uma performance da sua vida?

Sei que ele não está me acusando de nada, mas parece que está.

— Não — respondo. — Quer dizer, às vezes.

Estou cavando minha própria cova.

— Não com você — completo. — Claro que não. O que acontece entre a gente é algo só nosso... É tudo para mim. Mas no colégio, ou nas festas... Sei lá, sim, às vezes. Sinto como se estivesse fazendo um personagem para os outros. Dizendo coisas que esperam que eu diga. Pensando coisas que esperam que eu pense. Escrevendo a legenda de um momento sem nem ter vivido o momento ainda.

Ele fica quieto.

— Você não se sente assim? — questiono.

Shane balança a cabeça.

— Me esforço muito para não ser assim — diz ele. — Mas te entendo.

— Entende?

— Tipo, a gente é tão diferente, né? É por isso que damos tão certo juntos.

— Sim — digo, querendo sentir conforto nas palavras dele, mas ainda me sentindo inquieto.

— Sempre penso em como meus pais me aceitam e me amam incondicionalmente. E o seu pai...

— Ele me ama.

Mais uma vez, estou defendendo meu pai para Shane. Sim, ele é cabeça-dura. E, não, ele não gosta de falar sobre a minha sexualidade. Mas está sempre do meu lado, é meu pai, e só *eu* tenho permissão para reclamar dos defeitos dele, ninguém mais. Nem mesmo Shane.

— Não tô dizendo que ele não te ama. É só que... Você precisou se esconder bem mais do que eu. E talvez seja por isso que faz essa performance para os outros. Porque precisou fazer isso dentro de casa por muito tempo. Porque está acostumado a ficar escondido. Mas o silêncio é igual à morte, né? Não podemos continuar escondidos. — Balanço a cabeça, mas não rebato. Apesar de odiar tudo o que ele está dizendo. — E talvez seja por isso que você sentiu que a comunidade daí é mais real do que a daqui. Porque eles têm experiências muito parecidas com a sua. Estão todos escondidos. É bem triste.

Sinto meu coração acelerar e meus lábios tremerem. Queria que ele escutasse o que está dizendo. A condescendência. Eu o conheço tão bem. Sei que ele acha que está tendo empatia, mas não está. Esse julgamento constante é o pior defeito dele, e eu nunca falo nada porque não sou tão bom em debater quanto ele. E também porque todas as outras características dele são maravilhosas. Ou eram. Nem sei mais.

— Não é nem um pouco triste — digo.

— Você não acha triste que pessoas queer não possam nem publicar uma foto com os amigos porque podem acabar na cadeia ou mortas?

— Não é disso que estou falando. Óbvio que isso é triste. Mas o que eu vi… O que eu senti ontem à noite… Não foi tristeza. Foi felicidade. Foi vida pura. Foi necessário. Eu *nunca* senti nada parecido nos Estados Unidos. As coisas que discutimos aí parecem tão, sei lá, *pequenas* comparadas com…

— Pessoas trans sendo assassinadas não é…

— Ai, nem vem, não é disso que a gente fala aí. Na maior parte do tempo estamos debatendo se o Harry Styles está fazendo *queerbaiting* ou se a Doja Cat pode ou não usar a palavra…

— Ela não pode — declara ele com veemência. — E coisas assim têm impacto no mundo. Se uma criança por aí acha normal usar termos ofensivos para gays, talvez tenha mais chances de cometer suicídio, ou cair nas drogas, ou…

— Não estou falando sobre… — Nem sei sobre o quê estou falando. É por isso que nunca discuto com ele. — Você está distorcendo as coisas só para parecer que não ligo para pessoas morrendo ou se viciando em drogas, e é óbvio que ligo! Mas talvez eu não ache que debater sobre cantoras pop seja o jeito certo de gerar alguma mudança.

— Então qual é? — pergunta ele.

— Sei lá, eu não sou você. Não passo o dia inteiro pensando em como mudar o mundo. Talvez pessoas como você não devessem ser tão condescendentes com pessoas como eu quando a sua cultura...

— Desculpa, mas que papo é esse de *minha* cultura e *sua* cultura? Você nasceu aqui. Nós somos da *mesma* cultura.

— Mas eu nunca me senti estadunidense — digo. — E talvez só esteja percebendo isso agora. Eu sei que eu nasci aí. Sei disso. Mas não sinto que isso represente quem eu sou.

— Mas você *é* daqui.

— E estou te dizendo que talvez eu não seja. Pelo menos não cem por cento. Quem é você para vir me dizer quem eu sou? Por que os estadunidenses acham que podem tratar pessoas como eu como iguais ou como estrangeiros quando é conveniente?

— Não é... não é isso que eu estou fazendo — diz ele. — Eu sempre te tratei como...

— Para de se defender. Só escuta o que estou dizendo. Você não sabe como é se sentir completamente invisível dentro da sua própria cultura.

— Que cultura? — pergunta ele.

— A cultura estadunidense. Tipo, iranianos nem sequer fazem parte dos debates culturais nos Estados Unidos. Ninguém do Oriente Médio faz.

— Que injusto. Eu sempre pergunto coisas sobre a sua cultura, mas...

Eu sei o que ele vai dizer. Que é difícil aprender sobre a minha cultura quando ele e meu pai vivem tão distantes.

Respiro fundo. Me agitei demais e a última coisa que quero é que meu pai ou o baba escutem esta conversa.

— Sei que você pergunta — sussurro. — Desculpa. É só que... vir para cá me ajudou a entender como eu sempre me senti tão diferente aí. E talvez seja por isso que eu me senti muito mais conectado com as experiências queer que conheci aqui.

— Tá bom — diz ele. — E eu acho que tem alguma coisa por trás disso tudo. Tipo, o que você tá falando? Que precisa estar em um lugar onde é oprimido e tem que se esconder só para se sentir parte de uma comunidade?

— Não foi isso que eu disse. — Me sinto perdido e muito distante de Shane.

— Já está muito tarde aqui — diz ele, do nada. — Quase meia-noite.

— Tá bom — digo.

— Estamos bem?

— Sim, claro — minto.

Porque a última coisa que quero é dizer a ele que não estamos bem. Que já não estamos bem há um bom tempo. Porque sempre houve uma falta de conexão entre nós dois sobre a qual eu nunca conversava porque não havia encontrado as palavras certas. Lembro da primeira vez que ele sugeriu que eu cortasse meu pai da minha vida por não ter apoiado minha sexualidade como os pais dele fizeram, e só agora caiu a ficha e eu entendo o que ele estava sugerindo: que eu sacrificasse não apenas meu pai, mas a conexão com toda a minha cultura.

— Que bom, porque eu te amo — diz ele.

Shane pode até me amar, mas, se eu tivesse seguido o conselho dele, não estaria aqui agora. Não teria visto o baba antes de ele partir. Não teria conhecido Ava, nem vivido aquela festa incrível. Não teria descoberto essa sensação de pertencimento.

— Também te amo — digo.

Me pego pensando em Siamak comigo naquela cama. Não no beijo em si, mas na nossa conversa. Contei a ele que não pergunto muito sobre a minha mãe porque meu pai não fala sobre ela. E guardo ressentimento do meu pai por ele não me perguntar mais coisas sobre a minha vida pessoal. Talvez, todo esse tempo, eu devesse ter dado a ele o amor que eu queria receber. Talvez seja a hora de perguntar ao meu pai sobre a vida dele em vez de ficar sempre querendo que ele me pergunte sobre a minha. Não posso deixar meu próprio silêncio ser a causa da morte do meu relacionamento com ele.

Shane suspira.

— Desculpa. Você sabe que eu me empolgo às vezes.

— Pois é... Da próxima vez, vamos tentar não transformar uma ligação num podcast.

— Combinado — diz ele. — E, amor, estou muito orgulhoso de você ter dito o que pensa.

Me sinto tão sozinho quando ele desliga. Preciso de companhia. Conexão. Ligo para Ava, que atende na hora.

— Ainda tem vaga para aquele lugar do esqui? — pergunto.

— Lugar do esqui? — imita ela, rindo. — Se chama Shemshak, e é incrível. E sim, ainda tem vaga.

— Beleza, tô dentro.

Não sei se é a decisão certa, mas, depois dessa conversa, sei que não posso me privar de aproveitar cada segundo desta viagem por causa de Shane. Eu o amo, mas, se tem uma coisa que aprendi com ele, foi a priorizar o amor-próprio. E o melhor jeito de me amar agora é caminhando sobre as águas, sem medo de afundar, sem medo das ondas que posso criar ao fazer certas perguntas.

Saio da cama e vou até o quarto do meu pai. Não sei como começar as perguntas, ou qual fazer primeiro, mas sei que preciso começar de algum lugar. Estou prestes a bater na porta quando ele a abre. Está vestindo casaco e sapatos.

— Ah, oi, Mahmoud *joon* — diz ele. — Conseguiu acabar com o jet lag?

— O jet lag imaginário — digo, tentando fazer piada, mas soando meio mesquinho.

Ele quase sorri. Quase.

— Vou dar uma saidinha — diz ele bruscamente, passando por mim no corredor.

— Vai pra onde?

Ele se vira, surpreso. Na nossa casa, a gente nunca pergunta para onde o outro está indo. Se eu vou sair, ele sabe que provavelmente estarei com Shane, e prefere não perguntar a respeito. E se ele está saindo, provavelmente está indo para o trabalho, jogar tênis, golfe ou pôquer, e nenhuma dessas coisas nunca despertou meu interesse.

— Vou encontrar uma pessoa — diz ele.

— Aquela que você estava procurando quando ligou para a secretaria da universidade? — pergunto, sem pensar direito no que estou dizendo.

Ele semicerra os olhos, irritado.

— Você estava me ouvindo escondido?

— Acabei ouvindo sem querer. Desculpa. Mas... — Queria poder dizer que tudo o que eu quero é ficar mais perto dele.

Ele parece abalado ao dizer:

— A secretaria não conseguiu me dar nenhuma informação sobre ela.

— Ela?

Meu pai parece confuso.

— Achei que você tivesse ouvido a ligação.

— Só uma parte — explico. — Não escutei quem você estava procurando...

Ele assente.

— Não é nada importante. — Antes que eu possa dizer a ele que é importante para mim, meu pai completa: — Vou encontrar Peyman. Ele era meu melhor amigo quando eu tinha a sua idade.

— Nunca te ouvi falando dele.

Eu não deveria ter dito isso. Estou tentando fazê-lo se abrir comigo, mas, em vez disso, parece que o estou punindo por erros do passado.

— A gente acabou se afastando. — Ele dá de ombros. — Não queria que isso tivesse acontecido. A culpa foi minha. Mas ele continua aqui, e me convidou para conhecer a família dele, então...

Ele se interrompe, e o motivo parece óbvio. Peyman quer apresentar a família dele para o meu pai, mas meu pai não está pulando de alegria com a oportunidade de apresentar o filho gay para um amigo de infância.

Não vou deixar essa mágoa me distrair. Então, pergunto:

— Posso ir junto?

Ele parece surpreso. Emocionado, até.

— Claro que pode. Não imaginei que você iria querer. — Talvez eu estivesse errado. Talvez o motivo pelo qual meu pai não me convidou não tenha nada a ver com a minha sexualidade e tudo a ver com a falta de interesse que eu demonstro por ele. — Mas penteia esse cabelo antes. Parece que você acabou de cair da cama.

— Tipo, eu meio que acabei de cair da cama.

Ele quase sorri e, então, sorri de verdade. Lembro do que ele disse sobre como sucesso pode significar coisas diferentes para cada pessoa. E estou me sentindo bem triunfante agora. Tive um breve momento de conexão com meu pai. Já é alguma coisa. Um sucesso.

# SAEED

## DE TEERÃ A LOS ANGELES, 1978

Eu e maman estamos na sala de jantar jogando gamão enquanto baba está na cozinha, preparando sanduíches de *kotlet* para o jantar. Consigo ouvir a carne refogando enquanto baba escuta o rádio.

Enquanto balanço os dados dentro do copo, maman une as mãos e grita:

— Vamos lá! Três três!

— Maman. — Não consigo conter o sorriso. — Você deveria estar torcendo contra mim, e não por mim!

— Sou sua mãe, eu sempre vou torcer por você.

Coloco o copo com os dados sobre a mesa e respiro fundo.

Quero contar tudo para ela e para o baba. Quero confessar que venho frequentando os protestos contra a vontade deles. Quero contar que conheci uma garota em um dos protestos. Meus pais, que sempre me apoiaram em tudo, merecem saber a verdade.

— Maman… — sussurro.

Bem quando estou prestes a confessar, baba aumenta o volume do rádio. O radialista anuncia que o xá está considerando seriamente uma declaração de lei marcial. Baba desliga o rádio e vem para a sala de jantar, embasbacado.

— Vocês escutaram isso?

Assinto, sentindo um nó na garganta. Como vou contar a eles sobre os protestos agora?

— É por isso que você não pode se meter naqueles protestos com os outros estudantes, Saeed *joon*. — Baba se senta ao lado de maman. — Pessoas serão mortas.

— Eles só matam os dissidentes políticos, não estudantes — digo baixinho, como se estivesse tentando convencer a mim mesmo.

Baba assente.

— Por enquanto — diz.

Maman olha para mim.

— Me prometa que você não irá para as ruas.

Fecho os olhos enquanto assinto. Preciso esconder qualquer evidência de culpa ao dizer:

— Prometo, maman.


Na sexta-feira seguinte, depois da aula, pergunto a Peyman se podemos ir ao Key Club de novo. Não sei onde mais posso encontrar Shirin, e não consigo parar de pensar nela. Porém, ela não está no Key Club naquela noite e, sem sua presença, o lugar me parece meio bobo. Só um monte de gente com roupas chiques, bebendo e dançando enquanto o país entra em colapso. Mesmo assim, peço a Peyman para me levar lá de novo na sexta seguinte. E, mais uma vez, ela não está lá.

Chega mais uma sexta-feira e estou saindo da aula com Peyman quando escuto outros alunos cochichando sobre um protesto na Praça Jaleh, discutindo se vão ou não. Peyman deve saber em que estou pensando, porque dá um tapa no meu ombro e diz:

— Pode ir esquecendo!

— Mas e se ela estiver lá?

— Se ela estiver lá, é estúpida e não merece seu tempo. Estamos oficialmente sob lei marcial desde ontem. Não podemos arriscar a vida por causa de…

Um colega de classe o interrompe:

— Se você não está disposto a arriscar a vida, de que adianta protestar, afinal? O risco é o propósito disso tudo. Precisamos mostrar às autoridades que elas não vão nos silenciar na base do medo.

— Desculpa, mas quem te perguntou alguma coisa? — provoca Peyman.

O colega de classe mala revira os olhos.

— Essa é uma conversa que envolve o país inteiro, seu covarde.

E então vai embora.

Puxo Peyman para um canto mais quieto e tento convencê-lo.

— Por favor, vem comigo. Ela não está mais indo ao Key Club, e eu preciso dar um jeito de encontrá-la.

— Saeed, me escuta. Lei marcial não é brincadeira. E você sabe como adoro brincar com qualquer situação.

— A gente não precisa ficar muito tempo. Mas, se ela estiver lá, talvez… Talvez eu queira ficar para mostrar que sou corajoso.

— Correr risco de morte não é coragem, é burrice. Eu acredito de verdade que precisamos de mais liberdade, você sabe, mas a melhor coisa a fazer pelo país agora é se manter vivo. E você prometeu aos seus pais que…

— Eles não vão saber. Vai ser só dessa vez. Só para encontrá-la.

Peyman coloca a mão sobre o meu ombro, com mais carinho desta vez. Ele não me solta.

— Não quero que você se machuque.

— Não vou me machucar — afirmo. — Estou me sentindo invencível.

— Bom, você não é, só está se sentindo assim porque essa paixãozinha te deixou sem noção. Você nem conhece ela direito, Saeed. É só uma garota. Tem um monte de garotas por aí. E você não vai conhecer nenhuma delas se não estiver vivo. Por favor, não vá.

— Se eu for, você não vai contar nada para os meus pais, vai?

Ele balança a cabeça.

— Claro que não. — Enquanto saio correndo, ele grita: — Toma cuidado, Saeed!

Estaciono meu Paykan a alguns quarteirões da Praça Jaleh e sigo o som dos gritos de guerra. Quanto mais perto chego, mais forte meu coração bate. Penso em dar meia-volta. Odeio quebrar a promessa que fiz aos meus pais. Odeio desafiar Peyman, que sempre foi um bom amigo e nunca me abandonou. E, por mais que eu acredite nos ideais dos estudantes que estão protestando, também acho que ele tem razão sobre como nos manter vivos é o melhor plano de ação. Não temos como ser o futuro do país se não estivermos aqui. Respiro fundo. Decido voltar atrás, mas aí...

Eu a encontro. O rabo de cavalo inconfundível. Os olhos lindos. Grito o nome dela.

— Shirin!

Mas ela não me escuta. Minha voz é engolida pelo caos.

Viro a esquina na direção da praça, procurando por ela. Gritando seu nome. Mas não consigo encontrá-la. Tem muita gente aqui. Não dá nem para contar. Milhares de pessoas. Talvez dezenas de milhares. Talvez mais, até. Todas cheias de coragem, estupidez e ousadia. Me sinto profundamente comovido por cada pessoa, arriscando a própria vida em nome dos seus sonhos.

Continuo gritando o nome dela no meio da comoção, mas começa a parecer um esforço inútil. Então, paro minha busca e me junto à multidão. Grito junto com todo mundo, pedindo por um Irã livre. Levanto o punho, socando o ar. Sinto algo borbulhar dentro de mim a cada par de olhos que encontro, um senso de conexão, de união, de esperança.

Mas então a esperança é estilhaçada pelo disparo de tiros. Desta vez, não são tiros para o alto. São disparados na nossa direção. Na minha direção. Me abaixo por reflexo, cobrindo o rosto com os braços. Me encolho o máximo que consigo, o corpo tremendo de pavor. Imagino meus pais, decepcionados comigo por não ter dado ouvido a eles. Ouço Peyman me dizendo que não sou invencível. Ele tinha razão. Nunca me senti tão vulnerável, tão assustado. Sou apenas um estudante apavorado, encolhido no chão, rezando para um Deus em que nem sei ao certo se acredito.

Os tiros não param. É um atrás do outro. Me sinto sufocado pelo som aterrorizante dos disparos, dos gritos agonizantes, da corrida em pânico de pessoas tentando salvar a própria vida.

Espio através dos braços para a cena horripilante. E então me dou conta... Shirin está aqui. Preciso encontrá-la. Não posso deixar que ela se machuque.

— Shirin! — grito ao me levantar para procurá-la. Outro tiro. O som passa tão perto que parte de mim acha que fui baleado. Meu coração quase sai pela boca. A vida passa diante dos meus olhos. Mas não estou sangrando. Continuo vivo. É só medo. — Shirin!

Atravesso a multidão apavorada. Tudo ao meu redor é só violência e tragédia. Gritos de desespero. Corpos no chão. Sangue nas ruas. Tanto sangue. Meus olhos voam de um horror para outro, e rezo para encontrá-la.

A represália vem de todos os lados, soldados com armas em mãos, atirando indiscriminadamente. Imploro para que parem, pensando que a inocência da minha voz pode fazer alguma diferença. Mas nem consigo me ouvir, só os tiros, só a dor. Ainda assim, continuo implorando.

— Por favor — grito. — Por favor, parem. Por favor. Nós já entendemos.

Faço contato visual com um policial. Ele está apontando a arma para mim. Rapidamente, jogo as mãos para o alto, me rendendo. Mesmo assim, o policial atira. Fecho os olhos. Rezo para que não seja o fim. Mas a bala atinge um homem que passa correndo na minha frente, tentando fugir. O tiro o atinge na perna, e o homem cai para trás. Tento segurá-lo, mas ele é bem mais pesado que eu, e acabo caindo junto.

O sangue dele se espalha por cima de mim. Tem um cheiro forte, como ferrugem. Agarro o homem, implorando para que ele não morra, para que continue respirando.

— Qual é o seu nome? — pergunto, saindo de baixo dele.

Nenhuma resposta.

— Por favor. Me diz seu nome. Por favor.

Ele mal consegue sussurrar.

— Bijan. Me chamo Bijan.

— E seu sobrenome? — pergunto, com urgência. — Por favor, me diz quem você é.

— Eu tô morrendo? — pergunta ele.

— Tá sangrando — respondo, desesperado. Quero pedir ajuda, mas de quem? O caos tomou conta e o mundo está de cabeça para baixo. — Temos que estancar o sangue. — Tiro o cinto. Não sei o que estou fazendo, mas dou meu melhor para fazer um torniquete ao redor da perna dele. O homem grita de agonia quando aperto a fivela. — Desculpa. Achei que poderia ajudar. Me diz seu nome todo.

— Bijan Golbahar — diz ele. — Por favor, diga para a minha família que...

Mas ele não tem forças para completar o pedido.

— Estou aqui, Bijan Golbahar. Meu nome é Saeed Jafarzadeh. Sou estudante. Só um estudante. Queria ser um médico. — Penso em Shirin e no futuro dela como médica. Meu coração para ao pensar que ela pode ter sido baleada. Grito seu nome desesperadamente, como se pudesse mantê-la viva só de entoá-lo para os céus. — Shirin! Shirin!

Então, ouço-a me responder.

— Saeed!

Lá está ela — a alguns passos de distância, correndo na minha direção. Estendo o braço, mas ela é puxada para longe. Grito o nome dela de novo, como se uma palavra pudesse salvá-la. Mas é tarde demais. Ela desaparece no meio da multidão e a perco de vista. Me sinto impotente. Eu *sou* impotente e me sinto idiota por achar que vir para cá teria feito alguma diferença.

Olho para o rosto de Bijan novamente e percebo que ele tem mais ou menos a minha idade. Deve ser estudante como eu. Um estudante que só queria um país com oportunidades reais. Meu Deus. Faço uma prece silenciosa para que a vida dele não termine hoje, e outra prece pela vida de Shirin.

— Shirin — chamo, a voz rouca. Levanto a cabeça para o céu e fecho os olhos. Só enxergo a escuridão. Sinto um punho me socando. Ou será a coronha de uma arma? O golpe me derruba. A dor atravessa meu corpo, como um alerta. *Corre*, diz a dor. Mas não consigo me mover. Só repito o nome dela como se fosse um feitiço. — Shirin. Shirin. Shirin.

A última coisa que me lembro é da voz dela. Gritando meu nome. — Saeed! — De novo. Mais perto. — Saeed! — E de novo, tão perto que consigo sentir a respiração dela. — Saeed, estou aqui. Sou eu, Shirin. Estou aqui.

Não sei onde estou nem como cheguei aqui. Depois que fui atingido na nuca, não lembro de mais nada. Olho para os meus pés. A água do chuveiro lava o sangue no meu corpo. O sangue dele. Bijan Golbahar. Talvez haja um pouco do meu sangue também. Misturado, se tornando um só, rodopiando ralo abaixo e desaparecendo para sempre. Olho para o alto por um instante. Há três jatos de água acima de mim, um mais forte que o outro. Nunca vi nada assim, parece coisa daqueles guias turísticos com os melhores hotéis europeus. Abaixo a cabeça de novo. Preciso ver o sangue desaparecendo. Não pode restar nenhuma evidência de que fui ao protesto. Se baba ou maman descobrirem que eu estava lá, vão me matar antes que os guardas me encontrem.

— Tudo bem aí? — É ela. Shirin. — Precisa de ajuda?

Fico em pânico, achando que ela vai entrar e me ver pelado. Por instinto, enrolo a cortina do box na cintura.

— Tá tudo bem — respondo, agressivo demais.

Ela ri.

— Relaxa. Não vou entrar. Bahman Agha pode ajudar, se você precisar.

— Quem é Bahman Agha? — pergunto, soltando a cortina do box.

— Nosso chofer — diz ela. — Foi ele quem me ajudou a te carregar para o chuveiro. Eu até tentei, mas você é um pouquinho pesado demais para mim. Sua mãe deve ser uma cozinheira de mão cheia.

— Meu pai — digo.

— O quê?

Olho para o ralo. Só água agora. Água limpa e cristalina. Todo o sangue se foi.

— É meu pai quem cozinha lá em casa.

— Que modernoso — diz ela.

Dou uma olhada no banheiro e percebo que... não estou em um hotel europeu. Estou na casa dela. Mármore branco por toda parte. Um bidê ao lado da privada. Toalhas bordadas. Um espelho com moldura de ouro. Tudo obviamente importado da França, Suíça, Itália...

— Então, você vai ficar no banho pra sempre ou...? — pergunta ela.

Respiro fundo. Finalmente o sangue se foi. Estou limpo, mas sei que, não importa quantos banhos eu tome na vida, nunca conseguirei esquecer o rosto de Bijan. Ele ficará gravado dentro de mim para sempre.

Me seco com a toalha mais macia que já usei na vida. Ao lado da pia, vejo uma pilha de roupas limpas.

— De quem são essas roupas?

— Do meu pai — responde ela. Deve ter notado minha hesitação porque rapidamente acrescenta: — Não se preocupe, estamos lavando suas roupas. Você pode vesti-las de novo antes de ir embora.

As roupas do pai dela não são nada como as minhas. A calça é de alfaiataria e bem passada. O suéter de caxemira cor de berinjela parece uma segunda pele.

— Posso abrir agora? Já se vestiu? — pergunta ela.

Abro a porta. Ela está esperando. Quero abraçá-la, agradecê-la, mas fico paralisado.

— O que aconteceu? — pergunto.

— Você não se lembra? — Ela coloca uma mão carinhosa na minha bochecha.

— O garoto que foi baleado. O nome dele é Bijan. Ele está bem? — Ouço o pânico na minha voz, como se eu estivesse lá de novo.

— Não sei — diz ela, com tristeza. — Queria saber.

— Usei meu cinto. Tentei ajudar...

— Sei que tentou. — Ela não tira a mão da minha bochecha. — Você estava chamando meu nome. Te encontrei deitado na rua e te arrastei para o restaurante mais próximo. Eles me deixaram ligar para casa. Bahman Agha nos buscou. Me ajudou a te trazer para cá. E te levou para o chuveiro.

— Você ficou ao meu lado o tempo todo? — perguntei, o rosto ardendo de vergonha.

— Relaxa, eu não vi nada. — Ela abre um sorriso. — Anda logo, você não quer passar o dia inteiro plantado na porta do meu banheiro, né?

Eu a acompanho até o quarto. A cama é grande o suficiente para umas quatro pessoas. Ela se deita de um lado. Eu me sento na beirada do outro lado, desconfortável.

— Acho melhor eu ir embora — digo. — Seus pais... não vão gostar nem um pouco de ver um homem estranho com você na cama.

— Você não está *na cama* comigo, só está *sentado*. E com certeza não é um estranho. Além do mais, meu pai nem está no país. Está na França, fechando negócios e comprando móveis.

Observo o quarto. As mesas de cabeceira são envernizadas com perfeição. O carpete parece ter sido aspirado recentemente. Há um divã perto da parede, estofado com uma seda delicada.

— Móveis novos? — pergunto. — Tudo aqui parece novinho em folha.

— Pois é — diz ela. — Bom, o que parece novo para você pode não parecer novo para o meu pai. — Ela analisa o quarto. — Nem sempre foi assim. Somos o que os franceses chamam de *nouveau riche*.

Ela fala com um sotaque francês perfeito. Como Catherine Deneuve, como uma estrela de cinema estrangeira.

— Eu conheço algumas músicas francesas — digo. — Meu pai é músico. Toca tar e piano, no geral, mas também sabe tocar outros instrumentos. Ele sempre diz que música é a única língua universal.

Os olhos dela se iluminam.

— Um músico. O dom mais importante de todos. Eu não saberia viver sem música.

Pego na mão dela.

— Tudo bem se eu segurar sua mão? — pergunto.

— Tudo — sussurra ela. — Mas sua mão está tremendo.

— Estou nervoso. — Não é apenas minha mão. Minha voz também sai trêmula.

— Por quê? — pergunta ela, com carinho.

— Por estar sozinho com você.

— Não precisa de tanto drama. — O brilho no olhar dela é tão lindo que quase me cega. — Você nem sabe meu sobrenome.

Lembro dos monogramas bordados nas toalhas do banheiro. *SM*.

— Sei que começa com M.

— Bom trabalho, detetive.

— Majidi. Mahdavi. Marilyn. Monroe.

Ela ri e se levanta.

— Nunca vou te contar. É divertido demais ver você tentando adivinhar. — Ela aperta meus dedos trêmulos. De repente fica séria e pergunta: — Tá tudo bem?

— É claro — respondo, recolhendo a mão para me acalmar. — Estou bem.

— Você também cresceu aprendendo a ignorar seus sentimentos? Os homens desse país acham que ser fechado é a mesma coisa que ser corajoso. Mas não é. Corajoso é ser honesto. — Ela me penetra com o olhar.

— A verdade é que...

Não consigo colocar as palavras para fora. Cerro os punhos. A verdade é que estou com medo. Medo de ser para sempre assombrado pelo protesto, pelo sangue de Bijan. Medo do que meus pais vão fazer se um dia descobrirem. Medo de tocá-la, e do que ela faz com meu coração, do jeito como ela me faz voar. Mas não posso dizer nada disso. Nem sei as palavras certas para tantas emoções conflitantes. Não sou poeta.

— Você está pensando naquele garoto? — pergunta ela.

Assinto com tristeza.

— Queria ter trazido ele para cá. — Ela suspira. — Não tive muito tempo, e havia tanto sangue. Se pudesse, teria trazido todos os feridos para casa, mas não dava...

— Você não tem culpa — digo.

Ela me encara com uma simpatia desconcertante.

— Nem você. — Shirin não desvia o olhar ao acrescentar: — Você me parece ser alguém com dificuldade de se desculpar, alguém que sente o peso do mundo inteiro nos ombros.

Assinto.

— Achei que… que dava para criar um mundo melhor sem ter que morrer para isso. Fui tão estúpido.

— Não foi nada, principalmente se nunca presenciou a morte. É algo que muda a gente. — Ela respira fundo e diz: — Eu estava segurando a mão da minha mãe quando ela morreu.

Olho bem no fundo dos olhos dela. Estão lacrimejando.

— Sinto muito.

Não sei o que mais posso dizer. Quero perguntar a ela o que aconteceu, mas me parece intrusivo. Quero perguntar como era a mãe dela, mas não quero causar dor.

— Minha mãe… Ela era a garota com a pele mais clara em todo o vilarejo. — Shirin começa a contar a história da mãe de forma hesitante, como se fosse a primeira vez que faz isso. — Os pais dela… Eles disseram que aquela pele clara poderia ser seu ingresso para uma nova vida. Ridículo, né? Que algo superficial como a cor da nossa pele tenha um impacto tão grande na nossa vida.

Assinto. Ela continua:

— Eles não a deixavam pegar sol. Não se preocuparam em educá-la ou muni-la com qualquer tipo de conhecimento que ela pudesse usar no futuro. Só queriam que a pele dela continuasse clara. Sempre que precisava sair, ela levava um guarda-sol. Foi assim que meu pai a conheceu.

— Ele vendeu um guarda-sol para ela? — pergunto, confuso.

— Ele era um jovem engenheiro civil visitando alguns vilarejos — explica Shirin. — Ainda não tinha conquistado sua fortuna, mas já começara a trabalhar. A planejar como aqueles vilarejos poderiam e seriam transformados. Estradas. Prédios. Colégios. Lojas. Todas as conveniências da vida moderna. Era isso que meu pai queria trazer para o Irã. Ele pediu a mão da minha mãe em casamento sem nunca terem conversado, depois de vê-la indo para casa com seu guarda-sol. Ele a seguiu com seu carro europeu. Os pais dela nunca tinham visto um carro daqueles. Nunca tinham visto um homem vestindo terno sob medida. Concordaram de imediato e deixaram a filha se casar com ele. Ela tinha quinze anos. Dezesseis quando meu irmão nasceu. Dezessete quando eu nasci. Uma criança.

— Onde está o seu irmão?

— Oxford — diz ela. — Ele não gosta daqui.

— E você não quis seguir os passos dele?

— Meu irmão saiu do Irã há um tempão. Ele foi para um colégio interno na Inglaterra quando tinha onze anos. Nunca mais voltou, nem uma vez sequer. Mas eu sou diferente. Meu lugar é aqui. No meu país. Acredito que... Acredito que as mulheres daqui só estão começando a viver agora. Há portas esperando para serem abertas, e não é nenhum homem que vai abri-las. São outras mulheres. É por isso que eu protesto nas ruas. Para garantir que teremos voz na mudança que virá em breve.

Assinto.

— Se você ler o obituário da minha mãe, vai ver que ela morreu de ataque cardíaco — diz Shirin, num sussurro. — Mas não foi isso. Ela engoliu um monte de remédios para dormir.

Sinto o coração acelerando.

— Sinto muito. — É tudo o que consigo pensar em dizer.

— Ela não se encaixava aqui. Sair de um vilarejo e ir para uma cidade grande do dia para a noite pode até parecer um conto de fadas, mas não foi assim para ela. Minha mãe não tinha nada para fazer aqui. Nenhum amigo que a compreendesse. Nenhum propósito. E, quanto mais dinheiro meu pai ganhava, mais perdida ela ficava. Era obrigada a entreter príncipes, europeus e milionários, só porque era linda. Às vezes acho que o que acontece hoje no Irã é uma versão ampliada da história da minha mãe. O país está se modernizando rápido demais. Ninguém está pronto para as mudanças. As pessoas não aguentam tudo de uma vez.

— Sinto muito — repito. Devo estar parecendo um idiota. Mas o que dizer quando se descobre algo tão devastador?

— Obrigada, mas não precisa se desculpar. Você não fez nada de errado. Nem ela. Eu levei um bom tempo para entender isso. Tem um poema de Shahriar que guardo com muito carinho no coração. — Ela respira fundo antes de recitar. — *"Não, ela não morreu, porque eu continuo vivo. Ela vive na minha tristeza, na minha poesia e na minha fantasia."*

Quando ela faz uma pausa, completo o poema:

— *"Nunca morrerão aqueles cujos corações vivem com amor."*

Ela abre um sorriso melancólico.

— Você conhece?

— Meu pai costumava ler um poema para mim toda noite antes de dormir. Os clássicos da nossa literatura. E até mesmo os contemporâneos, como Forough Farrokhzad. Parece besteira, mas até hoje preciso ler um poema em voz alta antes de dormir. É, sei lá... reconfortante.

Ela se aproxima de mim.

— Quanta coragem do seu pai te apresentar a Farrokhzad. A maioria dos homens não está nem aí para as palavras e pensamentos das mulheres.

— Meu pai não é como a maioria dos homens — digo, grato por todas as diferenças do meu pai em relação aos outros. Ele me transformou no tipo de homem que talvez possa conquistar o coração de Shirin.

— E minha mãe não era como a maioria das mulheres — diz ela.
— Seu humor mudava num piscar de olhos. Eu vivia pisando em ovos. Isso me ensinou a estar pronta para qualquer coisa.

— Shirin... — Estou prestes a dizer mais uma vez que sinto muito, mas me seguro. Em vez disso, pergunto: — Quantos anos você tinha? Quando ela...

— Dez — responde logo de cara. — Foi no ano em que meu irmão partiu. Meu pai estava na Alemanha a trabalho.

— Meu Deus! — exclamo. — Você estava sozinha?

— Claro que não — diz ela, com um sorriso triste. — Nunca fiquei sozinha. Sempre tive uma equipe cheia de pessoas maravilhosas para cuidar de mim. E elas cuidaram. Muito bem. Talvez seja por isso que a lealdade delas seja a mim, e não ao meu pai. Por que acha que considerei seguro te trazer para cá?

— O que seu pai faria? — pergunto. — Se soubesse que eu estou aqui?

Não é uma pergunta que ela quer responder.

— Vou ver se suas roupas já secaram — diz, antes de sair.

Fico sentado sozinho pelo que parece ser uma eternidade. É muita coisa para processar. O protesto. O sangue. Shirin. Nunca me senti tão perdido e, ao mesmo tempo, tão certo do meu lugar.

Quando ela volta, quero pedi-la em casamento. Me sinto tão bobo. A gente acabou de se conhecer. Nem sei o sobrenome dela. E será que isso só não me transformaria em outra versão do pai dela, que pediu a mãe em casamento sem sequer conhecê-la? Não vou cometer o mesmo erro. Vou conhecê-la primeiro. Depois, quando chegar o momento certo, não vou pedir ao pai dela por sua mão. Ele não é dono de Shirin. Eu também nunca serei. É isso que mais amo a respeito dela. Shirin pertence a si mesma e a este país, assim como eu.

— No que você está pensando? — pergunta ela ao se sentar, colocando as roupas secas ao meu lado.

Abro um sorrisão, sonhando com formas de pedi-la em casamento um dia. Imaginando meus pais radiantes no casamento.

— Estava pensando que meus pais vão gostar muito de você.

— Que fofo — diz ela. — Aposto que vou gostar deles também. Como é a sua mãe?

— Ela é… — Hesito porque me dou conta de que minha mãe é como Shirin. Cheia de opiniões. Ambiciosa. — Ela é arquiteta.

— Nossa, não tem muitas arquitetas mulheres no Irã.

— Ela é incrivelmente inteligente. Muito ambiciosa, como você.

Ela arregala os olhos e ri.

— Você é um clichê freudiano, correndo atrás de uma mulher igual à sua mãe.

Não consigo segurar o riso também.

— Só lembrando que estou vestindo as roupas do seu pai. Quem é o clichê freudiano mesmo?

Me perco na magia da risada dela. Todo o resto desaparece.

— Desculpa, mas preciso ir agora — diz ela.

— Vai ao Key Club hoje à noite? — pergunto, desesperado para saber quando nos veremos de novo.

— Acho que não. Depois de tudo o que vimos hoje, sair para dançar me parece tão, sei lá... errado, de certa forma. — Ela olha para o relógio. — Ai, nossa, perdi a noção do tempo. Já estou atrasada. — Então, ela grita: — Bahman Agha! Desculpa, mas você pode levar meu amigo Saeed para buscar o carro dele lá na Praça Jaleh?

— Você não vai com a gente? — pergunto.

— Eu dirijo sozinha — diz ela, com orgulho. E aposto que, diferente de mim, ela não dirige um Paykan. Deve ter uma Mercedes ou um Cadillac. — E estou atrasada para encontrar minha tia no Cloop Shahanshahi, então vou indo nessa.

Enquanto ela veste a jaqueta, eu declaro:

— Preciso encontrar ele. Saber se está vivo.

— Bijan? — pergunta ela.

Assinto com tristeza.

— Vamos encontrá-lo juntos — diz Shirin, assentindo com veemência. Antes de sair, se inclina na minha direção e sussurra: — Meu pai só volta daqui a três semanas. Pode bater aqui na porta em qualquer noite depois das sete, ou em qualquer manhã antes das nove. Você sabe onde eu moro.

Quero dizer que ainda não sei o sobrenome dela, mas teremos tempo. Todo o tempo do mundo.


Depois de pegar meu carro, chego em casa e escuto o som do tar vindo do escritório. Baba está dando aula. Confiro o relógio — quase hora do jantar. Maman ainda está trabalhando. Me esgueiro pela casa fazendo o mínimo de barulho possível. Chego no meu quarto e tiro as roupas do corpo, só para o caso de ainda ter sangue nelas.

Visto roupas limpas. Corro até a cozinha para procurar um saco de lixo e me livro das roupas do protesto. Ninguém vai saber que eu estive lá.

Ninguém *exceto* Shirin, que sabe de tudo.

Que sempre vai me conhecer de um jeito que ninguém conhece. Ela me viu no momento mais vulnerável da minha vida, presenciou uma mudança definitiva em mim.

Depois de jogar as roupas no lixo, me junto aos meus pais para jantar. *Khoreshteh kadu, polo, tahdig, mast.* Encho a boca para não ter que falar sobre meu dia. Enquanto escuto os dois discutindo sobre o livro do Reza Baraheni que estão lendo, imagino eu e Shirin, daqui a algumas décadas, discutindo sobre outro livro enquanto nosso próprio filho nos escuta, talvez até escondendo segredos de nós dois.

Quanto tempo devo esperar para ir à casa dela? Essa é a questão que eu e Peyman debatemos no sábado enquanto comemos kebab de rua e caminhamos.

— Uns três dias no mínimo — diz Peyman.

— Três dias? — repito, incrédulo. — Quero passar todos os momentos da minha vida com ela, e você está me mandando esperar três dias?

— Tá, vou te dar outra opção — diz ele. — Aparece na casa dela hoje à noite e assusta a garota. Você quer ou não um plano a longo prazo?

— Claro que quero — digo. — Ela é a única mulher da minha vida.

— Então faça tudo direitinho ou vai acabar ficando sem nada. — Peyman dá um tapa no meu ombro um pouquinho forte demais. — Levanta a cabeça, meu jovem. Você tem seu amigo aqui. Vai sobreviver três dias solitários sem encontrá-la.

No fim da tarde do terceiro dia, dirijo até a casa de Shirin. Hesito antes de bater na porta e, então, feito mágica, ela se abre. Shirin está de pé do outro lado, com um suéter volumoso, jeans e um sorriso.

— Por que demorou tanto?

— Bom — começo —, meu amigo disse que, se eu viesse cedo demais, iria acabar te assustando.

Ela ri.

— É preciso muito mais que isso para me assustar.

Ficamos parados por um instante. Me pergunto se ela vai me convidar para entrar.

— Encontrei o endereço da família Golbahar — diz ela.

— Como? — pergunto. Minhas buscas foram inúteis.

— Fiz umas ligações — diz ela. — Tenho minhas fontes. Quer ir até lá agora?

— Agora?

— Não há tempo melhor do que o presente — anuncia ela. — Essa é uma das melhores lições que aprendi com meu pai. Posso até discordar dele com frequência, mas nisso ele tem razão. Se você quer fazer alguma coisa, faça agora. O amanhã não é garantido.

Bahman Agha nos leva do norte ao sul da cidade, da casa abastada de Shirin até um bairro sem saneamento básico, onde muita gente divide um espaço muito pequeno.

— É aqui — diz ela, apontando para um prédio caindo aos pedaços.

Do lado de fora, crianças jogam futebol, chutando a bola com empolgação, sem a menor noção da injustiça que as cerca.

Shirin joga um xador preto sobre o cabelo. Eu nunca a vi usando um, mas ela faz isso em respeito à comunidade onde estamos. Eu a amo por isso. Ela sai do carro primeiro e eu a sigo.

— Espera aqui, Bahman Agha — diz ela. — Muito obrigada.

Algumas crianças circulam o carro, tocando as portas geladas de metal.

Sigo Shirin até o terceiro andar do prédio pelas escadas estreitas. Ela bate em uma porta quando chegamos ao corredor. Ninguém atende. Ela tenta de novo.

— Posso ajudar? — pergunta uma mulher.

Ela parece ter o dobro da idade dos meus pais. Está segurando uma bengala com força enquanto desce as escadas.

— Estamos aqui para falar com a família Golbahar — diz Shirin.

— O que eles fizeram? — pergunta a mulher. — São pessoas de bem.

— Não fizeram nada — digo ao perceber que ela acha que viemos aqui puni-los por alguma coisa. Prendê-los. Por que mais alguém estaria procurando por eles?

— Não precisamos de confusão por aqui — diz ela, com seriedade. — Essa família se mudou para cá em busca de trabalho, de uma vida melhor na cidade grande. E, agora, o filho deles foi baleado.

— Ele está vivo? — pergunto.

A mulher cerra os olhos como se estivesse pensando na pergunta.

— Por que você quer saber?

— A senhora sabe que horas eles chegam em casa? — pergunta Shirin. — Prometo que essa é uma visita amigável.

A mulher suspira.

— Eles deixaram a cidade e, sinceramente, não os culpo. Isso é tudo o que sei. Não sei se o pobre garoto sobreviveu ou não. Agora, por favor, nos deixem em paz.

A mulher continua sua descida lenta pelas escadas estreitas. Seguimos logo atrás, limitados pela velocidade dela.

As crianças fascinadas continuam rondando o carro quando voltamos. Bahman Agha está explicando os detalhes do veículo para elas. Nós o deixamos terminar, depois entramos.

— Que pena que eles não estavam em casa — diz Shirin quando chegamos na casa dela de novo. — Pelo menos ele teve sorte de só ter sido atingido na perna. As chances de ter sobrevivido são altas.

— Obrigado por dizer isso. Preciso acreditar que ele sobreviveu. — Suspiro. — Posso te ver de novo em breve?

— Em breve me parece uma boa. — Ela sai do carro, mas se vira mais uma vez. — Mas não espere três dias dessa vez, tá bom? O conselho do seu amigo pode até servir para uma garota qualquer, mas eu não sou uma garota qualquer.

— Não — respondo. — Com certeza não é.


Chego em casa quando meus pais estão terminando de jantar.

— Onde você estava? — pergunta baba quando me sento e começo a me servir de *kotlet*.

— Com o Peyman — digo.

— Não minta para mim — diz baba.

Olho para a comida, me perguntando se ele sabe.

— Você foi visto nas ruas — esbraveja baba de repente. — Já sabemos há dias. Esperamos que nos contasse, mas...

— Todo mundo estava nas ruas — digo, com calma.

Engulo em seco. Baba faz o *kotlet* mais macio do mundo, mas a comida desce pela minha garganta como se fosse pedra.

— Bom, você não é todo mundo — diz maman. — É nosso único filho e quebrou uma promessa. — A voz dela fraqueja ao completar: — E agora sua vida está em perigo.

— Você estava no protesto da Praça Jaleh, não estava? — pergunta baba.

Basta um olhar para os meus pais e sei que eles já sabem. Mas como?

— Peyman contou para vocês? — pergunto.

Os dois balançam a cabeça.

— Prometo que nunca mais vai acontecer. E vou cumprir desta vez. Eles vão me deixar em paz. Sou apenas um estudante.

— Não, não é — diz baba. — Não mais.

Olho para os dois, confuso.

— Quê? Como assim?

Maman assente com firmeza para baba e, então, ele diz:

— Por favor, escute e confie em nós. Demos um jeito de te tirar do Irã. Você vai estudar na Universidade da Califórnia. Em Los Angeles.

— Nos Estados Unidos?

Me sinto zonzo. Nunca saí do Irã. Nunca quis sair. Meu lar é aqui.

— Já organizamos tudo. Eles têm um curso fantástico de engenharia, não se preocupe.

— Não é isso que me preocupa. — Me levanto. — Não posso abandonar vocês. Nem Peyman. — Nem Shirin, quero dizer. Não posso abandoná-la, nunca.

— Não se preocupe com a gente — diz baba. — Não temos nenhum envolvimento com a política. Eles vão nos deixar em paz.

— Eu não quero abandonar meu país — digo, sentindo a força nas palavras, a verdade por trás delas.

Baba se levanta, me encarando.

— Saeed *joon*, seu país já te abandonou.

Balanço a cabeça, me recusando a acreditar nele.

— Não abandonou, não. Pelo menos por enquanto. Ainda há esperança. É por isso que estamos indo para as ruas. E vocês querem me mandar para o lugar que causou tudo isso? Querem que eu me torne estadunidense? Que viva no país que está fornecendo armas para o xá nos atacar? No país que tirou o Mossadegh do poder?

— Não precisa me dar sermão sobre o Mossadegh — diz baba. — Eu cresci com o Mossadegh no poder. Lembro do senso de esperança que ele nos deu. Isso é coisa do passado.

— Mas pode ser coisa do futuro. Se o xá for embora, podemos viver assim de novo.

— E quem vai nos dar isso? — Baba levanta o tom de voz. — Khomeini? Você acha que aquele safado corrupto é a nossa salvação?

A dureza do tom dele me pega de surpresa.

— Qualquer um é melhor do que o que temos agora.

— Você não entende como o poder corrompe as pessoas. Um dia vai entender. Espere e verá.

— Não, é você quem não entende nada — rebato. — Porque não se importa o suficiente para se envolver. Só fica sentado naquela sala ensinando música clássica, preso no passado. Você é um covarde. — Me arrependo das palavras assim que elas saem da minha boca.

— Talvez eu seja mesmo — diz baba, com tristeza. Dá para ver que ele está furioso, porém respira fundo para se acalmar. — Mas eu conheço o mundo. E te alertei para não se meter com política. Eu e sua mãe te alertamos. Você acha que a gente quer te ver indo embora? — Ele espera um instante antes de sussurrar: — Estamos de coração partido.

Olho para maman. A tristeza é evidente nos olhos dela, e eu me odeio por causar tanta dor.

— Saeed *joon*, estamos há muito tempo esperando para te contar uma coisa — diz maman. — E a hora é agora.

Baba suspira, um suspiro profundo, um suspiro que carrega segredos.

— Minha mãe é estadunidense — diz baba, com delicadeza. — Eu nunca te contei porque... Bom, porque minha história com ela é complicada.

Me sinto flutuando para fora do corpo. Não pode ser verdade.

— O nome dela é Margaret. Ela mora em Los Angeles. Não falo com ela há décadas.

— Mas... — Não consigo concluir o pensamento. O choque é grande demais. Como meu próprio pai foi capaz de esconder isso de mim? — Você foi criado lá? — pergunto, incrédulo. — É por isso que seu inglês é tão bom?

— Sim — diz ele.

— E o seu persa. Sempre me disse que tinha um leve sotaque porque estudou num colégio americano, mas isso era mentira, não era?

— Não importa agora. Talvez Margaret te conte tudo só de raiva. Talvez não.

— Me contar o quê? — pergunto.

— Nada disso importa — diz ele.

— Como assim não importa?! — grito. — Você me diz que minha avó é estadunidense. Que eu vou me mudar para Los Angeles. Que mentiu para mim a vida inteira. E agora nada disso importa?

— Meu passado não importa. As escolhas que fiz... Eu não me arrependo. Foram minhas escolhas. Nunca mais olhei para trás. Mas agora é preciso olhar. Você é nosso filho, nossa vida. E Margaret está disposta a te manter em segurança.

— Você armou tudo isso pelas minhas costas. Falou com ela. Comprou a passagem de avião. Me matriculou numa faculdade nova.

— Nós sabíamos que você só ficaria mais chateado se soubesse — diz maman. — E não podíamos te contar nada enquanto ela não concordasse e a faculdade não te aceitasse. Foi ela quem fez tudo acontecer, e fez bem rápido.

— Minha mãe pode ser bem eficiente quando quer — diz baba, com frieza.

Maman olha para ele ao dizer:

— E não foi algo fácil de pedir para ela, uma mãe que foi deserdada pelo único filho.

— E se eu disser não? — pergunto. — E se eu me recusar a ir?

Maman olha para baba, e eu percebo que estão escondendo mais coisas de mim.

— O pai de um dos meus alunos entrega encomendas da Savak — começa baba. — Seu nome está na lista. Eles estão te rastreando. Possuem fotos suas em vários protestos diferentes. Não sabem que nós temos essa informação, essa vantagem. Você me entende agora? A Savak não tem pena. Precisamos te tirar do país antes que eles te levem para a prisão, ou...

— Eu entendo — digo, interrompendo para que ele não fale mais nada.

Já sei que eles podem me matar se quiserem. O choque dessa realidade se transforma em resignação. A conversa acabou. Não tenho escolha. Terei que me despedir do meu país, do meu melhor amigo e da garota que amo e que talvez nunca mais veja, sobre quem nem consigo contar para os meus pais. Só dizer o nome dela em voz alta traria lágrimas aos meus olhos.

Quando a noite chega, não leio um poema para mim mesmo porque nem me dou ao trabalho de tentar dormir. Só fico sentado na cama, encarando a parede por uma última noite, tentando desesperadamente pensar em como pedir Shirin em casamento amanhã de manhã. Não vai ser como sonhei, mas, se eu não pedir, como posso esperar que ela vá comigo para Los Angeles? E ela precisa ir comigo porque, se já sabem sobre mim, devem saber sobre ela também. Nós dois estamos correndo perigo agora.

Entro de mansinho no quarto do baba na manhã seguinte. Ele tem o sono leve, então vou até o closet na ponta dos pés, fazendo o mínimo de barulho possível. Apesar de maman dormir e trabalhar no quarto de visitas, ela guarda suas roupas e joias aqui. Finalmente encontro a caixa de joias e dou uma olhada, procurando o que posso pegar sem deixar a maman triste.

— O que você está fazendo?

É o baba. Ele está de pé na porta do closet, só de cueca. Sempre dormiu assim.

— Eu...

— Essas coisas são da sua mãe — diz ele.

— Eu sei. É só que... — Por que não consigo contar para ele? Será que um homem que ensina a arte da música não vai entender meu lado romântico? — Pensei em levar um presente para a Margaret.

— Ela não é uma mulher sentimental.

— Mesmo assim. Você me ensinou a ser um cavalheiro.

— Escolha outra coisa para dar — sugere baba. — Não algo que pertença à sua mãe. Tive uma ideia. Vou embrulhar um presente só para ela. Algo que, com sorte, vai comovê-la. Lembrá-la de um passado melhor. — Assinto, torcendo para que ele vá embora, mas baba fica parado ali, me encarando. — Agora você vai me contar o que está fazendo aqui de verdade?

Olho no fundo dos olhos do baba. Queria muito ficar bravo com ele por me mandar para longe, por ter mentido para mim, mas sei que ele está tentando salvar minha vida. E consigo enxergar o medo nos olhos dele, o amor, então eu cedo.

— Tem uma garota — eu digo.

— Ah. — Ele se aproxima.

— A gente acabou de se conhecer. É cedo demais, mas não consigo pensar em outra saída.

Baba olha para a caixa de joias. De repente, a ficha cai.

— Meu filho — sussurra ele. — Você quer pedi-la em casamento.

— É o único jeito de convencê-la a ir embora comigo. Preciso que ela vá comigo. Não posso ir para os Estados Unidos sozinho. E... Não sei como explicar, mas nunca conheci alguém como ela...

— Shhh. Não precisa se explicar. A beleza do amor está no mistério. Quando você tenta explicar, tira todo o seu poder. — Ele tira um anel de dentro da caixa de joias. Com uma pedra azul. — Isso é turquesa. Comprei para a sua mãe na primeira vez que fomos para Isfahã. Turquesa afasta mau-olhado.

— Você acredita nisso? — pergunto.

Ele dá de ombros.

— Não posso me dar ao luxo de não ser supersticioso. Principalmente agora. — A voz dele embarga de repente. — Estou com medo. Só de te imaginar na prisão. Ou coisa pior.

— Não pense nisso.

— Ainda assim. Imagino você longe de mim. Com ela.

— Então venham comigo. Por favor. Comigo e com Shirin. Esse é o nome dela. Podemos começar uma vida nova juntos.

De repente me dou conta da ausência dos meus pais. Nunca fiquei longe deles. Não estudei em colégios internos como alguns dos iranianos mais ricos. Como vou existir sem os dois?

— *Aziz.* — Ele sussurra o termo carinhoso com uma pontada de dor na voz. — Eu saí dos Estados Unidos há muito tempo e nunca mais voltei. Não sei se consigo.

— Por que você saiu de lá? Por que não fala mais com a sua mãe? O que aconteceu? — As perguntas saem todas de uma vez.

Ele cerra o maxilar, nervoso, como se estivesse se segurando para não falar demais. Então me olha no fundo dos olhos e diz:

— Não temos muito tempo. Vá encontrá-la agora. Diga a ela que vai respeitá-la e amá-la, na alegria e na tristeza. Porque haverá um pouco das duas coisas na jornada que te aguarda. — Os olhos dele parecem marejados. — Vá. E volte a tempo para o seu voo.

Ele coloca o anel de turquesa na palma da minha mão e fecha meus dedos sobre a joia. Depois me puxa para um abraço.

Me permito derreter nos braços dele. Meu pai. Meu baba. Como posso dizer adeus se ainda há tanta coisa para descobrir sobre ele?


Dirijo até a casa de Shirin, levando o anel de turquesa no bolso. Respiro fundo, imaginando todas as versões do que pode acontecer em breve. O final feliz. O final trágico. Mas não, digo a mim mesmo. Isso não é um final. Aconteça o que acontecer, é um começo. Apenas o início do resto das nossas vidas.

Me aproximo da porta apreensivo e toco a campainha. Consigo ouvir o toque de fora da casa. Espero por ela, ou Bahman Agha. Qualquer pessoa. Mas ninguém aparece. Toco de novo. Nada. Bato na porta.

— Shirin? Shirin, você está aí? — grito na frente da porta. — Shirin!

Ouço o som agressivo do aparador de grama e me viro. Um jardineiro forte me encara por trás da máquina barulhenta.

— Quem é você? — pergunta ele, com um sotaque carregado.

— Sou amigo da Shirin *joon* — digo de mansinho.

— Estuda com ela? — pergunta ele.

— Não, eu… Bom… — Não posso dizer como nos conhecemos. Posso acabar arrumando confusão para ela. — Somos amigos, só isso. Ela está em casa?

— Se você fosse mesmo amigo dela, saberia que ela teve que sair do país.

Meu coração despenca, em choque. Ela se foi. Provavelmente voou para um lugar mais seguro, para sempre, como estou prestes a fazer. Eu a perdi.

— Ela está na Europa com o pai dela? — pergunto.

Ele vem na minha direção, mas não responde à pergunta.

— Pode me dizer como entrar em contato com ela? — imploro. — Onde ela está? Tem algum número de telefone?

— Sou apenas um jardineiro. Não posso dar informações pessoais sobre meus patrões para um estranho.

— Mas eu não sou um estranho, juro. — Ouço minha voz acelerar, o pânico se instalando. — Sou amigo dela. Meu nome é Saeed Jafarzadeh. Pode perguntar ao Bahman Agha. Ele me conhece.

— Os empregados estão fora, visitando suas famílias — diz ele, dando de ombros. — Só tem eu aqui. E eu não te conheço.

— Só me passa o número de telefone dela. Ou o endereço. Ou até mesmo… Meu Deus, nem sei o sobrenome dela. Me diz pelo menos isso. Eu imploro.

— Você não sabe o sobrenome dela? — Ele balança a cabeça, desacreditado, e depois ri.

— Por favor.

Estou murchando. Perdendo as esperanças. Me sinto encurralado. Todas as fantasias que sonhei para nós acabam aqui. Talvez tudo não tenha passado disso. Fantasia.

— Vou voltar ao trabalho agora — diz ele. — Melhor você ir embora antes que eu ligue para as autoridades.

Meu coração acelera ao ouvir a ameaça. A última coisa de que preciso agora é ser entregue para as mesmas autoridades que já querem me prender, ou coisa pior.

— Tô indo — digo. — Mas... Se ela voltar... Quando ela voltar... Diga a ela que o Saeed esteve aqui. E que... — Que eu a amo. Que eu estava preparado para pedi-la em casamento. Pronto para me ajoelhar e colocar a pedra de turquesa da sorte no dedo dela.

— Que o quê? — pergunta ele.

— Nada — respondo. — Não é nada.

Dou as costas para ele, para a casa e para esta cidade que guarda minhas mais lindas lembranças.


Baba e maman me levam até a casa de Peyman para que eu possa me despedir. Ele não faz nenhuma piada. Só me abraça com força e diz que vai me caçar se um dia eu perder o contato com ele. Então, meus pais me levam até o aeroporto de Mehrabad. Eles se despedem com um abraço do lado de fora, os dois chorando. Eu seguro as lágrimas.

— Que pena que Shirin não estava lá — diz baba. — Prometo que ainda haverá muito amor no seu futuro.

— Eu ainda não desisti — digo. — Talvez vocês possam encontrá-la para mim. — Me encho de esperança por um momento.

Maman encara baba antes de dizer:

— Todo mundo vai ter seu coração partido em algum momento na vida. Mas, depois de partido, o coração fica mais forte. E você vai precisar de um coração forte para encarar o que te espera.

— Então vocês não vão procurar por ela? — pergunto. — Posso pedir para Peyman, então.

— Nós vamos — diz maman. — Claro que vamos.

— Mas, se não der certo, você ficará bem — acrescenta baba. — É isso que estamos dizendo. Seres humanos são resilientes. E a família Jafarzadeh é muito boa em recomeçar do zero. Está no nosso sangue.

Dou mais um abraço nos dois. Não quero dizer mais nada. Temo que, se disser mais uma palavra, vou cair no choro.

— Coloquei o presente para a sua avó na mala — diz baba.

— Obrigado. Vou entregar para ela.

— Seja forte — aconselha ele.

— Não se esqueça de focar nos estudos — diz maman. — E também de se divertir de vez em quando.

— Seu futuro te reserva muita luz — completa baba. — Você verá.

Um guarda nervoso manda meus pais tirarem o carro da vaga imediatamente e os encara até os dois entrarem no veículo e se afastarem de mim.

Perambulo pelo aeroporto meio zonzo. Tudo me parece surreal. Nunca entrei num avião antes. Agora estou prestes a voar vinte mil quilômetros. Vinte mil quilômetros. O número por si só já é assustador. O que estou fazendo atravessando tanta terra e tanto mar? Aonde acho que estou indo?

Só quando já estou apertando o cinto dentro do avião que sinto o anel no meu bolso. Ele toca a ponta do meu dedo mindinho. Tiro a joia e a encaro. Aperto-a com força na palma da mão enquanto o avião decola.

O homem viajando ao meu lado se vira para mim.

— Turquesas espantam o mal e trazem boa sorte.

Abro um sorriso esperançoso, torcendo para que ele esteja certo. Vou precisar de toda a sorte que puder conseguir.


Margaret não aparece no aeroporto para me receber quando pouso em Los Angeles. A ideia de um parente não te buscar no aeroporto quando você chega num país novo pareceria absurda no Irã. Mas não estou mais no Irã, o que fica evidente assim que olho pela janela do táxi. Não há carros Paykan aqui. Nem kebab nem *balal* nem *gerdu* sendo vendidos nas ruas. Vejo montanhas à distância, mas não parecem em nada com a cordilheira Elburz.

O táxi me deixa em frente a uma casa pequena de um andar com roseiras muito tristes e um gramado seco no jardim da frente. Toco a campainha e espero que Margaret venha abrir a porta, mas não vem. Deve ter saído. Deve ter se esquecido de mim. Então, me sento no degrau, encarando o Buick vintage preto dela, e espero. Abro a mala e pego um dos meus livros de engenharia. Melhor usar meu tempo para estudar. Uma hora depois, a porta da frente se abre e escuto uma voz rouca atrás de mim.

— Ora, ora, o que você está fazendo aqui fora?

— Eu toquei a campainha — explico. — A senhora estava aí dentro esse tempo todo?

— A campainha não funciona — diz ela, com frieza. — Por que não bateu na porta?

Me levanto e fico de frente para ela.

— Olá — digo, sem saber ao certo como chamá-la. Não estou pronto para chamá-la de vó.

Me inclino para dar dois beijos nas bochechas dela, mas ela se afasta e me chama para dentro, apertando com força o roupão azul-bebê em torno do corpo. Seu rosto é marcado por rugas, e o cabelo é fino, pintado de um tom estranho e artificial de vermelho, que a faz parecer um tomate seco.

— Bom, entra logo. Seu quarto fica nos fundos. Tira os sapatos.

— Obrigado — digo, observando a casa antiga, que tem cheiro de produto de limpeza e sachês aromáticos.

Quando a porta se fecha, ela tira um par de óculos do bolso do roupão e coloca no rosto.

— Bom, deixa eu dar uma olhada em você. — Ela aperta os olhos e solta um grunhido. — Claramente não pegou nada do meu lado da família. É bem escuro, né? Genes escuros são dominantes, como dizem.

Fico parado, deixando que ela inspecione meus genes dominantes. Quero sair correndo dali, voltar para a casa à qual pertenço.

— Estranho — diz ela. — Há alguns dias eu nem sabia que você existia. E agora cá está você, morando comigo. Você sabia da minha existência?

Faço que não com a cabeça.

— Bom — diz ela. — Imagino que seu pai tenha os motivos dele, mas, se sou mesmo o mal encarnado que ele acredita que eu seja, por que eu aceitaria salvar sua vida? — Ela guarda os óculos e sorri toda orgulhosa. Acredita mesmo que é minha salvadora. — Bom, não fica plantado aí. Vai conhecer seu quarto. Como eu disse, fica nos fundos. O jantar é às seis e meia. Até lá.

— Eu trouxe um presente — digo. — Está na minha mala.

— Pode me dar no jantar. Estou cansada. Por que ainda não tirou os sapatos?

Ela me deixa encontrar o quarto sozinho. Não me oferece nenhum conforto ou hospitalidade. Talvez, porém, já tenha me oferecido o suficiente. Tiro os sapatos e vou desfazer as malas. Num piscar de olhos, chega a hora do jantar. Vou até a cozinha, onde ela organizou a refeição numa mesa pequena. Já colocou frango e vegetais num prato para mim. Me sento e como. Não tem tempero nenhum. Não se parece em nada com a comida persa que o baba prepara.

— Gostou? — pergunta ela, enquanto coloco algumas ervilhas e um pedaço de frango com gosto de nada na boca.

— Está ótimo! — A mentira sai com facilidade dos meus lábios.

— É saudável — diz ela. — Posso aprender a fazer alguns pratos persas, se você quiser.

Não sei como essa senhora estadunidense poderia aprender uma culinária tão clássica e refinada como ela jamais será. Só de olhar a casa já sinto todos os meus sentidos sendo agredidos. Ela tem coelhos de cerâmica por toda parte. A casa toda tem o cheiro daqueles sachês aromáticos que ela deixa em todos os cômodos. Todos os tecidos são floridos, mas ela claramente não tem respeito algum pelas flores, já que todos os vasos daqui são cheios de plantas de plástico.

— É bem difícil de preparar. Tem que ficar em casa o dia inteiro mexendo a panela.

— Eu não saio muito de casa mesmo.

Dou de ombros.

— O que for deixar a senhora feliz, então.

Ela aperta os olhos.

— Minha felicidade já foi embora faz tempo, garoto. Assim como os seus bons modos. Além do mais, fazer isso vai me trazer boas lembranças também. Eu morei lá quando era pequena.

Balanço a cabeça. Eu não sabia. Achei que o baba tinha dito que a mãe dele era americana, mas ele não me contou mais nenhum detalhe.

— Em Abadã. No sudeste do país.

— Eu sei onde fica Abadã — digo.

— Sim, claro que sabe.

Também sei que Abadã é uma região petroleira rica, e que é onde refinarias anglo-persas construíram suas primeiras sedes. E, agora, sei por que baba nunca me contou nada sobre a mãe dele: o pai dela deve ter sido um dos petroleiros que roubou nosso país. Por que outro motivo ela teria morado em Abadã?

Me esforço para engolir o frango. Está borrachudo. Nem um pouco parecido com o frango macio no *khorakeh morgh* que baba faz. Claramente, seu amor pela cozinha não veio da mãe.

— Você vai ser engenheiro? — pergunta ela.

— Talvez — digo.

— Igual ao meu pai. Ele foi um engenheiro. Você deve ter puxado isso dele. Pena não ter puxado o tom de pele também.

Lembro de Shirin me contando sobre a mãe dela e sobre como ter a pele mais clara decidiu seu destino na vida. Me pergunto como e por que essa obsessão com peles claras viajou do Irã até os Estados Unidos. Temos tão pouco em comum. Por que ter logo isso?

— Bom, pelo menos você herdou o cérebro dele — diz Margaret.
— Ele foi um homem brilhante.

Quero dizer que venho da civilização que inventou a matemática e não preciso do cérebro do pai dela. Em vez disso, pergunto:

— Ele era engenheiro de petróleo? — Percebo uma acusação no meu tom.

— Bom, sim — diz ela. — O que mais teria ido fazer no Irã?

Mordo a língua. Discutir é perda de tempo. Além do mais, estou cansado da viagem. Me levanto depois de terminar. Pego o prato vazio.

— Deixa que eu lavo — oferece ela. — Melhor você dormir um pouco. Amanhã já tem aula. Será um grande dia.

— Obrigado — digo. — Mas não ligo de ajudar.

Sou iraniano. Aprendi a mostrar bons modos para os mais velhos, e já fui acusado por ela de ser mal-educado.

Lavo a louça na pia e coloco tudo no escorredor. Do lado de fora, vejo um pai jogando basquete com os filhos na entrada da garagem, iluminados pelo poste de luz. Eles estão rindo, sem a menor noção de quanto vale toda essa tranquilidade. Será que não sabem quem é que mantém as luzes acesas?

— Você não tinha trazido um presente pra mim? — pergunta ela.

— Ah, trouxe. Está no meu quarto. Vou buscar.

Volto correndo para o quarto e pego o pergaminho antigo que o baba enrolou e colocou na mala. É da coleção do meu avô. Margaret está comendo uma barra de chocolate quando eu volto para a cozinha.

— Odeio comida saudável — diz ela. — Não conta para o meu médico.

— Sou muito bom em guardar segredos — digo.

Ela sorri, pega o presente da minha mão e abre o papel. Parece que viu um fantasma quando encara a caligrafia.

Leio o poema em voz alta, me lembrando do cheiro de Shirin. Quero que essas palavras flutuem até ela de alguma forma, voando através do tempo e espaço até chegarem na minha amada.

— *"Como posso saber qualquer coisa sobre o passado ou o futuro, quando a luz da pessoa amada brilha..."*

Ela me interrompe.

— Eu sei ler persa. Cresci lá.

— Gostou? — pergunto. — Não precisa pendurar na parede, se não quiser.

— Seu avô que fez isso — diz ela. Não é uma pergunta.

Só então me dou conta de como não pensei em nada disso com calma. Se ela é minha avó, quer dizer que há muito tempo ela amou meu avô, e talvez ele também a tenha amado, por mais improvável que isso pareça agora. Não perguntei ao baba por que ele mandou este presente em particular para ela, mas agora eu sei. Ele queria lembrá-la de que eu sou um fruto do passado dela.

— Sim, foi ele quem fez — digo.

Ela enrola o pergaminho de novo. Não me agradece e eu temo ter causado uma má primeira impressão, assim como ela causou em mim. Talvez, para ela, o passado seja algo do qual escapar, não lembrar.

— Você deveria ligar para o seu pai e avisar que chegou em segurança — diz ela. — Só não fica muito tempo no telefone. As tarifas de chamada internacional são exorbitantes.

— Imagino — digo, pensando que faz sentido as corporações do mundo dificultarem ao máximo a comunicação entre os Estados Unidos e o Irã.

Margaret sai da cozinha quando pego o telefone e disco o número de casa. Obviamente ela não tem o menor interesse em conversar com o próprio filho. E baba também não pergunta sobre a mãe ao atender.

— Saeed *joon* — diz ele, ofegante. — Como você está?

— Estou bem — respondo.

— Estamos com tanta saudade. A casa parece vazia sem você aqui.

Minha voz fraqueja quando digo:

— Também estou com saudade. De vocês dois.

Há uma longa pausa. Me pego pensando se ele vai perguntar alguma coisa sobre ela, sobre a mãe dele. Dá para sentir que ele quer perguntar. Mas, em vez disso, baba diz:

— Sua mãe quer escutar tua voz.

— Espera. Baba. — Antes que ele possa entregar o telefone para maman, pergunto rapidamente: — Você não vai esquecer, né? Vai procurar a Shirin. Vai dizer a ela onde estou e como me encontrar. Baba, por favor.

Ele solta um longo suspiro antes de dizer:

— Prometo.

Então, maman pega o telefone e pergunta o que jantei. Me diz que há uma loja em Los Angeles onde posso encontrar temperos persas, mas fico me perguntando se aqueles sabores só servirão para me lembrar do passado. Talvez, assim como minha avó, seja melhor eu deixar o passado para trás por enquanto. Dói demais. É nisso que estou pensando quando desfaço as malas e percebo que tudo ali me lembra Shirin, meus pais ou o país distante que eu tanto amo.

Me sento na cama de noite, sem conseguir dormir. E nem quero. Meus sonhos são com Shirin; os pesadelos, com Bijan. Nos dois casos, dói. A dor que sinto não é apenas emocional, é física. Em persa nós não dizemos que estamos com saudade de alguém, dizemos que nosso coração está apertado, e é assim que me sinto. Meu coração parece ter sido enxaguado, centrifugado e seco. Pego um livro de poesia. Há lágrimas nos meus olhos quando leio Saadi em voz alta, desejando que meu pai estivesse aqui lendo para mim.

Estou nervoso e apreensivo enquanto me arrumo para o primeiro dia de aula na universidade norte-americana. Margaret me dá uma banana de café da manhã e me explica onde fica o ponto de ônibus.

— Achei que eu poderia ir no seu Buick — digo.

Margaret ri.

— Aquela lata-velha só é bonita. É um trambolho que precisa de muito dinheiro para voltar a funcionar.

— Talvez eu vá andando, então — sugiro. — Para conhecer o bairro.

— Ninguém anda em Los Angeles — diz ela. — As pessoas vão pensar que você não é daqui.

— Mas eu não sou...

— Pegue o ônibus. O ponto fica aqui no final do quarteirão.

Faço o que ela manda. O ônibus me deixa na entrada principal da universidade, que é tão grande que assusta. A Universidade de Aryamehr era como uma segunda casa para mim. Eu conhecia todo mundo lá. E, sempre que eu precisava, Peyman estava por perto para me fazer rir. Na Universidade da Califórnia, porém, me sinto sob os holofotes. Todos parecem interessados *demais* em mim, a começar pelo reitor, que me recebe no departamento universitário de engenharia.

— E então, o que está achando dos Estados Unidos? — pergunta ele.

Percebendo que este homem tem o poder de cancelar minha matrícula, abro um sorrisão e minto.

— Já estou amando. Me sinto em casa.

— Espero que um pouquinho mais livre do que na sua casa. Ninguém é expulso do nosso país por exercer o direito de protestar pacificamente.

— O reitor fala comigo sobre os valores do campus e do país: *decência, honestidade, igualdade.*

Continuo forçando o sorriso enquanto ele me deixa com um aluno mais velho, que recebe a tarefa de me mostrar o campus. O aluno me faz a mesma pergunta.

— E aí? Está gostando dos Estados Unidos?

Mais uma vez, sorrio e minto.

— Estou amando.

— Claro que está. Por que não amaria? E seu inglês já é tão bom.

O que estou começando a perceber é que essas pessoas não ligam para mim. Só ligam para o que eu acho delas. E não querem uma resposta honesta. Simplesmente perguntam porque não conseguem nem sequer imaginar uma resposta que não as deixe orgulhosas do próprio país.

O aluno que me mostra as instalações explica que as coisas no campus estão mudando muito rápido.

— É incrível — diz ele. — Temos tido muitos alunos vindo de países diferentes ultimamente. Tipo você, por exemplo. Só o fato de estar aqui já é a prova viva dos valores americanos.

Assinto e sorrio, coisa que faço com frequência durante o primeiro dia de aula, enquanto sou soterrado por perguntas exaustivas de alunos e professores.

Estou tão zonzo quando saio pelo portão do campus no fim do dia que acabo esbarrando numa garota, que deixa todos os livros caírem.

— Nossa, desculpa! — murmuro.

— Tudo bem — diz ela. — Que pressa toda é essa? As aulas de hoje já terminaram.

Quando ela levanta a cabeça, percebo imediatamente. Ela é iraniana. Dá para ouvir no seu sotaque sutil e ver nos seus olhos castanho-escuros.

— Você é iraniana? — pergunto, abrindo meu primeiro sorriso genuíno desde que cheguei aqui.

Ela ri.

— Como descobriu? É meu nariz, né? Minha mãe sempre diz que tenho o nariz mais iraniano do mundo.

— Me chamo Saeed. — Eu a ajudo a recolher os livros.

— Bahar. — Ela sorri, tímida. Bahar. Primavera. O nome me lembra de Bijan Golbahar, do sangue dele nas minhas mãos. Fico ofegante ao me lembrar daquele dia horrível. — Tá tudo bem? — pergunta ela.

— Ah, sim. Desculpa. Só… Hum, cansado da viagem, sabe como é.

Ela assente.

— Bom, prazer em te conhecer, Saeed.

Quando ela começa a ir embora, eu chamo:

— Bahar, espera! — Ela se vira. — Não conheço nenhum outro iraniano aqui, e eu odeio os estadunidenses. Você pode…

— Posso o quê?

— Sei lá. Ser minha amiga?

Ela pensa a respeito.

— Não sei se posso ser amiga de alguém que odeia duzentos milhões de pessoas.

— Eu não…

— Quantos estadunidenses você acha que existem?

Entendi aonde ela está querendo chegar.

— Aposto que devem existir um ou dois estadunidenses gente boa por aí. Gosto muito da Aretha Franklin e da Donna Summer.

Isso arranca uma risada dela.

— Eu não estava com pressa, sabe. Na verdade, não tenho nada para fazer. Se você também não tiver, a gente podia tomar um café.

— Eu tenho umas coisas para fazer — diz ela. — Mas você pode andar comigo até lá e me contar o que está fazendo num país que odeia.

Ela me leva de volta para o campus, atravessando lugares que eu ainda não tinha visto e me fazendo uma pergunta atrás da outra. Mas as perguntas não são sobre os Estados Unidos, são sobre mim. Ela quer saber o porquê de eu estar aqui e, finalmente, digo:

— É uma longa história, mas a versão resumida é: minha avó é estadunidense, coisa que só fui descobrir há pouco tempo, e eu vim para cá estudar e morar com ela.

Ela semicerra os olhos e sorri.

— Então você se odeia?

— Talvez sim.

— E como foi que você arranjou uma avó estadunidense?

— Sinceramente, sei lá — digo.

Ela ri.

— Retiro o que eu disse. Como você consegue se odiar se nem sequer se conhece?

— Justo.

— Chegamos. — Ela aponta para um prédio de tijolinhos. — Faço parte de um grupo de alunas feministas. Temos uma reunião agora. Homens são bem-vindos.

— Não sei se estou pronto para isso, mas…

— Mas… o quê?

— Qual é o seu sobrenome? E você pode me passar seu número de telefone?

Não sinto por Bahar o que ainda sinto por Shirin. Isso não é uma paixonite obsessiva. Só estou tentando não deixar uma amiga em potencial escapar.

— Meu sobrenome é Hosseini, e eu estou na lista. Pode me achar nas páginas amarelas. — Antes de desaparecer para dentro do prédio, ela diz: — Mas, sério, você super deveria descobrir quem é.


Penso nela no caminho de volta até a casa de Margaret. Quando chego lá, a encontro do lado de fora, cuidando da roseira murcha.

— E aí? — pergunta ela.

— E aí o quê?

— Como foi a aula?

— Legal — respondo.

— Legal? Essa é uma das melhores universidades do país. Usei uns contatos antigos para te colocar lá dentro. E você vem me dizer que foi *legal*?

— Foi bom — digo, pensando em Bahar, a única coisa boa de verdade no meu primeiro dia.

Ela dá de ombros enquanto poda o jardim,

— Quando você foi embora do Irã? — pergunto. — Saiu de lá quando o Mossadegh foi eleito?

Ela não olha para mim.

— Quem?

Eu já esperava que a maioria dos estadunidenses não soubesse quem ele era, mas não uma cuja família trabalhou com petróleo iraniano.

— Mossadegh. O líder eleito democraticamente que os Estados Unidos tiraram do poder. O primeiro-ministro que nacionalizou o petróleo e expulsou todos os petroleiros como o seu pai no comecinho da década de 1950.

— Meu anjo, eu saí de lá nos anos 1920, e nunca mais prestei atenção *naquela* parte do mundo. É deprimente demais.

— Por que saiu de lá?

— Por que você acha que saímos?

— Sei lá. Por isso estou perguntando.

Ela finalmente olha para mim.

— Usa a cabeça, garoto. Eu e meus pais voltamos porque eu estava grávida. Ai! — Ela põe o dedo na boca, sugando enquanto eu absorvo a revelação. — Droga, espetei o dedo nesse espinho maldito.

E, com isso, ela entra na casa, me deixando cheio de perguntas e expectativas. Olho para o céu e sou tomado brevemente por um pensamento que me conforta e me apavora ao mesmo tempo. Estou olhando para o mesmo céu que está por cima de baba, maman, Peyman e Shirin. Me agarro a essa sensação de conexão. É tudo o que tenho.

Naquela noite, encaro o livro de poesias de Khayyam enquanto penso no que Margaret disse. Se deixou o Irã porque estava esperando baba, significa que baba nasceu nos Estados Unidos.

A poesia não me dá resposta nenhuma, mas leio em voz alta mesmo assim, deixando as palavras me ninarem e me levarem para mais perto do meu pai.

— *"Venha, encha o cálice, e no fogo da primavera / Jogue suas vestes invernais de arrependimento."*

Meus olhos estremecem. Não é a minha voz que escuto quando falo. É a do baba. Como ele foi parar no Irã se nasceu aqui? Quando foi embora? E, o mais importante, por quê?


Não faço nenhum amigo na faculdade. Simplesmente mantenho a cabeça baixa, faço os trabalhos e espero notícias do Irã. Toda semana ligo para baba e maman para ouvir a voz deles. Sempre pergunto ao baba se ele conseguiu encontrar Shirin.

Esta noite, ele diz:

— Sinto muito, Saeed *jan*. Já passei na casa dela várias vezes. Ela nunca está.

— Eles devem ter se mudado para a Europa — digo. — Mas, por favor, continue tentando. Dê um jeito de passar o telefone da Margaret para ela.

— Me conta tudo sobre os Estados Unidos. Como você está?

— Estou bem.

Não dou muitos detalhes e não conto para ele sobre Bahar, porque ela nunca está em casa quando ligo e não tem nenhuma colega de quarto para anotar recado.

— Sua avó está te tratando bem? — Dá para ver que ele não quer perguntar sobre ela.

— Ela é de boa — digo. — Não conversamos muito.

Essa parte não é mentira. Margaret me evita porque não quer responder às minhas perguntas. Já perguntei a ela quantos anos meu pai tinha quando voltou para o Irã e por que ela não voltou com ele. Ela sempre dá de ombros e solta alguma resposta clichê: "O passado já passou", ou "Não adianta olhar para trás", ou "Remoer o passado não muda o presente".

— Que bom — diz baba. — Se algum dia ela comentar sobre, bom... Se ela te disser qualquer coisa que você queira me contar, é só me ligar.

Ele desliga e imediatamente sinto saudade de sua voz. Sei que tem muita coisa que ele não quer me contar, mas não entendo o motivo. Queria poder explicar a ele que é impossível construir um futuro quando não se sabe a verdade sobre o passado. O sol de Los Angeles pode até brilhar todo dia, mas eu me sinto num nevoeiro.

Algumas noites depois, Margaret bate na minha porta. Estou me secando depois do banho.

— Um momento — digo.

— Telefone pra você — anuncia ela.

— Ainda tô molhado. — Esfrego a toalha no cabelo cada dia mais comprido, que ainda não tive a energia para cortar desde que cheguei aos Estados Unidos. — Pode dizer para os meus pais que ligo daqui a pouco?

— Não são seus pais — diz ela. — Não sei quem é. — Presumo que seja Bahar. Ela é a única outra pessoa para quem dei este número. Então, Margaret diz: — Mas ele não parece muito amigável, já vou adiantando.

— Estou indo.

Rapidamente visto uma camiseta e uma calça de moletom. Abro a porta e atravesso a sala de estar, com o cabelo e os pés ainda molhados.

Margaret olha com desdém para a água pingando no chão.

Encontro o telefone fora do gancho, ao lado de um coelho de cerâmica em uma das mesinhas laterais da sala. Estou nervoso quando pego o aparelho. Deve ser um dos meus novos professores. Ou Peyman. Nós trocamos cartas, mas não fizemos nenhuma ligação até agora. Ele não tem como pagar pelas chamadas internacionais, e eu nem ouso aumentar a conta de telefone de Margaret mais do que já faço.

— Alô?

A voz do outro lada da linha é grave e séria. Ele fala em persa formal.

— Estou falando com Saeed Jafarzadeh?

— Sim, é ele — digo, com a voz baixa. De repente cai a ficha de que pode ser algum agente do governo me ligando para dar más notícias. — O que... Os meus pais estão bem? Aconteceu alguma coisa?

— Sim, aconteceu uma coisa — diz o homem, sério. — Você se meteu onde não devia.

— Sinto muito. Não sei do que se trata.

Ouço passos e percebo Margaret à espreita atrás do sofá. Ela segura um pano molhado, depois de ter secado as gotas que deixei pelo chão de madeira.

— Me chamo Ali Mahmoudieh — diz ele. — Lembrou agora?

— Não, perdão, senhor — digo. — Pode, por gentileza, me dizer quem é?

E é aí que sinto o soco no estômago. As toalhas bordadas dela. O sobrenome de Shirin começa com a letra M. Agora sei o nome dela. Shirin Mahmoudieh. O nome mais lindo do mundo. Melódico. Uma sinfonia em duas palavras. Agora poderei encontrá-la. Meu coração flutua.

— Seu pai visitou a minha casa. Pediu para que eu passasse esse número para a minha filha, para que ela pudesse te ligar.

— Sim, como ela está? Eu...

— Não diga nada, apenas escute — ordena ele.

Assinto, apesar de o homem não poder me ver.

— Você nunca mais vai entrar em contato com Shirin. Não vai escrever para ela, ligar para ela e muito menos mandar seu pai *artista* bater na minha porta.

Ele diz a palavra *artista* com um tom esquisito, uma ênfase carregada de ódio. Iranianos deveriam reverenciar a arte. Somos uma cultura cheia de poesia, música, beleza.

Fecho os olhos. Não quero ver os olhos maliciosos de Margaret me encarando. Crio coragem e pergunto:

— É isso que a Shirin quer?

— Não importa o que ela *quer*. Ela é uma garotinha. Minha garotinha.

Sinto os dedos tremendo de ódio. Nunca quis tanto machucar alguém.

— Se eu descobrir que você tentou falar com a minha filha de novo, vou entregar seu pai e sua mãe para as autoridades — diz ele, sem qualquer emoção.

Abro os olhos de novo. Observo Margaret. Ela está sentada no sofá agora, de pernas cruzadas e lábios fechados.

— Meus pais não se metem com política — argumento. — Eles não fizeram nada de errado.

— Então você não sabe que seus pais são pervertidos? — pergunta ele, com uma frieza diabólica na voz. Está adorando esta conversa.

— Eu não... não estou entendendo.

— Ainda bem que tudo o que seus pais conseguiram esconder de você pode ser descoberto facilmente quando se tem amigos nas agências certas. Eles têm sorte do xá e os amiguinhos europeus dele fazerem vista grossa para esse tipo de transgressão contra a natureza. Mas eu, não. Vou destruir a carreira deles. Seu pai dando aula para meninos. É nojento. E, se o seu aiatolá queridinho assumir o poder, pode apostar sua vida que seus pais serão os primeiros na fila da execução.

Sinto o chão tremer, como um terremoto acontecendo só para mim.

— Acredito que agora estamos entendidos — diz ele. — A escolha é simples. Ou você fica longe da minha família, ou sacrifica seus pais.

Fecho os olhos num choque silencioso. Meu coração parece ter sido destruído. Partido em mil pedaços. Em poucos minutos perdi Shirin e descobri que toda a minha família é uma grande mentira. Me sinto nauseado de desespero quando imploro:

— Só me deixe dizer adeus para ela. Escutar a voz dela uma última vez. Por favor, é tudo o que eu...

Ele desliga. Não resta nada além do som da chamada encerrada. Agora sei o nome dela. Sei como procurar por ela e também sei que nunca mais nos veremos de novo.

Coloco o telefone no gancho e me viro para Margaret, os olhos agitados e desesperados. Ela evita meu olhar ao dizer:

— Eu costumava saber quem eu era e o que queria. Mas ninguém se importava com o que eu queria.

— Como? — pergunto.

— Assim como essa garota por quem você está lutando — completa ela.

— Você entendeu o que eu estava falando?

— Ainda sei uma ou duas palavras em persa — diz ela. — Tem coisas que a gente nunca esquece, principalmente as que aprendemos quando crianças. As coisas que vivemos na juventude... nos marcam para sempre.

— Preciso descobrir a verdade sobre o meu pai — digo. — Este homem. O pai dela. Ele disse que... disse que meu pai... que ele... — Não consigo dizer a palavra, mas sei exatamente o que ele estava insinuando.

— Ah — diz ela. — Então os pecados do seu pai, que destruíram a minha vida, estão destruindo a sua também? Bem-vindo ao clube.

Ela puxa as orelhas de um coelho rosa de cerâmica e tira um maço de cigarros finos de dentro. Estende o maço para mim.

— Não, obrigado.

— Eu tento não fumar. — Ela pega um. — Não por causa dos meus pulmões nem nada do tipo. Que se danem meus pulmões. Mas dizem que enruga a pele. — Ela balança o isqueiro para mim. — Dizem que dá azar acender o próprio cigarro. Poderia me fazer essa gentileza?

Pego o isqueiro, acendo e estendo na direção dela. Ela se inclina para a frente, protegendo a chama com a mão enquanto dá um trago profundo no cigarro.

— Humm. — Ela solta a fumaça pelo canto da boca. — Por que tudo que faz mal pra gente é tão gostoso?

— Margaret — digo. — Por favor. Me conta sobre o meu pai. Quero saber tudo.

— Vamos dar uma volta — diz ela, concisa.

Então, nós caminhamos. Ela fuma. Eu escuto. O chão estremece, a terra muda. Um novo passado surge. Uma história desconhecida e assustadora. Isso não é uma conversa — é um abalo sísmico. Minha vida nunca mais será a mesma.


Bato desesperadamente na porta dela.

— Bahar! — grito. — Por favor, abra a porta. Bahar!

Ela abre a porta de camisola, com um livro na mão.

— Saeed?

— Desculpa, eu não tinha mais para onde ir — explico.

Meus olhos estão vermelhos de tanto chorar? De raiva? Nem sei mais. Só sei que, quando Margaret terminou de me explicar por que meu pai foi embora de Los Angeles, eu precisava de um amigo. Alguém que pudesse me entender.

— Entra.

Eu a sigo para dentro da casa. Ela mora na metade de um duplex. O lugar é pequeno, mas charmoso. Ela conseguiu transformar essa meia-casa num lar inteiro. Há fotos emolduradas da família estendida dela em cima da lareira. Tapetes persas. Caligrafia nas paredes. Olhos gregos pendurados em todas as portas.

— Sente-se. Eu fiz chá.

— Não preciso de chá. Preciso de uma amiga.

Me sento no sofá com a cabeça entre as mãos.

— Posso ser sua amiga. — Ela se senta numa poltrona de frente para mim, se inclinando na minha direção. — O que houve?

Como vou explicar? Começo por Shirin. Com o pedido de casamento que nunca aconteceu. Conto meus motivos para ter deixado o Irã. E, então, diminuo o ritmo quando falo sobre baba e maman e tudo o que acabei de descobrir sobre os dois.

— O pai da Shirin... Ele me disse que meus pais são... Os dois são... — Mudo o idioma para inglês porque não existe uma palavra em persa para o que estou prestes a dizer. — Os dois são homossexuais.

— Tá.

— Você não está chocada? — pergunto. — O casamento deles é uma fachada!

— Você não sabe disso — argumenta Bahar. — As pessoas são complicadas.

— O que tem de complicado nisso? — pergunto. — Eles são incapazes de amar um ao outro. Minha própria avó confirmou tudo. O motivo que fez meu pai ir embora dos Estados Unidos é nojento. É...

— Não diga isso — interrompe ela. — Ele é sua família. Seu pai.

— Sei bem disso. — Olho bem no fundo dos olhos dela. — Fui eu que tive que abrir mão da mulher que amo para salvar meus pais de serem expostos. Isso me enoja.

Ela espera um instante antes de perguntar:

— Você já conheceu alguma pessoa gay na vida?

— Acabei de te contar que *meu pai e minha mãe* são...

— Não seus pais. Tipo, uma pessoa assumidamente gay. Que não tem medo de viver abertamente.

Balanço a cabeça.

— Claro que não.

— As coisas estão mudando aqui nos Estados Unidos — diz ela, tranquila. — As pessoas vivem livremente. Homens podem se relacionar com outros homens. Mulheres também.

— Não quero saber disso.

— Por quê? — pergunta ela.

— Porque não é natural. — Me levanto. Ando pela sala. — Pensa comigo. Se meu pai tivesse vivido desse jeito, eu não existiria. Ninguém existiria. Não nasceriam mais crianças!

— Você está sendo dramático — diz ela.

— Sou iraniano, a gente adora fazer drama. Está no nosso sangue.

Bahar ri. Eu também. Acho que estava precisando de uma risada. Mesmo estando triste. Mesmo estando furioso. Talvez o riso seja a única maneira de liberar a tristeza e a raiva.

— Ninguém está dizendo que todo mundo precisa ser gay — comenta ela.

— Mas eles convertem pessoas — respondo. — Se tiverem liberdade para viver abertamente, vão se multiplicar até não sobrar mais nada.

Agora ela ri ainda mais.

— Você tem muito a aprender. Sabe qual é o único jeito de superar seus medos?

Dou de ombros.

— Encarando. — Ela se levanta e olha para mim. — Posso te levar para sair hoje?

— Agora? Já passou da hora do jantar.

— Não vamos sair para comer — explica ela. — Vamos sair para observar.

— Observar o quê?

— Você tem medo de quem seu pai é, de quem sua mãe é, mas não entende. Posso ligar para o amigo do meu irmão. Luis. Ele é gay e maravilhoso. — Nunca imaginei essas duas palavras lado a lado. — Ele é engraçado. Super bom de papo. A irmã dele estuda comigo na faculdade. Participamos do mesmo clube do livro, inclusive.

— Clube do livro? — pergunto.

— Um grupo de garotas que lê o mesmo livro e debate durante um jantar. É divertido. Eu até te convidaria para participar, mas é só para mulheres.

A descrição de clube do livro de Bahar me faz perceber que é isso que o baba e a maman faziam, os dois lendo os mesmos livros e discutindo suas opiniões durante o jantar.

— Talvez o Luis possa responder algumas das suas perguntas — continua ela. — Ele pode, no mínimo, te mostrar que pessoas gays podem ser felizes. Talvez até... Sei lá, talvez não seja tão assustador imaginar o que eu acho que você está imaginando.

Não quero conhecer esse tal de Luis. Certamente não quero saber como é a vida de homens como ele. Mas também não quero voltar para casa. Para a minha cama solitária. Para o fato de que Shirin agora é meu passado. Para o meu desespero.

— Cada um de nós tem uma escolha nessa vida — diz Bahar. — Entre o medo e a curiosidade. O que você vai escolher?

Fito os olhos dela.

— Hoje eu escolho a curiosidade. Mas não posso prometer nada em relação ao futuro.

— Bom, o que é o futuro, afinal? — pergunta ela. — Só um conceito que nem sequer existe.

— "A luz brilha somente agora" — sussurro, percebendo que aquilo que o baba sempre me ensinou veio do poema que ele me fez entregar para Margaret.

*A luz da pessoa amada brilha somente agora.*

— Rumi? — pergunta ela.

— Aham — digo pesarosamente. — É um dos poemas favoritos do meu pai. Ele costumava recitar para mim.

— Ele me parece ser um bom pai.

— Era o que eu achava. — Evito o olhar dela. — Agora... Já não sei.


Bahar abre a porta de um bar com música ao vivo chamado Outro Lado.

— Você primeiro — diz ela.

— Eu tenho bons modos. Primeiro as damas. — Seguro a porta e insisto que ela vá na frente.

Ela abre um sorriso recatado.

— Obrigada, senhor. — Quando eu a sigo para dentro, ela completa: — Mas você sabe que todo esse conceito de cavalheirismo é sexista, não sabe?

— É? — pergunto, observando o espaço. — É impossível que um homem respeite uma mulher e abra as portas para ela?

Bahar ri enquanto procura pelo amigo no bar. O lugar está banhado numa luz vermelha fraca e tomado pela música ao vivo que vem de um palco pequeno. Tem o mesmo clima que um cabaré em que o baba e a maman me levaram uma vez. Só que, em vez da voz angelical da Googoosh, há um homem afeminado cantando algo provocativo enquanto um sósia do Papai Noel toca piano. Bahar é uma das únicas mulheres aqui, apesar de haver feminilidade por toda parte. Homens lotam as mesas. Juntos. De mão dadas. Trocando risadinhas como garotas adolescentes. Alguns bancam a própria falta de masculinidade usando maquiagem, camisas com brilho, calças cintilantes. Outros a exageram, vestindo couro, sentando de pernas abertas como um convite. Parece obsceno.

— Lá está ele! — grita Bahar, animada.

Olho na direção que ela aponta e encontro um homem charmoso acenando de volta com empolgação. O cabelo castanho dele é bagunçado e comprido, e a camisa de botão está tão aberta que todo seu peito peludo fica exposto. Ao lado dele, há um cara alto e esguio com cabelo mais curto e escuro e um brinco de brilhante na orelha direita.

— Vamos — diz Bahar, me levando até a mesa e dando um abraço apertado e carinhoso em Luis. Ele a rodopia no ar antes de colocá-la no chão e apresentá-la para o outro rapaz, Enrique. — E esse é meu novo amigo incrível, Saeed — anuncia Bahar, toda orgulhosa.

Luis e Enrique apertam minha mão com firmeza antes de nos sentarmos.

Luis acena para o garçom e faz o pedido.

— Quatro Cocas, por favor.

Suspiro aliviado. Pelo menos eles não esperam que eu beba álcool.

— É pra já, gato — diz o garçom, dando uma piscadinha para Luis. — Vou deixar espaço nos copos.

Rapidamente ele volta com quatro copos de Coca-Cola cheios até a metade. Luis tira uma pequena garrafa de rum do bolso e completa a bebida dele. Então, enche o copo do Enrique.

— Sei que a Bahar não bebe. Você... Perdão, esqueci seu nome.

— Saeed — digo. — Também não vou querer o rum.

— Sobra mais pra gente. — Ele guarda a garrafa. — E agora, o primeiro brinde da noite. — Ele levanta o copo. Enrique e Bahar fazem o mesmo e, relutante, eu também. — Gostaria de propor um brinde à Bahar, minha amiga maravilhosa, que me ensinou muito sobre como ser gentil.

Bahar fica corada.

— Ai, para.

— É verdade — continua ele. — A maioria das amigas de faculdade da minha irmã são superpreconceituosas. Fica na cara o desconforto delas por eu ser gay. Elas me encaram como se eu fosse um animal de zoológico. Mas você sempre foi diferente. Tem um bom coração e esses cílios de *matar*. Você é o pacote completo, piranha!

Me encolho com o uso de uma palavra tão ofensiva, mas Bahar parece não se ofender nem um pouco. Ele tem razão quanto aos cílios dela. Eu não havia reparado antes. São espessos e longos. Curvados para cima como uma onda. Sob esta luz, posso finalmente ver como ela é atraente. E não são só os cílios. É o sorriso, a aura, todo o ser lindo que ela é.

Estamos prestes a beber quando Luis diz:

— Peraí, não terminei ainda. Também gostaria de brindar ao amigo da Bahar, Saeed, que espero que se torne meu amigo também, porque, por tudo que conheço da Bahar, os iranianos são as pessoas mais legais do mundo.

Todos bebem e colocam os copos sobre a mesa.

— Vocês preferem que te chamem de persas ou iranianos? — pergunta Enrique.

Bahar dá de ombros.

— Acho que as pessoas podem ser chamadas do que quiserem. Persa. Iraniana. Podemos nos definir como quisermos. Existem coisas mais sérias a serem debatidas do que essas terminologias.

— Viu só? — diz Luis. — Essa aqui tem beleza e também tem cérebro. Eu gosto de me definir como queer, e o Enrique acha que...

— Que é uma palavra horrorosa — diz Enrique. — É a palavra que eu escutava toda vez que sofria bullying. Eu prefiro "gay". Soa mais feliz.

— Mas lembra do que a Bahar disse — sugere Luis. — Existem coisas mais sérias do que terminologias. Você vai governar o mundo um dia, Bahar.

— Felizmente não tenho o menor interesse em governar o mundo — diz Bahar. — Só pessoas profundamente infelizes desejam tanto poder assim.

Olho para ela e sorrio. Estou começando a descobrir quanto a inteligência dela é única.

— Então, estamos aqui por um motivo específico, né? Para ajudar o Saeed a se aceitar enquanto gay. — Luis olha para mim.

— Ah, não, eu não sou... você sabe. — Meu corpo inteiro fica tenso. — Não é por isso que...

Ele coloca a mão no meu ombro. Por instinto, eu me afasto.

— Sei que isso tudo é muito novo para você — diz ele, com uma gentileza sem tamanho. — E, no começo, é complicado mesmo. Acredite, não foi nada fácil me assumir. Mas você não está sozinho. Tem um monte de gente como nós por aí. Foi por isso que trouxe o Enrique. Ele também é um gay novo. Se assumiu tem só três meses.

Enrique revira os olhos.

— Que também é exatamente o tempo que estou com o Luis. Coincidência?

— Tá bom, beleza, eu te *encorajei* a se assumir! — exclama Luis.

— Você me disse que não teria um segundo encontro com alguém que ainda estivesse no armário — declara Enrique, com um tom ao mesmo tempo grato e irritado.

— E você não está muito melhor agora? — pergunta Luis.

Enrique assente.

— Na verdade, estou. Mesmo assim, acho que precisamos tomar cuidado com a pressão que colocamos para que os outros saiam do armário. Como você, Saeed. Tipo, se você não se sente seguro de se assumir para os seus pais, é melhor não fazer agora. Sua segurança vem em primeiro lugar.

Luis pega a mão de Enrique e dá um beijo. Sinto meu estômago borbulhar.

— Você me ensina tanta coisa, amor.

— Acho que rolou um… mal-entendido — gaguejo, nervoso. — Não sou… Não sou, sabe como é, homossexual… Ou gay. Foi isso que você disse para ele, Bahar?

Bahar olha para mim, sem nem ligar para o que os dois estão presumindo.

— Não, claro que não. Só disse que você queria tirar algumas dúvidas sobre a vida gay.

Luis bebe um gole demorado do drinque.

— Desculpa me meter, mas por quê? Eu nunca conheci um cara hétero interessado na gente a não ser que queira nos dar uma surra ou uma mamada no meio da madrugada.

— Uma o quê, no meio da madrugada?

— Nada. — Bahar estreita os olhos para o amigo. — Vamos, Luis, seja legal. Saeed tem um… amigo que ele acabou de descobrir que é gay.

— Ah — diz Luis. — Tudo bem. Por favor, não pare de ser amigo dele.

— Isso — completa Enrique. — Precisamos de todo o apoio possível dos nossos amigos e familiares.

— Mas e aí? O que você quer perguntar? — diz Luis.

Não sei nem por onde começar. Acho que quero saber o porquê. Por que meu pai é assim? Por que qualquer um é assim, quando poderia estar com uma mulher linda? Sou distraído brevemente por um homem com colete de couro e calça jeans justa que sussurra alguma coisa no ouvido do pianista, depois começa a cantar alto com uma voz surpreendentemente bonita.

— *Kiss today goodbye* — canta ele. *Dê um beijo de despedida no hoje.*

— *The sweetness and the sorrow.* — *Na alegria e na tristeza.*

— Então, o que te trouxe aos Estados Unidos? — pergunta Luis.

— O que *te* trouxe pra cá? — rebato. — Você não parece estadunidense.

— E como exatamente um estadunidense parece? — questiona ele, com uma sobrancelha arqueada.

— Cruel e burro — digo, e todo mundo ri.

Quando Luis para de rir, ele diz:

— Eu nasci aqui, mas meus pais são do México. História complicada, mas eles deveriam ter nascido aqui. Os pais deles foram expulsos dos Estados Unidos na década de 1930, apesar de serem cidadãos, porque é isso que os Estados Unidos fazem quando não gostam da cor da sua pele.

— E por que você ficou aqui? — pergunto.

— Porque, bem ou mal, é o meu país. E talvez eu possa melhorá-lo.

Engulo em seco, porque ele falou igualzinho a mim. Igual à Shirin. Igual a todos os sonhadores do Irã.

— Sua vez. Por que *você* está aqui? — pergunta ele.

No palco, o homem de couro e jeans levanta as mãos para o alto e atinge a nota mais aguda.

— *Won't forget, can't regret, what I did for love.*

*Não vou me esquecer nem me arrepender do que fiz por amor.*

Ele poderia estar cantando sobre mim. Sobre o que eu fiz pelo amor de Shirin. E, agora, sobre o que estou fazendo pelo amor aos meus pais mentirosos. Mas não quero me expor assim para dois desconhecidos, então não digo nada. O cantor é aplaudido de pé, e me junto aos aplausos porque ele é muito bom, mas também porque quero evitar responder à pergunta.

— Olha só, temos um fã de musicais aqui — diz Luis, com um sorriso.

— Meu pai é professor de música — explico. — Eu aprecio todo tipo de música. — Então, de repente, pergunto: — Você sempre foi assim?

— Assim como? Gay? — Luis dá de ombros. — Desde que me entendo por gente.

— Então não dá para mudar? — pergunto.

— Mudar, tipo, me transformar em hétero?

— Bom, sim. Você poderia amar uma mulher?

— É claro. — Ele se aproxima. — Eu amo minha mãe mais do que qualquer pessoa neste planeta inteiro. Amo minhas irmãs. Todas as minhas melhores amigas são mulheres. — Ele dá um sorriso para Bahar. — Mulheres são o gênero superior, eu não tenho dúvidas. Se eu pudesse amar uma mulher do jeito que eu amo o Enrique...

Enrique cutuca ele.

— Ei! Eu estou bem aqui!

— Eu ia dizer que não mudaria nada porque sou feliz demais com você.

Enrique aceita a resposta e dá um beijo em Luis.

Desvio o olhar. É demais para mim. Bahar aperta meu joelho embaixo da mesa e me encara com seriedade.

— Mas e, tipo, sabe... — Não sei como colocar meus pensamentos em palavras.

— Sexualmente? — pergunta ele.

— Sim — respondo, pensando nos meus pais.

Odeio imaginá-los fazendo sexo, mas eles devem ter feito, afinal eu nasci. Por algum motivo, preciso saber se foi um ato de amor.

— Não, acho que eu sou cem por cento gay mesmo — diz ele. — Só homem no meu menu. — Ele ri e repete as palavras. — O menu. Homem nu.

— Homem? — pergunto. — Ou *homens*?

— Opa — diz Luis. — Estou sentindo um ar de julgamento.

Bahar olha para mim, cautelosa.

— Sem julgamentos, só curiosidade. Né, Saeed?

Assinto, embora eu estivesse julgando mesmo. Já ouvi isso a respeito de homens como ele. Que vão para a cama com qualquer um que encontram pela frente. Como eles podem viver um amor romântico de verdade se isso só existe entre um homem e uma mulher?

— Só curiosidade — reforço, tentando soar convincente.

— A verdade é que... — Luis está prestes a responder quando o garçom chega com uma tigela de frutas.

— Frutinhas para as minhas frutinhas, por conta da casa.

— Quanta gentileza! Obrigada — diz Bahar.

— Não precisa agradecer — diz o garçom. — As frutas estão quase estragando, então o gerente me mandou distribuir para todo mundo.

Bahar pega um cacho de uvas da tigela e joga uma na boca. Como uma boa iraniana, ela serve o resto da mesa. Entrega uma uva para mim, depois uma para Luis.

— Ainda não consigo comer uva — diz ele. — Sei que o boicote já acabou, mas ainda me sinto um traidor do meu povo só de olhar para uma. É esquisito, eu sei.

— Sinto muito — diz Bahar gentilmente. — Não sei do que se trata o boicote, mas, se você quiser que eu não coma a uva, eu não como.

Luis ri.

— Ai, por favor, aproveite as uvas vencidas. O boicote já acabou. Foi nosso jeito de lutar pelos direitos dos fazendeiros mexicanos e filipinos, que queriam coisas tipo, sabe como é, atendimento médico básico e aposentadoria. Mas vamos voltar ao motivo que nos trouxe aqui. Quero te ajudar a ser um bom companheiro para o seu amigo que se assumiu, Saeed. Como mais podemos ajudar? Adoraríamos conhecê-lo. Se ele quiser, claro.

Quero gritar que não é meu amigo que é gay, é o meu pai. E minha mãe. As pessoas que me criaram e sobre quem eu não sei nada a respeito. Os pais mentirosos que brigaram comigo por eu ter quebrado uma promessa enquanto passaram a vida inteira mentindo para mim.

— Onde estávamos? — pergunta Luis. — Você queria saber alguma coisa sobre sexo, né?

— Não — respondo. — Na verdade, não quero saber nada sobre isso.

Luis ri.

— Tá bom então — diz ele. — Não vamos falar nada sobre o que acontece na cama ou nas saunas.

Evito o olhar de Bahar. É informação demais para mim. A franqueza sexual. A intimidade. Ainda mais na frente de uma garota iraniana.

— O que são as saunas? — pergunta Bahar.

A curiosidade dela é inocente, mas não consigo segurar a careta. Não quero saber mais.

— São tipo um spa, sabe? — explica Luis. — Com saunas secas e molhadas.

— Tipo banho turco? — pergunta ela.

Lembro do banho turco onde baba me levou no meu aniversário de dezessete anos. Ele me disse que o pai dele o levara naquele mesmo lugar quando ele fez dezessete.

— Sim, tipo isso — responde Luis. — Só que esses são para, sabe, para homens gays, tipo... Enfim, Saeed disse que não quer saber nada sobre sexo, e eu não quero chocar nem ofender ninguém.

Bahar ri.

— Luis, acho que essa é a primeira vez que te vejo se contendo em vez de falar explicitamente o que está pensando. Você causou um impacto no cara, Saeed.

— Sabe de uma coisa? — Luis se inclina para a frente. — Todo mundo acha que sexo gay é sobre prazer físico e que sexo hétero é sobre amor e intimidade. Mas, na verdade, é tudo a mesma coisa. Não importa se é um homem e uma mulher na cama ou dois homens se encontrando para uma rapidinha na sauna. Os dois casos têm intimidade. Nos dois têm amor.

— Olha, não sei não, hein? — diz Enrique. — Não dá para amar alguém que você encontrou uma única vez numa sauna deprimente qualquer.

— Amor, não seja como aquelas bichas que se odeiam — diz Luis.

— As saunas são deprimentes se você vai lá para fugir da solidão. E são maravilhosas se você usa o lugar para celebrar a si mesmo.

— Tá bom, entendi, mas meu ponto é que não dá para amar alguém que você encontrou uma única vez *em qualquer lugar* — esclarece Enrique.

— Bom, eu te amei no momento em que te conheci — declara Luis.

Enrique sorri.

— E eu te amei... um mês depois.

— E eu estou de boa com isso — responde Luis. — É só continuar me amando, tá?

Estremeço ao ouvir os dois falando constantemente de *amor*. Não sei se um dia serão capazes de me convencer de que o que eles sentem é amor, não importa quantas vezes repitam a palavra.

— O que você acha, Bahar? — pergunta Luis. — Acredita em amor à primeira vista?

— Acho que o amor precisa de tempo e confiança — murmura Bahar. — Se fácil vem, fácil vai.

— O gênero superior falou e disse! — exclama Enrique, triunfante.

— E agora é hora do gênero superior cantar — diz Luis, com um sorriso. Ele dá o último gole na bebida. — Minha irmã comentou que uma das amigas do clube do livro dela canta muito bem, e foi por isso que eu falei para a gente vir para o Outro Lado.

— Eu e o pianista não conhecemos as mesmas músicas — protesta Bahar. — Prefiro cantar em persa, e acho que ele não vai saber "Aalam e Yekrangee" ou "Bekhoon Bekhoon" ou "Soltane Ghalbha".

— Não entendi nada do que você disse, mas, se você não levantar agora e cantar uma dessas músicas à capela, nunca vou te perdoar.

— Não vou cantar à capela em persa num bar gay de Los Angeles. — Bahar faz sinal, pedindo a conta.

— Aposto que o Saeed sabe tocar — diz Enrique. — Você não comentou que seu pai é professor de música? Que tipo de professor de música não ensina o próprio filho a tocar piano?

Luis aperta as bochechas de Enrique e beija uma delas.

— Aff, eu amo como você presta atenção em tudo. Juro, às vezes acho que eu só sei falar e ele só sabe ouvir.

— É por isso que a gente combina tão bem — explica Enrique.

— Baba me ensinou mais a tocar o tar — digo.

— Então você não toca piano? — pergunta Luis. — Porque acho que o Outro Lado não tem um tar dando bobeira por aí.

Olho para Bahar. Não sei ao certo o que ela quer fazer, mas quero muito ouvi-la cantando uma música que me lembre de casa. Então, digo a verdade:

— Eu toco piano, e sei todas essas músicas e muito mais.

Bahar abre um sorriso tímido.

— Tá bom. — Então, sussurrando para mim em persa, ela pergunta: — Qual a gente vai cantar?

— Eu vou tocar, você vai cantar — respondo.

— Tá, tá — diz ela. — Mas qual música?

— Vou te surpreender.

Enquanto caminhamos em direção ao piano, ouço Luis dizer ao Enrique como ele acha persa um idioma lindo. Bahar se aproxima do pianista e pergunta se eu posso substituí-lo por uma música, e ele concorda.

Me sento ao piano e tiro a jaqueta, jogando a peça num banquinho ao meu lado. Então, fecho os olhos. Toco uma única nota. Sou levado de volta para casa. Mas não é mais a minha casa. Nem meu país. Nem meus pais.

— Saeed — sussurra Bahar. — Tá todo mundo esperando.

Respiro fundo e começo a tocar "Do Panjereh". Sei que ela vai conhecer. Todo iraniano conhece esse clássico da Googoosh. É uma música que resume muito bem o que é ser iraniano ultimamente. Uma música sobre se sentir preso, num impasse. É sobre amor, mas podia ser sobre um pai e um filho, ou sobre um país e um dos seus muitos sonhadores.

Bahar começa a cantar e a voz dela me faz esquecer de tudo. O que ela possui é coisa rara: a habilidade de te fazer sentir. Abro os olhos. Meus dedos tocam por vontade própria. Memória muscular, como o baba diz. E meus olhos estão grudados nela. Ninguém fala nada. Ela coloca o público em transe, apesar de não entenderem uma palavra do que ela está dizendo.

Mas eu queria que todos aqui entendessem a letra. Talvez escutar essas palavras os ajudasse a nos entender como pessoas. *Duas janelas*, ela canta. *Duas janelas presas numa parede de pedra*. Ela é uma das janelas.

O amor da vida dela é a outra. Ela sonha com um mundo em que as pedras sejam esmagadas, para que ela possa morrer com seu amor e ir para outro mundo. Um mundo sem ódio. Um mundo sem paredes.

Uma lágrima escorre pela minha bochecha quando toco a última nota. Choro por Shirin, minha outra janela, que será mantida longe de mim por uma parede de pedra pelo resto da minha vida. Choro por meus pais, que viveram uma mentira e partiram meu coração. E choro porque Bahar acabou de me lembrar de que mesmo na tristeza há beleza. Eu estava destruído quando a conheci e ela me fez sentir esperança de novo.

O público nos aplaude de pé. Luis e Enrique vibram e gritam para nós.

— Vem cá fazer a reverência comigo — diz Bahar.

Me junto a ela na frente do piano. Damos as mãos e fazemos uma reverência enquanto a plateia nos enche de aplausos. Começo a rir com o absurdo da situação. Dois iranianos cantando e tocando piano num bar gay. É ridículo, mas também é a coisa mais divertida que fiz desde que cheguei em Los Angeles.

— Por que você escolheu aquela música? — pergunta ela enquanto os aplausos continuam.

Respondo com sinceridade:

— Me faz lembrar de casa.

— O final é tão trágico — diz ela. — Não sei por que as duas janelas precisam morrer para ficarem juntas.

Penso na maman e nas plantas baixas dela.

— A parede de pedra as mantém separadas, mas elas são parte da mesma parede de pedra. Então, se quebrar a parede, você esmaga as janelas e elas morrem.

Bahar me encara com intensidade.

— Então acho que precisamos de um mundo só de janelas. Onde tudo é visível. Sem paredes, segredos ou divisões.

Assinto. Sei o que ela está querendo dizer. Que eu não posso me separar dos meus pais, ou dos homens neste bar, ou de qualquer ser humano. E, talvez, com ela ao meu lado, eu consiga abrir o coração.

Quando voltamos para a mesa, a conta já chegou. Vejo Bahar pegar a carteira e tento impedi-la.

— Nem pensar.

Bahar tira dinheiro da carteira.

— Essa saída foi ideia minha. Eu pago.

— Não mesmo — insisto. — Só estamos aqui por minha causa.

Bahar olha para Luis e Enrique.

— O que vocês estão vendo agora é um ritual persa chamado *tarof* — explica ela. — A gente vai discutir por causa dessa conta até alguém acabar vencendo.

— E para vencer tem que ser sagaz — completo.

— Não sejam ridículos — diz Luis. — Vocês estão na nossa área. A gente que vai pagar.

— Você não é páreo para nós quando o assunto é *tarof* — digo. — Observe e aprenda.

Num piscar de olhos, pego a conta da mão de Bahar e saio correndo na direção do garçom. Entrego dez dólares para ele e digo que pode ficar com o troco. Bahar e Luis tentam me impedir, mas já paguei por nossas quatro Cocas, e essa dança orquestrada para decidir quem paga a conta, junto com uma música que nunca esperei escutar num bar gay nos Estados Unidos, fez com que eu me sentisse de volta em casa.

Bahar toca uma fita cassete da Googoosh quando me dá carona de volta para casa. Ela me diz que conseguiu a fita com um homem de Westwood que vende música iraniana no porta-malas do carro.

— Estou impressionada com você — diz ela quando chegamos à casa de Margaret.

— Por causa da minha habilidade no piano?

Ela balança a cabeça.

— Isso foi uma surpresa legal também, mas não. Quando você chegou lá em casa e me contou sobre seus pais, achei que era um típico homem iraniano. Sabe, patriarcal. Fechado. Com medo de quem é diferente de você. — Sou todas essas coisas, mas nem ouso contradizê-la. Ela tira a fita da Googoosh do tocador e substitui por uma do Pink

Floyd. A música começa com uma batida superforte. Olho para ela, surpreso. — Que foi? Acha que eu só escuto música triste persa? Não, também escuto música triste britânica.

Dou uma risada enquanto estacionamos na frente da casa de Margaret. Sinto que devo me aproximar agora. Beijá-la dentro do carro, como acontece nos filmes americanos. Mas beijar Bahar agora... seria como trair Shirin.

— Obrigado — digo. — Por tudo. Nem sei como retribuir tanta gentileza.

Estar com Shirin era como se sentir gigante, flutuando pelo ar. Estar com Bahar é como se sentir firme, com os pés no chão.

— Só existe um jeito de retribuir gentileza. E é com mais gentileza.

Assinto. Nem sequer dou um beijo na bochecha dela, como é costume em Teerã. Não estou pronto para isso. Para a pele dela tocando a minha. A respiração dela perto da minha orelha. É demais para mim.

Margaret está polindo um coelho de cerâmica enquanto assiste a um antigo filme da Marlene Dietrich quando eu chego.

— Está tarde — diz ela, sem olhar para mim.

— Eu dei uma saída — digo.

— É óbvio.

Ela está irritada? Curiosa? Seu olhar não me dá pista alguma.

— Estava com uma amiga — digo.

— Uma garota?

— Sim.

Ela assente.

— Bom, graças a Deus. — Na tela, Marlene Dietrich dança numa fantasia de gorila. — Não se faz mais cinema como antigamente. Os filmes de hoje só têm sangue e peitos. — Ela coloca o coelho sobre a mesa e começa a polir outro.

— Você adora esses coelhos — falo.

Ela olha para mim, com mais carinho do que me ofereceu até agora.

— Engraçado, né? Eu passei décadas evitando coelhos. Mas, depois que me divorciei do Willie, não consegui mais parar. Eram a única coisa que me fazia feliz.

Imito Bahar e continuo fazendo perguntas.

— Por quê?

— Seu avô costumava me chamar de Coelhinha porque dizia que eu parecia um coelho. Inteligente e carinhosa quando me dava vontade. — Claramente ela não tem mais vontade alguma de ser assim. — Selvagem e mimada quando me dava vontade. — Isso faz mais sentido. — Ele me comprou um coelho de presente. Um de verdade. Era bobeira, mas significava algo. Quando passávamos tempo juntos, eu sempre levava o coelho, e a gente fingia que estava criando o bichinho juntos. Como o filho que teríamos um dia. — Ela coloca o animal de cerâmica sobre a mesa. — Obviamente, isso nunca aconteceu. O resto é história.

— Como ele era? — pergunto. — Meu avô. Ele morreu quando eu só tinha seis anos. Não tenho nenhuma lembrança dele.

— Eu sei quando ele morreu. Acha que não continuei de olho nele? A gente não abandona as pessoas que ama. Mesmo quando nunca mais as encontramos. — A fagulha de amor nos olhos dela me surpreende. Ela ainda não superou meu avô, não completamente. Assim como eu provavelmente nunca vou superar Shirin, não completamente. — Por hoje chega — diz ela. — E você já descobriu muito mais do que o seu pai queria que eu te contasse.

— Desculpa — digo.

— Ai, para de ficar pedindo desculpas — rebate ela. — Odeio pessoas que se desculpam quando não fizeram nada de errado. Quem tem que pedir desculpas é o seu pai. Foi ele quem me deserdou. Se mandou para o Irã no que deveria ser só uma visita e nunca mais voltou. Mal falou comigo depois disso. Não me convidou para o próprio casamento, talvez com medo de que eu contasse para todo mundo que não passava de uma farsa.

Assinto, surpreso, pensando que também gostaria de um pedido de desculpas do meu pai, por ter mentido para mim por todos esses anos.

Ela une as mãos.

— O que passou, passou. Não suporto quem fica remoendo o passado, como se fosse possível mudar alguma coisa.

Ela odeia muitas coisas. Mesmo assim, personifica a maioria. Ficar polindo coelhos de cerâmica não é remoer o passado? Sua casa inteira parece estar presa em outro tempo.

— Boa noite, então — digo.

Margaret não responde. Quero abraçá-la, mas algo me diz que é melhor não, então vou para o quarto e me jogo na cama. Não tenho forças para escovar os dentes ou trocar de roupa, apenas arranco os sapatos e fechos os olhos. Todos os eventos do dia rodopiam na minha mente. É coisa demais para processar. Abro os olhos e me viro para a mesinha de cabeceira. Vejo minha pilha de livros de poesia. Baba sempre dizia que, quando o mundo não faz sentido, as respostas podem ser encontradas na poesia, nas palavras dos nossos ancestrais. Pego um livro do Saadi. Folheio as páginas. Já li todos os poemas e conheço boa parte de cor. Amo esses versos. Eles contêm sabedoria, memórias e me conectam ao meu pai.

Mas talvez eu não queira estar conectado a ele agora. Talvez ele só seja o que é por causa de todas as tendências artísticas dele. Empurro todos os livros de poesia para o chão. Pela primeira vez na vida, pego no sono sem ler um poema. Parece um ponto-final. Não sou mais o filho do meu pai.

Na manhã seguinte, baba e maman ligam para a casa. Margaret atende e depois do "Alô" e "como vão" obrigatórios, ela me chama:

— Seus pais querem falar com você.

Pego uma fatia de pão do café da manhã. Quero ouvir a voz deles. Quero que as coisas voltem a ser como antes. Mas isso nunca vai acontecer.

— Diga a eles que estou atrasado para a aula — respondo, com frieza.

— Diz você — ordena ela, entregando o telefone para mim.

Encaro o aparelho, imaginando meus pais segurando o telefone deles, se perguntando por que não quero nem dar um oizinho rápido.

— Desculpa, eu… estou muito atrasado.

— Bom, leva sua jaqueta — grita ela, enquanto bato a porta ao sair.

Minha jaqueta. De repente, lembro que a tirei no bar e não a vesti de novo. Preciso passar lá para buscar.

Procuro por Bahar na faculdade, torcendo para que ela tope voltar ao bar comigo. Mas não sei como é o cronograma de aulas dela, e não nos encontramos em momento algum. Finalmente, depois de um dia cheio de aulas, pego o ônibus até o Outro Lado. O bar parece diferente sem Bahar comigo. Não há uma única mulher lá dentro, o que muda toda a energia. O clima parece mais carregado. Num canto, dois homens se beijam com uma paixão intensa. O Papai Noel continua no piano enquanto um homem musculoso canta "I Can't Say No".

Me aproximo do barman.

— Com licença, eu estive aqui ontem de noite...

O barman sorri.

— Eu me lembro de você. Mandou muito bem no piano. Vai querer o quê?

— Ah, não quero beber nada, não. Só preciso da minha jaqueta. Esqueci ontem perto do piano. É cinza e tem botões grandes.

O barman assente.

— Vou dar uma olhadinha no achados e perdidos. — Então, ele me serve uma dose de uísque puro. — Por conta da casa, por ter nos entretido ontem.

Bebo um gole, deixando a bebida aquecer meu corpo. A sensação é boa, então bebo mais um gole. O musculoso canta com um sotaque exagerado sobre como ele não consegue dizer não quando outro companheiro começa a flertar, e o público vai à loucura. O álcool me aquece e me relaxa. Preciso ir ao banheiro, então atravesso o salão e entro no toalete masculino. De dentro de uma das cabines, ouço o choro abafado de um homem, quase como se estivesse amordaçado. Não quero ver a origem dos barulhos assustadores, mas preciso fazer xixi. Minha única opção é um mictório comprido de metal, onde um homem alto está parado com a calça aberta. Hesito antes de parar no canto oposto do mictório e abrir o zíper. O homem alto olha para mim enquanto se toca. Fecho os olhos. Quanto mais rápido eu mijar, mais rápido vou embora daqui. Mas não sai nada. Estou nervoso demais.

— Ei — sussurra o homem.

Não digo nada. Não posso ir ao banheiro. Não aqui. Então, fecho o zíper e dou meia-volta para ir embora. Mas, quando estou prestes a sair, a porta da cabine se abre com um chute, revelando a origem dos gritos abafados. O cara está com o short e a cueca abaixados até a altura dos tornozelos. Ele deu um jeito de se sentar na privada com as pernas por cima dos ombros de outro homem. O homem dá estocadas dentro dele. Fico congelado no lugar. Não consigo parar de olhar. Porque é isso que meu pai é. Ele é um homem de perna aberta, sendo invadido por outro homem. É nojento. Se Bahar pudesse ver isso, se entendesse como os homens pensam, saberia por que eu jamais posso aceitar uma coisa dessas.

— Ai, merda, você chutou a porta — diz o homem que está estocando.

Ele se move para o lado, revelando o rosto do outro cara, e... é o Luis. Saio correndo do banheiro.

— Saeed! — grita ele.

Corro até o bar e ouço o barman me chamando.

— Achei sua jaqueta!

Pego a jaqueta e saio às pressas rumo ao ar puro. Luis me segue, corado e ofegante.

— Ei, desculpa por aquilo. Pensei que a porta estava trancada.

— Eu... tenho que ir. — Percebo minha voz carregada de nojo.

— Olha, Saeed, eu sei por que você voltou ao bar. Só tem um motivo. — Ele sorri. — Toda vez que alguém pede conselho para um amigo, o amigo é a própria pessoa. Está na cara que você é gay, e...

— Não — respondo com agressividade.

— Relaxa. Você está seguro aqui. — Nunca me senti tão inseguro. — Não vou te julgar.

— Só voltei aqui porque esqueci minha jaqueta — murmuro. — Só isso.

Ele obviamente não acredita em mim, porque continua falando.

— Se você tem medo de a sua família não te aceitar, eu superentendo. Minha família teve muita dificuldade em me aceitar como gay também, mas nunca pararam de me tratar como filho. E, por tudo que aprendi com a Bahar, sua cultura é parecida. Nós valorizamos a família. Você não tem ideia de quantos jovens aqui nos Estados Unidos são expulsos de casa por serem queer.

Olho bem no fundo dos olhos dele e digo com uma precisão gélida:

— Por favor, me escuta. Eu. Não. Sou. Gay.

— Eu sei que rótulos são complicados. Não precisa se rotular se não estiver a fim ainda.

— Eu não sou gay — repito, exausto. — E com certeza não sou como você. Traindo uma pessoa que supostamente ama.

— Eu não estava traindo — diz ele, chateado com a acusação. — Temos um relacionamento aberto.

— O quê?

— Nós nos amamos, mas podemos transar com outras pessoas. Não sou mentiroso nem infiel. Meu lance é honestidade, sempre.

Engulo em seco. Talvez seja isso que meus pais tenham. Um relacionamento aberto. A ideia me dá calafrios, e eu me pergunto com quem eles fazem esse tipo de coisa. Por algum motivo, é mais fácil ignorar a ideia de maman com outras mulheres. Mas o baba, a ideia dele com outros homens, fazendo o que Luis estava fazendo agora... me causa repulsa.

— Enfim, posso te dar uma carona pra casa, se você quiser.

— Prefiro ir de ônibus — respondo, direto.

Me afasto dele sem me despedir. O ônibus me leva de volta para Westwood, onde caminho até a casa de Margaret. Ela está assistindo a um musical antigo quando eu entro. Na tela, Rita Hayworth sapateia com Fred Astaire.

— Onde você estava? — pergunta ela.

— Estudando — digo.

É tão fácil mentir para ela. Talvez o lance do Luis seja a honestidade, mas não o meu. Fui criado por mentirosos. Está no meu sangue.

Na manhã seguinte, meus pais ligam de novo. Margaret atende. Digo a ela que tenho um trabalho para entregar e estou sem tempo para conversar.

Na manhã seguinte, mais uma ligação. Margaret atende. Só balanço a cabeça e ela mente para eles.

— Ele não está. — Quando desliga o telefone, ela me serve uma caneca de café. — Eles não estão ligando para falar comigo, você sabe, né? Seu pai me evitou pelos últimos quarenta anos. Cedo ou tarde, você terá que conversar com eles.

— Nunca mais quero falar com eles — digo, confiante.

Ela assente e diz, com tristeza:

— Já vi que você herdou do seu pai a habilidade de cortar a família da sua vida.

— Parece que sim. — Escondo qualquer traço de emoção da voz.

Eles continuam ligando. Eu continuo ignorando as ligações. Até que, numa certa manhã, eles não ligam e eu entro em pânico. Na manhã depois dessa, nada de ligação. De novo e de novo.

— Eles não ligam há uma semana — conto para Bahar enquanto descansamos no gramado da faculdade.

Estamos cercados por universitários, alguns correndo para as aulas, outros lendo, outros jogando Frisbee ou ensaiando coreografias ou saindo de pijama dos dormitórios. Não é nada parecido com a Universidade de Aryamehr. Não há dormitórios nas faculdades iranianas. Moramos com nossos pais até nos casarmos. Não sei se algum dia vou me acostumar com a vida universitária daqui. Posso até ter aprendido o idioma desde novo, mas o estilo de vida permanece algo estrangeiro para mim.

— E o que você estava esperando? — pergunta Bahar. — Você os ignorou por... Quanto tempo mesmo?

— Eu só não sabia o que dizer para eles. Como falar pelo telefone que eu descobri que os dois são... Você sabe o que eles são.

Não mencionei para Bahar o que vi Luis fazendo, e acredito que ele também não falou nada, porque ela com certeza teria me perguntado a respeito.

— Eles são gays — diz ela, com a maior naturalidade do mundo.

— Isso. Não é o tipo de coisa que se pode falar a doze mil quilômetros de distância. Por que eles merecem minha honestidade quando não foram honestos comigo?

— Não estou dizendo o que você deve falar para eles, mas eles são seus pais. — Ela se aproxima de mim. — Você precisa conversar com eles. Olha só o que aconteceu entre o seu pai e a mãe dele. É assim que começa. Você fica uma semana sem falar com eles. Talvez duas. E, quando se dá conta, a vida inteira passou e você não tem mais um relacionamento com a própria família. Isso não é certo.

— Mas, se eu falar com eles, não será um relacionamento. Não de verdade. Vou ser eu fingindo que não sei o que sei. Vai ser tudo mentira. Talvez seja por isso que baba tenha parado de falar com a própria mãe. Porque o relacionamento deles era uma mentira, então de que adianta manter?

— Então, resumindo, você não vai falar com eles sobre o que descobriu por telefone, mas também não quer falar com eles até poder dizer a verdade. Só que, se voltar para o Irã, o governo vai te mandar para a cadeia. Então, você está desistindo.

— Eu não colocaria desse jeito — digo na defensiva.

— Por que não? — pergunta ela. — O machão iraniano não gosta de ser acusado de desistir?

— Eu não estou desistindo — respondo. — Só estou... tirando um tempo para decidir minha próxima jogada.

— Ah, sua próxima jogada. — O tom de Bahar é divertido. — Virou partida de xadrez agora? De que tipo de jogada estamos falando aqui? Me conta como funcionam as regras.

— Não há regras, esse é o problema. Minha família destruiu o manual de instruções.

Ela coloca a mão sobre a minha. É tão bom sentir sua pele macia.

— Então escreva um novo manual. Não desista. — Ela sorri antes de completar: — Desistente.

Solto uma risada.

— Para!

— Desistente — diz ela, me cutucando com o dedo.

— Mala — falo, cutucando ela de volta.

Continuamos repetindo as palavras como numa partida de tênis, até que as cutucadas dela se transformam em cócegas, e depois em lutinha, e nós dois caímos na grama. O cabelo castanho dela se espalha sobre a grama verde. As mãos dela repousam na lateral do corpo, pertinho do meu rosto. Ela olha para mim como se quisesse ganhar um beijo.

Nós nos encaramos, os dois ofegantes de tantas risadas e cócegas. Eu deveria beijá-la agora. Ao nosso redor, estudantes estadunidenses se beijam e se agarram. Eles não têm problema algum em demonstrar afeto em público. Só que eu tenho. Mas também sinto afeto pela Bahar. Isso vem ficando cada vez mais claro toda vez que nos encontramos. Se tem alguém que me inspira a superar meus medos, é ela. Quero lhe contar tudo o que me assombra. Talvez, com sua ajuda, eu consiga parar de ver o rosto de Bijan nos meus pesadelos. Mas primeiro preciso beijá-la. Me aproximo. Fecho os olhos.

— Bahar, estamos atrasadas! — grita uma voz.

Uma das amigas dela está em cima da gente. Bahar se levanta num salto. Perdi a oportunidade.

— A gente se vê — diz ela para mim.

— Claro — respondo, decepcionado. — Tô sempre por aqui.

Não consigo parar de pensar no nosso quase beijo durante todo o dia. No ônibus de volta para casa, fecho os olhos e imagino como aquele momento teria sido se não fosse a interrupção. Ainda estou pensando nisso quando destranco a porta de casa. Percebo que há uma mala ao lado da porta. É preta com uma etiqueta vermelha presa à alça. Meu coração quase salta do peito.

Essa mala é do baba. Ele está aqui.

# BOBBY

## Los Angeles, 1939

Mamãe passou a semana inteira nervosa. Suas mudanças de humor estão ainda mais extremas que o normal. Na segunda-feira, ela queimou uma torrada e disse que era uma maldição. Na terça, passou seis horas fazendo faxina. Na quarta, foi à igreja pela primeira vez em, bom, pelo menos uns cinco anos. Na quinta me levou até uma vidente ambulante.

— Lê a palma da mão dele — disse à mulher. — É a mão de um astro? — A vidente traçou as linhas da minha palma e concordou. — Quer saber o que eu acho? — disse mamãe. — Acho que a MGM está se fazendo de difícil. É isso que você está vendo?

A vidente assentiu.

Hoje é sexta-feira, e mamãe está frenética nos bastidores. Ela levou Willie e eu para a frente do espelho. Penteia o cabelo grosso e loiro dele para trás. Cospe na mão e esfrega nas mechas. Depois, faz o mesmo comigo. Sonho com o dia em que não haverá cuspe da minha mãe no meu cabelo.

— Você está perfeito. Ficou bonitão de terno novo — diz mamãe para Willie, apertando o corpo de jogador de futebol dele por trás. — E o que vocês acharam do meu vestido, rapazes?

Ela rodopia, cintilando com o tecido prateado.

Willie segura mamãe e a puxa para perto.

— Você está deslumbrante, Mags — sussurra no ouvido dela. Willie sempre faz esses elogios gentis para a mamãe.

Do palco, podemos ouvir um comediante. Ele é novo, eu acho. Nunca ouvi esta risada em particular antes. Ele termina de rir de uma das próprias piadas bregas e, então, anuncia:

— E agora, aqui na Slapsy Maxie, a banda de uma família que vocês adoram. Com vocês: o Trio Reeves!

Encontro meu lugar no palco, atrás do piano. Willie se senta num banquinho com sua nova guitarra da Gibson, comprada pela mamãe com o dinheiro que todos nós ganhamos. E mamãe assume o microfone. Começo a tocar "Embraceable You". É nossa primeira vez tocando essa música para o público. Fecho os olhos e penso em Vicente. Queria poder contar para o mundo inteiro que escolhi esta música para ele.

Quando abro os olhos, ele está na plateia. Vicente. Ele nunca veio a um dos meus shows. O pai não gosta que ele volte para casa tarde. O que está fazendo aqui?

— *Embrace me, my sweet embraceable you. Embrace me, my irreplaceable you.*

*Me abrace, meu querido abraçável você. Me abrace, meu insubstituível você.*

Encerramos a música com meu solo improvisado de piano. Desconstruo a melodia, transformando-a em algo misterioso e surpreendente. Quando termino, ninguém aplaude mais alto que Vicente. Me pergunto se ele sabe que estou tocando estas notas para ele. Fecho os olhos e imagino que nós dois somos os únicos aqui.

No fim do show, corro para os bastidores e visto meu casaco.

— Que pressa é essa? — pergunta mamãe. — Vamos jantar mais tarde. Eu convidei o Vinnie.

— O nome dele é Vicente.

— Ai, faz favor. — Ela revira os olhos. — Vinnie é mais fácil.

— Por que você chamou ele? — pergunto, genuinamente chocado. Mamãe acha que "Vinnie" não passa de um atleta bobão.

— Ele é seu amigo — diz ela. — E eu queria que hoje fosse uma noite especial para você. Eu não sou uma bruxa, sabia? Quero te ver feliz.

Ficamos na Slapsy Maxie para jantar, o que não seria exatamente minha primeira escolha, mas pelo menos Vicente está aqui comigo. Sinto o calor das pernas dele ao lado das minhas debaixo da mesa. Queria mais do que tudo estar sozinho com ele.

— Então — diz mamãe. — Podemos contar a novidade para o nosso Bobbyzinho?

A mesa inteira sorri.

— O que é? — pergunto.

Mamãe pega alguns papéis dentro da bolsa e os coloca no meu prato assim que o garçom chega com a comida.

Ao ver os papéis, o garçom faz uma pausa.

— Perdão, será que eu posso...

Mamãe ri.

— Colocar um bife em cima do contrato do meu filho com a MGM? — pergunta ela, toda boba. — Não, não pode.

A mesa inteira olha para mim agora, esperando minha reação.

— Um contrato com a MGM — sussurro.

— Tá empolgado? — pergunta Willie. — É o que você sempre quis. Estamos tão orgulhosos de você, filho.

A sinceridade de Willie é de partir o coração. Ele está orgulhoso de verdade, apesar de eu sempre me manter distante dele.

Olho para Vicente, desejando que ele respondesse à pergunta que estou fazendo para mim mesmo. É isso o que eu sempre quis? Ou é o que mamãe sempre quis?

Me sinto enjoado, mas forço um sorriso. Porque, se não forçar, vou deixar todo mundo desconfortável. E por que eu faria uma coisa dessas quando o clima já está horrível o suficiente?

— Todos os seus sonhos estão se realizando — diz mamãe.

— Pode servir a comida — digo ao garçom, enquanto levanto o contrato e começo a dar uma lida.

— Ah, não precisa ler — alerta mamãe. — Eu faço isso por você.

Mas não consigo me segurar. Meu coração acelera quando vejo quanto eles estão me pagando. Bom, pagando *a ela*, já que sou menor de idade.

— Cem dólares por semana? — praticamente grito.

— Nada mal, né? — pergunta mamãe, orgulhosa de si mesma. — Eu disse que não aceitaria nem um centavo a menos. Sei o quanto você é valioso.

Engulo em seco. É muito dinheiro. Ao mesmo tempo, uma mãe não deveria achar que o próprio filho não tem preço? Continuo lendo.

— Aqui diz que estou preso ao estúdio por sete anos, mas eles têm a opção de me demitir a cada seis meses.

— Isso é o padrão — explica mamãe. — Todas as estrelas possuem essa cláusula no contrato. Mas não se preocupe. Ninguém vai te demitir. Não com o talento que Deus te deu.

— Não me preocupo com eles me demitindo — sussurro. — É só que... sete anos é muito tempo.

— Ah, me perdoa. — Mamãe corta ao meio seu hambúrguer mal--passado, o sangue escorrendo da carne até o prato. — Não sabia que você tinha planos melhores do que ser um astro da MGM.

Folheio as últimas páginas do contrato. Acho que meu rosto fica pálido quando vejo a última, porque Vicente diz:

— Come alguma coisa, Bobby. Você parece cansado.

Ele me conhece tão bem. Sabe como me ler de um jeito que minha própria mãe não sabe.

Corto um pedaço de bife e coloco na boca. Leio em silêncio. A última cláusula é uma cláusula moral. Diz que o contratado deve possuir uma conduta que "respeite as convenções públicas e a moral". Diz que nunca poderei agir de qualquer maneira que possa "me degradar socialmente ou causar a mim ou ao estúdio humilhação pública, ou ofender a população".

Olho para Vicente enquanto leio as palavras. Queimaria este contrato agora mesmo se isso significasse que eu poderia beijá-lo. Não quero convenções nem moral. Quero Vicente.

— Bom — diz mamãe, tirando uma caneta de dentro da bolsa. — Assine.

Encaro a cláusula moral e depois os olhos de Vicente. Me parece doentio ter que escolher entre ser bem-sucedido e ser eu mesmo. Mas, quando mamãe enfia a caneta entre meus dedos, sinto que não me resta escolha. Assino o contrato.

É meu último dia de aula no nosso colégio, e estou com Vicente na quadra de tênis.

— Quarenta-*love*.

Coloco ainda mais ênfase no amor do que de costume, porque talvez eu nunca mais pise numa quadra de tênis com Vicente de novo. Começo minha vida como contratado da MGM na segunda-feira, e minhas aulas passarão a ser remotas.

Erro meus dois saques: um para na rede e o outro, fora da quadra.

— *Game. Set. Match* — grita o treinador Lane.

Caminhamos até a rede e nos cumprimentamos. Num sussurro, minha dupla diz:

— Que bom que é sua última partida, Bobby. Porque, sinceramente, tênis não é sua praia.

— Cala a boca e seja um cavalheiro — diz Vicente.

Eu e ele ficamos para trás como sempre fazemos, caminhando devagar. Nossa última caminhada da quadra até o colégio. Nossa última vez evitando tomar banho com nossos colegas de time. E, o pior, nosso último banho lado a lado. Se um dia eu puder vê-lo pelado mais uma vez, não será por causa de alguma atividade extracurricular do colégio.

— Como está se sentindo? — pergunta ele, enquanto a ducha gelada cai nas nossas costas.

— Sei lá — digo.

É verdade. Estou assustado, como se eu fosse uma fraude prestes a ser desmascarada assim que botar os pés na MGM. Triste, por não poder passar o final de todos os dias de aula com Vicente. E empolgado, porque há novas possibilidades para a minha vida. Só posso esperar que o estrelato me possibilite ficar com ele do jeito que eu quero.

— Você sabe que vou continuar sendo seu amigo, né? — pergunta ele delicadamente.

— Eu sei. — Não consigo esconder a tristeza na voz. — Mas as coisas vão mudar.

Encaro o corpo dele. Me sinto tão gelado e tão quente ao mesmo tempo. Percebo que estou ficando duro, e me viro para esconder dele a evidência do meu desejo, ou pior, de qualquer um que possa entrar no vestiário.

— Está tudo bem? — pergunta Vicente.

— Está — respondo rápido demais. Depois, também rápido, completo: — Na verdade, não.

— Bobby, olha pra mim.

Viro a cabeça para trás, mas não giro o corpo. Não posso deixar que ele veja como estou duro. E se ele ficar com nojo? Posso aguentar muita coisa nessa vida, mas isso, não.

— Vira e olha para mim, Bobby.

Escondo a ereção com as mãos e me viro. Faço contato visual com ele. E depois olho para baixo. E é aí que percebo que ele também está duro. Nós dois sorrimos, nervosos. Não sei o que dizer ou fazer agora.

— Eu sei por que você queria ficar sozinho comigo naquele dia — sussurra ele. — Eu sempre soube.

— Sempre? — pergunto, meu coração começando a acelerar. — Por que nunca disse nada?

— Pelo mesmo motivo que você. — Ele suspira. — Tenho medo.

Assinto.

— Eu também.

— Talvez a gente possa dar coragem um para o outro.

Ele segura minha mão e a leva na direção da virilha dele. Eu acaricio. Ele fica ainda mais duro sob o meu toque. Posso sentir o pulsar dentro dele, seu lindo coração batendo.

— Precisamos ser rápidos — digo. — Alguém pode chegar e…

— Acho que acabei — diz ele, depois de chegar ao clímax na minha mão.

Sinto o cheiro nos meus dedos. Hesito e então, com coragem, limpo tudo com a língua.

— É tão doce — digo, com um sorriso tímido.

Ele olha por cima do ombro. Não tem ninguém aqui. Vicente se aproxima e me toca.

— Sua vez.

— Não sei, acho melhor pararmos por aqui.

O sorriso voraz de Vicente não me deixa dizer não.

Por algum motivo, me senti muito menos nervoso quando era eu tocando nele. Agora, só consigo pensar no treinador chegando e nos flagrando. Ou algum daqueles garotos branquelos. Ou, Deus me livre, um dos nossos pais.

— Vicente, demos sorte. Vamos parar antes que alguém chegue.

— E o que eles podem fazer? Te expulsar no seu último dia de aula?

— Eles podem *te* expulsar.

— Eles que tentem. Tchauzinho campeonato de tênis. — Ele acelera o movimento. — Anda. Se solta. Somos só você e eu aqui. Só...

Não consigo mais segurar. Explodo na mão dele. Meu corpo entra em erupção, estremecendo, como se eu estivesse levitando sobre o chão. É espetacular, mas, quando o momento passa, eu me sinto exposto e sem graça. Não sei o que fazer, então rio de nervoso. Ele ri também.

— Por que você está rindo? — pergunta ele enquanto lava as evidências da nossa paixão sob o chuveiro.

— Não sei — respondo, com um sorriso. — Isso que acabou de acontecer foi meio engraçado. E incrível.

— Vou sentir sua falta. — A voz dele embarga.

— E eu a sua. — Sem o calor dele ao meu lado, a sensação da água gelada é horrível. — E se eu me der mal na MGM? E se não fizer nenhum amigo lá?

Ele se vira para mim.

— Se você encontrar algum amigo, acho bom que ele não me substitua. Aconteça o que acontecer, não importa com quais garotas a gente se casar, sempre seremos melhores amigos, tá bom?

Tenho vontade de dizer a ele que quero muito mais do que isso. Não quero me casar com uma mulher que não amo, colocar crianças no mundo, fingir que Vicente é meu amigo quando na verdade é muito mais. Mas não digo nada disso. Porque sei que é bobagem. É uma fantasia absurda demais até mesmo para os filmes, onde um homem pode voar ou lançar feitiços, mas não amar outro homem.

— Sim, sempre seremos amigos — digo, com tristeza, enquanto o puxo para perto de novo.

E bem ali, debaixo dos chuveiros, no mesmo prédio em que estão todos os nossos colegas de classe e professores, nós nos abraçamos.

Willie deixa mamãe e eu nos portões da MGM. Esperamos do lado de fora até sermos recebidos por uma mulher ainda mais séria e rígida que ela. O cabelo vermelho está preso num coque pequeno, puxando sua testa para trás de um jeito que parece doloroso. Sua saia lápis e blusa apertam o corpo ossudo. Até mesmo os sapatos parecem um número menor. Ela segura uma prancheta, onde bate os dedos nervosos, com unhas por fazer.

— Me chamo Mildred Butler, mas podem me chamar de Mildred. Bobby, eu serei sua assessora pessoal. Você sabe o que isso significa?

Abro a boca para falar e percebo como estou terrivelmente nervoso. Minha boca parece engessada e seca.

— Não sei.

— Significa que ela será a responsável pela sua publicidade — diz mamãe, como se fosse óbvio.

— Não exatamente — diz Mildred.

Mamãe infla as narinas.

— Aqui na MGM, todo mundo recebe um assessor pessoal — explica Mildred. — Pense em mim como sua sombra. Vou guiar todos os seus movimentos.

Mantenho os olhos fixos no chão. Minha sombra está projetada entre a da mamãe e a de Mildred, como se eu estivesse preso entre duas forças que duelam.

— Eu respondo diretamente a Howard Strickling — diz Mildred. — Você sabe quem ele é?

— Chefe de publicidade da MGM — responde mamãe, toda orgulhosa.

— Parece que alguém fez o dever de casa. — Mildred soa debochada, e mamãe estremece. — Se eu fizer meu trabalho direito, você nunca vai precisar conhecer Howard, entendido?

— Sim — digo.

— E, para que eu faça meu trabalho direito, você precisa se comportar, entendido?

Lembro do contrato mais uma vez. Moral. Decência. Humilhação pública. Me sinto invisível e envergonhado, como se Mildred fosse capaz de enxergar dentro de mim.

Mildred não espera minha resposta. Em vez disso, segura meu rosto com força, afundando os dedos nas minhas bochechas.

— Agora, vou te dar o tour de boas-vindas. Me siga. — Ela nos leva até um set onde homens e mulheres da área de cabelo e maquiagem trabalham furiosamente em dezenas de atores sentados na frente de espelhos. Eles colocam maquiagem escura na pele dos atores, contornando os olhos para deixá-los mais ameaçadores. — Estamos rodando um filme de aventura no momento. Esses figurantes interpretam os árabes que tentam sequestrar nosso herói.

Mamãe pisca rapidamente quando Mildrerd diz isso, com uma vulnerabilidade nervosa que nunca vi no rosto dela.

Um dos homens que interpreta um vilão árabe se aproxima da gente. Parece ser um dos únicos que não precisa ter a pele escurecida para o papel. Ele para atrás de mim, encarando nós dois no espelho com desconforto.

— Pois não, Frank? — diz Mildred.

— Quem é esse? — pergunta Frank.

— Bobby, esse é Frank Lackteen.

Noto que Mildred nem se dá ao trabalho de apresentar mamãe, quase como se ela não existisse.

— Você se parece muito com o meu sobrinho — diz Frank.

Ao ouvir isso, mamãe se pronuncia:

— Creio que isso seja praticamente impossível.

Não digo nada. Só olho para o meu reflexo ao lado de Frank, e penso que mamãe está errada. É bem possível.

Mildred anda tão rápido que mal consigo acompanhar, e fala mais rápido ainda.

— Este é o Lote Um, o epicentro da MGM. É aqui que toda a magia acontece. O Lote Um tem sets de filmagem, camarins e salas de ensaio, onde, com sorte, você passará boa parte do seu tempo, se for escalado para qualquer coisa.

— Ele será escalado — diz mamãe, com arrogância.

Mildred nos guia pelo Lote Um. Ela aponta para todos os escritórios importantes. Diz que há laboratórios e câmaras de preservação de filmes aqui, e galpões onde ficam todos os departamentos diferentes que trabalham na magia do cinema. É inspirador.

Então, ela atravessa o Lote Um, rumo aos sets ao redor.

— Vamos logo. Você quer ver o zoológico ou não?

— Zoológico? — pergunto, chocado.

— De onde você acha que pegamos todos os animais? — pergunta Mildred. — A MGM tem uma polícia própria. Um corpo de bombeiros próprio. Sistema de transporte e hospital próprios. É quase como um país independente. Você não é mais americano. Agora pertence à Nação MGM.

— Que empolgante! — Sinto que mamãe está tentando interagir com Mildred, mas não está funcionando.

— Ao lado do zoológico, temos os estábulos. Você gosta de cavalos?

— Na verdade, nunca vi um cavalo.

— Bom, vai precisar de aulas de montaria, então. Imagina se te escalarem num filme de Velho Oeste e você não souber cavalgar. Seria um desastre. — Mildred nos leva para os sets externos. — Apertem o passo. Não temos o dia todo.

Num momento, estamos na Itália renascentista. No seguinte, em Nova York. Depois na França, em frente à Torre Eiffel. Depois no Egito. E depois num deserto, onde todos aqueles figurantes árabes estão se reunindo.

Finalmente, Mildred para diante de uma construção pitoresca de paredes brancas de telhado vermelho. Na frente, há um parquinho onde crianças brincam em escorregadores, balanços e caixas de areia.

— Chegamos — diz Mildred. — É aqui que eu e sua mãe nos despedimos de você por enquanto.

— Despedimos? — pergunta mamãe.

— Bom, sim. Você não achou que ficaria aqui o dia inteiro, achou? — diz Mildred.

Mamãe não responde. Claramente ela achou que *ficaria, sim*, o dia inteiro aqui.

— Que lugar é esse? — pergunto.

— Ué. Aqui é a sua escola — explica Mildred. — A Escolinha do Telhado Vermelho da MGM. Você precisa de, no mínimo, três horas de escola por dia. Escola de verdade, por assim dizer. No resto do tempo, eu vou marcando as aulas que você precisa. Fono, dicção, montaria, patinação no asfalto e no gelo, piano…

Mamãe interrompe.

— Meu Bobby poderia *dar aulas* de piano.

Mildred revira os olhos.

— Toda mãe acha que o filho é o melhor em tudo. A verdade é que só uma mãe esteve certa quanto a isso.

Mamãe tenta entrar no jogo dela.

— E quem seria? A mãe da Greta Garbo?

Mildred olha para mamãe, completamente chocada.

— Santa Maria Mãe de Deus, é claro — diz ela num tom seco.

— Ah, claro, claro — gagueja mamãe, como se desse a mínima para a igreja.

— Agora, entre. Sua professora, srta. Mary, está te esperando — declara Mildred. Antes que eu possa me virar, ela completa: — Mas, Bobby, não se esqueça: eu sou sua sombra. Se você aprontar na escola, em casa ou em qualquer outro lugar, vou ficar sabendo. Então, se comporte.

— Pode deixar — sussurro, mas tudo o que quero é sentir o calor de Vicente mais uma vez.

Ela tira um cartão do bolso e entrega para mim.

— Esse é meu número de trabalho e, logo abaixo, meu número pessoal. Pode me ligar a qualquer hora. Faz parte do meu trabalho. Entendido?

— Sim.

— Bom menino. Daqui a três horas venho te buscar para a sua primeira aula de montaria.

Aceno todo sem jeito enquanto Mildred puxa mamãe para longe. Não sei o que eu esperava do meu primeiro dia no estúdio, mas ver minha mãe sendo colocada no lugar dela por uma mulher chamada Mildred não estava na lista.

Minha rotina muda rapidamente. Ainda durmo em casa, mas não tenho tempo para os ensaios do Trio Reeves durante a semana. O estúdio me mantém ocupado a semana inteira com um cronograma constante de aulas. Eles não me escalaram para nada, pelo menos por enquanto. Até o momento, recebo um salário semanal apenas para aprender. Depois de um mês de contratado, Mildred entra na sala de aula e diz que precisa de mim. Eu a acompanho até um banco do lado de fora, onde nos sentamos. Não há uma única nuvem no céu quando ela diz:

— Hoje completamos um mês. Como você está?

— Ah, bem — respondo.

Não é verdade. Sinto falta de Vicente. Vê-lo apenas nos finais de semana é difícil. E até meus finais de semana são ocupados, porque é o único momento que tenho para ensaiar e me apresentar com mamãe e Willie. Quando consigo de fato ver Vicente, é diferente. Estamos nos afastando. E nunca mais falamos sobre o que aconteceu no vestiário. Às vezes acho que inventei tudo. A cada dia que se passa, a lembrança vai ficando mais nebulosa, como uma fantasia distante.

— Bom, eu trouxe ótimas notícias — diz Mildred. — Billy Haines vai dar uma festa. Você sabe quem ele é?

— Não — digo. — Desculpa.

— Ele é decorador de interiores. Mas isso não importa. O importante é que ele é melhor amigo de Joan Crawford. — Meu coração para ao ouvir o nome dela. — E onde Joan vai, *todo mundo* vai. Diretores de elenco. Produtores. Diretores.

— Ah — digo. — E eu fui convidado para a festa?

— Claro que não. Eles precisam de um pianista. E é aí que você entra, garoto. É uma festa temática. O Novo Testamento.

— Desculpa, mas... que tema é esse? — pergunto.

Me parece um tema tão esquisito para uma festa. Religião e festas não me parecem duas coisas que se misturam bem.

Mildred balança a cabeça, enojada.

— Se quer saber minha opinião, acho de mau gosto. Mas o Billy solicitou entretenimento para o evento. Ele quer "A dança dos sete véus", de Salomé, acompanhada por um pianista. Ele é um grande fã do Oscar Wilde, se é que me entende...

Não entendo.

— E nos pediu o melhor pianista jovem para acompanhar a Salomé dele.

— E, no caso, seria eu?

— É claro que seria você — responde ela. — Toque. Sorria. Encante as pessoas certas e talvez seja escalado para alguma coisa. Ah, e não se esqueça de passar no médico do estúdio na manhã da festa. Você tem uma consulta marcada às dez.

— Estou doente? — pergunto, percebendo como é uma pergunta esquisita.

— Que nada! — Ela dá um tapinha no meu joelho. — O médico só vai se certificar de que você não vai deixar o nervosismo tomar conta, só isso. Agora, volta para a aula. O que ainda está fazendo aqui?

Sexta-feira, na manhã do dia da festa, vou até o médico do estúdio, que mal fala comigo antes de me entregar um frasco de Benzedrina e me mandar tomar uma pílula antes de sair para a festa.

— Pra quê serve isso? — pergunto.

— Ah, nada de mais — diz o médico. — Só um descongestionante nasal.

— Mas eu não estou com o nariz entupido — digo. — Consigo respirar tranquilamente. Olha só. — Respiro fundo para mostrar a ele.

— Vai te dar energia — explica ele.

— Ah, é por causa do meu cansaço? É que tenho trabalhado mais do que estou acostumado, mas não estou doente. Dou conta do trabalho, prometo.

Ouço a preocupação na minha voz. Ser mandado para o médico me parece uma punição, como se eu estivesse sendo alertado para ficar na linha caso não queira perder o contrato.

Com um sorriso reconfortante, o médico diz:

— Você não fez nada de errado. Nós oferecemos este medicamento para muitos contratados do estúdio. Faz maravilhas antes de qualquer performance, e você está prestes a se apresentar.

— Mas já estou acostumado a me apresentar — imploro. — Minha mãe, meu padrasto e eu, a gente se apresenta há anos.

O médico me lança um olhar severo.

— Você não vai se apresentar para um bando de pinguços num boteco seboso qualquer. Vai se apresentar para as pessoas que podem te transformar num astro. Sou seu médico agora. Você precisa confiar em mim e tomar a pílula.

Naquela noite, obedeço às ordens e tomo a pílula. Engulo com água. Frisco me dá a patinha, como faz todas as vezes que coloco qualquer coisa na boca.

— Não é comida, garotão — digo, com uma risada.

Ouço mamãe e Willie discutindo na sala de estar.

— Primeiro você não me deixa ir ao estúdio — diz Willie. — E agora não me deixa ir à festa. Não acha que eu também quero conhecer Joan Crawford?

— Ah, eu tenho *certeza* de que você adoraria conhecê-la.

— Você sabe que não é disso que estou falando — declara Willie, ofegante. — Só tenho olhos para você. Mas às vezes parece que você só quer que eu seja o pai dele quando é conveniente.

— Não vou ter essa conversa agora! — grita mamãe. — Esta noite não é sobre você. É sobre o *meu* filho, então não se meta!

A voz da mamãe soa assustadora. Pego Frisco no colo e o abraço com força.

— Posso até não ter adotado o menino ainda. Posso não ser parecido com ele. Mas o considero um filho. — Willie suspira profundamente. — E você me disse que eu seria o pai dele, lembra?

Me olho no espelho. A verdade é que não me pareço com nenhum dos dois. Certamente tenho um pouco da estrutura óssea da minha mãe. Mas só isso. Minha pele é mais escura que a deles, e meus olhos são um mistério até mesmo para mim, porque não tenho ideia de quem eu os herdei. Pego meu diário. Vicente me deu de presente de aniversário, mas as páginas continuam em branco. Acho que tenho medo demais de colocar meus sentimentos verdadeiros no papel.

— Bobby, está pronto? — cantarola mamãe, toda animada, como se eu não tivesse escutado ela e Willie brigando.

Dez minutos depois, o remédio bate. E parece que estou voando.


É difícil descrever como me sinto quando chego na festa, como uma versão mítica de mim mesmo. Eu flutuo pelo salão numa nuvem. Todos os meus medos e inseguranças desaparecem, substituídos por uma confiança recém-adquirida. Meu lugar é aqui, no meio de todas estas estrelas.

Mildred nos recebe no saguão da casa. Ela parece decepcionada ao ver mamãe comigo.

— Olá, Bobby. — Depois de uma pausa, Mildred diz: — E Margaret. Você também veio.

— Claro que vim — diz mamãe. — Achou que eu iria deixá-lo participar de uma festa sem supervisão? Ele é uma criança. Que tipo de mãe você pensa que eu sou?

Pelo menosprezo no olhar de Mildred, dá para ver que ela sabe exatamente que tipo de mãe ela é.

Meus olhos percorrem o ambiente. Os convidados são um absurdo de tão glamurosos. Nem todo mundo seguiu o tema, mas algumas pessoas tentaram. Acho que não é difícil vestir roupas bíblicas tendo a loja de figurinos do estúdio à disposição. Há homens e mulheres vestidos como se estivessem num filme do Cecil B. DeMille, e outros como se estivessem numa estreia de cinema, com ternos sob medida e vestidos justos. Vejo cabelos loiro-platinados por toda parte.

— Mamãe! — Interrompo a conversa dela com Mildred. — Mamãe, olha.

Parada próxima ao piano de cauda, ao lado de dois homens deslumbrantes, está Joan Crawford. Ela não parece a mesma mulher da bicicleta, cheia de sardas e cabelos esvoaçantes. Sua pele está translúcida agora. O cabelo todo puxado para trás num penteado dramático que acentua o rosto. Aqueles olhos, enormes, curiosos, frios e determinados. Aqueles lábios, poderosos e impactantes. Ela é pequena e, ao mesmo tempo, gigante. Ri de algo que um dos homens disse.

— Pessoalmente, eu prefiro Garbo — diz Mildred. — Mas ela não frequenta festas.

— Ela é igualzinha aos filmes — sussurra mamãe para mim.

Sorrio, muito feliz por me sentir unido à mamãe neste momento. Me viro para Mildred.

— Já assistimos a todos os filmes de Joan Crawford. Todos mesmo.

Sinto uma onda de gratidão pela minha mãe complicada, que me puxou até aqui, que gastou cada centavo que ganhamos em ingressos de cinema, que apertava minha mão com força durante os close-ups.

— Quer conhecê-la? — pergunta Mildred.

— Sim! — grito, com a voz fina.

Achei que, talvez, minha mãe estivesse me forçando para uma vida que eu não queria, mas nesta casa, com aquele rosto na minha frente e o descongestionante correndo em minhas veias, nunca quis tanto uma coisa em toda a minha vida.

Mildred apoia o braço ao redor do meu ombro e me leva até Joan. Mamãe nos segue logo atrás.

— Srta. Crawford, perdão por interromper.

Os dois homens chegam para os lados para que Joan possa ficar bem no meio.

— Mildred, certo? — pergunta Joan. — Como está seu pai? Ele estava doente, não estava?

Mildred fica corada.

— Sim, mas está muito melhor agora. Não acredito que você se lembra, srta. Crawford.

Joan sorri e então olha para os dois homens que a acompanham. Jogando a cabeça para trás, solta:

— Pelo menos ela tem um pai.

Congelo por um momento. Talvez essa seja mais uma das razões pelas quais eu me identifico tanto com Joan Crawford. Nem eu nem ela temos pai.

Meus pensamentos são interrompidos quando Mildred diz:

— Este é Bobby Reeves. Ele assinou com a MGM no mês passado. E é um grande fã.

Joan olha para mim com um sorriso magnético.

— Aqui estou eu. E estes são meus amigos, e anfitriões da noite, Billy Haines e Jimmie Shields. A casa deles não é uma graça?

Os homens me cumprimentam, depois cumprimentam mamãe quando eu a apresento, mas Joan não se mexe. Fica parada ali, como se soubesse que merece ser admirada. Agradecemos profundamente a Billy e Jimmie por nos receberem. Então, eu me viro para Joan e não consigo me segurar:

— Srta. Crawford, não quero te incomodar, mas, bom, acho que você é uma das maiores estrelas de todos os tempos. Só queria dizer que assisti a todos os filmes que você já fez.

— Nem *todos* os filmes — diz Billy, com uma risada, e Joan chuta a canela dele com o salto alto.

— Obrigada, rapazinho — diz ela. Depois, completa com ironia:
— Quando o sr. Mayer te chamar para uma reunião, não se esqueça de dizer isso para ele. Talvez assim ele me dê uns filmes melhores.

— Ah, mas melhor que seus filmes é impossível — respondo.

Joan dá de ombros, como se não concordasse, e murmura alguma coisa sobre Norma Shearer que eu não consigo ouvir direito.

Então, os dois homens começam uma conversa motivacional sobre a carreira dela, e eu não ouço tudo porque eles falam rápido e baixo, e também porque só consigo admirá-la. Como se o mundo inteiro tivesse desaparecido e só ela existisse, em close-up.

Percebo uma coisa. O que sinto no cinema é a mesma sensação de quando estou com Vicente. Como se o mundo ao nosso redor desaparecesse.

Joan diz alguma coisa para Billy.

— Você não sabe o que o Mayer vai fazer comigo. Olha só o que ele fez contigo.

— Ele não fez nada comigo — diz Billy. — Eu fiz minhas próprias escolhas e não me arrependo de nada. Sou feliz, de verdade.

Para minha surpresa, Billy alisa as costas do outro homem, Jimmie, ao dizer isso. A mão de um homem repousada carinhosamente nas costas de outro homem, em público, numa festa, na casa *deles*. Parece até alucinação.

Então, Billy, que parece estar pronto para encerrar a conversa, anuncia a primeira performance da noite. Meu coração acelera. Meus dedos estremecem. Minha boca de repente fica seca de ansiedade na expectativa de ouvir meu próprio nome.

Mas não sou eu. A primeira apresentação é de Cole Porter no piano, acompanhado de uma jovem vedete vestida de Maria Madalena. Porter toca magnificamente bem. E a vedete tem presença, cantando aquelas letras sugestivas.

— *Love for sale. Appetizing young love for sale.*

*Amor à venda. Jovem e apetitoso amor à venda.*

Os convidados vão à loucura. Estou aplaudindo com tanto prazer que nem escuto Billy anunciando a dança de Salomé como a próxima performance. Sinto meu cérebro desligar quando me sento no mesmo piano que Cole Porter acabou de tocar. O médico tinha razão. Se eu não tivesse tomado aquela pílula estimulante, talvez não aguentasse a pressão do momento. Quem sou eu para seguir Cole Porter e tocar para Joan Crawford? Ainda assim, todos os meus questionamentos são aniquilados por uma onda repentina de confiança. Meus dedos passeiam pelas teclas com mais paixão do que nunca. Acrescento floreios que não havia planejado, improvisando na hora. A dançarina interpretando Salomé acompanha cada movimento meu, e me pergunto se ela tomou um estimulante também. Em determinado momento, tiro as mãos das teclas e as uso para batucar na lateral do piano como um tambor. Salomé pula em cima do piano e eu o transformo num instrumento de percussão. O público vai à loucura. Me dou conta de que sou bom. Não, sou ótimo. Sou um astro.

Recupero o fôlego depois de fazer uma reverência com Salomé, e instintivamente acho a saída do recinto. Mamãe e Mildred me seguem, cada uma tentando superar a outra nos elogios a mim, como se fosse uma competição. Elas discutem para quem vão me apresentar primeiro. A alguns metros de distância, avisto um bar e caminho silenciosamente até lá. Mamãe e Mildred nem percebem.

— Uma Shirley Temple, por favor — peço ao bartender, tão lindo que poderia ser uma estrela de cinema, que fica feliz em preparar para mim uma bebida de criança.

— Incrível, não é mesmo? — comenta uma voz.

Me viro e me deparo com um homem ao meu lado. Ele usa maquiagem e uma estola de pele por cima do blazer, o que me assusta, mas também instiga minha curiosidade.

— O quê? — pergunto, encarando-o sem acreditar. Ele tem permissão para se vestir assim?

— Shirley Temple — diz ele. — Ela se tornou uma estrela não tem muito tempo, e já tem um drinque com o próprio nome. É o meu favorito, inclusive. — Para o barman, ele diz: — Mais uma Shirley pra mim!

O barman ri, como se fazer uma bebida de criança para um adulto fosse algo hilário. Mas ele a prepara rápido e entrega para o homem.

— Você é maravilhoso — diz o homem para mim. — Cole Porter que se cuide.

— Ah, obrigado — respondo, tomando um gole. Não tinha me dado conta de como estava com sede.

Devo ter ficado encarando o homem porque ele diz:

— Qual é o problema? Nunca viu uma bichona antes?

— Não. — *A não ser quando me olho no espelho, claro.*

Ele ri com bondade. Sua risada é alta e amistosa.

— Só porque os policiais têm nos mandado para a cadeia ultimamente. A única coisa que nos resta são as performances. Somos criminosos nas ruas, mas *adorados* nos palcos.

— Você é artista também? — pergunto.

Ele assente.

— Vou me apresentar hoje na festa. Mas, quando chegar a minha vez, já vai ter passado da sua hora de dormir, garoto.

— Não sou um garoto — digo, na defensiva.

O homem chamado Jimmie, que estava com Joan, se aproxima dele e os dois conversam rapidamente, perguntando um sobre a vida do outro. Então, Jimmie percebe minha presença.

— Ah, você de novo. O garoto do piano.

— Ah, não o chame de garoto — alerta o homem maquiado. — Ele não gosta. Mas mandou bem, né? Eu disse que é melhor Cole Porter ficar de olhos bem abertos.

— Os olhos da cara, né? Porque o olho do… — diz Jammie, antes de cair na gargalhada.

— Meu nome é Bobby — anuncio, com uma confiança estranha na voz. Percebo que não perguntei o nome do homem. — E você é…?

— De noite sou Zip Lamb — diz ele, estendendo a mão desmunhecada e de luva para mim. Eu a aperto com firmeza, exagerando minha masculinidade. — E de dia sou… — Ele pausa para causar um efeito. — Ah, quem estou tentando enganar? De dia eu só durmo. Sou um animal noturno, como um texugo.

Jimmie ri.

— Você é maravilhoso mesmo — diz ele para mim. — Até Joan ficou impressionada, e Joan quase não se impressiona com nada.

Fico radiante com o elogio.

— Obrigado — digo, delicadamente.

— Melhor eu voltar para o Billy — diz Jimmie. Então se vira para Zip: — Te vejo no Hollywood Rendezvous mais tarde?

Zip levanta os braços para o alto e congela numa pose.

— Vai ver muito mais de mim no Rendezvous do que está vendo aqui. Subo no palco à meia-noite e você nunca viu *nada* parecido com o que tenho planejado.

Jimmie vai embora e me viro para Zip, querendo fazer um milhão de perguntas. Primeiro, Jimmie e Billy são… um casal? Porque é o que parece.

E se eles forem um casal… Isso significa que o mundo não é como eu achei que fosse. Nunca acreditei que homens poderiam ficar abertamente juntos desse jeito. Mas, se eles podem, quem sabe eu e Vicente não poderemos também um dia? Talvez a gente possa até dividir uma casa, uma vida. Minha mente começa a rodopiar. Não, é todo esse mundo lindo que começa a rodopiar.

Olho para Zip.

— Ei, o que é esse tal de Hollywood Rendezvous, e o que acontece à meia-noite lá?

Não recebo uma resposta porque mamãe e Mildred me encontram. Elas nem sequer notam a presença de Zip. Só me puxam para longe, e Mildred diz que as duas criaram uma lista de quem eu devo conhecer antes de voltar para casa. Elas me empurram pela casa, me apresentando para diretores de elenco, maestros, publicitários, diretores e até mesmo roteiristas.

— Nem se preocupe em impressionar os roteiristas — diz Mildred. — Eles são as pessoas menos poderosas em Hollywood.

— E são todos comunistas — acrescenta mamãe.

Quando o relógio bate dez, Mildred diz que é hora de ir embora.

— Acabou a festa.

— Não acabou, não — digo. — Zip Lamb ainda não se apresentou.

— Quem? — pergunta mamãe.

— O homem que estava falando comigo no bar. Aquele de... — Não quero ressaltar que ele estava usando maquiagem e casaco de pele, então não digo nada.

— A *bichona*? — pergunta Mildred, com desprezo. — Ai, meu bem, ele não vai se apresentar nem para você nem para mim. É uma performance só para frutinhas.

Olho ao redor e vejo que não somos só nós que estamos indo embora. Um grupo grande de pessoas está partindo. Um menor — em sua maioria homens, mas com algumas mulheres, incluindo Joan — fica para trás.

— Você precisa manter distância de pessoas como ele no futuro — diz mamãe. — Ele é nojento. Homens como ele caçam garotos como você.

— Sou obrigada a concordar — diz Mildred.

Enquanto elas me levam para fora, percebo que talvez essa seja a primeira coisa que mamãe e Mildred têm em comum: ódio e desdém pelo tipo de pessoa que, lá no fundo, sei que eu sou.

Não consigo dormir. Pensamentos ecoam dentro de mim, como se tivessem seu próprio batimento cardíaco. Toquei piano na frente de estrelas do cinema. Conheci Joan Crawford. Mas não é essa a parte que me tira o sono. São aqueles homens que conheci. Billy e Jimmie. O jeito como se tocavam. O jeito como Jimmie disse: "Melhor eu voltar para o Billy" me fez perceber uma coisa: é melhor eu voltar para o Vicente. É melhor eu dizer logo que o amo.

Agora, enquanto essa energia atravessa minhas veias. Agora, enquanto ainda tenho a coragem de imaginar uma vida melhor para nós dois. Uma vida mais corajosa.

É quase meia-noite. Visto um casaco por cima do pijama. Preciso me calçar. Amaldiçoo mamãe pela regra de não usar sapatos dentro de casa.

Passo pelo quarto dela e Willie na ponta dos pés. A porta está entreaberta. Willie ronca de leve, com o braço musculoso por cima do peito da mamãe. Acho que eles fizeram as pazes depois da briga que aconteceu antes da festa. Willie sempre acaba a perdoando.

Quando tenho certeza de que os dois estão em sono profundo, saio de fininho. O chão de madeira range em alguns pontos e faço o possível para evitá-los. Finalmente, chego na porta. Pego meus sapatos e saio de casa. Quando estou do lado de fora, respiro fundo com liberdade, calço os sapatos e corro o mais rápido que consigo. Tenho tanto para dizer a Vicente, coisas que preciso tirar do peito antes que essa sensação passe. Essa onda de confiança e possibilidades.

Por sorte, ele mora no primeiro andar de um prédio, então não preciso fazer nada do tipo *Romeu e Julieta*, como gritar, escalar ou jogar pedras na janela. Só tenho que andar por vinte minutos, bater na janela dele e esperar.

Eu bato.

Espero.

Bato de novo.

Finalmente, a cortina se abre e lá está ele. Com uma camiseta branca e uma cueca também branca e justa em seu corpo atlético. Ele esfrega os olhos com o punho fechado. Depois, abre a janela e nós ficamos cara a cara.

— Bobby?

Sorrio.

— Oi.

— Bobby, aconteceu alguma coisa?

— Nada — respondo. — Nadinha. Tudo está fantástico. Eu toquei numa festa na casa do Billy Haines. Você sabe quem ele é?

— Shhh. — Vicente olha por cima do ombro. — Fala baixo. Meu pai está dormindo.

— Acabei descobrindo que ele é o melhor amigo da Joan Crawford. E essa nem é a melhor parte.

— Tem certeza de que está tudo bem? — pergunta ele. — Você parece mudado.

— Eu estou mudado. O mundo inteiro mudou. A gente só não sabia. Tem tanta coisa que a gente não sabe. Posso entrar?

— Claro, deixa... — Ele olha por cima do ombro de novo. — Deixa só eu ver se a porta do meu pai está fechada pra gente não acordar ele. Faz silêncio, tá bom?

Entro enquanto ele sai. Me jogo na cama dele. Minha cabeça cai no travesseiro e o cheiro de Vicente me envolve. Isso é ser feliz.

Quando ele volta, sua expressão é de pavor. Eu me sento.

— Desculpa — digo. — Seu pai me ouviu?

— Não. — Ele se senta ao meu lado. — Ele não está em casa. Achei que tivesse trabalhado até mais tarde e voltado para casa depois que eu fui dormir. Mas ele não está aqui. E já é meia-noite.

— Talvez ainda esteja trabalhando — digo.

— Não, está tarde demais. — Ele engole em seco. — Estou preocupado, Bobby.

— Talvez ele ainda esteja a caminho. Long Beach fica a uma hora daqui.

— Mesmo quando faz hora extra, ele nunca fica até depois das dez. É a hora que a firma fecha.

— Talvez esteja bebendo com os amigos.

— Ele nunca fez isso. Nunca me deixou sozinho de noite.

— Talvez ele tenha arrumado uma nova... — Me seguro para não dizer o que estou pensando.

— Eu sei no que você está pensando — diz ele, segurando minha mão. — E espero que esteja certo. Porque, se ele não estiver com uma mulher, só pode estar... — Ele não termina a frase. Está preocupado demais para verbalizar.

— Posso ficar aqui até ele voltar para casa — ofereço. — Vou embora de fininho assim que escutarmos ele chegando.

Ele quase sorri. Talvez esteja pensando no que eu estou pensando, que isso pode ser uma boa oportunidade para continuarmos explorando o corpo um do outro.

— Sua mãe e o Willie sabem que você está aqui? — pergunta ele.

Ignoro a pergunta. Não quero falar sobre mamãe e Willie.

— Bobby, você não pode ficar aqui — insiste ele.

— Não vou te deixar sozinho e assustado. Sou seu...

O que exatamente eu sou dele? Que se danem palavras e definições. Estamos sozinhos. Na cama. Eu o puxo para perto e o beijo na boca. Ele me beija de volta. Nossas línguas começam a se explorar. Deixamos o desejo guiar o caminho. Mão na coxa. Língua no pescoço. Grunhidos ofegantes de paixão. Mas, quando encosto na cueca dele, ele me impede.

— Bobby, desculpa, eu...

— Eu te amo — declaro.

— Não diz isso. — Ele me dá as costas.

— Mas é verdade. — Tento puxá-lo para perto de novo, mas ele resiste. — Eu te amo, e quero te dizer isso. Quero que você ouça.

— Não posso ouvir. Não é certo. Principalmente agora, com meu pai... sabe-se lá onde.

Quero dizer que o pai dele provavelmente está no apartamento de alguma mulher, fazendo exatamente o que ele não quer que a gente faça.

— Quero contar pro mundo todo que eu te amo. — Não acredito no que estou dizendo, em como pareço confiante.

— Bobby, por favor, você sabe que não podemos pensar assim. — Ele soa derrotado.

— Assim como? — pergunto, com ousadia. — Como quem merece ser amado de verdade?

— Se começarmos a acreditar que podemos ficar juntos, isso só vai tornar as coisas inevitavelmente mais difíceis.

— Não vai, não. — Seguro as mãos dele. — Porque não existe mais o inevitável. Me ouve. O mundo está mudando. Billy Haines, ele é um designer de sucesso. E mora com um homem. Eles são um *casal*. Existem homens morando juntos bem aqui na nossa cidade, e eles são felizes. Não são tristes nem miseráveis. E eles têm amigos. Nós podemos ser como eles.

— Não posso ser um tenista profissional e ficar com você. Você sabe disso. Atletas precisam ser, sei lá...

— Exato! Você não sabe. Nem eu. Então vamos inventar nosso futuro juntos.

Ele se recosta na cabeceira da cama, sentando-se de pernas cruzadas.

— Meu pai ficaria devastado se soubesse que...

— Que você me ama?

Ele não olha para mim. Agora ele sabe que eu o amo. E eu quero saber se ele me ama também.

— E sua mãe ficaria devastada também — completa ele.

— A diferença é que eu não me importo com o que ela pensa — sussurro.

— Você se importa, sim. — Ele parece irritado. — Ela é sua mãe e, apesar de te deixar maluco, está na cara que você quer o amor e a aprovação dela. — Mordo os lábios, percebendo que ele tem razão. — E eu sou tudo o que meu pai tem — acrescenta, trazendo o fantasma da mãe para dentro do quarto.

— Você é tudo o que *eu* tenho — rebato, com tristeza.

Vejo um fio solto no cobertor e puxo, porque estou nervoso. Minha boca está seca. Estou com medo de que o efeito do remédio passe antes que consiga convencê-lo a retribuir meu amor.

— Suas mãos estão tremendo — diz ele. — Seus olhos parecem diferentes. Mais intensos. Você bebeu álcool ou algo do tipo?

*Algo do tipo*, penso comigo mesmo. Mas não conto para ele sobre o estimulante. Ele trata o próprio corpo como um templo. A última coisa que quero agora é ser julgado por Vicente. Talvez a pílula, felizmente ainda no meu sangue, só tenha servido para libertar meu verdadeiro eu da prisão. Para derreter o medo que estava me contendo. Me pergunto quando o efeito vai passar e me arrependo de não ter trazido mais uma comigo, por precaução. Não posso perder essa sensação. Não agora. Nem nunca.

Seguro a mão dele.

— Você sabe que nunca vou desistir — digo.

Ele pisca algumas vezes. Olha para a minha mão segurando a dele.

— Eu não quero que você desista. Você sabe disso. Sabe que eu... eu...

— Diga — sussurro. — Por favor, diga.

— Não consigo... — Ele balança a cabeça.

— Preciso te ouvir dizer. Mesmo se não pudermos viver isso, só diga. Por favor. — Consigo ouvir o desespero na minha voz enquanto aperto a mão dele.

Ele fecha os olhos quando finalmente sussurra:

— Eu também te amo, tá bom?

— Mesmo?

Meu estômago dá uma cambalhota. Me derreto neste momento tão lindo.

— Mesmo, e quero gritar isso para todos também.

Beijo a boca dele, as bochechas, o pescoço. Ele não me impede.

— Eu te amo tanto. Quero que o mundo saiba disso.

— Mas não pode ser este mundo — diz ele. — Em outro mundo, talvez. Um mundo melhor.

Ele é meu close-up agora. Estamos flutuando no infinito, na felicidade, na beleza. Sinto nossos rostos ficando translúcidos quando abro os lábios e chego mais perto.

— Vicente — digo. — Todos esses anos... Nós sempre fomos inseparáveis, né? Não quero que isso mude. Quero que a gente seja como Billy e Jimmie. Quero ser seu. E quero que você seja meu.

— Eu também quero — diz ele. — Mas precisamos tomar cuidado. O mundo pode não ser tão gentil com a gente como foi com Billy e Jimmie.

— Shh, chega disso. — Puxo a mão dele para mais perto, até ele tocar minha barriga. Guio sua mão mais para baixo, até minha ereção. Então, tiro o casaco. E o pijama. Fico nu na cama dele. — Vamos fazer tudo o que nunca fizemos. — As palavras saem ofegantes.

Ele sorri e abaixa a cueca. Nos encaramos por alguns instantes.

Nosso transe é interrompido pelo toque do telefone.

— Preciso atender.

— Por favor, não — imploro. — Não agora.

— Só pode ser meu pai — diz ele, se levantando e vestindo a cueca de novo. Vicente desaparece a caminho da sala. Posso ouvi-lo atendendo o telefone, sem fôlego. — Alô? — Alguns segundos depois: — Tá bom, vou esperar aqui.

Ele volta correndo para o quarto com uma expressão assustada.

— O que houve? — pergunto, me levantando.

— Era minha tia. Meu pai sofreu um acidente no trabalho — conta Vicente. — Ele está bem, mas eles estão vindo para casa do hospital agora. Você precisa ir embora.

Não me mexo. Não posso deixá-lo. Ainda não.

— Bobby, você não pode estar aqui quando eles chegarem. Entende isso, né?

O tom afiado dele me choca.

— Claro que entendo. Vou embora.

Olho para o meu pijama amassado na cama e me sinto um idiota. Esta noite inteira não passou de uma fantasia boba. E o retorno abrupto da vida real é como um tapa na cara.

Olhamos um para o outro em silêncio por um momento.

— Desculpa por ter vindo até aqui. — Visto meu pijama. — Não queria te chatear, nem te forçar a nada, nem...

Ele aproxima o rosto do meu. Abre a boca. E me beija uma última vez. Um novo tipo de beijo. Agridoce e cheio de mágoa.

Enquanto volto para casa, a sensação de invencibilidade evapora. A energia pulsando em minhas veias começa a desaparecer, e no lugar dela só resta um vazio.

Meus pés estão cansados. Mas meu coração... meu coração diz que preciso dar um jeito de preencher esse vazio. Então, não volto para casa. Em vez disso, sigo até a avenida Cahuenga, secando as lágrimas enquanto continuo andando. Pergunto na rua onde fica o Hollywood Rendezvous até alguém finalmente me dizer.

Na frente do lugar há um homem de terno.

— Olá — digo.

Ele apenas balança a cabeça.

— Gostaria de entrar, por favor.

— Idade? — pergunta ele.

Nem sei qual idade é preciso ter para entrar numa boate.

— Vinte e cinco — respondo, chutando alto.

O homem ri.

— Tá bom — diz ele. — E Jean Harlow está viva e morando na Catalina.

— Sou convidado do Zip Lamb — digo, com arrogância.

— Bom, se é assim... Você não parece fazer o tipo do Zip. Ele geralmente prefere cavalheiros mais maduros.

— Diga a ele que... — Estou prestes a dizer meu nome, mas me dou conta de que Zip pode não se lembrar, então completo: — Diga a ele que o pianista de Salomé está aqui para vê-lo.

O segurança abre a corda para dar passagem a dois homens bonitos que estão usando cravos verdes em suas lapelas. Ele os cumprimenta. Ao terminar, eu o encaro.

— E aí?

— E aí o quê? — pergunta ele.

— Você não vai dizer ao Zip que o pianista de Salomé está aqui? — imploro.

— Ah, você estava falando sério?

Assinto.

— Extremamente sério.

— Tá bom então, segura a onda aí — diz ele.

Então, desaparece dentro da boate. Eu poderia pular por cima da corda, mas aí me pediriam para sair. E quero muito saber o que acontece atrás destas portas, então não vale a pena arriscar. Quero que Zip me diga que, sim, há esperança para mim e para Vicente, e para todos os garotos que amam uns aos outros, e para as garotas também.

Espero pacientemente, encarando a lua cheia lá no alto. Mamãe me disse certa vez que a lua cheia a deixa num estado de loucura. Bom, estou pronto para ir à loucura. É o que mais quero.

— Pianista de Salomé? — diz o homem. — Por aqui.

Ele abre uma porta lateral para mim. Ela não me leva para dentro da boate em si, em vez disso, conduz aos bastidores, onde Zip Lamb me espera. Quase não o reconheço. Na festa ele estava um pouco maquiado. Aqui, está vestido de mulher da cabeça aos pés. Uma peruca loira enorme. Bochechas rosadas e lábios vermelhos como rubi. Um vestido com enchimento que dá a ele mais curvas que Laurel Canyon.

— Que surpresa! — diz ele.

De repente, me sinto tão infantil. O que estou fazendo aqui? Falei com este homem por apenas alguns minutos numa festa, e agora estou aqui no seu local de trabalho como se fôssemos amigos. Ou pior, como se eu fosse responsabilidade dele. Porque estou arrasado, como um garotinho perdido, e ele percebe logo de cara.

— Você andou chorando — aponta.

— Está tão óbvio assim? — pergunto.

— Espero que não tenha sido por alguma coisa que aconteceu na festa.

— Ah, não — respondo. — A festa foi maravilhosa.

— Foi a sua mãe, então? — pergunta ele. — Ela me pareceu um pouco… maternal demais.

Dou uma risada.

— Ela é. Mas não, não foi ela. Eu só achei que… — Me seguro. Por que estou contando todos os meus segredos para um desconhecido? Por outro lado, para quem mais eu poderia contar? — Tipo, conhecendo você, e vendo o Billy com o Jimmie na casa, o jeito como eles moram juntos, como um casal…

Ele assente, percebendo que estou hesitante em dizer mais.

— Continue. Tá tudo bem.

— Bom, eu achei que talvez pudesse ter a mesma coisa. Veja bem, tenho um amigo. Meu melhor amigo...

— Ele corresponde aos seus sentimentos? — pergunta Zip com gentileza.

Assinto.

— Então, qual é o problema? — questiona ele.

Olho para ele com desespero.

— É só que... Eu não quero mais me esconder. E ele não acha que... Ele não acredita que a gente possa ficar junto um dia.

Ele assente.

— Olha, preciso subir ao palco em dez minutos, e o que quero te dizer vai levar bem mais do que dez minutos.

— Pode falar só o comecinho? — sugiro.

— Para começar, você não está sozinho. Nem o seu amigo. Há muitos homens como vocês. Homens que amam homens. Mulheres que amam mulheres. Essas pessoas são sua comunidade, sua família. Venha comigo.

Ele me leva até o fundo do palco. Abre a cortina só um pouquinho para que eu possa ver os clientes sentados às mesas, rindo e dançando. A maioria são homens, muitos usando cravos verdes. Billy e Jimmie estão ali. Mas há mulheres também. Mulheres sentadas juntas. Mulheres de terno. Mulheres... de mãos dadas.

— Viu do que estou falando?

— Vi — digo, com os olhos arregalados.

No palco, um mestre de cerimônias anuncia a performance. Zip aponta para uma mesa no fundo. Me diz que tem um lugar vazio lá que eu posso ocupar, e que posso pedir outra Shirley Temple na conta dele.

Sigo até a mesa e peço a bebida. A plateia vai à loucura quando Zip sobe ao palco ao lado de uma mulher chamada Kitty Doner. Zip está com seu vestido e Kitty veste um terno. Aplaudo o mais alto possível, sentindo a energia retornando ao meu corpo. Se era esperança o que eu queria, estou recebendo uma dose enorme só de vê-los no palco. Eles começam a cantar numa harmonia perfeita, e a letra diz tudo:

— *Mulheres masculinas, homens femininos. Quem é o galo, quem é a galinha? Hoje em dia eu não sei mais.*

Eles dançam enquanto cantam. Kitty guia a dança, é claro. Os dois se separam brevemente, ficando lado a lado. Então, a parte realmente estonteante da performance começa. Lentamente, eles começam a se despir. E depois, quando já estão apenas com suas roupas de baixo, começam a vestir as peças um do outro. Zip veste o terno que Kitty estava usando, e Kitty se espreme no vestido e coloca a peruca de Zip. É profundamente cativante, diferente de tudo que já vi na vida.

Quando eles terminam, entrelaçam os dedos e levantam os punhos unidos no ar. Agradecem pelos aplausos com um grande sorriso. E eu sorrio também, com a sensação de estar rodeado por pessoas parecidas comigo. Acabo ficando para a apresentação seguinte, e para a próxima, e a próxima. Não vou embora até ter absorvido toda a magia que consigo.

Na manhã de segunda-feira, sou chamado até o escritório de Mildred. Enquanto caminho até lá, percebo como já aprendi a me virar sozinho no estúdio. Sei exatamente em qual set devo entrar à esquerda e qual réplica parisiense devo atravessar. Quando vejo Myrna Loy sendo escoltada para uma sessão de fotos, não me abalo. Nem mesmo as quatro girafas sendo levadas para o Lote Um me chocam. Já me acostumei com o lugar.

A secretária de Mildred abre a porta do escritório vazio para mim.

— Cadê ela? — pergunto.

Mas a secretária já saiu. Me deixou sozinho no escritório. Sento e espero. Cruzo as pernas. Descruzo as pernas. Me levanto e ensaio a última coreografia de sapateado que aprendi na aula de dança. Conjugo alguns verbos em francês que a srta. Mary nos ensinou. Me levanto e olho pela janela. Ao longe, avisto um número musical enorme sendo gravado em frente a um chafariz. Só então olho para a mesa de Mildred. Está lotada de pastas. Cada uma com o nome de um contratado. Bem no topo, está a minha.

Caminho na ponta dos pés até a pasta, como se alguém pudesse me ouvir. Abro a capa, revelando os papéis ali dentro. Vejo meu contrato. E um memorando detalhando minhas habilidades: piano, voz, rosto, corpo. Outro memorando me coloca na categoria "juvenil" de atores, com um adendo de que posso em breve me tornar um *galã, a não ser que perca a boa aparência, como muitos juvenis perdem.*

E então, embaixo de todos os arquivos, há uma pilha de papéis, cada um marcado com uma data. A primeira data é a do meu primeiro dia no estúdio. Ela detalha, bom... tudo. O que eu vesti. Com quem conversei. Minhas notas nas primeiras provas. Até mesmo o que eu comi.

*Almoço no refeitório. Um hambúrguer com duas fatias de queijo. Batata frita. Uma fatia de cheesecake com chantilly. Dois refrigerantes. Nota: Bobby adora comer doce. Recomendar exercícios extras.*

Continuo folheando as páginas. Cada movimento meu está documentado, às vezes com anotações ácidas ou elogios nos cantos.

*Aula de atuação. Foi pedido para que Bobby chorasse. Ele não conseguiu. Quando perguntaram como conseguiu chorar em seu teste de câmera, ele respondeu: "Não sei". A preocupação é que ele não saiba atuar.*

Errados eles não estão.

Por fim, chego ao último final de semana. Há uma página inteira sobre minha apresentação na casa de Billy Haines e Jimmie Shields. É um elogio longo, cheio de adjetivos positivos.

Então, na página final, há algo que me deixa chocado. Um relatório completo detalhando cada movimento meu na noite em que fui até a casa de Vicente... e depois até o Hollywood Rendezvous.

*Na noite de sexta-feira, Bobby saiu escondido e foi até a casa do melhor amigo. O amigo é mexicano. Depois, Bobby foi a uma boate de bichas. Devemos nos certificar de que isso não aconteça de novo. Sabemos muito bem como é difícil acobertar os rastros de purpurina. Informar Eddie Mannix imediatamente.*

Fecho a pasta de novo e percebo que meu braço inteiro está tremendo — de medo, mas muito mais de fúria. Já senti raiva antes, mas nunca assim. Nem mesmo mamãe, com sua rigidez e suas manipulações, foi tão baixa.

Estou sendo vigiado. Espionado. Não existe violação mais profunda.

Porém, sinceramente... O que eu esperava? O que é o estrelato senão uma violação de privacidade? Ou a abdicação de privacidade em troca de outra coisa... Adoração, glória, imortalidade?

Me sento discretamente, torcendo para que Mildred não descubra que mexi na pasta. Só que no mesmo instante vejo a janela enorme no escritório dela e solto uma risada de choque. Eles estavam me observando esse tempo todo. Sabem cada passo que eu dou, então é óbvio que saberão que eu li meus arquivos.

Outra revelação se segue rapidamente. Tudo isso aqui foi armado. Fui chamado ao escritório vazio dela, com meus arquivos visíveis para mim, porque *queriam* que eu lesse. Eles precisam que eu saiba que estou sendo vigiado. É o melhor jeito de me manter na linha.

— Ai, Bobby, desculpa o atraso — diz Mildred.

Me viro. Mildred está com um sorriso enorme e forçado no rosto. Um sorriso que seria perfeito para a Bruxa Má de *O mágico de Oz*. Deveriam chamá-la para o papel.

— Oi — digo.

— Perdão por ter te deixado esperando. — Ela semicerra os olhos para mim, o olhar afiado como uma lâmina. — Vi que você arrumou o que fazer na minha ausência.

— Só fiz o que era esperado de mim — respondo. — Enfim, não faz sentido fingir que não li os arquivos porque você, ou alguém que trabalha com você, estava me vigiando esse tempo todo.

Ela sorri. Essa mulher com certeza ama uma partida de xadrez.

— Se você tivesse feito o que era esperado, não estaria no meu escritório agora. Mas cá estamos.

— Eu sei.

— Serei clara. — Ela segue na minha direção. Sua presença por si só já é ameaçadora, mas aí vêm as palavras: — Estou do seu lado.

— Não é o que parece — comento baixinho.

Queria ter tomado uma pílula estimulante hoje de manhã. Teria me dado a coragem de que eu preciso para confrontá-la.

— Só para provar que estou falando a verdade — diz ela —, não falei uma palavra para a sua querida mamãe sobre o que eu sei. Aposto que ela ficaria horrorizada com suas... tendências.

Me afundo na cadeira, murchando. Quero enfrentar Mildred, me defender. Mas basta a menção à mamãe para me lembrar do que eu sou: um garoto assustado de dezessete anos. Com medo do que minha mãe pode fazer comigo se descobrir o que sou. Se tem alguém que sabe como me machucar, é ela.

— E por que você não conta para ela? — pergunto num sussurro.

— Porque sua mãe não me interessa — diz ela. — Sabe o porquê?

Balanço a cabeça.

— Porque mulheres como ela não valem um centavo, meu anjo. — Mildred tenta abrir um sorriso acolhedor. — Todas as mães de estrelas são assim. Não tenho interesse pelo ordinário. É por isso que trabalho na indústria do cinema. Mas você... você é extraordinário.

— Sou?

Odeio como minha voz soa lisonjeada pelo elogio.

Ela agacha para ficar na altura dos meus olhos. Não é mais uma partida de xadrez. É outra coisa. Algo muito mais desconfortável e estranho.

— Não tenho o menor interesse em te colocar em encrenca com sua mãe ou seu padrasto. Sabe o que me interessa de verdade? — Ela adora fazer isso. Perguntar coisas a que eu não sei como responder. — Meu interesse é te ver atingindo seu potencial máximo. Você é um astro, Bobby. Possui qualidades únicas que fazem as pessoas *notarem* sua presença. Não quer desperdiçar isso, quer?

Balanço a cabeça.

— O quanto você sabe sobre Billy Haines e Jimmie Shields? — pergunta ela.

— Se-sei que eles têm uma casa incrível e que são grandes amigos da Joan Crawford e...

— E você obviamente entendeu que eles são duas bichonas.

Me encolho. A palavra soa tão irreverente quando alguém como Zip a diz, mas na boca dela soa como um insulto.

— Não estou julgando. — Ela joga as mãos para o alto, rendida. — O que as pessoas fazem na privacidade da própria casa não é da minha conta. Mas não existe privacidade no estrelato. Só conseguimos acobertar tudo o que você faz até certo ponto. Na verdade, só estamos *dispostos* a te acobertar até um certo ponto.

— Entendo — digo, mas não sei bem se entendi.

É informação demais, minha cabeça está rodando. Minha vida está mudando tão rápido que meu cérebro não consegue acompanhar.

— Billy Haines já foi um astro — explica ela. — Talvez você não saiba porque é novo demais para se lembrar dos filmes mudos, mas ele tinha *tudo*. Charme, humor, boa aparência. E conseguiu fazer a transição para os filmes falados sem qualquer problema. Diferente de muitas estrelas dos filmes mudos, a voz dele funcionava. Tudo o que ele precisava fazer era manter sua vida particular... privada. Nem precisava parar de sair com Jimmie, se você quer saber. Só precisava esconder.

Sinto meu corpo ficando tenso. Penso em como deve ser passar a vida inteira escondendo seu amor. Como isso deve consumir a pessoa por inteiro até não sobrar mais nada.

— O sr. Mayer ofereceu o mundo a ele. Billy só tinha que se casar. E sabe o que ele disse?

Quero gritar que não, é claro que não sei o que ele disse. Dá para parar de ficar me perguntando coisas a que eu não sei responder?

— Ele disse: "Mas, sr. Mayer, como posso me casar se já sou casado?".

Mildred ri, como se aquilo fosse a coisa mais absurda do mundo para ela. Lembro do jeito como Billy e Jimmie se tocaram com tanta ternura. Me imagino de volta ao lar que os dois criaram. É claro que eles são casados, assim como eu e Vicente poderemos ser um dia. Qual é a graça disso?

— E deu no que deu — conclui ela. — A carreira do Billy Haines como astro do cinema acabou. Se Joan não o tivesse contratado para decorar a casa dela, talvez ele nunca tivesse conseguido a carreira que tem hoje. Mas a lealdade da srta. Crawford não é problema meu. *Você* é problema meu. — Ela segura minhas mãos trêmulas. — E então, o que me diz?

Finalmente uma pergunta a que posso responder.

— Não vou voltar para as boates. — Não sei se estou falando a verdade, mas o que mais posso dizer? — Quanto a Vicente... Ele é meu melhor amigo. Desde quando éramos crianças. Como eu poderia parar de me encontrar com ele?

— Quer meu conselho? — pergunta ela. — Encontre com ele em público. Com outras pessoas em volta. Diga a ele que conheceu uma garota, e repita isso para si mesmo. Você pode ter um amigo contanto que o estúdio não suspeite que há algo inconveniente acontecendo. Agora, de volta para a aula. — Enquanto sigo até a porta, ela diz uma última coisa: — E não esqueça que estou de olho em você.

Isso é algo que nunca conseguirei esquecer.


Na manhã de sábado, alguém bate à porta. Ainda estou dormindo, me recuperando de uma semana longa no estúdio, que não é tão diferente da minha vida antiga. É uma aula seguida da outra, com Mildred tomando o lugar da mamãe como a mulher que observa cada passo que eu dou.

Mas é a voz de Vicente que escuto quando a porta da frente se abre.

— Olá, sra. Reeves — diz ele.

— Não está cedo demais para visitas, Vinnie? — pergunta mamãe, irritada.

— Eu sei. Me desculpe.

Ouço uma tristeza na voz dele que geralmente não está lá, e isso me tira da cama. Já liguei para a casa dele perguntando sobre a situação do pai duas vezes essa semana. O pai dele está bem, e Vicente estava animado nas ligações. Parece que outra coisa aconteceu.

— Bom, entre — diz mamãe. — Bobby ainda está dormindo. Quer algo para comer ou beber?

— Não, obrigado — diz ele. — Vou só esperar pelo Bobby aqui.

Visto a última calça que usei e que estava jogada no chão, ao lado da cama.

— Bom, tire os sapatos — ordena mamãe.

— Ah — diz ele. — Desculpa. Achei que se eu ficasse aqui perto da porta...

— Nada de sapatos dentro de casa — diz ela, curta e grossa.

Escuto Willie cumprimentar Vicente enquanto pego do chão a última camisa que usei e a visto.

— Vinnie, a que devemos a honra? — pergunta Willie, animado.

Willie está sacudindo a mão de Vicente agressivamente quando chego à porta.

— Oi — digo.

— Oi — responde Vicente. — Desculpa, está cedo. Não quis te atrapalhar essa semana porque sei que seus dias são cheios lá na MGM e, sinceramente, os dias andam cheios para mim também, com o colégio, os treinos de tênis e...

— E o quê? — pergunta mamãe, chegando mais perto, curiosa.

— Sabe, podemos conversar em outro lugar? — pergunta ele para mim. — Sei que está cedo, mas podemos sair, sr. e sra. Reeves?

Willie puxa mamãe para perto e beija a bochecha dela.

— Por mim, tudo bem.

Mamãe o empurra, mas obviamente ama a atenção. Me irrita como eles podem mostrar afeto publicamente enquanto eu e Vicente precisamos nos esforçar tanto para manter segredo.

— Divirta-se — diz mamãe, virando-se para mim. — Você merece um descanso depois de trabalhar tanto essa semana. — Forçando um sorriso, ela completa: — Estou orgulhosa de você, Bobbyzinho.

Ela volta a atenção para Willie, que massageia seus ombros.

Estampo um sorriso no rosto e agradeço antes de calçar meus sapatos. Vicente faz o mesmo. O carro do pai dele está estacionado na rua.

— Ah, você veio dirigindo — digo.

— É — responde ele. — Meu pai não precisa do carro hoje, e eu pensei que... Sei lá... A gente podia ir para algum lugar onde não seremos interrompidos ou...

— Vicente, tá tudo bem?

Ele me encara com os olhos marejados.

— Vamos.

Nenhum de nós diz uma palavra enquanto ele dirige para To-panga, sua parte favorita da cidade. Sei exatamente aonde ele quer me levar. Seu lugar preferido. Ele me contou a respeito, claro, mas nunca me levou lá. Porque é o lugar para onde ele vai quando precisa ficar sozinho com os próprios pensamentos, e eu sempre gostei de que tivesse algo assim.

Subimos por uma colina sinuosa até chegar no topo. Estamos cercados por árvores e uma vista magnífica. Vicente ama a topografia de Los Angeles. Eu nunca fui um grande admirador da natureza. Mamãe com certeza nunca me apresentou ao mundo natural quando eu era menor. Este esconderijo é, provavelmente, o lugar mais selvagem e bruto onde já pisei.

— Amei — digo.

— Senta aqui — diz ele, indicando o lugar no chão ao seu lado. — Olha essa paisagem. Intocada pelo homem.

— É muito bonita. — Sento ao lado dele e depois me viro para observar seu rosto. — Igual a você.

Ele sorri, mas a expressão está cheia de dor.

— Era assim antes de os homens decidirem que Los Angeles era um lugar habitável, e vai ser assim para sempre.

— Vicente, o que está rolando? — pergunto, nervoso.

— Mas, enfim — diz ele, dando de ombros. — Provavelmente vai pegar fogo um dia. As madressilvas e os carvalhos, as artemísias e as no-gueiras, vai tudo acabar. Acho que tudo o que há de bonito acaba sendo destruído um dia. O mundo é assim, né?

— Vicente, você está me assustando. É o seu pai? Achei que ele estivesse bem...

— Ele está — diz Vicente. — O acidente foi coisa boba. Ele só precisa usar uma tala no pulso por algumas semanas, mas...

— Mas?

Ficamos sentados por longos minutos, tudo profundamente quieto exceto o vento quente que sopra pelos cânions, fazendo as folhas e os galhos farfalharem.

— Nem sei como explicar. Me parece tão inacreditável. Mas eles usaram o acidente como uma desculpa para demitir meu pai. Ele está sendo forçado a voltar para o México.

— Como assim voltar para o México? Ele chegou aqui quando era recém-nascido. Não se pode forçar um cidadão estadunidense a ir embora do país. — Sinto minha voz acelerando, o medo e a raiva tomando conta de mim.

— Não precisa discutir comigo. Eu já sei disso tudo. — Ele encara as árvores. Queria que olhasse para mim. — Mas aparentemente isso é algo que vem acontecendo há quase uma década. Os empregos acabaram durante a Grande Depressão, e eles precisam colocar a culpa em alguém. E quem melhor para isso do que os mexicanos malvados, roubando trabalho dos americanos *de verdade*? Então, eles vêm pouco a pouco encontrando maneiras de nos mandar embora.

— Mas como? Não se pode deportar um cidadão.

Ele continua observando a paisagem. Posso sentir que, no segundo em que olhar nos meus olhos, ele vai desabar. Vicente está tentando se manter forte.

— Eles não chamam de deportação. Como bons americanos, deram um jeito de repaginar o termo. Estão chamando de repatriação.

— Repatriação? — repito, incrédulo.

— Estão tentando fazer soar como se fosse um ato voluntário. Como se os mexicanos quisessem voltar para casa e ser parte do seu país verdadeiro. Mas que tipo de ato voluntário é esse se estão nos obrigando a fazer?

— Mas ele não precisa ir, precisa? — questiono. — Ele tem passaporte.

— Ele já conversou com dois advogados. Não há nada que possa fazer. Ele perdeu o emprego. Disseram que ninguém mais vai querer contratá-lo. Não vai ter nenhuma ajuda do governo também. E quer saber qual foi a gota d'água?

— Na verdade, não — digo.

— Deram uma passagem de trem para ele. Com partida para daqui a uma semana. E vão pagá-lo caso ele fique no México por três meses. Ele disse que não pareceu uma sugestão. Se ele não for embora... vão se certificar de que ele nunca mais tenha uma vida tranquila aqui.

Puxo o braço dele. Estou desesperado para olhar nos olhos de Vicente e mostrar meu amor e apoio.

— Sinto muito — digo, percebendo com tristeza que minhas palavras não são o bastante.

— Então, é isso — diz ele. — Nós sempre soubemos que não poderíamos ficar juntos. Não nesta vida. Não neste lugar horrível. Só não sabíamos que este seria o motivo. Ou que acabaria tão cedo.

— Você não pode desistir — digo. — Ele não pode desistir. O governo federal tem leis. As pessoas têm direitos.

Ele ri amargamente.

— O advogado explicou tudo isso pra gente. O governo federal tem feito vista grossa há uma década, encorajando estados e municípios e até mesmo empresas a fazerem o trabalho sujo de nos expulsar do país. O advogado disse que tivemos sorte. Não somos como outros mexicanos que foram jogados no olho da rua do dia para a noite e obrigados a fazer as malas. Estamos sendo tratados "com respeito", segundo eles. Passagem de trem. Um cheque.

— Respeito? Vocês são cidadãos. Você não pode ir embora. Tem o tênis. Tem a mim. Seu pai pode voltar daqui a três meses. Você pode morar com a sua tia.

— Ela também vai embora — diz ele. — Ela não trabalha. Sem o auxílio do governo e o trabalho do meu pai, não consegue pagar o aluguel.

— Eles cortaram o auxílio dela também?

Ele me encara com seriedade, como se eu não estivesse entendendo o que estamos falando.

— Eles nos querem fora daqui, Bobby.

— E se você morar com a gente?

Me sinto zonzo. Desesperado por uma solução. Pressiono as mãos na terra para me manter firme.

Ele balança a cabeça.

— Não posso abandonar minha família. — Então, pergunta: — Você sabe quantos cidadãos americanos de descendência mexicana estão sendo repatriados? Pelo menos meio milhão. *No mínimo.* O advogado disse que pode chegar em um milhão. Ninguém sabe porque é tudo feito por baixo dos panos.

— Sinto muito — repito. — Não sei o que mais posso dizer. Eu... sinto muito mesmo.

Ele finalmente olha para mim. E as lágrimas começam a cair.

— Não se sinta mal. Você foi a melhor coisa que me aconteceu neste lugar horrível.

Coloco a mão na bochecha dele. Deixo as lágrimas deslizarem pelos meus dedos. Então, beijo a bochecha molhada dele, os cílios, a testa, o pescoço.

— Bobby — sussurra ele, apreensivo.

— Estamos no meio do nada — digo.

— Estamos em Topanga — rebate ele.

— Não tem ninguém aqui. — Deixo minhas mãos explorarem o corpo dele.

Ele tira a camisa. Depois tira a minha. Nossa tristeza se transforma em desejo. Por quinze minutos estamos conectados, completos, felizes. Até explodirmos e cairmos um sobre o outro nas folhas secas, com as calças na altura dos tornozelos, as barrigas pegajosas. É aí que a tristeza volta. O vazio.

— Vicente — sussurro.

— Shh, não diz nada — pede ele. — Não há nada a dizer.

Mas há, sim, e eu vou dizer.

— Me prometa que você vai considerar ficar aqui — imploro. — Vou convencer a mamãe e o Willie a deixarem você morar com a gente. Daqui a pouco você já vai para a faculdade. Não vai demorar muito.

— Bobby. — É tudo o que ele diz.

— Me prometa — repito. — Pelo menos me prometa que vai considerar todas as alternativas.

Ele me abraça forte. Guia minha cabeça até o peito dele, meu ouvido sobre o coração.

— Tá bom. Prometo.

Fecho os olhos e me permito sentir esperança mais uma vez.

O homem na porta me reconhece assim que me aproximo.

— Pianista de Salomé — diz ele. Sei que é arriscado voltar aqui, mas preciso falar com Zip. — O sr. Lamb não está aqui hoje — explica ele. — Você sabe que ele não mora aqui, né?

— Tá, onde ele mora, então? — pergunto.

— Você quer que eu te passe o endereço da residência dele?

— Bom, não, mas você pode... pode me dizer onde ele está hoje?

— Tenho quase certeza de que nas noites de sábado ele se apresenta no Clube Bali — diz ele. — Fica bem aqui nesta rua.

Desço a avenida Sunset, banhado pelos faróis dos carros que passam como se fossem holofotes. O recepcionista do Clube Bali me deixa entrar assim que eu falo que sou amigo do Zip Lamb. Entro num saguão com bar temático. Sofás vermelhos e guarda-sóis de palha por toda parte. Os garçons vestem cangas enquanto servem drinques tropicais para os clientes. Cada drinque tem um guarda-chuvinha na borda.

Zip está no palco, vestindo uma canga e uma peruca vermelha comprida, ao lado de um homem vestido de médico e segurando um caderno. Enquanto Zip sente dores diferentes pelo corpo, ele canta:

— *Rico e pobre, branco e negro, eu quero todos dia e noite. Ai, doutor!*

Zip se joga no colo do médico. A plateia adora, enchendo os dois de aplausos. Ao final da performance, o homem vestido de médico tira o jaleco branco, revelando um terno perfeitamente ajustado. Ele passeia pelo bar, agradecendo ao público como se fosse dono do lugar, e tenho quase certeza de que é. Por fim, outro homem se junta a ele, e os dois ficam andando de mãos dadas.

Sigo alguns dos garçons de tanga passando pelo palco e entrando na cozinha, onde encontro Zip sedento bebendo algo de dentro de um abacaxi.

— Oi — digo.

Ele olha para mim.

— Ora, ora, se não é meu pianista apaixonado. Como vão as coisas com o seu amigo?

— É por isso que estou aqui — digo, com tristeza.

— Isso não me parece nada bom. — Ele entrega o abacaxi para um garçom. — Pode me trazer mais? Só suco, por favor. Estou seco! Seja lá quem achou que viver no meio do deserto era uma boa ideia não era um cantor.

O garçom pega o abacaxi e começa a servir suco dentro dele, depois pega uma garrafa de licor.

— Ei! — grita Zip, com uma pontada de raiva. — Eu disse *só* suco. — Zip se levanta e marcha em direção ao garçom. Ele afana o abacaxi e volta para perto de mim. — Você está fazendo o tour completo por todos os bares de bichonas, hein?

Lembro de como a palavra soou cruel quando Mildred disse. Saindo dos lábios de Zip, soa como uma celebração. Ele fala com orgulho, até.

— Sr. Lamb, não sei o que fazer, e não sei com quem mais conversar.

— Pode me perguntar o que quiser, desde que não me chame de sr. Lamb. Zip está ótimo.

— Esse é seu nome de verdade? Zip?

O homem que estava se apresentando com ele se aproxima por trás. Com os braços ao redor de Zip, ele diz:

— De jeito nenhum. Zip escolheu seu nome em homenagem à invenção favorita dele, o zíper.

— Nem começa — diz Zip. — Ele é só uma criança.

— E você, meu caro amigo, não é mais um professor. Então não precisa mais fingir que é um grande defensor da moral e dos bons costumes.

Zip suspira.

— Vou me trocar e depois a gente conversa — diz ele para mim. E então, com um tom exausto e um olhar para o amigo, completa: — Não posso deixar a polícia me pegar fazendo transformismo de novo, né?


Eu e Zip caminhamos pela rua em silêncio. Por algum motivo é muito mais difícil conversar com ele ao ar livre do que nos espaços secretos em que estivemos juntos até agora. Não estou pronto para perguntar o que devo fazer em relação ao Vicente. Então, me viro para ele e pergunto:

— Você era mesmo professor?

— Ficou surpreso, é? — pergunta ele.

— Bom, é só que... Acho que... — Procuro pelas palavras certas. — Eu nunca tive um professor tão interessante como você.

Ele sorri.

— Eu não era interessante assim quando dava aula. Escondia tudo o que me tornava a criatura fascinante que sou agora só para agradar aos diretores, pedagogos e pais. Eles não me deixavam ensinar do jeito que eu queria. Ah, não. A gente tinha que seguir o *currículo*. Os alunos precisavam aprender exatamente o que os pais deles aprenderam. Deus me livre questionar o mundo em que vivemos. Coisa que, se quer saber minha opinião, é o verdadeiro propósito da educação. Aprender a fazer as perguntas certas. — Ele ri. — Me desculpe — diz, com leveza. — Fico emocionado demais quando falo sobre as coisas que são importantes para mim.

— Seus alunos tiveram sorte — digo.

Ele para de andar por um momento e me dá um olhar curioso.

— Eu nem pude me despedir deles. — Ele parece estar em outro lugar agora. Mergulhado em alguma lembrança triste. — Me fizeram juntar as coisas na minha mesa numa noite de terça-feira. Disseram aos alunos que eu fui embora de Los Angeles para me casar... com uma mulher.

Não sei como responder. A tristeza dele toma conta de mim, como se fosse minha também. A tragédia de pessoas como nós.

— E que escolha eu tinha? Fui embora. — Ele respira fundo. — Só queria poder voltar a dar aula, mas tenho ficha criminal agora. Essa parte da minha vida já acabou.

— Sr. Lamb, o que aconteceu? — pergunto. — Por que fizeram isso com você?

— Código municipal 52.51 — diz ele, com tristeza. — Sabe qual é? — Balanço a cabeça. — Diz que praticar transformismo em público é ilegal.

— O que é transformismo?

Com um sorriso, ele explica:

— É quando uma pessoa se veste como alguém do gênero oposto.

— Ah — digo. Então, confuso, completo: — Mas você se apresenta nas boates. E a Marlene Dietrich usa ternos nos filmes e...

— Eles gostam da gente quando somos o "entretenimento" noturno — diz Zip. — Mas quando fazemos nas ruas, bom... Aí já é demais.

— Ah.

— E nem pense que os policiais deixam nossas boates e restaurantes em paz. Eles usam e abusam da gente quando dá vontade. Sua especialidade é atrair homens como nós para banheiros públicos e então nos prender se fizermos qualquer coisa além de olhar para eles. São cruéis. Crueldade pura.

— Sinto muito que isso tenha acontecido com você.

— O que passou, passou. — Ele volta a andar, e eu o acompanho. — Quando descobriram que eu passava as noites vestido de mulher, não podiam mais deixar que eu desse aula para as criancinhas preciosas deles. E se eu acabasse expondo os alunos a ideias apavorantes? E se contasse a verdadeira história desta cidade dos anjos? Imagine se todo mundo soubesse que, antes de tirarmos todos os povos nativos desta terra, homens amando homens e mulheres amando mulheres era apenas um fato da vida, algo a ser celebrado. Daí os espanhóis chegaram e...

— E o quê?

— Apresentaram o conceito de vergonha para este lugar — explica ele. — A vergonha é a maior inimiga da humanidade. É a raiz do ódio e da divisão. Sabe, antes da chegada deles, nós podíamos nos casar com outros homens.

— Casar? Sério?

— Sim, sério. Até os caciques podiam se casar com outros homens.

— Nossa...

— Sim. Nossa. — Ele começa a falar mais rápido: — Isso era o que eu *gostaria* de ensinar aos meus alunos. Que os missionários não trouxeram progresso. Isso é um mito. Nós nos convencemos de que o mundo só foi ficando melhor, e melhor, e melhor. Que inevitavelmente o tempo traz o progresso. Mas está tudo errado. Sabe o que aqueles missionários fizeram? Eles ensinaram as pessoas a terem *vergonha* e a se esconderem. E estamos nos escondendo até hoje. Claro, nos apresentamos em boates. E, claro, podemos ficar juntos na privacidade do lar. Mas nas ruas, nos colégios, nas telas...

— Somos invisíveis — completo.

Ele olha para mim com tristeza e diz:

— Sim. Mas iremos nos rebelar. Este estado inteiro tem o nome de um livro lésbico, e um dia vai nos pertencer de novo.

— Qual estado? — pergunto.

— Califórnia — diz ele. — Viu só? Ninguém sabe dessas coisas. Imagina se aprendêssemos história de verdade nas escolas, ou com nossos pais. — Zip suspira. — Mas eles não nos deixam ser nem professores nem pais, então isso nunca vai acontecer.

— Sinto muito.

Por que estou sempre me desculpando por coisas que não são culpa minha?

— Enfim, por que você veio atrás de mim, afinal? O que está acontecendo?

Respiro fundo e começo a falar da situação com Vicente. Conto tudo a ele, mas tento explicar principalmente como o amo e como estou com medo de ele acabar indo embora.

— Então, minha pergunta é... Como obrigo ele a ficar?

— Ah, menino inocente — diz Zip. — A primeira regra do amor e da vida é que não se pode obrigar ninguém a fazer nada. — Ele pensa por um momento. — Péssima escolha de palavras. Claro que é possível. Muita gente obriga os outros a fazerem coisas. A regra é que você não *deveria* obrigar ninguém a fazer nada.

— Mas ele precisa ficar. Você não está entendendo. — Sinto falta de ar. Estou desesperado.

— Claro que estou. Você acha que eu nunca amei e perdi meu amor antes?

— Sério? — pergunto.

— A maioria de nós já passou por isso. Se tem uma coisa que nos conecta, é um coração partido.

— Então eu não faço nada? — pergunto, decepcionado.

— Você pode lembrá-lo que o ama — diz Zip gentilmente. — Pode perguntar à sua mãe se ela está disposta a abrigá-lo. Ou talvez outra família, ou o treinador de tênis.

— Isso nunca vai rolar — digo.

— Dê opções, é isso que estou querendo dizer. Mas quem decide é ele. Se você o forçar a escolher, ele vai acabar ficando ressentido. E nada destrói mais o amor que o ressentimento. Acredite.

Penso em todas as histórias de Zip que não conheço. Quem ele amou? Quem ele perdeu? Será que é inconveniente perguntar?

— Está ficando tarde — diz ele. — E essa é minha próxima parada.

Estamos na frente de um bangalô espanhol de dois andares.

— O que tem aqui? — pergunto.

Ele suspira.

— Um homem com quem estou saindo.

Sorrio.

— Que demais! Então você está apaixonado também?

Um suspiro ainda mais profundo.

— Neste caso, eu não usaria essa palavra. Ele é casado.

— Ah.

— A esposa viaja bastante a trabalho. Ela é dançarina. Eles se odeiam. E, sinceramente, eu me odeio por fazer isso, mas... Sei lá, acho que preciso me sentir desejado vez ou outra.

Assinto. Não sei mais o que dizer.

— Sinto muito — diz Zip, balançando os ombros para afastar o clima de autodepreciação. — Às vezes esqueço que você é só um garoto, não quero te deixar pra baixo nem nada do tipo.

— Eu já estava pra baixo — digo. — Você me ajudou. Sempre ajuda. E saber que você está por aí, que você existe... isso me ajuda.

Ele sorri. Então, tira um pedaço de papel e uma caneta da bolsa de couro e escreve um número de telefone e um endereço.

— Estou sempre a uma ligação de distância. Se precisar, pode me ligar.

— Tudo bem — falo. — Eu te ligo.

— E vê se chega em casa com segurança, viu? Quer que eu peça um táxi?

— Não, vou andando direto para casa. Já passou da minha hora de dormir e eu estou exausto.

Ele assente.

— Da última vez você ficou até a boate fechar.

— Da última vez eu tinha tomado um estimulante que o médico do estúdio me deu.

Ele infla as narinas quando digo isso. Fico chocado com a mudança repentina.

— Esses estimulantes são do demônio.

— Eu... só fiz o que me mandaram fazer. O médico do estúdio que me deu.

— E você acha que isso é motivo para tomar? — pergunta ele, furioso.

— Acho que não. Mas foi só uma vez.

— Você ainda não fez dezoito anos — diz Zip. — E não sabe nada sobre estimulantes e álcool, então fica longe dessas merdas até ser velho o bastante para tomar decisões mais inteligentes.

Me sinto envergonhado, mas também grato. Lembro dele na cozinha do Clube Bali. Como ele ficou furioso quando o garçom quase colocou álcool no suco de abacaxi dele. Não pergunto nada, mas começo a achar que, apesar de ganhar a vida nas boates, Zip não bebe álcool.

— Sinto muito, sr. Lamb. De verdade.

Ele dá de ombros, abandonando a expressão séria.

— Você não fez nada de errado. Mas não pode confiar nas boas intenções do estúdio. Você é um produto para eles, não uma pessoa, entendeu?

O que me pega de jeito é que eu confio *demais* nele, apesar de termos nos conhecido há pouco tempo. Na verdade, talvez ele seja o primeiro adulto em quem eu confie que não seja parente do Vicente. É algo extraordinário, e me faz dizer algo bem esquisito:

— Sr. Lamb. Passei a vida inteira me perguntando quem é meu pai.

Ele olha para mim com curiosidade.

— E eu acho… Acho que você é exatamente o que eu esperava que ele fosse.

Depois de um instante melancólico, ele diz:

— E eu passei a vida inteira desejando poder ter um filho um dia. — Ele solta o ar devagar. — Mas isso nunca vai acontecer.

— Queria que fosse possível, sr. Lamb.

— Bobby, você precisa parar com essa palhaçada de "sr. Lamb". Me chama de Zip. Lamb nem é meu nome de verdade.

— Não?

— Eu mudei quando fui demitido. Não queria que ninguém me encontrasse. Ainda mais com toda aquela história de eu ter saído da cidade para me casar com uma linda dama. — Ele ri.

— Por que Lamb? — pergunto. — Lamb quer dizer cordeiro, e o senhor é, tipo, o oposto de um cordeiro.

— Não escolhi esse sobrenome por causa do animal. Escolhi por causa de um homem chamado John Lamb. Ele era um bancário. E também foi um dentre mais de trinta homens presos em Long Beach por… — Ele faz uma pausa. — Bom, acho que você consegue imaginar por que eles foram presos.

— Ah.

— O *Los Angeles Times* publicou o nome dele, ao falar das prisões. E sabe o que ele fez?

Balanço a cabeça.

— Ele engoliu cianeto. — Zip fecha os olhos, tentando conter a emoção. — E não foi o único. Foram tantos homens querendo dar fim à vida por causa daquela situação que a venda de cianeto foi banida em Long Beach por um tempo. Dá pra imaginar?

— Eu… nem quero imaginar.

— Bom, eu não podia deixar a memória deles morrerem, então peguei o sobrenome dele. Zip Lamb. Até que combina, não acha?

— Combina — digo, mas agora quero saber o nome de batismo dele. E de onde ele veio. E como se tornou a pessoa que é hoje.

Mas a pergunta mais importante na minha mente é... Como posso convencer Vicente a ficar no país? Não vou obrigá-lo a ficar, mas vou convencê-lo.

Zip parece sentir que estou pensando em Vicente porque diz:

— Boa sorte com seu amigo. Lembre-se de não o forçar a nada. Fale o que vier do seu coração. Dê opções. E ofereça seu apoio independentemente do que ele decidir.

— Pode deixar — prometo.

— A gente se vê em breve, assim espero.

Ele se despede com um aceno e bate na porta do bangalô. Fico parado, observando, curioso demais para ver o casado bonitão que abre a porta e recebe Zip. Rezo para que um dia a gente viva em um mundo onde homens como ele possam simplesmente viver juntos, sem fingimento. Fecho os olhos e faço uma prece para que esse mundo chegue antes que seja tarde demais para mim e para Vicente. Quando abro os olhos, observo a rua, me perguntando se alguém do estúdio está me vigiando, esperando que Mildred saia de trás de um jacarandá. Mas não há ninguém aqui. Talvez tenham parado de me seguir. Ou talvez estejam ocupados demais seguindo Greta Garbo e as amigas dela esta noite.


Na manhã de quarta-feira, preparo um sanduíche de geleia e pasta de amendoim enquanto Frisco pula ao meu lado, desesperado por um pedacinho. Mamãe entra na cozinha com seu roupão fechado em um nó frouxo. Seu cabelo está bagunçado e o rosto, ainda sem maquiagem. Os pingentes no colar dela balançam perto do coração.

— Bom dia, meu amor! — Há uma melodia em sua voz.

— Bom dia, mamãe — digo, passando um pouco de geleia por cima da pasta de amendoim. Venho esperando desde sábado pelo momento certo para perguntar se Vicente pode morar com a gente, mas ela passou a semana inteira mal-humorada. Acho que esta é a hora. — Mamãe... preciso te perguntar uma coisa.

— É sobre o estúdio? — pergunta ela. — Mildred disse que está tudo indo bem. Ela acredita que vão te colocar em alguma produção muito em breve. Não perca as esperanças.

— Não, não é isso. — Pressiono as duas fatias de pão juntas. — É sobre... Bom... O pai do Vicente precisa voltar para o México...

— Bom pra ele — diz ela. — Ele provavelmente será muito mais feliz lá. Parece estar sempre triste.

Me encolho e imediatamente vou em defesa do sr. Madera.

— Acho que é porque a esposa dele morreu, não porque está no país errado.

Ela dá de ombros.

— Todo mundo já amou e já perdeu algum amor. Não há motivo para tanto drama.

Respiro fundo para manter a calma.

— A questão é: o último ano do colégio está quase acabando. E não faz sentido que o Vicente saia do país tão perto da formatura. Então eu estava pensando... Bom, e se ele morasse aqui? Com a gente? Por um tempo?

— Onde ele iria dormir? — pergunta ela. — Não temos espaço para mais um garoto.

— Ele poderia dormir no sofá — sugiro.

— E quem pagaria pela alimentação dele? E os custos extras com a água? Pessoas custam caro, sabia?

Engulo em seco. Não cheguei a pensar na questão financeira. Mas então me lembro de que estou ganhando meu próprio dinheiro agora. Tenho meu salário semanal no estúdio, apesar de ainda não ter sido escalado para um filme.

— Eu pago — declaro, com orgulho.

— Você é um garoto. Não pode gastar esse dinheiro sem a nossa aprovação.

— Então, me dê a aprovação — imploro.

Ao meu lado, o sanduíche permanece intocado. Perdi a fome.

— Olha, eu sei que ele era seu melhor amigo...

— Ele *é* meu melhor amigo.

— Mas você está se tornando um astro agora. Talvez seja um sinal de que chegou a hora de arrumar um novo amigo, que tenha mais coisas em comum com você.

— Eu nunca vou conhecer outra pessoa que tenha mais coisas em comum comigo do que ele.

— Quais coisas, exatamente? Ele é atleta e você, artista. Você é americano, ele é...

— Americano! — Cuspo a palavra antes que ela termine.

— Você sabe muito bem do que eu estou falando — diz ela, com delicadeza. — Sei como é difícil se despedir de alguém próximo da gente. De verdade. Mas essa é uma parte inevitável da vida.

— Então é isso?

De repente, ouço os passos de Willie. Ele entra na cozinha ainda de cueca e com uma camiseta larga que cobre quase suas coxas inteiras. Obviamente estava ouvindo tudo, porque pergunta:

— Você não acha que eu deveria participar dessa conversa sobre um amigo se mudando para a nossa casa?

Neste momento, percebo como eu sempre penso nesta casa como A Casa da Mamãe. Ela já morava aqui antes de conhecer Willie. Ela dita as regras. Mas talvez Willie possa fazê-la mudar de ideia.

— Desculpa — digo. — Só achei melhor falar com a mamãe antes. É claro que eu estava planejando te pedir também.

— Bom, eu acho...

Mamãe o interrompe:

— Willie, meu bem, não importa o que você acha. Já está decidido, e eu preciso me maquiar. Vou te deixar no estúdio, Bobbyzinho. — Ela repousa a mão sobre a minha bochecha. — Sinto muito, querido. Sei que você está triste, mas vai passar.

Quando mamãe sai da cozinha, Willie aponta para o sanduíche.

— Vai comer isso?

Quando balanço a cabeça, ele pega e dá uma mordida.

O trem de Vicente para o México parte na tarde de sábado. Planejamos mais uma manhã juntos antes da viagem. Bato na porta deles e me surpreendo ao ouvir a voz do treinador Lane quando a tia de Vicente, Rosa, abre a porta.

— Seria uma grande perda para o esporte se o Vicente tiver mesmo que ir embora — diz o treinador Lane.

Me aproximo da sala de estar com apreensão. Rosa se senta ao lado do sr. Madera no sofá. A tala no pulso dele me lembra do acidente que iniciou esta cadeia de eventos terríveis. Vicente e o treinador Lane estão sentados de frente um para o outro. O treinador Lane é grande demais para a cadeira de madeira, que fica rangendo sob seu peso, parecendo prestes a quebrar.

— Oi — digo. — Posso esperar lá fora, se...

Vicente se levanta.

— Não, Bobby. Pode entrar. Já terminamos.

— Eu acabei de chegar — diz o treinador Lane.

— E agora já pode ir — completa Vicente, com calma.

O clima está tenso, mas ele apenas sorri. Passou anos querendo mandar o treinador Lane se lascar, e agora chegou o momento.

O treinador Lane se levanta e o encara.

— Você está tomando a decisão errada. Seu pai precisa ir embora; você, não. Podemos arrumar um lugar para você ficar.

— Onde? — pergunta ele.

— Não sei — responde o treinador Lane. — Parece que você e Bobby ainda são amigos. Talvez...

— Minha mãe disse não. Eu tentei — sussurro.

Não acredito que eu e o treinador Lane somos aliados nessa situação, os dois desesperados para manter Vicente no país. O treinador Lane quer, por egoísmo, que ele fique para transformá-lo num astro do tênis e se aproveitar de todo o sucesso dele. E eu quero, por egoísmo, que ele fique para que eu possa amá-lo.

— Com força de vontade a gente dá um jeito — diz o treinador Lane. — Não é isso que eu sempre digo para vocês?

— É isso que você diz para os outros alunos — diz Vicente. — Comigo você geralmente só grita. Me provoca para que eu fique nervoso, para poder me dar uma punição. Ou duas. Ou...

O jogo está virando. Vicente está no comando agora.

— Se eu pego pesado com você — diz o treinador Lane —, é porque você é o único do time com talento de verdade.

— Ou será que é porque sou o único garoto mexicano? — pergunta Vicente, com frieza.

Instintivamente, o sr. Madera e sua irmã se levantam e se posicionam ao lado de Vicente. Cada um coloca um braço protetor ao redor dele.

— Não — diz o treinador Lane, sem convencer ninguém. — Juro que não é isso.

— Então por que não me chamou para morar na sua casa? — pergunta Vicente. Uma provocação.

O treinador Lane balança a cabeça.

— Pode pensar o que quiser de mim, mas, se você for embora agora, estará cometendo um erro. O tênis não é levado a sério no México, não como é aqui.

— Daniel Hernández — diz Vicente.

— É só um jogador — responde o treinador Lane.

— Um jogador *mexicano*. Jogando pelo México. E eu me juntarei a ele. Se este país não quer meu pai, então ele não me merece. — O tom de Vicente é desafiador. Cheio de orgulho.

O treinador Lane se recusa a admitir a derrota, o que não me surpreende.

— Estou falando de todo o sistema de apoio de que você precisa. Treinadores e quadras e torneios amadores. O sul da Califórnia é o epicentro do tênis no momento. Perry Jones. A Associação de Tênis do Sul da Califórnia. O Los Angeles Tênis Clube. Eles criaram os astros do esporte. Um tenista sair da Califórnia e ir para o México é como... como o Bobby dizendo que quer ser músico ou ator e se mudar para... sei lá, Tombuctu!

— Bobby, você não vai se mudar para Tombuctu, vai? — pergunta Vicente, rindo.

— Eu me mudaria se o governo me obrigasse — respondo, com deboche.

O sr. Madera ri. Rosa também. A risada é um alívio, porque põe um fim à insistência do treinador Lane.

— Eu te levo até a porta — diz o sr. Madera. Ele apoia a mão sobre o ombro do treinador Lane, que se encolhe. O gesto sutil tem poder. Enquanto o sr. Madera o leva para fora, diz com seriedade: — Se você for sortudo o bastante para ter outro garoto mexicano no seu time, espero que seja mais gentil com ele do que foi com meu filho.

Continuo na sala meio sem jeito quando o sr. Madera retorna.

— Agora que ele se foi — diz o sr. Madera —, vamos discutir o plano. Eu e Rosa vamos terminar de encaixotar as coisas e colocar as malas no carro. Vicente, você nos encontra em casa daqui a uma hora e meia.

— Combinado — diz Vicente.

Rosa sorri enquanto estende a mão para mim. Ela segura a minha com carinho.

— Se cuida, tá bom?

Sinto uma lágrima se formando no meu olho. Dou um abraço apertado nela. Venho pensando tanto em Vicente que nem cheguei a processar o fato de que também vou sentir falta do pai e da tia dele. Eles são tão importantes para mim. Me mostraram que adultos podem ser carinhosos e nos dar apoio. Se um dia eu tiver filhos, quero ser como eles.

O sr. Madera é o próximo a me puxar para um abraço.

— Vamos te passar nosso número e endereço assim que nos acomodarmos lá, tá bom? Neste mundo não há despedidas. Apenas "até logos".

— Venha, Juan — diz Rosa. — Vamos arrumar as malas e deixar os meninos em paz.

O sr. Madera me solta. Percebo que os cílios dele estão molhados como os meus. Rosa vai até o quarto e o sr. Madera a segue. Finalmente, eu e Vicente estamos sozinhos.

— E aí... — digo.

— E aí... — diz ele.

— O que faremos? — pergunto.

— Não sei — responde Vicente.

— Podemos atear fogo no colégio — brinco.

— É sábado — diz ele, com um sorriso travesso. — Não vai ter ninguém lá.

Dou uma risada triste. Acho que, às vezes, a única forma de lidar com uma situação dolorosa é fazendo piadas. Então pergunto:

— Topa ir para Tombuctu?

— Acho que não temos tempo.

— E dar uma volta no bairro? — sugiro.

Ele assente.

— Boa ideia. Esta casa só me deixa triste agora. Parece que estou parado no passado.

Saímos da casa. Caminhamos lado a lado, passando por crianças brincando nos quintais, árvores de jacarandá, lembranças que compartilhamos nestas ruas. O quarteirão em que estamos é onde aprendemos a andar de bicicleta juntos.

— Você acha que seu pai está certo? — pergunto.

— Sobre o quê?

— Sobre isso não ser uma despedida.

Engulo em seco. Por que perguntar uma coisa se eu não quero saber a resposta?

— Acho que depende da gente. — Ele não olha para mim. Seu tom de voz é monótono.

— Não quero que seja uma despedida. Você quer?

— Você sabe que não. Mas eu estarei lá. E você, aqui. E, mesmo se estivéssemos juntos, ainda seria impossível. A gente sabe disso.

Quero lembrá-lo de Billy Haines e Jimmie Shields, mas sei o que ele vai dizer. Que são eles, e não nós. Que nunca faria uma coisa dessas com o pai. Não falamos muito mais depois disso. Passeamos pelo bairro em silêncio. Mas há três palavras que eu preciso dizer para ele antes de voltarmos para sua casa e nos despedirmos.

— Eu te amo.

— Bobby, por favor. — Ele se afasta de mim. Só alguns centímetros, mas parece que já o perdi. — Não deixe as coisas mais difíceis do que já estão.

— Mas a gente pode encontrar uma forma de...

— Não, não podemos. Não quero viver com você do mesmo jeito que aqueles homens que você conheceu. Não quero ter que explicar para o meu pai já devastado que o filho dele é... é...

Olho para o chão.

— Tudo bem. Não precisa dizer.

— Viu só? Eu nem consigo *falar*, e você achando que eu vou conseguir *viver*.

Encaramos um ao outro.

— Estou te dando um beijo de despedida agora — sussurro.

— Eu também — sussurra ele de volta.

Mantenho os olhos grudados nele enquanto Vicente se afasta. É aí que as lágrimas chegam. Uma ou outra no começo. Depois, ganhando a força de um rio.

Estou sozinho, completamente sozinho. E a única coisa que quero é encontrar uma forma de fazer esse tormento dentro de mim desaparecer. Queria que fosse eu indo embora. É mais fácil do que ser deixado para trás. Talvez o único jeito de superar este coração partido seja recomeçar a vida em algum lugar muito, muito distante, onde eu possa ser uma nova pessoa.

# MOUD

### Teerã, 2019

Ver Peyman com a família dele é como estar numa espécie de casa de espelhos da vida do meu pai, numa realidade alternativa em que ele nunca foi embora do Irã. Essa é a esposa linda e viva que ele poderia ter tido. Os adolescentes perfeitamente heterossexuais que poderiam ser seus filhos. O homem extrovertido e agitado que ele poderia ter sido. Me sento no canto do sofá, um mero espectador desta reunião feliz de antigos melhores amigos.

— Lembra do Behzad? — pergunta Peyman, e meu pai assente. — Virou um babaca conservador. Puxa-saco do regime.

— E o que aconteceu com o Morteza? Aquele que sempre foi o melhor da turma? — pergunta meu pai.

— Casou com a filha de um oligarca russo e mora em Moscou agora.

Os dois continuam nesse papo até Peyman ter atualizado meu pai sobre a vida de todos os colegas de classe. Um cara chamado Manuchehr morreu na guerra com o Iraque, que ele descanse em paz. E um cara chamado Omid se tornou um dos capangas do aiatolá.

— Ele que se foda — diz Peyman, sem medo.

É assim que Peyman fala, usando xingamentos em persa a torto e a direito, para a diversão da esposa e dos filhos, que o acham hilário. O filho está no primeiro semestre da faculdade. A filha entra na universidade no ano que vem. A relação tranquila deles com o pai me faz perceber que também estou vendo uma versão alternativa de mim mesmo. Esse é o tipo de risada e aconchego que *você* poderia oferecer ao seu pai, Moud.

Quando terminamos de comer o *kashkeh bagemjoon* caseiro e usar o pão *lavash* para aproveitar cada restinho, me levanto e começo a recolher os pratos da mesa, empilhando um sobre o outro. Meu pai assente, reconhecendo meus bons modos.

— Mahmoud *jan*, você é visita — diz Peyman. — Pode ir soltando esses pratos.

— Fico feliz em ajudar. Não precisa de *tarof* entre nós.

Deve ter sido a primeira coisa que eu disse além de "oi", porque todos eles começam a rir do meu sotaque americano, e eu volto a desejar ser invisível.

— Não estamos zombando de você. — Peyman se defende. — É muito fofo.

— Eu mandei ele para a escola persa ao domingos por anos — diz meu pai. — Mas é difícil quando não se escuta o idioma todos os dias.

— Você não conversava com ele em persa quando estavam em casa? — pergunta a esposa de Peyman.

— Conversava — diz meu pai.

O que ele quer dizer é que mal falava comigo em casa. As poucas palavras que trocávamos nunca seriam o suficiente para me ajudar a dominar um idioma novo.

— Fala outra coisa aí — implora Peyman. — É tão raro escutar um sotaque americano-persa autêntico.

Sorrio, tentando entrar na brincadeira.

— Esses pratos não vão se lavar sozinhos — digo em persa.

Todos riem.

Peyman se levanta num salto e joga o braço sobre os meus ombros com carinho.

— Vamos lá, vou te mostrar o caminho.

Enquanto seguimos até a cozinha, ouço o filho mais velho fazer perguntas sobre os Estados Unidos para o meu pai. As perguntas deixam claro que ele sonha em se transferir para uma faculdade de lá.

— A pia fica ali — diz Peyman, apontando para uma pia grande de frente para duas janelas bem juntinhas. — Só coloca tudo ali dentro que eu lavo mais tarde.

Deixo os pratos na pia, me encantando brevemente com os pés de romã lá fora. Cada janela oferece uma vista para uma árvore de romã diferente, como duas pinturas emolduradas.

— Temos romãzeiras em Los Angeles também — digo. — Talvez seja por isso que tantos iranianos se mudaram para lá.

— Não — diz Peyman. — É porque iranianos são obcecados por fama e celebridades. Tem um termo em inglês que eu adoro. Como é mesmo? Quando a pessoa quer dormir com celebridades?

— *Starfuckers* — digo num sussurro, com medo de o meu pai me escutar.

Peyman aplaude.

— Isso! Viu só? As pessoas dizem que persa é um idioma poético porque temos palavras que nenhuma outra língua tem. E em parte é verdade, claro. Que outro idioma tem duas palavras para "peido"? Só iranianos conseguem garantir que ninguém vai confundir um peido barulhento e seco com um silencioso e molhado.

Solto uma risada.

— Na verdade, temos duas palavras em inglês também. Um *gooz* a gente chama de *fart*. E o *chos* a gente chama de *shart*.

Esse é o tipo de relacionamento que eu poderia ter com meu pai se nós dois nos soltássemos mais.

Ele ri.

— Para tudo e me ensina direito essa nova palavra. *Shart*?

— Sim, sabe, tipo… É uma junção de *shit*, merda, e *fart*, peido. *Shart*!

Ele dá um tapa no meu ombro como se fôssemos amigos de longa data.

— Nunca deixe ninguém dizer que inglês não é um idioma poético. — Esse é o tipo de relacionamento que eu poderia ter com meu pai se nós dois não tivéssemos passado tanto tempo de luto. — Se iranianos e norte-americanos parassem de falar sobre enriquecimento nuclear e sanções e percebessem que os dois países têm duas palavras diferentes para peido, talvez pudéssemos finalmente viver em paz. Isso é algo especial. Me conta, Mahmoud, os franceses têm duas palavras para os gases que soltamos? E os russos? Os chineses?

— Eu... Não sei, talvez...

Ligo a torneira e pego a esponja. Coloco um pouco de detergente em cima dela.

Peyman ainda está rindo quando me lembra de que eu não vou lavar a louça.

— Eu gosto, sério — insisto.

Faço muita limpeza em casa porque nós perdemos minha mãe. Não digo isso, mas sinto que ele sabe.

— Tudo bem, então eu seco.

Ele pega um pano de prato e eu entrego a primeira louça para ele.

— Quatro mãos lavam mais rápido do que duas — digo em inglês.

— Viu só? Mais uma coisa que os Estados Unidos e o Irã têm em comum. Também temos uma frase pronta para cada situação. Um poema para cada ocasião.

— Por favor, me diz que você não sabe cinco poemas de cor — digo, lembrando as regras de Siamak para ser um bom iraniano.

— Cinco? — pergunta Peyman. — Que tipo de pessoa só sabe recitar cinco poemas?

Dou uma risada e entrego outro prato. Ele seca enquanto recita:

— *"Seja grato por qualquer um que vier, pois cada um nos é enviado como um guia do além."* — Ele me encara e assente, e então completa: — Caso você não tenha sacado, eu acabei de recitar Rumi para te dizer que estou feliz que você e seu pai estão aqui.

— Eu também. — Me surpreendo com a emoção na minha voz.

— Imagino que vocês estejam aqui por motivos tristes. Seu baba...

— Sim. — Mantenho os olhos grudados na louça.

— E sinto muito pela sua mãe. Não cheguei a conhecê-la, mas...

— Obrigado. — Entrego outro prato. — Eu também não a conheci. Quer dizer, conheci. Mas... eu tinha quatro anos. Não tenho nenhuma lembrança dela.

— É claro que tem — diz ele. — Você só não sabe. Nem toda memória é acessada pela nossa consciência.

Entrego o último prato para ele. Não digo nada. Talvez Peyman tenha razão. Talvez ela exista de certa forma no meu subconsciente. Talvez ela tenha me moldado de mais formas do que sei explicar.

— Conversei com a sua mãe pelo telefone algumas vezes. — Peyman seca o último prato. — Depois que ela morreu… Foi aí que seu pai parou de me ligar com frequência. O luto fez com que ele se afastasse. Então o tempo passou voando. E cá estamos nós.

Ele coloca o prato no armário. Estamos lado a lado sem mais nada para fazer. Nenhuma louça para ser lavada. Mas não estou pronto para voltar à sala de estar, porque preciso fazer mais uma pergunta para este homem.

— Você conhece a pessoa que meu pai está procurando? — Ele não responde. Eu o encaro com o olhar firme e talvez um pouquinho desesperado. — Por favor, me conta. Sei que ele não conseguiu encontrá-la, mas não quer me dizer quem é.

Peyman faz uma pausa breve, e então cede:

— Tentei ajudá-lo a localizá-la, mas não deu certo. Acho que ela não mora mais no Irã. Deve estar em algum lugar da Europa, provavelmente. Talvez more até em Los Angeles. Não seria demais? Shirin e seu pai vivendo na mesma cidade todos esses anos?

Ele parece perdido numa memória distante. Ele e meu pai, garotos de novo.

— Então ela se chama Shirin? — pergunto.

Ele assente.

— Shirin Mahmoudieh.

Meu coração perde o compasso. O sobrenome dela. Mahmoudieh. Meu nome. Mahmoud. Será que é uma homenagem para uma mulher de quem nunca ouvi falar?

— Eles se amaram?

— O que seu pai te contou?

Desvio o olhar.

— Nada — sussurro.

— Por que você não pergunta pra ele? — sugere Peyman. — Se ele não te contou nada, é provavelmente por respeito à sua mãe.

Enquanto Peyman passa o braço ao meu redor e me leva de volta até a sala de estar, minha mente dá cambalhotas. Peyman pode não ter me contado muito sobre quem era Shirin, mas confirmou uma coisa. Se ao falar sobre ela meu pai arriscaria desrespeitar minha mãe, então significa que, sim, ele a amava. Na sala, meu pai responde educadamente enquanto os filhos de Peyman fazem uma pergunta atrás da outra sobre os Estados Unidos. Encarando meu pai todo durão, percebo que nunca o vi apaixonado.

— Mahmoud *jan*, meus filhos têm uma proposta para você — diz a esposa de Peyman.

O garoto universitário manda a ideia:

— Quando você e seu pai voltarem para Hollywood, queremos que vocês criem um programa de TV.

— Tá bom — digo, me sentando. — Você sabe que meu pai é engenheiro aeronáutico e eu estou no ensino médio, né?

— É Hollywood! Tudo pode acontecer.

A filha começa a explicar suas ideias.

— Então, seria um reality show chamado *Teerãngeles: A troca*. No começo da temporada, um grupo de pessoas de Teerã troca de lugar com um grupo de pessoas de Los Angeles. E, durante toda a temporada, vocês acompanham o que eles aprenderam, as confusões em que se meteram e tal…

— Vamos precisar de um prêmio — sugere Peyman. — Estadunidenses adoram prêmios.

— Talvez, no final, se duas pessoas decidirem manter a troca, cada uma ganha um milhão de dólares para recomeçar a vida.

Dou uma risada.

— Tipo, já consigo até imaginar.

Meu pai balança a cabeça.

— Exceto pelo fato de que as emissoras de TV nos Estados Unidos não têm permissão para mandar nem um centavo para o Irã, quem dirá um milhão de dólares.

Peyman dá um tapão forte no ombro do meu pai.

— Pare de destruir os sonhos dos meus filhos, Saeed!

Peyman ri. Todo mundo ri, menos meu pai. No que ele está pensando? O que se passa nessa cabeça misteriosa dele?

No carro, voltando para casa, meu pai está ansioso, mudando de uma estação de rádio para outra sem parar. Toda vez que ele para em uma, tem um repórter lendo propaganda política. Chiado, propaganda, chiado, propaganda. Finalmente, ele encontra música. Uma voz barítona canta uma canção que acho que reconheço. Penso em como as mulheres não têm permissão para cantar em público aqui. Como um país que criou mulheres destemidas como Ava pode proibi-las de usar suas vozes livremente?

Meu pai começa a cantar, usando a música para evitar ter que conversar comigo. Mas eu preciso conversar com ele.

— Pai — chamo.

Ele murmura um "uhum" antes de voltar a cantar.

— Gostei de conhecer o seu amigo — digo. — Ele é muito legal.

— Ele sempre me fazia rir quando éramos jovens.

Há um sorriso genuíno no rosto dele. Aproveito a abertura para dizer mais:

— Sabe, se um dia você já amou alguém além da minha mãe, isso não seria... — Ouço minha voz fraquejar. — Quer dizer, eu não ficaria magoado, nem te julgaria, nem... — Chegamos no bairro do baba. Nas ruas, avisto um grupo de rapazes exibindo os músculos e sorrindo para selfies. — O que estou tentando dizer é que quero que você tenha amor na sua vida, assim como espero que você queira que eu... — Para, Moud! Isso não é sobre você. — Quer dizer, eu sei sobre a Shirin e...

— Mahmoud, não foi por vergonha de ter amado outra pessoa antes da sua mãe que eu nunca te contei sobre a Shirin. Ela sabia tudo sobre a Shirin. Não havia nenhum segredo entre nós dois. E preciso que você entenda que o que eu senti pela Shirin foi apenas uma paixão juvenil.

Isso também é uma forma de amor, claro. Mas o amor que eu vivi com sua mãe foi diferente. Mais profundo. Construído com respeito. — Ele pausa, mas não digo uma palavra. Quero que ele continue falando, que me conte tudo. — Sua mãe era tão sábia. Muito mais inteligente do que eu. Quando nos conhecemos, ela me disse que o amor que fácil vem, fácil vai. — Ele suspira. — O amor que eu e sua mãe compartilhamos não veio fácil. Foi conquistado depois de anos e anos, e só foi ficando mais forte com o passar do tempo.

— Me desculpa — digo.

— Não precisa, tá tudo bem. — Ele apoia a mão sobre o meu joelho e aperta rapidinho antes de voltar para o volante.

— Não, é só que... Tipo, eu perdi a minha mãe, mas nunca a conheci. Você perdeu a pessoa com quem dividiu a vida. E eu sinto muito.

— Eu também — diz ele, com tristeza. — Mas não dividi a vida só com ela. Também dividi com você.

Não consigo conter o sorriso com a verdade agridoce nas palavras dele.

— Meu nome é uma homenagem à Shirin? — pergunto. — O sobrenome dela é Mahmoudieh.

Meu pai sorri.

— Seu nome é uma homenagem ao avô da sua mãe. Mas sua mãe sabia o sobrenome da Shirin, e ficou feliz que seu nome seria uma homenagem tanto ao meu passado quanto ao dela.

Assinto.

— É por isso que você nunca me chama de Moud? Para não apagar essas lembranças?

Ele pensa por um instante antes de responder.

— Não sei. Talvez. — Com um sorriso irônico, completa: — Ou talvez seja porque Moud é um nome ridículo.

Solto uma risada.

— Então, por que você nunca me contou sobre ela se a minha mãe sabia?

— Eu nunca te contei sobre a Shirin porque... — Ele vira na rua do baba. — Falar sobre ela seria complicado. Explicar o que me levou a desistir da Shirin... — Ele se cala assim que estacionamos na calçada do baba.

— Pai, me conta, por favor. Sei que você não tem o sistema imuno-lógico emocional mais forte do mundo, mas...

— O sistema o quê? — pergunta ele, rindo enquanto para o carro e desliga o motor.

— É um termo que o Shane me ensinou.

— Bom, é um termo absurdo — retruca meu pai. — Não existe sistema imunológico emocional.

— Eu sei, mas é que eu gostaria de saber tudo sobre você.

Ficamos em silêncio por alguns instantes. Nenhuma música no rádio para nos distrair do desconforto momentâneo.

— Tem uma coisa que seu avô quer te contar há um bom tempo. E, quando te contar, provavelmente vai dizer que fui eu quem o desenco-rajou. O que é verdade.

— Desencorajou a me contar o quê? — pergunto.

— Não fazia sentido. Primeiro, você era muito novo para entender. Depois, quando você me contou que é... sabe... — Ele hesita, mas fi-nalmente diz: — Gay.

— Aham.

Estou tão confuso com o rumo dessa conversa. Eu estava tentan-do *não* transformar isso em algo sobre mim, mas, por algum motivo, parece que é.

— Acho que, quando você me contou que é gay, eu não queria que ele te encorajasse ou te deixasse confuso. Ainda mais pelo telefone. Me parecia algo que vocês precisavam conversar pessoalmente, e isso vai acontecer nesta viagem porque seu baba, bom... Acho que ele me culpa por não ter contado para você antes de a maman morrer.

— Me contado o quê? — pergunto.

Meu pai abre a porta do carro.

— Seu baba me culpa por muita coisa. — Ele desvia o olhar. — Acho que você também.

— Não — digo, mas nós dois sabemos que é mentira.

É óbvio que eu o culpo. Ele é meu único pai. Quem mais eu po-deria culpar?

— Só saiba que eu também me culpo. Por um monte de coisas. — Ele continua sem olhar para mim. — Talvez se sua mãe tivesse sobrevivido... Ela despertava o melhor em mim. Mas quando me deixou sozinho com você... Eu não estava preparado para ser um pai viúvo. Não sabia o que fazer. Estava tão furioso. Comigo mesmo por todos os erros que cometi. Com meus pais, porque, se não fosse por eles, minha vida inteira teria sido diferente.

Saio do carro e paro ao lado dele. Não sei de tudo o que está falando, mas algumas coisas eu sei. Sei que nós dois culpamos nossos pais pelas mágoas que sentimos na vida, porque a quem mais poderíamos culpar além das duas pessoas que nos colocaram no mundo e falharam em transformar o mundo no lugar perfeito com que sempre sonhamos?

— Eu sempre achei que a melhor coisa que poderia fazer por você como pai era te proteger de toda a dor — diz ele.

Assinto, porque ele fez isso.

— Talvez eu estivesse errado. — Meu pai finalmente olha para mim. — Sua mãe teria cuidado de você de um jeito tão diferente. Ela era tão aberta. Sempre tão curiosa.

— É? — Quero saber mais, mas tenho medo de arruinar este momento tão frágil.

— Você provavelmente vai ficar muito triste quando descobrir todas as coisas que ainda não sabe. E eu sei que vai sofrer muito ao perder o seu baba. Mas, se tem uma coisa que aprendi nesta vida, é que sempre tive uma força muito grande dentro de mim. A primeira vez que eu sofri, sofri de verdade, foi quando saí do Irã. Perdi meu país, meus pais e, sim, a Shirin. Mas aquele sofrimento não foi nada comparado com o que aconteceu depois.

— O que aconteceu depois? — perguntei.

— Conheci sua mãe. Descobri um amor mais profundo do que qualquer coisa que já tinha vivido. E me dei conta de que, lá no fundo, eu era um sobrevivente, não um dos derrotados. Seu baba é a mesma coisa. Ele sobreviveu por quase cem anos em um mundo que era muito cruel com ele. Acho que você é um sobrevivente também.

Quando entramos na casa, meu pai me leva até o escritório do baba. Não o interrompemos enquanto ele toca o tar. Mas, ao terminar, ele olha para nós dois.

— Baba, chegou a hora de conversar com Moud — diz meu pai. Com a expressão firme, ele completa: — Sobre... tudo.

Baba leva um momento antes de empurrar a cadeira de rodas para mais perto e sorrir.

— Eu esperei tanto tempo para ouvir isso.

Ele pede para Hassan Agha nos servir chás e doces na cozinha e dá o resto do dia de folga para ele passar com o filho. Agora estamos sozinhos em casa. Três gerações de homens da família Jafarzedeh.

Ele bebe seu primeiro gole de chá.

— Antes que eu morra... — começa.

— Baba, por favor, não fala assim — imploro.

— Não tenho medo da morte — diz ele. — Talvez porque eu tenha vivido. Vivido de verdade. E quero que você saiba sobre a minha vida. Toda a minha história. Desde que você me contou que também é gay...

— Oi??? — interrompo.

Baba ri.

— Acho que esse foi um jeito muito mal planejado de te contar que sou gay, né? Mas precisava tirar isso do caminho.

Não digo uma palavra. Nem teria como, já que meu queixo está no chão por causa do choque.

— Desculpe — diz baba. — Vamos começar do começo, se não formos entediar seu pai.

Meu pai balança a cabeça.

— Você pode ser muitas coisas, baba, mas entediante não é uma delas.

Então, baba me conta a história de quando morou em Los Angeles, onde amou um tenista e quase se tornou um astro de cinema graças à mãe dele, Margaret, viciada em fama e celebridades, com quem meu pai morou durante a época da faculdade, mas que morreu antes de eu nascer.

— Como ela era? — pergunto. — Minha bisavó.

— Intensa — diz baba.

Meu pai ri.

— Muito intensa.

Com um sorriso, baba diz:

— Mas ela era minha mãe, e fizemos as pazes perto do fim da vida dela. Fiquei feliz com isso. — Ele parece prever todas as minhas perguntas. Quando me conta que maman era lésbica, rapidamente acrescenta: — Mas eu a amava. Dividi a vida com a minha melhor amiga. Nós éramos um time.

Porém, quando chega na parte sobre meu pai ter desistido de Shirin para proteger ele e maman, preciso interromper. Me viro para o meu pai.

— Pai, não entendi. Você nunca foi atrás da Shirin porque...

Meu pai completa a frase:

— Porque o pai da Shirin descobriu tudo sobre o baba e a maman, e ameaçou expor os dois se eu falasse com a filha dele de novo.

Meu queixo cai mais uma vez. Meu pai desistiu da mulher que amava para proteger os próprios pais.

— Foi assim que eu descobri sobre eles — diz meu pai.

— Então, se não fosse por isso... — sussurro. — Você poderia ter se casado com uma mulher diferente, tido um filho diferente...

— Não podemos pensar assim — diz baba. — A história é como um crochê. Se você puxa um fio, todo o resto muda. Eu estou aqui. Seu pai está aqui. Você está aqui. Não podemos mudar isso. Mas podemos ser honestos uns com os outros.

É tudo tão inacreditável, mas ao mesmo tempo responde a tantas perguntas que eu sempre tive. É como se minha vida tivesse sido um livro de colorir em branco esse tempo todo e alguém estivesse finalmente pintando as imagens para mim.

Depois de ouvir todos os fatos, me dou conta de como está tarde. Nós conversamos por horas.

— Mais alguma pergunta? — diz meu pai.

Penso por um instante.

— Acho que... Por que vocês não me contaram isso antes? Tipo, quando eu me assumi? Ou, sei lá... Mais cedo?

— Eu até queria — diz baba. — Mas seu pai não queria que eu contasse, e você é filho dele. Eu tive que respeitar a vontade do Saeed.

Me viro para o meu pai, com os olhos implorando para saber por que ele esperou tanto tempo para me contar a verdade sobre a minha história.

— Não sei — diz meu pai, arrependido. — Eu sentia que... Eu sentia que, no momento em que vocês conversassem, não haveria mais chances de você mudar.

— Mudar? Tipo, virar hétero? — pergunto.

— Não sei. — Meu pai parece muito envergonhado. — Não é racional. Sei que isso não é uma fase. Eu entendo. Mas não queria que você tivesse uma vida difícil. Só queria que você fosse feliz.

— Mas, pai, o que eu preciso para ser feliz, feliz de verdade, é o seu amor. — Sinto minha voz fraquejando.

Meu celular toca. É Shane. Silencio a chamada rapidamente. Não quero falar com ele. Nem consigo imaginar o que ele acharia disso tudo. Pensaria que é a maior tragédia do mundo, um homem e uma mulher fingindo serem héteros em um país preconceituoso. Ainda assim, a história é tão maior do que isso.

— Baba, meu pai está certo? Você foi infeliz? — pergunto, pensando em Shane. — Tipo, preferiria ter ficado com um homem no lugar da maman?

Meu pai se balança na cadeira, desconfortável. Ele está odiando isso. Esse monte de verdades. Esse monte de gayzices. De repente, entendo uma coisa. Meu pai não teve dificuldade apenas para me aceitar quando me assumi. Ele teve dificuldade de aceitar os próprios pais como gays — e culpou a sexualidade deles pela perda do seu primeiro amor. Talvez, esse tempo todo, isso não tivesse nada a ver comigo. Ou, sim, talvez tivesse, mas de maneiras que eu não entendia por completo.

Baba olha para mim com toda a sinceridade enquanto pensa em como responder.

— Quando eu tinha a sua idade, sonhava com um mundo onde eu pudesse viver com um homem. Não qualquer homem. Com Vicente. Nós éramos apenas garotos naquela época, e eu queria envelhecer com ele. Mas isso não aconteceu. Por muitos motivos. A vida que ele queria, a carreira com a qual ele sonhava... Era impossível para ele, para nós, naquela época. Mas um homem feliz não dá espaço para o arrependimento. E eu sou um homem feliz. Se me arrependesse de não ter construído uma vida com ele... Se ficasse desejando poder voltar no tempo e mudar o mundo... Você não estaria aqui, Moud. E você não estaria aqui, Saeed.

Meu pai olha para baixo. Ele parece um garotinho. Pequeno e inseguro.

— Quando penso em tudo o que fiz aqui, em tudo que eu e maman fizemos juntos... Sei que, aos olhos do ocidente, eu vivi às escondidas. Mas não é assim que me sinto. Nós criamos uma comunidade de verdade aqui, e eu pude ajudar tantos jovens de maneiras significativas.

— A Ava sabe? — pergunto.

Baba assente.

— Ela sabe, e eu estou bem impressionado por não ter te contado. Ela adora uma fofoca, mas, no fundo, é uma boa garota. E muitos dos amigos dela... Bom, muitos foram meus alunos, e chegaram aqui buscando ajuda para se aceitarem.

Me lembro de Siamak e Ava trocando olhares quando falamos sobre o baba e agora entendo o motivo. Baba provavelmente ajudou Siamak.

— E os pais dela? — pergunto.

Baba ri.

— Aqueles idiotas? Nem pensar! Eles não merecem saber nada sobre a minha vida particular. Tive que aprender em quem confiar aqui, e em quem *não* confiar. Os pais de Ava podem até ser contra o regime, mas no fundo são pessoas amargas e cruéis. Me destruiriam só para tirar este terreno de mim.

— Sinto muito — digo. — Quer dizer, sei que você é feliz e acho que entendo o motivo...

— Porque eu vivi uma vida com propósito.

— Mas passar a vida inteira pensando que sua própria família poderia te destruir...

— E você acha que isso não acontece no ocidente, onde pais expulsam os filhos de casa por serem como nós?

— Pois é, eu sei. — Olho para o meu pai, que pode até não ser o Aliado do Ano, mas sempre se sentou comigo à mesa de jantar. — Tenho sorte de não ter um pai assim.

— Mas você merece um pai melhor do que o seu. — Nunca vi meu pai tão emotivo. — Se sua mãe tivesse sobrevivido, talvez eu fosse um homem melhor. — Uma lágrima escapa do olho dele. — Mas ela não sobreviveu. E, quando você me disse que é gay, não senti a compaixão que ela teria sentido. Só senti medo e vergonha. A melhor parte de mim morreu junto com a sua mãe.

Espero o baba consolar meu pai, dizer que ele é um homem bom. Mas ele deixa meu pai viajar nas próprias lembranças da minha mãe.

— Vocês dois ainda têm muito tempo — diz baba finalmente. — E eu estou faminto, então algum dos dois terá que ser meu auxiliar de cozinha, já que dei o dia de folga para Hassan Agha. — Baba gira a cadeira de rodas na direção da geladeira. Ele observa tudo o que há lá dentro. — Não tenho tempo para preparar *khoresht*, mas talvez consiga fazer algo diferente hoje à noite. Já comeu espaguete com *tahdig*, Moud?

— Não — respondo.

— Era o único prato que sua maman sabia fazer. Cozinhar era responsabilidade minha, mas, quando eu estava ocupado, ela preparava espaguete com *tahdig*. — Ele tira alguns tomates da geladeira. — Anda logo, Saeed. Pica esse tomate e joga na panela.

Meu pai obedece e pega os tomates. Ele os lava na água gelada e depois coloca tudo sobre a tábua de corte.

Baba aponta para um armário mais alto.

— Moud, tem espaguete ali em cima. Pega e não deixa cozinhar demais. Tem que ser *al dente*. A gente amacia um pouquinho antes de queimar.

Baba nos orienta passo a passo no preparo do espaguete, e nós rimos sobre como os iranianos falam *eish-paguete* em vez de espaguete, e *eish-ki* em vez de esqui, e de repente me lembro da viagem que tenho marcada para Shemshak. Do beijo que dei em Siamak. E de como meu avô e meu pai foram mais honestos comigo do que eu fui com Shane.

Shane me liga de novo quando estou me arrumando para dormir. Ignoro mais uma vez. Ele manda mensagem. Tá por aí? Encaro as palavras. Se eu começar a responder, ele verá aqueles três pontinhos pulando e saberá que estou aqui. Quero que ele ache que estou dormindo. Não quero conversar com ele. Se a gente começar, vou ter que contar sobre tudo isso. E não quero escutar a opinião dele a respeito. Não quero ouvir mais nenhuma opinião dele. Estou cansado das pessoas sempre acharem que precisam opinar sobre a vida alheia.

Com o celular na mão, encontro o número de Siamak. Penso se devo ligar para ele, mas seria estranho, já que a gente nunca ligou um para o outro. Mandar mensagem parece menos invasivo, mas o que eu diria? Digito: *Empolgado para eish-quiar.* Me parece seco, então acrescento um ponto de exclamação. Depois outro. Removo o segundo ponto de exclamação. Então, deleto a mensagem inteira. Para que mandar mensagem para ele, afinal? Esse garoto que eu nem deveria ter beijado.

Coloco o celular para carregar e deixo no modo avião. Estou inalcançável. Fecho os olhos. Tento imaginar o baba com a minha idade, aparecendo todos os dias para trabalhar na MGM, apaixonado por outro garoto. Me sinto tão triste por ele. Tento imaginar meu pai de luto por um amor perdido enquanto se apaixonava pela minha mãe. Então, imagino minha mãe, dizendo ao meu pai que o amor que fácil vem, fácil vai. Consigo sentir sua presença. Posso não ter nenhuma lembrança dela, mas minha mãe está aqui comigo. E eu choro. Estou aos prantos porque ela me deixou cedo demais. Ela teria me amado. Me aceitado. Lutado por mim. Ela teria ensinado ao meu pai como ser uma pessoa diferente. Baba disse que um homem feliz não dá espaço para o arrependimento. Bom, talvez eu não seja feliz, porque estou cheio de arrependimento agora.


Na manhã seguinte, acordo com o som mágico do baba tocando tar no andar de baixo. A música flutua até o meu quarto, me preenchendo com sua beleza. Ligo o celular. Chegaram mais mensagens de Shane.

Amor, só me avisa se está tudo bem? E depois: Tá bom, agora estou oficialmente preocupado. E: Vou entrar na aula, mas deixei o celular no modo vibratório. E: Por favor, me liga. Tá tudo uma merda aqui e eu preciso conversar com o meu namorado.

Tenho que ligar para ele. Tenho que contar tudo. Sobre o baba, claro, mas também sobre o beijo com Siamak. Não posso pedir honestidade da minha família e não dar o mesmo para Shane.

— Graças a Deus — diz ele quando atende. Está no quarto dele.

— Desculpa — digo. — Tô aqui. Tô bem.

— Fiquei preocupado. — Ele suspira. — Mas acho que mereci esse gelo depois do jeito como fui estúpido e ofensivo na nossa última ligação. Aprendi muita coisa nas últimas vinte e quatro horas.

Estou curioso para saber o que ele aprendeu, mas preciso confessar antes.

— Shane, tenho um monte de coisas pra te contar sobre o que está acontecendo aqui.

— Eu também. — Ele suspira. — Eu errei feio, Moud.

Eu o encaro na tela. Ele parece arrasado. Culpado. Puta merda, será que beijou outra pessoa também? Será que fez mais do que só beijar?

— Você ouviu a transmissão ao vivo do podcast ontem? — pergunta ele.

Me encolho, surpreso. Achei que ele fosse confessar uma traição.

— Não dá para ouvir aqui — digo.

— Ah, verdade. Bom, melhor assim. Foi um desastre. Estávamos falando sobre a Caitlyn Jenner e se a gente engoliria essa, você sabe como funciona.

— Aham...

Não tenho a menor ideia de onde isso vai dar.

— Daí eu comentei que, embora a gente obviamente deva apoiar a transição dela, não devemos apoiar as opiniões políticas dela. Tipo, ela votou no Cara de Doritos. Disse que ele seria bom para as mulheres. Bom para as mulheres? Um homem que agarra mulheres pela...

— Eu sei o que a porra do presidente disse. — Me sento. — Shane, aonde você quer chegar?

— Então, eu estava dizendo que parte importante de ser queer é encontrar sua tribo e se agarrar a ela. Porque muitos de nós têm famílias héteros... — Eu não, conforme acabei de descobrir. Mas não o interrompo. — Comunidades héteros. Professores e colegas de classe héteros. Blá-blá-blá. E eu ficava repetindo toda hora que precisamos ser criteriosos com quem faz parte da nossa tribo.

— Aham.

— Eu tenho total noção de que não devemos mais usar a palavra "tribo", mas, no calor do momento, não conseguia parar de repetir.

— Tá bom.

Ainda não entendi a importância de nada disso. Meu avô acabou de se assumir para mim. Eu beijei outro garoto. Por que estamos conversando sobre o uso de uma palavra?

— Além do mais, acho que já usei muito essa palavra no passado, sempre no contexto de encontrar sua tribo queer, mas, tipo, essa palavra não nos pertence. Óbvio. Tipo, se você for queer e indígena, é diferente. E se formos analisar a origem da palavra, ela vem do latim *tribus*, que era usado pelos romanos antigos e...

— Shane, é só pedir desculpas — sugiro. — Você é ótimo em se comunicar. Vai encontrar o jeito certo de dizer que está arrependido.

— Bom, sim, claro que vou me desculpar, mas... Enfim, tem um cara, um indígena queer que é superbombado no TikTok... Acho que ele é ouvinte do podcast, tipo, ouvinte assíduo. E ele fez um TikTok juntando todos os trechos em que falei a palavra. E dublando por cima.

— Ah — digo, começando a entender que a internet que Shane tanto ama se virou contra ele.

— E ele também incluiu aquela vez que eu disse sobre a Gaga no clipe de "Paparazzi" ser meu espírito animal, e quando eu falei mal de um filme dizendo que a ida ao cinema tinha sido o maior "programa de índio"... — Fico com vergonha por Shane, de tão ferrado que está. — E ele colocou a hashtag Auge do Gay Branco no TikTok e, bom... Viralizou.

— Viralizou quanto?

— Viralizou horrores.

Fico quieto por um momento. Há tanta coisa que eu poderia dizer. Shane se tornou exatamente o tipo de pessoa que ele sempre odiou. Mas não adianta chover no molhado. Ele já está mal o bastante.

— Acho que vou parar com o podcast — diz finalmente.

Eu não digo nada.

— Você acha que eu devo? — pergunta ele.

— Shane, não sei. Acho que você deve fazer o que te parecer certo. Tipo, a Sonia é sua dupla de podcast. O que ela acha?

— Ela acha que é melhor darmos um tempo e refletirmos. — O jeito como ele soa humilhado é chocante. Toda a arrogância, *puf*, sumiu. — Mas, tipo, se fôssemos um podcast de verdade, numa produtora grande, com patrocinadores e tal, seria nosso fim. Então talvez seja melhor acabar com tudo logo.

— Acho que tá tudo bem não ter uma resposta definitiva agora — sugiro ao garoto que sempre tem respostas definitivas.

Quero dizer que talvez isso seja uma oportunidade para ele. Talvez, se ele parar de passar tanto tempo falando, possa aprender a ouvir mais, a fazer novas perguntas.

— Enfim, estou preparando um pedido de desculpas, porque passo mal só de pensar que ofendi um grupo inteiro de pessoas, principalmente pessoas de quem meus malditos antepassados roubaram. E eu não tenho o direito de dizer o que os outros devem ou não fazer, porque não sou autoridade nenhuma e sou uma das pessoas que... Bom, você sabe o que nós fizemos. *Nós* os americanos, não você e eu. Porque agora eu entendo os momentos em que você é americano e os momentos em que não é. E, bom... Queria te pedir desculpas.

— Tudo bem — digo, surpreso ao vê-lo fazendo essas conexões.

— Acho que precisei ser humilhado publicamente para perceber que às vezes sou meio metido a besta. Ou completamente metido a besta. E nossa última discussão foi, na falta de palavras melhores, o Auge do Gay Branco.

Dou uma risada.

— Acho que foi mesmo.

— Então, é isso. Sinto muito, quero aprender mais, e estava pensando... E se eu for para o Irã antes de você voltar para casa?

Estou tão chocado que não digo nada.

— Sei que é loucura, mas quero entender sua cultura, conhecer seu avô e...

— Você precisa de um visto — interrompo.

Me dou conta de que não quero ele aqui, não agora, pelo menos. Não enquanto ainda tenho segredos que preciso contar.

— Eu sei. Já pesquisei tudo. Geralmente demora uns dez dias. Se eu pedir o visto agora, consigo chegar aí antes do Natal.

— Você também precisa de uma carta-convite — digo. — É meio complicado.

— Sei disso — responde ele. — Talvez seja uma ideia idiota. Talvez eu nem consiga o visto a tempo. Mas vou tentar, se você quiser. — Ele respira fundo. — Você quer?

Me sinto pressionado. Liguei para ele para contar sobre o baba, sobre Siamak, e não para decidir se ele deve ou não vir me visitar aqui. O que tornaria essa viagem algo sobre ele, o estadunidense no Irã.

— Mas eu... eu achei que você fosse contra visitar países onde os direitos gays são...

— Eu sei o que eu achava, o que disse e como me expressei. Mas estou reconhecendo que eu errei.

Isso é algo inédito para ele. O cara que está sempre do lado certo das coisas admitindo que estava errado. Talvez começando a aceitar, através dos próprios erros, que ninguém está certo o tempo todo.

— Pode pensar a respeito — diz ele. — Tipo, óbvio que eu já daria entrada no pedido do visto e tal. Mas pode pensar com calma e, se você não quiser que eu vá...

— Não é que eu não te queira aqui — digo. — Mas é... complicado.

— Eu sei. Mas, me ouve, me deixa pelo menos tentar conseguir o visto? Se não der certo, eu não vou. Se você disser que é exagero, eu não vou. Mas posso tentar?

Eu o conheço muito bem. Ele precisa escapar da própria culpa, e o único jeito que sabe como fazer isso é agindo. Não posso tirar isso dele agora.

— Claro — digo.

Ele sorri.

— Tá bom, agora chega de falar do babaca do seu namorado. Como você está?

Congelo. Eu tinha todas as intenções de contar tudo para ele, mas agora não me parece certo. Consigo ouvir meu pai descendo as escadas para o café da manhã. Se eu contar agora ao Shane que beijei outro garoto, vai ser como chutar alguém que já está derrubado. Seria crueldade. Talvez isso possa esperar. Se o baba e meu pai esperaram dezessete anos para me contar toda a verdade sobre a minha história, então posso esperar um ou dois dias para contar ao Shane sobre meu erro momentâneo e sobre o baba.

— Estou bem — digo, forçando um sorriso. — Mas está na hora do café da manhã aqui, então preciso ir.

— Ei, obrigado por me aguentar. E obrigado por não terminar comigo por causa do que eu disse.

Não sei muito bem a que parte ele está se referindo: as coisas que ele disse para mim ou as palavras que usou sem pensar. Mas, na real, não importa. Ele finalmente percebeu que não está certo o tempo todo, e por hoje isso é o bastante. Porém, continuo me sentindo desconectado dele. Sei que preciso contar a verdade sobre o beijo com Siamak e sobre o baba. Mas vai ter que ficar para outro dia.

Os dias que seguem em Teerã parecem mágicos. Nunca me senti tão próximo da minha família. É como se tivéssemos aberto uma caixa de Pandora cheia de lembranças, e agora elas não param de sair. Baba conta histórias sobre maman e sobre Margaret. Meu pai conta histórias sobre a minha mãe, sobre como ela vivia implicando com ele por ser tão calado, manter as emoções sempre escondidas e ter acreditado tão inocentemente que Khomeini seria bom para as mulheres. Quando meu pai conta essa história, me lembro de Shane e do que ele disse sobre a Caitlyn Jenner achar que o Trump seria bom para as mulheres. Mais uma vez as linhas entre o Irã e os Estados Unidos se misturam, assim como as linhas entre o passado e o presente. As fronteiras parecem mais fluidas do que nunca.

Meu pai e Ava me levam parar comprar roupas de esqui, e Ava diz que vai me fazer esquiar nem que tenha que me arrastar ladeira acima. Meu pai compra um macacão de esqui vintage para mim no brechó da amiga da Ava. Na verdade, são três macacões diferentes costurados em um só. As mangas são brancas, o tronco vermelho e as pernas verdes. As cores da bandeira iraniana. Eu amei, não porque quero sair rolando pela ladeira de esqui representando o Irã, mas porque o jeito como as três peças se uniram para criar uma peça única me parece o jeito perfeito de representar o que está acontecendo na minha família. Meu avô, meu pai e eu, pouco a pouco, estamos finalmente nos tornando um.

Na véspera da viagem para Shemshak, estou no quarto arrumando a mala quando escuto a porta da casa batendo.

— Baba! — grita Ava. — Moud! Baba! — A voz dela está rouca e desesperada.

Saio correndo do quarto e encontro meu pai no corredor.

— O que aconteceu? — pergunto.

— Não sei — diz meu pai.

Descemos as escadas juntos enquanto baba empurra a cadeira de rodas até a porta.

— Ava *joon*, o que aconteceu? — pergunta ele. — Seus pais estão bem?

— É Siamak. Ele foi preso. Está na cadeia. Além dele, levaram três alunos de artes que estavam modelando para ele. O pai de um dos modelos é da Sepáh, e encontrou algumas das fotos que Siamak tirou dos meninos para as obras dele.

— Que tipo de fotos? — pergunta meu pai.

— Siamak faz pinturas inspiradas em miniaturas persas antigas — digo. — Mas as versões dele são... muito gays.

Meu pai semicerra os olhos, provavelmente se perguntando como eu sei disso. Mas agora não é hora para essa conversa.

— Um pai mandou o próprio filho e os amigos para a cadeia — diz Ava, com desgosto. — Dá pra imaginar?

— Infelizmente, dá. — Baba balança a cabeça. — Vai ser bem difícil, se o pai é militar. Eles não têm pena, mas vamos dar um jeito.

Os lábios de Ava tremem quando ela diz:

— Não sei o que fazer, estou desesperada.

A sala gira ao meu redor. Não apenas porque me importo com Siamak e com toda a comunidade que conheci naquela festa. É que poderia ser eu. Poderia ser meu avô.

— Maman tinha muitos amigos advogados que podem nos ajudar — diz baba. — Posso fazer algumas ligações. Precisamos manter a calma.

— Manter a calma como? — pergunta Ava, ansiosa.

Baba empurra a cadeira para o lado dela e segura sua mão.

— Respira fundo, Ava *joon*. Você sabe que as autoridades daqui geralmente só querem dinheiro.

— Quanto dinheiro? — pergunta ela.

— Não sei ainda — responde baba. — Me dê um tempo. Vou conversar com alguns advogados. Ver quem está disposto a nos ajudar.

— Eles geralmente nos deixam em paz. Por que fizeram isso agora? — O desespero de Ava preenche o ambiente.

— Só fazem isso quando estão na defensiva — explica baba. — O preço do combustível está subindo. As pessoas estão furiosas. Fala-se sobre mais protestos. O que é melhor do que um leve assédio moral para distrair as pessoas?

De novo, ele poderia literalmente estar falando dos Estados Unidos.

Ava está respirando fundo agora. A voz dela está mais calma ao dizer:

— Você pode me ajudar a falar com os pais e com o irmão dele? Ninguém sabe que ele é gay, e eu não sei como contar.

Baba assente.

— É claro.

— Obrigada, baba — diz Ava. — Não sei o que eu faria sem você. O que qualquer um de nós faria.

Ele dá de ombros.

— Não sou herói nem nada do tipo. As pessoas que vão para as ruas protestar contra esse regime doentio, elas são. Eu só fico no meu escritório tocando tar.

— Você faz muito mais, e sabe bem disso — rebate Ava.

— As pessoas protestando na ruas... — diz meu pai. — Eu fui uma delas, muito tempo atrás. Protestando contra um regime diferente. E me arrependo tanto. Olha o que a revolução fez. Nós queríamos mais liberdade e recebemos essa merda.

Meu pai raramente usa palavrões, e escutar como ele está furioso com essa injustiça contra pessoas LGBTQIAPN+ me faz sentir que ele está do meu lado.

Baba assente solenemente.

— O poder corrompe. O xá matou pessoas. Khomeini matou pessoas. Os russos mataram meu pobre pai na década de 1940. Eu tive pouquíssimo tempo com ele, antes de o tirarem de mim. Os Estados Unidos matam pessoas no mundo inteiro para se manter no poder. A única coisa que eu entendo são as *pessoas*. Indivíduos, não grupos. Foi assim que vivi a vida. Sendo bom com o máximo de indivíduos que pude.

— Lembra dos protestos na Praça Jaleh? — pergunta meu pai ao baba.

— Eles aconteceram pouco antes de você ir embora do Irã — diz baba.

— Eu nunca te contei isso... — Meu pai respira fundo. Parece que teremos mais uma leva de lembranças para compartilhar uns com os outros. Ele nos conta sobre um rapaz chamado Bijan Golbahar que foi baleado na frente dele. Meu pai tentou encontrá-lo, mas nunca conseguiu. E até hoje se pergunta se Bijan sobreviveu. Ele se vira para mim e diz: — Foi sua mãe quem me ajudou a lidar com meus sentimentos em relação a esse dia. Eu vi o rosto dele nos meus pesadelos até a Bahar me ajudar a aceitar o que aconteceu.

Baba sai do lado de Ava e vai até o próprio filho.

— Talvez a gente consiga encontrá-lo agora — diz ele.

— Agora? — pergunta meu pai. — Mas já se passaram quarenta anos.

— Quarenta anos não são nada no Irã.

Ficamos parados de frente para a porta, nós quatro juntos. Uma família marcada pela tragédia e conectada pelo amor. Não dizemos nada até meu celular tocar. É Shane. Silencio a chamada. Preciso pedir para que ele não venha ao Irã. A verdade é que não quero ele aqui. É complicado demais. Essa viagem é algo para a minha família, e ele não faz parte dela.

— Pode falar com seu namorado — diz meu pai. — Tá tudo bem.

Estremeço ao ouvir meu pai usando a palavra *namorado*. É a primeira vez que ele a usa para descrever Shane. Se ao menos soubesse que, quando finalmente começou a aceitar meu relacionamento, estamos à beira de terminar... Estou tão cheio de dúvidas em relação a quem sou que nem sei se consigo estar num relacionamento agora. Acho que preciso de um tempo para decidir quem eu quero ser. Mas como dizer a Shane, a milhares de quilômetros de distância, que quero terminar tudo?

— Obrigado, pai — digo. — Mas posso ligar para ele depois. Agora, quero só ficar com vocês.

Baba manobra a cadeira na direção do escritório.

— Vou começar a fazer minhas ligações.

— Vou com você — diz Ava.

Eles desaparecem, e eu encaro meu pai.

— Acho que vou desfazer as malas — digo. — É óbvio que não vamos mais esquiar.

— Quer jogar gamão? — pergunta ele.

— Agora?

Ele dá de ombros.

— O que mais temos para fazer?

Ele me leva até a sala de estar e pega o tabuleiro de gamão do baba. É feito de madeira e couro. Meu pai organiza as peças.

— Não lembro direito as regras. A gente não joga desde que eu era criança.

— Você vai ver como é fácil relembrar. — Ele me entrega os dados e um copo. — Foi nesse tabuleiro que eu aprendi. Joga só um dado para vermos quem começa a rodada.

— A partida — corrijo. — Rodada é um conjunto de partidas.

— Ah, entendi. — Ele sorri. — Eu te ensino gamão e você me ensina o dicionário.

Solto uma risada. *Partida* não é uma palavra na qual eu gostaria de pensar muito agora, porque nunca me senti tão próximo da morte. A morte iminente do meu avô. Siamak na prisão, provavelmente temendo pela própria vida. E minha mãe, de quem não lembro nem a voz, com um sorriso do qual eu não tenho nenhuma memória, mas está conosco neste momento.

— Pai? — Jogo os dados e mexo minhas peças. — Acho que quero terminar com o Shane, mas não tenho certeza.

— Você... ama o Shane? — pergunta meu pai, com uma longa pausa antes de usar a palavra "ama".

— Amo — digo. — Mas também acho que preciso de um tempo para... sei lá, ficar sozinho.

Meu pai pega os dados na vez dele.

— Uma das coisas de que eu mais gosto no gamão é que os dados vêm em par — diz ele, olhando para mim. — Eles nunca estão sozinhos.

# SAEED

## Los Angeles, 1978

A mala do baba mais parece uma ameaça. Venho ignorando suas ligações desde que descobri quem ele é de verdade, desde que desisti do amor da minha vida por causa dele e de maman. E agora aqui está ele para me confrontar à força. Tento passar pela sala de estar na ponta dos pés, onde baba está sentado numa poltrona e Margaret, no sofá. Os dois fazem silêncio, até baba dizer:

— Já te ouvimos, Saeed. Sabemos que você está em casa.

Entro no cômodo. Estou tão nervoso que minha camiseta fica encharcada de suor. Minha mente está cheia das coisas horríveis que vi Luis fazendo no banheiro do bar, coisas que, provavelmente, meu pai já fez também.

— Baba?

Ele se levanta.

— Você acha que pode simplesmente ignorar seus pais? — diz ele, com seriedade. — Sua mãe, coitada, está devastada desde que você parou de falar com ela.

— Desculpa — sussurro.

— Ela queria ter vindo comigo, mas tem medo de andar de avião. Eu trouxe uma carta dela. — Ele pega um envelope do bolso da jaqueta e entrega para mim. — Aqui ela explica o lado dela da história, que eu acredito que você já ficou sabendo. Não consigo pensar em outro motivo para estar nos evitando.

— Não quero falar sobre isso.

— Eu gostaria de explicar meu lado pessoalmente — diz ele. — Talvez hoje à noite. Talvez amanhã. Posso ficar o tempo que for preciso para você entender.

— Eu nunca vou entender.

— O tempo nos ajuda a assimilar novas ideias. Você me parece um pouco exausto. Vamos dormir e conversar quando estivermos todos descansados.

Margaret se levanta.

— Ótima ideia. Isso aqui já passou dos limites para mim. Ver meu filho pela primeira vez em quarenta anos, mal reconhecê-lo quando abri a porta...

— Para de ser tão dramática, mamãe — diz ele, e eu estremeço ao ouvi-lo chamando Margaret de mamãe. — Você me reconheceu.

— Por pouco — rebate ela.

Baba balança a cabeça. Ver os dois juntos é como imaginar pela primeira vez como meu pai era na adolescência.

— Não vai achando que isso é sobre você, mamãe — alerta ele.

— Por que eu faria isso? — pergunta ela. — Não fui eu quem foi deserdada pelo próprio filho, né? Não fui eu quem acolheu um neto que nunca conheceu antes e salvou a vida dele.

— Nós te agradecemos profundamente — diz baba. — E, em troca, você contou para Saeed a única coisa que te pedimos para não contar.

— Lá vem você de novo, sempre esperando o pior de mim — acusa Margaret. — Eu não contei nada para o Saeed. Seu segredo sempre esteve a salvo comigo.

— Você nunca foi boa em guardar segredos — diz ele bem baixinho, obviamente se referindo a outra coisa.

— Não te contei quem era o seu pai para te proteger — sussurra ela. — A vida inteira eu tentei te proteger. Poderia ter contado para o mundo inteiro que você era gay. Poderia ter arruinado sua vidinha a qualquer momento. Poderia ter destruído a carreira de tenista do seu namoradinho. Mas nunca fiz isso. Porque sempre fui mais mãe do que você acredita que eu sou. Até o cachorro que você abandonou eu amei até o fim.

— Isso não é justo — argumenta baba. — Eu queria ter levado o Frisco, mas não pude.

— Você ficou mais desolado em abandonar o cachorro do que em abandonar a própria mãe.

— Chega de falar do passado — diz baba, com firmeza. — Já passou. O que você fez, o que eu fiz. Isso tudo foi há quase quarenta anos.

— Para mim, parece que foi ontem — lamenta Margaret.

Me sinto invisível, um espectador de uma cena que começou a ser representada bem antes de eu nascer.

— Se a Margaret não te contou sobre mim e sobre sua mãe, quem contou? — pergunta baba em persa. — Como você descobriu?

Odeio isso. Não quero dizer o nome da Shirin em voz alta de novo, isso só vai me lembrar do que perdi. Mas como mais posso explicar?

— Lembra da Shirin, a garota que eu queria pedir em casamento?

— É claro — diz baba. — Fiz tudo o que estava ao meu alcance para entrar em contato com a garota, mas o pai dela...

— O pai dela — repito, com desgosto. — Exatamente.

— Ele não me deixou falar com ela, mas pegou o seu número — conta baba. — Mas o que isso tem a ver com...

— O pai dela me ligou. Me contou sobre você. Sobre maman. Disse que, se eu tentasse falar com a filha dele mais uma vez, denunciaria vocês para as autoridades.

Baba fica em silêncio por um instante.

— Mas você...

— O quê?

— Tentou dar um jeito de falar com ela?

— Não — digo baixinho. — Nunca mais falei com ela.

Baba assente.

— Obrigado, filho.

Ele estende o braço para me abraçar, mas eu me afasto.

— Vou dormir agora — declaro.

— Posso ler para você antes de dormir, como a gente...

— Eu parei com essa merda — digo em inglês. — Não sou mais o mesmo de antes.

Escuto Margaret falando enquanto vou para o quarto.

— Viu só? — esbraveja ela. — Não te falei que viver uma vida de segredos iria dar errado um dia? Você escolheu isso. Pela primeira vez, não vai poder colocar a culpa em mim.

— Eu não te culpo, mamãe — diz baba, abatido. — Só culpo a mim mesmo.

Fico na porta do quarto. Apoio a cabeça na parede do corredor. Quero que eles calem a boca, mas também quero escutar tudo o que dizem um para o outro.

— Sabe, mamãe — diz baba. — Não preciso mais de você. O amor que tenho na minha vida hoje me basta. Mesmo assim, voltando para cá percebi que... bom, ainda quero o seu amor.

Há um momento de silêncio. E então alguém liga a TV.

— Senta aqui — diz ela, aumentando o volume.

Música clássica toma conta da sala. Reconheço a obra; meu pai ama. É o "Concerto em Ré Maior para Violino", do Tchaikovsky. Deixo os acordes tomarem conta de mim.

— Joan Crawford — murmura baba.

— *Humoresque* — diz Margaret. — Ela gravou anos depois de você ir embora. Você desistiu, mas ela continuou.

— Eu nunca desisti. — Meu pai se defende. — Ainda toco todos os dias.

— Você desperdiçou seu dom — responde ela. — Ensinar não é coisa para pessoas com o seu talento. Você poderia ter sido um dos maiores do mundo.

— Ensinar é o maior dos dons — diz baba, com calma. — É como nós passamos o que aprendemos para as gerações futuras.

— Você poderia ter se tornado imortal — insiste Margaret. — Como ela.

— Ela foi infeliz e batia nos filhos — argumenta baba.

— Você é infeliz e mentiu para o seu filho — responde Margaret.

— Acho que puxei isso de você.

Com isso, Margaret solta uma risada.

— *Touché.*

Eles ficam em silêncio. O concerto termina, e a voz de Joan flutua pela casa. Volto até a sala de estar na ponta dos pés e lá estão eles. Mãe e filho, aninhados juntos no sofá, hipnotizados pelas mesmas imagens, os mesmos sons, a mesma fantasia.

Não me lembro de pegar no sono. A última coisa da qual me lembro é o som de mais música clássica e da voz grave e melodramática de Joan Crawford me ninando enquanto eu encarava o teto.

— Bom dia. — Baba segura uma xícara de chá quente. — Fiz igual ao que eu faço em casa.

Me sento e pego a xícara. Ele prepara o melhor chá. E a melhor comida. Queria poder dizer o quanto sinto saudade da comida dele. Não provei nada tão bom desde que cheguei nos Estados Unidos.

— Pensei em te levar para um tour hoje — diz ele gentilmente.

— Não sou turista — digo. — Eu moro aqui.

Ele assente.

— Um tour pelo meu passado. — Ele solta um suspiro profundo. — Eu e Parvaneh conversamos muitas vezes sobre te contar a verdade, sabe. Quando você era novo, parecia cedo demais. Muita informação para processar. E crianças não conseguem guardar segredo, ainda mais você. Você contava para os seus amiguinhos da escola toda vez que fazia xixi na cama.

— Eu nunca fiz xixi na cama — me defendo.

— Claro que fez. — Baba coloca a mão sobre o meu braço e aperta. — Existem coisas sobre você que só eu e sua maman sabemos. Como você era quando bebê. Como te ensinamos a experimentar comidas diferentes misturando *khoreshts* na sua papinha. Sabe qual foi sua primeira palavra?

Faço que não com a cabeça.

— Baba — diz ele, com um sorriso triste.

O chá começa a me acordar. É doce na medida certa, forte na medida certa, quente na medida certa, mas ainda não é o suficiente para dissolver meus ressentimentos.

— Quando fui para o Irã, foi para conhecer meu pai pela primeira vez. Seu avô. Eu não achei que ficaria lá para sempre. Mas o que encontrei quando cheguei foi, bom... uma revelação. Um país cheio de pessoas que se pareciam comigo. — Um país para onde eu gostaria de voltar. — Mas não foi só pelo país que eu me apaixonei, e eu me apaixonei mesmo, você sabe bem. Foi a poesia. A música. A comunidade. Eu amo tudo. E, acima de tudo, foi meu pai. Ele me deixou entrar. Em poucas semanas, me senti mais próximo dele do que me senti da minha mãe a vida inteira. — Ele balança a cabeça. — É uma coisa horrível de dizer, mas é verdade. Aprendi que há pessoas que te deixam entrar e outras que te deixam de fora. Minha mãe era alguém que me deixava de fora. Talvez eu e ela tenhamos uma segunda chance agora. Mas meu pai... Ele me deixou entrar assim que me viu. Me contou como se sentia. Me mostrou quem era. E aquilo me ajudou a entender quem eu poderia ser. Quem eu gostaria de ser.

— Um mentiroso? — pergunto, as palavras afiadas como uma faca.

Baba nem pisca. Ele aceita minha fúria com calma.

— Quero te deixar entrar agora. Tentei ser um bom pai para você. Te amar e te apoiar. Mas você tem razão de estar com raiva. Não fui honesto com você. Mas agora chegou a hora.

— E se eu não quiser mais? — pergunto, com tristeza.

Ele suspira.

— Você está bravo porque eu menti ou porque me acha desprezível?

Olho para ele, confuso.

— Não sei, baba. As duas coisas, acho.

Ele aceita minha resposta com um aceno de cabeça.

— Tome um banho e troque de roupa — sugere ele. — Aluguei um carro.

Não digo sim nem não, mas tomo um banho e troco de roupa. Porque agora não dá mais para voltar atrás.

Baba me leva até a casa onde ele cresceu. Fica em Hollywood. Ainda está lá, pequena e abandonada. Batemos na porta, mas ninguém atende. Ele me conta sobre a rotina dele, os ensaios constantes que Margaret o obrigava a fazer. Ele me conta sobre o padrasto, Willie. Sobre como eles se apresentavam juntos em casas noturnas quando baba era adolescente. Esperamos por meia hora para ver se alguém chegaria e nos deixaria entrar na casa antiga, mas ninguém aparece, então seguimos caminho. Ele me leva até o lugar onde fazia aulas de piano (continua lá), aulas de canto (virou um restaurante agora) e aulas de violino (virou um estacionamento). Ele me leva até o que costumava ser o reino de Louis B. Mayer, onde os sonhos eram criados, onde astros e estrelas vagavam pelos sets.

— História é uma coisa estranha — diz baba enquanto dirigimos por um terreno vasto. — A gente acha que certos monumentos são indestrutíveis. Eu achava que a MGM era como a Casa Branca. Que duraria para sempre. Mas olha só para isso. O fogo destruiu alguns dos sets. Outros foram demolidos. Todo o esplendor se foi. Nada físico é indestrutível. A única coisa que não dá para destruir é o amor.

— Só que dá, *sim*, para destruir o amor — digo, pensando em Shirin. Baba olha para mim.

— Sei como é difícil ter o coração partido. Já passei por isso. Tinha um garoto. O nome dele era…

— Por favor — imploro. — Não quero saber de você e seus garotos.

— Garotos, não — diz ele. — Um garoto.

— E no Irã? E os seus alunos?

Me arrependo imediatamente do que disse. Sei que é uma acusação horrível e mentirosa assim que as palavras saem da minha boca.

— *Aziz joon* — diz ele baixinho. — Eu jamais encostaria em qualquer um dos meus alunos.

— Desculpa, baba. Sei disso. Foi uma acusação injusta.

— Não, tudo bem. Se você não falar seus medos em voz alta com receio de me ofender, não vou poder desmenti-los. Meus alunos... Alguns deles são homossexuais. — Balanço a perna de nervoso. — Somos uma comunidade pequena porém unida em Teerã. Muitos de nós conhecem uns aos outros. E, quando uma pessoa jovem se sente perdida, nós ajudamos. Alguns dos meus alunos me procuram não por aulas de música, mas por... bom, apoio e aceitação. Tive uma pessoa assim na minha vida. Aqui em Los Angeles. O nome dele era Zip Lamb.

Olho para ele como se esse fosse o nome mais absurdo que já ouvi na vida.

— Não era o nome de verdade dele — explica baba, lendo meus pensamentos. — Ele mudou de nome depois de se tornar artista. E também porque foi preso. Assim como eu.

— Você foi preso? — questiono em choque.

— Muitos de nós foram. Muitos ainda estão. Talvez você possa ter empatia com a situação, já que precisou fugir de um país onde não estava mais a salvo. Ser fichado pela polícia... É algo que nós dois temos em comum.

— Mas...

— Mas o quê? — pergunta ele. — Você acha que eu merecia ser preso, não acha?

Odeio como ele sempre sabe no que estou pensando. Não consigo esconder nada dele.

Não respondo à pergunta.

— O nome dele era Vicente — diz baba.

— Quem? — pergunto.

— O garoto que eu amei — responde ele, e eu estremeço ao ouvir as palavras. — Não vou dizer o sobrenome porque hoje ele tem uma carreira de sucesso, uma esposa, filhos.

— Então ele mente para a família assim como você fez.

— Não sabemos disso — diz baba. — Talvez ele seja bissexual. Talvez a família dele saiba de tudo, mesmo que o resto do mundo não saiba.

— Ele mora aqui?

— Não — responde baba. — Mas estamos prestes a passar pela antiga casa dele, que eu espero que não tenha sido demolida.

Baba vira uma esquina e desacelera o carro. Não diz nada por um longo tempo. Sai do carro e bate na porta de uma casa pequena. Uma mulher a abre. Baba troca algumas palavras com ela, depois acena para que eu me aproxime. Ele tranca o carro e nós entramos na casa. A mulher nos conta que mora ali há dez anos. Baba fica maravilhado ao ver como a casa mudou pouco. Os lustres. Os pisos. Tudo igual. Quando ele chega no escritório, deixa escapar um choro, quase que por engano.

— Aqui ficava o quarto dele — diz baba, com os olhos molhados.

Ele se agacha e passa os dedos pelo piso de madeira. Preciso cerrar os olhos para enxergar o que ele está tocando. Iniciais entalhadas no chão. *VM* e *BR*.

— Isso foi muito importante para mim — diz baba para a mulher, com uma sinceridade profunda.

— O prazer é todo meu — diz ela. — Sempre quis saber mais sobre a história desta casa.

Então, agradecemos à mulher e saímos.

— Então o sobrenome dele começa com M — digo quando entramos no carro.

Me lembro de quando descobri que o sobrenome da Shirin começava com M e brinquei de adivinhar o resto para poder encontrá-la de novo. Queria poder voltar para aquele momento. Quando tudo era mistério. Tudo era possibilidade.

— Sim — diz ele. — De fato. Mas, por favor, não saia por aí perguntando sobre ele. Vicente merece ter privacidade. Todos nós merecemos.

— Já sei bem mais do que gostaria.

Ele ignora meu deboche.

— Há um último lugar que eu gostaria de te mostrar.

Baba para numa floricultura e corre para dentro enquanto espero no carro. Ele volta com uma dúzia de cravos verdes na mão.

— Uma oferta de paz para a Margaret? — pergunto, em choque.

— Não — responde ele. — Mas, pensando bem, até que não é má ideia. Vamos comprar flores para ela no caminho de volta do cemitério.

— Cemitério? — repito num sussurro.

Ele nos leva até o Cemitério Hollywood Forever, e fico chocado ao encontrar turistas tirando fotos na frente dos túmulos. Rudolph Valentino, Jayne Mansfield, Tyrone Power. Me parece tão errado, as pessoas aglomeradas assim em um lugar de luto, sorrindo enquanto apontam para o túmulo de alguém.

— Chegamos — diz baba, perto de uma pequena lápide. Ele coloca os cravos verdes ao lado do nome *Patrick Berry, 1901-1955*. — Esse era o nome verdadeiro dele. Zip Lamb.

— Ele morreu tão novo — murmuro.

— Nós trocamos cartas por muitos anos. — Baba olha para o túmulo, depois para o céu, como se não conseguisse se decidir se Zip está embaixo da terra ou acima dela, em algum tipo de paraíso. — Ele ficava fascinado com as minhas histórias sobre o Irã. Sempre dizia que iria me visitar, mas nunca foi. E eu achava que um dia voltaria para cá, mas nunca voltei.

— Agora você voltou.

Ele olha para mim com ternura. Repousa a mão na minha bochecha.

— Tem razão. Tarde demais para ele, mas não para você.

— Como ele morreu?

— Foi preso de novo — explica baba. — Acho que ficou envergonhado de me contar. Mas me deixou uma carta, e um dos amigos dele me enviou.

— Uma carta? — pergunto.

— Uma carta de despedida — conta, com tristeza. — Zip tirou a própria vida. Engoliu uns comprimidos. O que é horrível, porque ele nunca bebia nem usava qualquer tipo de droga.

— Sinto muito — digo, e sinto um calafrio repentino, pensando que poderia ser o nome do meu baba naquela lápide. — Posso até não concordar com o que você é, com o que ele era, mas… não quero que você morra.

Ele assente e diz:

— É uma tragédia. Dá para imaginar tamanha solidão?

Balanço a cabeça. Não consigo. Penso na mãe de Shirin, que também tirou a própria vida. Me sinto muito grato por nunca ter me sentido tão desamparado assim.

— Queria um mundo onde todos pudessem amar quem quisessem, sem medo — diz baba. — Mas não é o mundo em que vivemos, né? Minha mãe e meu pai foram separados pelos pais dela. Eu não pude amar o Vicente. E agora, você e a Shirin…

Quero dizer ao baba que não é a mesma coisa. Eu e Shirin somos homem e mulher. É diferente. Mas nem ouso falar.

— Sou muito grato por ter encontrado sua mãe — diz baba. — Nós nos amamos. Talvez não do jeito como você imaginava. — Lembro dos quartos separados. — Mas somos parceiros. Nos apoiamos. Te trouxemos ao mundo e você é um rapaz incrível. Temos muito orgulho de você. — Evito o olhar dele. Não quero seu orgulho. Não enquanto ainda não sei ao certo se me orgulho de quem ele é. — Levando tudo em consideração, tive uma vida muito boa.

— Pare de falar como se já tivesse acabado. Você nem é velho.

— Vamos — diz ele. — Vamos comprar flores para a sua avó. Ela merece nossa gratidão por ter te recebido.

Atravessamos o cemitério, passando por mais turistas sorridentes e alguns enlutados de verdade, chorando nas lápides dos entes queridos. O contraste é surpreendente e parece resumir muito bem as contradições de ser humano. Temos a capacidade de celebrar e lamentar a vida, muitas vezes no mesmo momento.

Entrego o buquê para Margaret assim que chegamos em casa, mas aviso que foi ideia do baba.

— São lindas — diz ela, colocando as flores na água.

Quando baba vem me dar boa-noite, avisa que vai voltar para Teerã em dois dias.

— Acredito, ou pelo menos espero, que essa visita te faça voltar a atender nossas ligações.

Assinto. Ele é meu pai. Ela é minha mãe. Não posso mudar as coisas e não quero que eles sofram. Porém, tirando isso, não quero ouvir mais nada. Não quero saber nada sobre o relacionamento aberto deles, ou sobre os alunos gays, ou sobre o garoto que ele amou quando tinha a minha idade.

— Baba — sussurro. — Eu serei seu filho para sempre. Vou atender as ligações. Mas não quero saber mais do que já sei. Eu simplesmente... não preciso saber todos os detalhes da vida particular de vocês dois.

Ele faz uma pausa e, quando fala, consigo perceber a decepção na sua voz.

— Entendo. — Ele beija minha testa, depois avisa: — Você não está escovando seus dentes direito. Dá pra ver que estão amarelando. Dentes são muito importantes. Se não cuidar direito, eles apodrecem como fruta.

— Tá bom, baba — digo. — Prometo que vou escovar os dentes direitinho.

Respiro fundo quando ele sai do quarto. É assim que seremos daqui para a frente. Pai e filho que só falam sobre os dentes e o clima. Vou contar quais matérias estou fazendo na faculdade. Ele vai perguntar se estou precisando de dinheiro. Desejaremos feliz aniversário um para o outro. E, com sorte, isso será o bastante, porque é tudo o que tenho a oferecer.


No dia seguinte, na faculdade, encontro Bahar no nosso gramado e conto tudo para ela. Não sei dizer o que está achando da história. Mal abre a boca e, nas vezes que abre, é para fazer uma pergunta rápida e provocadora. Toda vez que tento contar o que aconteceu, ela pergunta como eu me senti. Como me senti ao descobrir que, na adolescência, meu pai amou um garoto que atualmente é um homem casado? Como me senti ao ver o túmulo de um homem que ajudou meu pai a se aceitar? E como me senti ao me despedir dele?

— Sei lá — digo. — Acho que, de certa forma, será um alívio.

— Mas você não vai sentir saudade? — pergunta ela.

Assinto.

— Claro que vou. Mas só queria que as coisas voltassem a ser como eram antes. Ele cozinhando pra gente. Nós dois jogando gamão por horas. Rindo juntos.

— Talvez um dia você chegue lá.

Olho para ela, incerto.

— Tudo que é bom leva tempo.

Ela me surpreende ao segurar minha mão. Suas unhas estão roídas, um pequeno detalhe sobre ela que eu nunca havia notado. Cílios ondulados. Unhas roídas. E a pele mais macia do mundo.

— Assim como o amor — sussurro.

Os olhos dela cintilam.

— O amor?

— Não foi isso que você disse? Aquele dia no bar...

Ela ri.

— Desculpa, às vezes eu digo coisas no calor do momento e acabo esquecendo. Péssimo.

— Não é péssimo, não — respondo. — Só significa que você está vivendo o momento. E não se apegando ao passado nem sendo consumida pelo futuro.

— Não sei, não, hein...

— Você disse que o amor precisa de tempo e confiança — digo, relembrando-a.

— Ah, sim, é claro. — Ela aperta minha mão. — Eu acredito mesmo nisso.

— E disse também que o amor que fácil vem, fácil vai.

— Acredito nisso também. — O sorriso que ela abre me lembra do conselho de baba sobre os meus dentes. Os dela são brilhantes. — Me diz uma coisa, você se lembra de cada frase de sabedoria espontânea que eu já soltei por aí?

Fico corado.

— Você já, sabe, se apaixonou?

Ela balança a cabeça.

— Meus pais já acham que eu fiquei pra titia. São bem antiquados para dois acadêmicos. Já tentaram me juntar com o filho do Agha

Faripour, que estuda medicina, e com o filho do Agha Asghari, que é personal trainer.

— Ele é o quê? — pergunto.

— Ele segura os pesos enquanto as pessoas se exercitam. E é super-musculoso. Você tem que ver. Ele provavelmente conseguiria te levantar sem nem suar.

— Prefiro não ver — respondo, com uma risada. — E, sinceramente, prefiro que você também não o veja.

Agora é ela quem fica corada.

— Relaxa, ele não faz o meu tipo. O único músculo que me interessa é o cérebro.

— Bahar *joon* — digo, com seriedade. — Tecnicamente, o cérebro não é um músculo, é um órgão.

Ela ri.

— Obrigada por provar que você tem um cérebro. Se bem que o filho estudante de medicina do Agha Faripour também deve saber disso.

— O que seus pais achariam de um estudante de engenharia? — pergunto, me aproximando um pouco dela.

— O que meus pais acham não importa. — Ela levanta a cabeça, toda orgulhosa. — Eu vou escolher meu parceiro para a vida quando chegar a hora certa. Mas fique sabendo que não tenho pressa nenhuma para casar ou ter filhos. Tenho minhas próprias ambições e meus próprios planos para a vida.

— Gosto disso em você — digo. — Você é decidida.

Ela ri.

— A maioria dos caras da sua idade gosta de peitos grandes e pernas compridas. Mas você gosta de mulheres decididas. Você é um cara muito sério, sabia?

— Eu sei. E o que estou te dizendo com toda a seriedade... bom, tentando dizer... é que... se o amor precisa de tempo e confiança, eu gostaria de descobrir se a gente consegue construir esse tipo de amor.

Ela aperta minha mão.

— Isso significa que você não pensa mais nela?

Não sei como responder. A verdade é que eu sempre vou pensar em Shirin, como uma lembrança feliz, e também uma lembrança triste. Mas é isso que ela é, uma lembrança. E não vou deixar que me impeça de viver.

— A verdade é que... — Paro. Quero dizer a coisa certa. — O amor que senti por ela é exatamente o que você descreveu. Veio fácil. Foi embora fácil. Agora eu quero um tipo de amor diferente.

Ela parece aceitar a resposta.

— Quero te dar uma coisa.

Tiro o anel de turquesa do bolso e mostro para Bahar.

— Saeed *jan*, por favor, não me diga que está me pedindo em casamento dois minutos depois de eu te dizer que não estou pronta para me tornar uma esposa.

— Esse anel era da minha mãe. E eu ia usá-lo para pedi-la em casamento.

— Pode dizer o nome dela, não tem problema.

— Shirin.

Ficamos em silêncio por um momento e, de repente, percebo que não estamos sozinhos. Há outros alunos ao nosso redor. Outras vidas. Mas me sinto tão vivo, tão presente no momento, que nem sequer reparei neles.

— Então, deixa eu ver se entendi — diz ela, com um sorriso. — Você *não está* me pedindo em casamento com um anel que ia usar para pedir *outra mulher* em casamento.

— Eu... Nossa, falando assim parece horrível.

— Estou só te provocando. — Ela segura o anel. — Turquesa espanta o mal.

— Foi o que me disseram.

— E o que significa se eu aceitar esse anel?

Pego o anel de volta e coloco com delicadeza no dedo indicador dela.

— Significa que você vai carregar um pedaço de mim e da minha família o tempo todo. E isso me deixaria muito fez. Talvez signifique que, em algum dia no futuro, depois de muito tempo e confiança, e quando você estiver pronta, eu te peça em casamento de verdade. E, com sorte, você vai aceitar.

— Aceito este anel com uma condição. Gostaria de conhecer seu pai antes de ele ir embora. Não acredito que eu vá voltar para o Irã algum dia, e quero conhecer o homem que talvez seja, depois de muito tempo e confiança, meu futuro sogro.

Assinto.

— Então, você está convidada para jantar com a gente amanhã. Vou pedir para ele cozinhar. Vai ser a melhor comida persa que você vai comer na vida.

— Minha mãe discordaria, mas quem vai julgar sou eu.

Sorrio.

— Bahar... — Sinto um peso dentro de mim. — Por que você disse que nunca mais vai voltar para o Irã?

— Por quê? Já quer voltar? Você mal chegou.

— Eu vim pra cá para fugir, mas se a revolução der certo... se um novo regime começar... eu voltarei a ter segurança. E talvez...

— As coisas que eu quero para a minha vida, minhas ambições, acho que não conseguirei conquistar no Irã.

— Mas se a revolução der certo...

— O que vai acontecer? Khomeini *é* a revolução agora. Você acha que ele vai lutar pelos direitos das mulheres?

— Acho — respondo. — Acho mesmo. Ele vai escutar o povo que o colocar no poder. Mulheres. Estudantes.

— Teremos que concordar em discordar disso. — Ela dá de ombros. — Enfim, não dá para prever o futuro. Amo ser iraniana, mas quero ser iraniana aqui nos Estados Unidos.

Fico impressionado com o jeito como ela conhece a si mesma. Ela sabe o que é o amor sem nunca ter se apaixonado. Tem a força de vontade para convencer os pais que querem apressá-la para se casar. Sabe quem é, sabe quem quer ser, e sabe onde quer viver. Eu quero isso. Quero aprender com ela, passar a vida com alguém pé no chão como ela ao meu lado. Talvez voltar para o Irã seja apenas uma fantasia boba. Mesmo se houver um novo regime, e mesmo se eu não for preso, meus pais sempre estarão lá. E eu não estou pronto para viver no mesmo país que eles de novo. Quero minha própria vida, construir minha própria história.

— Você tem algum prato favorito? — pergunto. — Quero que o baba prepare o jantar dos seus sonhos.

Ela ri.

— O jantar dos meus sonhos, é? — Ela se levanta. — Anda, vamos nos atrasar para a aula se não sairmos agora. — Enquanto me guia para o que os alunos chamam de escadaria do desespero, ela começa a listar seus pratos favoritos. — *Tahchin* é o número um. *Fesenjoon, kookoo sabzi.* Sabe onde fica o melhor supermercado persa daqui?

— Não, mas aposto que você vai me dizer.

Ela me diz. Ela vai me guiar até o melhor supermercado persa, pelos caminhos desse país novo ao qual eu não pertenço, até me tornar uma pessoa melhor. Talvez, com ela ao meu lado, eu possa parar de ser alguém que deixa de fora e começar a ser alguém que deixa entrar.

# DE BOBBY A BABAK

### De Los Angeles a Teerã, 1939

— Nossa, demorou, hein? — diz mamãe assim que chego em casa depois de me despedir de Vicente. — Eles já foram?

Levanto a cabeça e a encontro se alongando na sala de estar enquanto Frisco lambe a sola do pé dela.

— Já foram — respondo. Minha voz parece distante, apática.

— Willie está voltando para casa e vai trazer comida chinesa do Pagode de Ouro para o jantar. Mandei ele não se esquecer de trazer *fu yung hai* de cogumelo para você.

— Obrigado.

Abro um sorriso do jeito que dá. Talvez ela não seja a mãe que eu sempre quis, mas pelo menos sabe qual é o meu prato favorito do Pagode de Ouro. Respiro fundo. Agora que Vicente e sua família foram embora, estou determinado a encontrar coisas que amo na minha própria família. O que mais me resta?

— Pode puxar meus braços aqui? — pede ela. — Nunca consigo me alongar de verdade sem você.

Obediente, seguro o antebraço dela e puxo delicadamente para a frente, até ela soltar um suspiro demorado e me dar um tapinha para sinalizar que já está bom.

— Vou ficar no quarto um pouquinho — digo. — Posso levar o Frisco?

— À vontade — diz ela. Então, faz cafuné em Frisco e acrescenta:
— Obrigada pela massagem nos pés, seu maluquinho.

Entro no quarto com o cachorro nos braços. Pego o diário que Vicente me deu. Coloco Frisco no colo e encaro as páginas em branco. Quero escrever sobre como me sinto vazio agora que Vicente se foi, mas não tenho energia nem motivação. Me sinto morto, e tudo o que quero é me sentir vivo de novo. É aí que me lembro: ainda tenho os estimulantes no armário do banheiro.

Salto da cama e corro até lá. Encontro o frasco. Coloco uma pílula na boca, depois abro a torneira. Enfio a cabeça dentro da pia, deixando a água gelada cair sobre a minha língua. Engulo de lado, deixando a pílula entrar no meu corpo. O resultado é quase imediato. Sinto uma onda de energia. De repente, tenho a confiança de que preciso para colocar meus sentimentos no papel. Pego uma caneta e começo a preencher as páginas em branco. Uso toda a minha energia para escrever sobre Vicente no diário. Escrevo sobre o nosso amor, sobre a nossa separação.

Quando Willie chega em casa, já preenchi o diário quase inteiro. Vou até a cozinha, onde mamãe e Willie arrumaram nossos pratos favoritos sobre a mesa. Frango agridoce para ela, camarão frito com abacaxi para ele. Frisco se senta aos nossos pés, torcendo para que alguém dê comida para ele. Me sirvo. Uma garfada na boca. É a mesma comida que sempre amei, mas estou sem apetite. Quero caminhar. Quero falar sobre Vicente. Preciso encontrar Zip.

— Estou sem fome — digo. — Desculpa.

Willie parece triste.

— Eu fui até o centro buscar comida no seu restaurante favorito porque sua mãe disse que seu dia tinha sido difícil, e você nem quer comer?

— Não, eu quero. Obrigado, de verdade. Mas posso comer amanhã?

Fico surpreso com o fato de que foi mamãe quem mandou ele comprar comida porque sabia que não seria fácil para mim dizer adeus ao Vicente. Talvez ela me conheça bem, ou se importe comigo, mesmo não sabendo demonstrar. Ou talvez esse seja o jeito dela de demonstrar.

— Vou guardar na geladeira para você — diz Willie.

— Obrigado. Vou dar uma volta, tudo bem?

Quando mamãe assente, vou até a porta, calço meus sapatos e saio pela rua para achar Zip.

O segurança do Hollywood Rendezvous já me conhece agora.

— Pianista de Salomé! — diz, com um sorriso.

— Oi, estou procurando o...

— Zip, que não está aqui.

— Ah, é — digo. — Ele se apresenta no Bali nas noites de sábado.

— Mas não neste sábado — diz o segurança. — O Bali foi fechado pelos nossos amigos policiais ontem à noite. O lado ruim é que estão investigando o local por denúncias de condutas homossexuais...

— Que horror — digo.

O segurança observa um grupo de homens muito bonitos, todos com cravos verdes na lapela, se aproximando da porta. Ele os deixa entrar sem nem perguntar nada, provavelmente porque são todos bonitões.

— O lado bom é que, com a interdição do Bali, e eu espero que seja temporária, nosso número de clientes aumentou. Pode entrar, se quiser. Agora você já é de casa.

Quero encontrar Zip. Contar a ele tudo sobre a partida de Vicente. Mas então o segurança abre a porta para um rapaz que se parece um pouquinho com Vicente. Cabelo escuro penteado para trás, como o Tyrone Power. Calça justa nas pernas atléticas. Dedos compridos e elegantes. Tyrone olha para mim antes de entrar. Os olhos dele brilham, e ele parece ter mais ou menos a minha idade. Estou hipnotizado com o quanto ele me lembra Vicente. Talvez seja um sinal. Talvez eu deva entrar. Ouço a música que sai pelas portas. Ela me convida.

— Bom, claro, vou entrar um pouquinho. Obrigado.

Sigo Tyrone para dentro e observo tudo. Há uma banda tocando a versão mais rápida de "Dardanella" que já ouvi na vida. A velocidade da música acompanha a do meu coração, acelerado e transbordando de energia por causa do estimulante. A pista de dança está lotada de pessoas animadas, rebolando e rindo enquanto tentam acompanhar a batida. Quero me juntar à celebração, dançar até esgotar toda essa energia, mas antes preciso ir ao banheiro. Me espremo pelas mesas lotadas de clientes até lá.

Estou prestes a trancar a porta quando Tyrone entra na cabine logo atrás de mim.

— Opa, desculpa — diz ele. — Não percebi que já tinha gente aqui.

— Tudo bem.

Sorrio. Ele me lembra muito Vicente, e eu quero tanto meu amor e meu melhor amigo de volta. Onde será que ele está agora? Será que já pegou a conexão para a Cidade do México? Está seguro? Está com saudade de mim?

— É só que eu preciso muito, tipo, mijar, mas espero minha vez.

— Pode ir primeiro — digo. — Vou esperar...

Antes que eu possa terminar de dizer que vou esperar lá fora e sair, ele abre o zíper da calça e começa a fazer xixi na privada. Tyrone me observa enquanto faz, com um sorriso no rosto. Fico congelado e confuso. Parte de mim quer dar privacidade a ele, mas, se abrir a porta agora, corro o risco de acabar expondo o garoto para os clientes do lado de fora. Então fico parado como um bobo, tentando olhar para qualquer coisa que não seja ele e falhando miseravelmente.

— Sua vez — diz ao terminar. Mas não fecha o zíper.

— Geralmente eu não... Bom, você sabe...

— Somos dois homens. Não tem nada de mais.

Olho no fundo dos olhos cintilantes dele. Preciso muito usar o banheiro. E estou adorando receber toda essa atenção. Abro o zíper de frente para a privada. Estou prestes a começar a urinar quando ele sorri para mim. Sorrio de volta. Então, de repente, ele fecha a cara.

E tira um distintivo do bolso da frente.

— Você está detido por atentado ao pudor.

— Mas eu... Eu não... Eu não fiz nada... Foi você quem...

— Guarda esse pau na cueca e...

— Mas eu preciso mesmo, sabe, usar o banheiro. Foi por isso que eu...

Ele me olha tão feio que eu acabo obedecendo. Fecho o zíper. Sinto medo. Vergonha. Agradeço a Deus por Vicente e a família dele terem ido embora, porque vou garantir que ele nunca fique sabendo disso aqui.

— Ah, tá. Nós dois sabemos muito bem por que você me chamou para o banheiro.

— Mas eu não... Foi você que...

Tudo fica preto quando ele algema minhas mãos atrás das costas e eu acabo urinando nas calças.

— Ah, caramba, que nojo!

Eu o ouço gritar, mas não vejo nada. O mundo ficou sombrio. Enevoado. A música não para enquanto sou levado para fora. Ninguém parece notar que o cara que se parece com Tyrone Power está de pé atrás de um garoto encharcado da própria urina. Ele está tão perto de mim que provavelmente ninguém percebe as algemas. Talvez até achem que está me levando para casa para uma noite de prazer ilícito. Talvez achem que nós dois acabamos de nos apaixonar. Queria estar consciente do meu corpo só para poder gritar por ajuda. Mas, com a vergonha que estou sentindo, seria impossível. Eu só quero uma coisa agora: desaparecer em meio à escuridão.

Na delegacia, sou recebido por um grupo de policiais que se divertem me chamando de nomes ofensivos.

— Relaxa, boiolinha — diz um deles. — Tem um monte de caras iguais a você na cadeia.

Outro policial desmunheca e zomba com a língua presa.

— Mas acho que ninguém é tão lindinho como esse docinho aqui.

Apenas um dos policiais me trata como um ser humano. Ele me puxa para um canto e sussurra:

— Você deve receber uma sentença mais leve por ser menor de idade.

— Obrigado. — É tudo o que consigo dizer.

— Posso te dizer uma coisa? — pergunta ele enquanto preenche a papelada. — Minha igreja tem tido muito sucesso em libertar os homossexuais dos seus impulsos.

Não digo nada. Ele só está sendo amigável porque quer me mudar.

— Você tem direito a uma ligação — diz ele. — Sua mãe e seu pai estão em casa?

Dá vontade de rir deste homem presumindo que tenho uma mãe e um pai. Tudo o que tenho é uma mamãe e um Willie.

— Meu pai deve estar em casa — digo. — Vou ligar para ele.

Ele me entrega o telefone e, mais uma vez, sou grato pela minha boa memória. Lembro o número de Zip. *Por favor, esteja em casa*, rezo silenciosamente. *Por favor, por favor, por favor...*

— Alô? — atende ele.

— Sr. Lamb — sussurro. — Sou eu. Hum, Bobby. Reeves. Bobby Reeves, sabe, o...

Zip ri.

— Bobby, eu sei quem você é. Tá tudo bem?

O policial olha para mim, confuso.

— Seu pai não sabe seu próprio nome? — pergunta ele.

Ignoro o policial.

— Eu, hum... — Respiro fundo. Odeio ter que dizer, mas não tenho escolha. — Estou na delegacia de Hollywood. Fui detido por atentado ao pudor, mas juro que não fiz nada de errado e...

De repente a voz de Zip é tomada por um tom de urgência.

— Garoto, me escuta. Mesmo se tiver feito algo de errado, você não fez nada de errado. Entendido?

— Acho que sim.

— Estou a caminho.

Ele chega em tempo recorde. Os policiais deixam Zip pagar minha fiança. Odeio ter arruinado a noite dele. Feito ele gastar dinheiro. Provavelmente lembrá-lo da vez que foi preso, da injustiça que destruiu sua carreira de professor.

Enquanto Zip me leva para a rua, um grupo de policiais ri da nossa cara. Tyrone é um deles.

— Vocês deveriam se envergonhar — diz Zip.

Tyrone gargalha.

— *Nós*? Não somos frutinhas como vocês, florzinha.

— Vocês adoram chamar a gente de frutinhas e florzinhas, né? — Zip abre um sorriso desafiador.

— Sr. Lamb, não... Eles podem...

Mas Zip sabe exatamente o que eles podem fazer. E não se importa mais.

— Sabe o que frutas e flores têm em comum? A vida delas é curta. Elas murcham. Apodrecem. Mas, quando estão vivas, não há nada mais doce e mais lindo. Uma doçura e uma beleza que vocês jamais serão capazes de entender. Porque seu coração é amargo e horroroso.

Antes que Tyrone e seus capangas possam dizer mais alguma coisa, Zip vai embora. Posso sentir a adrenalina nos passos dele, na velocidade com a qual me leva para longe dos policiais. Ele precisava dizer aquilo. Precisava revidar de alguma forma, mesmo que nunca consiga vencer a batalha ou a guerra inteira.

Quando estamos longe o suficiente da delegacia para enfim relaxarmos, ele para de andar e recupera o fôlego. Eu recupero o meu.

— Tá tudo bem? — pergunta ele.

— Não.

— Garoto, você está cheirando muito mal. O que eles fizeram com você?

Sinto as lágrimas chegando.

— Eu fiz xixi na calça — digo. — Estava no banheiro com ele.

— Ele?

— O policial. Aquele que parece o Tyrone Power e também o Vicente, que foi embora. Ele foi embora. Já deve estar no México a uma hora dessas. A uma fronteira de distância, e eu estou sozinho, e agora tenho uma ficha criminal, e me mijei inteiro.

— Ai, Bobby, sinto muito.

Ele me abraça pelo que parece ser um segundo ou, talvez, uma eternidade. Não sei dizer. Mas me sinto tão grato por este homem gentil, que se importa tanto comigo, que é capaz de me abraçar mesmo quando estou cheirando a urina.

Ele me solta, eu seco as lágrimas.

— Você não vai ficar bravo comigo?

— Claro que não! — responde Zip. — Acho que eu nunca conseguiria...

— Mas você me alertou e eu não dei ouvidos. Sou um idiota. Você me avisou. Disse que a especialidade desses policiais é atrair homens como nós para os banheiros e depois nos prender só porque demos uma olhadinha. Você disse que eles eram maldade pura.

— E são — diz Zip, com firmeza. — Eles são os caras malvados. Você, não. E eu não estou bravo com você. Não te culpo. Está me entendendo?

Não digo nada. Porque estou bravo comigo mesmo. Eu tomei a pílula. Ele me avisou para não fazer isso. E os efeitos do estimulante me levaram direto para uma armadilha.

— Está me entendendo?

Ignoro a pergunta.

— O que eu faço agora? Tenho uma ficha criminal. Se isso acontecer comigo de novo, eles não vão pegar tão leve. Não foi o que você disse?

Ele assente.

— Isso não pode acontecer de novo, a não ser que...

— A não ser que o quê? — pergunto, ansioso por uma solução, por um jeito de voltar no tempo e apagar todo o dia de hoje.

— Tenho amigos na indústria do cinema — diz ele. — Os estúdios, eles têm uns conserta-tudo. São homens muito poderosos que conseguem expurgar qualquer ficha criminal. Eles fazem isso por todos os astros do estúdio.

— Mas eu não sou um astro — digo.

— Se eles acharem que você pode se tornar um em breve...

— Se eu contar para eles, eles contarão para a mamãe, e se a mamãe descobrir...

Engulo em seco. Nem sei o que aconteceria se a mamãe descobrisse. Será que ela simplesmente ignoraria? Será que tentaria me mudar? Me expulsaria de casa?

— Olha, a escolha é sua, mas, se quiser limpar sua ficha, é o único jeito.

— Você faria isso? Se tivesse sido contratado por algum estúdio, teria pedido ajuda a eles quando foi preso?

Ele olha para o céu. Dá para ver como odeia se lembrar de quando foi preso, e eu queria poder retirar a pergunta. Mas não é assim que as palavras funcionam. Não é assim que as atitudes funcionam também. O que dá para fazer é usar cada oportunidade para crescer, para aprender e para perdoar.

— Sim — diz Zip, por fim. — Eu faria qualquer coisa para ter a ficha limpa. Assim, poderia voltar a ensinar. Voltar a fazer o que eu amo. Eu faria qualquer coisa para ter isso.

— Tá bom — digo. — Mas podemos ligar para eles da sua casa? Se mais alguém me encontrar hoje, gostaria de estar com uma calça limpa.

Ele solta uma risada. Eu também. Caminhamos até a casa dele em silêncio. Fico encantado quando Zip abre a porta e me mostra a casa. Pode até ser uma quitinete pequena, mas é tão cheia de vida. Ele tem uma vitrola com pilhas e pilhas de discos de vinil ao lado. Há fotos de homens e mulheres misteriosos coladas nas paredes com fita adesiva. Homens de maquiagem. Mulheres de terno. Algumas pessoas que reconheço. Oscar Wilde. Joan Crawford. Walt Whitman. A cama dele, na real, é só um colchão, e está coberto de roupas. Uma bagunça de tecidos, plumas, babados e renda.

Ele me leva até o banheiro e me entrega algumas roupas.

— Essas aqui devem servir — diz.

Zip fecha a porta ao sair e eu tiro as roupas que estou vestindo. Minha calça está amassada e imunda. Ligo o chuveiro. O jato me faz tão bem. A água quente me limpa. Me revive. Lava todas as minhas lágrimas e me ajuda a relaxar depois deste longo e terrível dia. Ouço Zip colocando um disco para tocar. Não reconheço a música, mas é cheia de paixão e vida. Fecho os olhos. Rezo para que, onde quer que Vicente esteja, ele esteja mais feliz do que eu agora. Parte de mim torce para que jamais descubra o que acabou de me acontecer. Outra parte quer que ele saiba como estou perdido sem ele aqui.

Me seco e visto as roupas de Zip. A calça fica superlarga, mas ele deixou um cinto, então eu o passo pela cintura e puxo a calça para cima.

A camiseta que ele separou também fica larga, mas não ligo. Gosto de vestir as roupas dele. Parecem uma nova pele.

Eu o encontro sentado perto da vitrola. Me sento ao seu lado.

— Quem está cantando? — pergunto.

— Ma Rainey — responde ele. — Uma das maiores artistas de todos os tempos.

A letra da música me impressiona. *"Ontem à noite saí com um grupo de amigas. Todas mulheres, porque não gosto de homem nenhum."*

— Nossa — digo. — Eles deixavam ela cantar sobre como gosta de mulheres.

Ele ri.

— Bom, eles deixaram ela se safar onze anos atrás. Quando você tinha…

— Seis anos — completo, com um sorriso.

— Veja bem — diz Zip. — As pessoas gostam de acreditar que a sociedade só anda para a frente, só melhora. E às vezes é assim mesmo. Mas, na verdade, às vezes as coisas pioram. E as coisas podem piorar ainda mais para aqueles que não detêm nenhum tipo de poder, entende?

— Entendo, sr. Lamb.

Estou pensando em Vicente e na família dele. Em como num instante eles eram cidadãos americanos e no momento seguinte foram forçados a ir embora, junto com centenas de milhares de irmãos e irmãs, mães e pais, tias e tios.

— Você está vestindo as minhas roupas, sentado no meu apartamento. Acho que já pode me chamar de Zip.

— Tá bom, Zip. — Respiro fundo. O disco termina, e só me restam meus pensamentos. Por mais que eu não queira, só consigo pensar em ligar para Mildred. Ela precisa fazer isso tudo desaparecer. — Acho que vou fazer aquela ligação agora, Zip.

Ele estica o braço e pega o telefone, estendendo o aparelho para mim.

— Você lembra do endereço daqui? — pergunta ele.

Assinto.

— Sou pianista. Fui treinado para ter boa memória.

Disco o número particular que Mildred me deu para emergências.

— Mildred Butler, com quem eu falo?

— Aqui é Bobby Reeves — respondo, odiando meu tom de voz submisso. Estou com medo de ser julgado por ela.

— Você está encrencado — diz ela.

Não é uma pergunta. Por que mais eu estaria ligando?

— Me desculpa — peço. — Não quis que nada disso acontecesse, e juro que sou inocente.

— Do quê?

— Perdão?

— Inocente do quê?

— De... Bom... Eu fui detido por... Bom, atentado ao pudor... Mas o policial me seguiu até o banheiro no Rendezvous.

— Você voltou para aquela boate de bicha? — pergunta ela, curta e grossa.

— Sim — murmuro.

— Então podemos parar com esse papo de inocência, não é mesmo? — Há uma longa pausa. Estou com medo de ela desistir de mim. De me dizer que o estúdio vai encerrar meu contrato. — Foi para a delegacia de Hollywood? — pergunta enfim.

— Fui — respondo.

— Temos bons contatos lá. — Ela só fala o necessário. Vai direto ao ponto. Não tem interesse algum em conversar comigo, só em fazer o próprio trabalho. — Você sabe que sua mãe vai ter que saber disso, né?

— Mas...

— Desculpe, mas, quando há polícia envolvida, os responsáveis precisam ser notificados.

— Tudo bem — digo.

— Se acontecer de novo, você não terá a mesma sorte. Essa é sua última chance, garoto. Você ainda não foi escalado para nenhum filme e já está sendo um pé no saco.

Ela desliga na minha cara e eu seguro o telefone com força, como se Mildred pudesse voltar a qualquer momento para continuar me envergonhando e me humilhando. Zip pega o aparelho da minha mão e coloca de volta no gancho.

— Como você está se sentindo? — pergunta ele.

— Nada bem — digo. — Pisei feio na bola. Fiz tudo o que você me disse para não fazer. Tomei um estimulante. Me deixei levar e entrei no banheiro com um...

— Pode parar — ordena ele. — Não quero mais ouvir essa auto-flagelação. Quando tudo isso passar, vamos conversar mais uma vez sobre as pílulas. Mas agora você precisa entender que caiu numa armadilha. O que aconteceu contigo está acontecendo com homens e mulheres como nós por todo o país. — A fúria na voz dele ganha forma física, como uma arma. — Sabe o que eles fizeram quando a Lei Seca terminou em Nova York?

Balanço a cabeça.

— Passaram uma lei impedindo estabelecimentos de atenderem homossexuais. De deixar que a gente se reunisse em público. Deus que me perdoe, mas a gente só quer um espaço que nos pertença!

— Deus não perdoa, né? — pergunto. — É isso que mamãe e Mildred falariam.

— Com todo o respeito, mas que se dane sua mãe e Mildred. Deus nos ama do jeitinho que somos. Tenho certeza. E, quanto mais cedo você entender isso, mais cedo vai parar de se culpar. — Olho para cima e percebo uma pequena cruz na parede em cima do colchão dele. — Não é culpa sua. Não é culpa nossa. Eles não deixam a gente se reunir. Não deixam a gente entrar no exército perfeitinho deles. Não deixam a gente ensinar. Não deixam os livros e os filmes falarem sobre a gente. Você não vê o que eles estão fazendo?

— Estão tentando nos deixar invisíveis — digo.

Ele segura minhas mãos.

— Mas nós não somos. Nós existimos. Desde sempre. E para sempre. E eu quero ver só quando todos eles morrerem e forem para o céu e descobrirem que Deus estava do nosso lado esse tempo todo.

— Acho que eles nem vão para o céu — digo. — Talvez vão todos para o inferno.

— Não acredito no inferno — declara Zip. — Aqui, nesta desgraça de planeta, existe o bem e o mal, o justo e o injusto. Mas isso é tudo coisa do homem. Nós criamos as crianças para ter ódio no coração. Ensinamos isso a elas. Lá em cima, no céu, aos olhos de Deus, somos todos bons. Estamos todos perdoados.

Assinto. Queria poder acreditar no que ele acredita. Que alguém pode ser cruel nesta vida e, ainda assim, merecer perdão depois da morte. Não sei se consigo.

— Melhor eu te levar para casa — diz Zip.

— Ah, não precisa... Quer dizer, minha mãe e o Willie, bom, Mildred vai contar para eles o que aconteceu, e os dois vão ficar bem chateados e...

— É exatamente por isso que estou me oferecendo para ir até lá com você. Caso você precise do meu apoio.

Penso na proposta por um momento. Será que prefiro encarar mamãe e Willie sozinho? Ou seria melhor ter Zip ao meu lado? A resposta é óbvia.

— Claro — digo. — Obrigado. Por, sabe, tudo.

— Se quiser me agradecer, cuide bem da próxima geração quando tiver a minha idade — fala ele.

— Não entendi.

— Eu tive professores. Mentores. Pessoas que me ajudaram a encontrar o meu caminho num mundo que vivia tentando me tornar invisível, como você muito bem disse. Se quiser me agradecer, pode fazer o mesmo. Quando se tornar um homem, se torne um professor, um mentor. Ajude os jovens que são invisibilizados a se tornarem o oposto. Faça com que eles se sintam vistos. Sem professores e mentores, nossa comunidade estaria perdida.

— Tá bom — digo. — Prometo.

Zip fica de pé e estende a mão para me ajudar a levantar. Olha para mim antes de sairmos.

— Cabeça erguida. Nunca esqueça que ninguém pode tirar o seu orgulho.

Mamãe e Willie estão nos esperando na sala quando chegamos em casa, assim como eu temia. A primeira coisa que eu noto é como Frisco parece assustado. Ele está no cantinho da sala, acanhado do jeito que sempre fica quando mamãe e Willie brigam. Eles devem ter gritado. A segunda coisa que eu noto é meu diário, com páginas e páginas escritas sobre o meu amor por Vicente. Está nas mãos da mamãe. Eu sabia que deveria ter deixado aquelas páginas em branco.

— Oi — digo bem baixinho quando entramos.

— Quem é você? — pergunta Willie para Zip.

— Meu nome é...

Mamãe o interrompe.

— Nós nos conhecemos na festa do Billy Haines. — Ela lança um olhar penetrante para Zip. — Isso aqui é coisa sua? Corromper os jovens é a especialidade de vocês, não é?

— Ele não fez nada — digo. — Nem estava lá quando aconteceu. Ele só me ajudou.

— Te ajudou com o quê, exatamente? — pergunta Willie, se aproximando de Zip. Ele peita Zip, cercando-o de um jeito ameaçador. — Se você encostou um dedo que seja no meu garoto...

— Willie, para! — imploro. — Ele não encostou em mim.

Frisco levanta num salto e vem correndo me proteger. Ele começa a latir aos meus pés.

— Eu jamais machucaria uma criança — diz Zip. — Só quero o melhor para o Bobby.

— O melhor para o Bobby é não ter a mente cheia de ideias malucas. — Mamãe levanta meu diário. — Li isso aqui depois de receber uma ligação da Mildred. Você é mencionado algumas vezes, sr. Lamb. Parece que o encorajou a se tornar um homossexual.

— Ninguém se torna homossexual — diz Zip, com calma. — Veja bem, ele já é um. Eu o estou encorajando, e vocês dois também, a aceitar isso.

— Aceitar? — pergunta mamãe. — Eu dediquei minha vida inteira a dar ao meu filho a vida que ele merece. E agora você quer que eu deixe ele jogar tudo no lixo para se apresentar com roupas cheias de penas que nem você?

Zip olha para mim com tristeza.

— Eu só queria que o Bobby não precisasse escolher entre a carreira que ele merece e o amor que ele merece.

— Bom, mas ele precisa — diz mamãe, com firmeza. — É assim que o mundo funciona. Agora, gostaria de pedir para que o senhor vá embora, de preferência para muito longe, assim como Vicente. Graças a Deus ele está no México.

— Retire o que disse! — exclamo. — Retire já o que disse! O que aconteceu com a família dele não foi justo! Não foi nem um pouco americano!

Mamãe simplesmente ri.

— Se você acha isso, então não entende os Estados Unidos.

— Esse garoto é seu filho — diz Zip. — Ele passou por muita coisa hoje. Talvez, em vez de julgá-lo, seja melhor apoiá-lo.

O olhar da mamãe está fixo em mim quando ela diz:

— Se eu não julgar, se eu não punir, como ele vai aprender a não fazer isso de novo? Você pode até gostar de brincar de fada madrinha, mas a mãe dele sou eu.

Zip não se deixa abater.

— Você não pode mudar uma pessoa. A vida ainda não te ensinou essa lição?

Willie, que passou um bom tempo quieto, finalmente grita com Zip.

— Já chega, por favor! Você precisa ir embora. Isso aqui é assunto de família.

— Mas você não é minha família, Willie! — berro, segurando Frisco contra o peito para não o assustar com a minha fúria. — Você conheceu minha mãe três anos atrás. Casou com ela há dois.

Willie parece magoado, como se eu o tivesse golpeado.

— Nós temos o mesmo sobrenome — murmura ele. — Minha intenção sempre foi te adotar assim que sua mãe desse permissão.

Sei que Willie quer ser meu pai, e sei que ele não merece minha raiva. Mas, no momento, não consigo segurar a honestidade.

— Que tal pedir a *minha* permissão? Eu tenho um pai. Ele está por aí, em algum lugar. Sei que está, e quero saber quem ele é.

— Você ama um pai imaginário mais do que a mim? — pergunta Willie.

— Ele não é imaginário. — Mordo o lábio com força. — Ele é meu pai *de verdade*.

Willie se encolhe.

— Seu pai *de verdade*? — repete ele, com deboche. — Nossa. — Ele se vira para mamãe. — Me dá a chave no seu colar, Mags.

— Willie, pare! — ordena mamãe.

— Me dá! — Willie se aproxima dela. — Eu faço tudo o que você manda. Mas ele nunca me verá como um pai porque você não me trata como o pai dele. Você me trata como um funcionário. Agora me dê o colar.

Meu coração acelera. Eu sempre soube que havia um segredo por trás do colar da mamãe.

— Eu nunca vou te perdoar, Willie — diz mamãe, tremendo de um jeito que demonstra como ela está assustada de verdade.

— Me dê ou eu simplesmente conto para ele.

— Me conta o quê? — pergunto. — Mamãe, do que ele está falando?

— Willie, por favor, chega — implora mamãe. — Nós combinamos quando você me pediu em casamento. Você prometeu…

— Não, nós prometemos que seríamos uma família. Que eu teria um filho. Um filho de verdade. — Willie se vira para mim. O desespero no rosto dele é de partir o coração. — Eu achei que poderia ser o pai que você precisava. Achei mesmo. Juro. Mas não posso. Você merece saber quem é o seu pai.

— Mamãe? — chamo. — Willie sabe quem é o meu pai?

Ela assente. Então, arranca o colar que nunca tira. Segura firme o pequeno pingente de chave dourada pendurado na corrente, vai até o armário ao lado da lareira, sobe em uma cadeira e pega uma caixa escondida em cima do armário. Coloca a caixa sobre a mesinha de centro. O rosto dela está apavorado quando enfia a chave no cadeado e abre.

— Por quê? — choraminga mamãe. — Por que você está me obrigando a fazer isso, Willie? — Eu nunca a vi tão abatida e vulnerável. Ela olha para mim e pergunta: — Tem certeza de que quer saber?

Assinto.

— Eu preciso saber, mamãe.

Ela abre a caixa. Me afasto de Zip e olho lá dentro. Há uma foto dela com um homem de pele escura. Ela está tão nova na foto. Feliz. Inocente. Segura um coelho branco em uma das mãos. E o homem na foto... O braço dele a envolve com ternura. Mas não é isso que faz meu coração perder o compasso. O que me assusta é como o homem é praticamente idêntico a como eu sou agora. Ele deveria ter mais ou menos a minha idade na foto.

— Meu Deus — sussurra Zip. — É você.

Realmente poderia ser eu naquela foto, ao lado da minha mãe linda e jovem. Solto a foto e pego um pedaço de papel de dentro da caixa. Reconheço a caligrafia da mamãe no papel. Ela escreveu um nome no topo e, logo abaixo, uma série de endereços e números de telefone. Riscou a maioria dos endereços e números, exceto pelos que estão no fim da lista. Encaro o papel, depois Willie, depois mamãe e, por fim, Zip. Leio o nome em voz alta. Não sei pronunciar direito.

— Hah-sim Je-far-zé-dei.

— Se pronuncia Hossein Jafarzadeh — diz mamãe, com tristeza.

— Lalehzar. Teerã. Irã — leio as palavras baixinho, quase que só para mim.

— Eu vivo rastreando ele — conta ela. — Só por precaução.

— Por precaução... — repito. Pego a foto dos dois mais uma vez. Encaro os olhos marejados dela e digo: — Você o amava.

Mamãe fecha os olhos. Talvez não consiga olhar para mim agora. Ou talvez esteja voltando no tempo, para a época em que ainda era a garota da foto.

— Sim, eu o amei muito. — Ela abre os olhos e encara Willie, que parece devastado. — Me desculpe. Acho que meu coração se fechou quando tive que o deixar.

Willie só balança a cabeça com tristeza.

— Por que você guardou esse segredo de mim por tantos anos? — pergunto.

— Não posso... É uma história longa demais para hoje. Eu te conto. Prometo. Mas, por favor, hoje não. Não depois de tudo o que passamos.

— Só me diz uma coisa... Ele sabe que eu existo?

Mamãe assente.

— Ele me pediu para te batizar como Babak antes de eu ir embora do Irã. Antes de você nascer. Eu nunca contei aos meus pais. Eles não me deixariam te chamar de Bobby se soubessem que era meu jeitinho de manter seu pai junto com a gente.

— Babak — sussurro. — É quem eu poderia ter sido. Babak Jafarzadeh.

— Eu não tive escolha — diz ela. — Ficar com ele me faria perder meus pais. E eu não podia fazer isso. Eles eram minha família. Eu precisava da ajuda deles para cuidar de você. Precisava do apoio deles.

— Do dinheiro deles? — pergunto.

Mamãe nunca me contou muita coisa sobre os meus avós, que morreram quando eu ainda era bebê. Mas duas coisas sempre foram óbvias para mim: ela guardava rancor deles e nós vivemos com o dinheiro que ela herdou dos dois, até ele acabar.

— Sim, do dinheiro deles — confirma ela. — Mas também do apoio emocional. Eu era apenas uma garota. Não podia ficar sozinha num país estrangeiro, criando uma criança sem eles por perto. Eles ficaram furiosos comigo, mas muito mais furiosos com ele. Me proibiram de entrar em contato com Hossein de novo. Eu não sabia o que fazer.

— Esse é o telefone dele, não é? — pergunto, passando o dedo pelo número anotado no fim da lista. — Quero ligar para ele.

— Não dá — diz mamãe. — Nós não temos um plano telefônico com chamadas de longa distância.

— Eu tenho — anuncia Zip. Todos olhamos para ele, surpresos. — Tenho um grupo de amigos que se mudou para Berlim há alguns anos. Lá era mais seguro para eles.

— Vou ligar para ele — falo para mamãe.

— Por favor, Bobby. — Mamãe parece esgotada. — Sei que tenho pegado pesado com você. E sei que nunca te disse quem é o seu pai. Mas o que você queria que eu fizesse? Se eu pego pesado, é porque vejo seu potencial. Eu não te contei a verdade sobre seu pai para te proteger. Que bem faria se as pessoas soubessem que você é estrangeiro? Olha o que aconteceu com Vicente e com a família dele. Isso pode acontecer com você também. Eles podem te expulsar a qualquer momento se não gostarem de quem você é neste país. Eu entendo o jeito como o mundo funciona.

Encaro mamãe. Quero odiá-la. Mas não odeio. Sinto pena. Porque ela não teve a força necessária para viver a vida que realmente queria.

— Se este país não me quer, e não quer mesmo, então não quero ficar aqui — digo.

— Você não sabe o que está dizendo.

— Sei, sim. — Estufo o peito. — E você, mais do que qualquer pessoa, deveria entender. Somos iguais, não somos? Você foi proibida de amar meu pai. E eu fui proibido de amar Vicente.

— É diferente — diz ela. — Hossein e eu, nós não pecamos. Nós criamos você...

— Eu não sou pecador, mamãe — digo, com calma. — Deus me ama. — Olho para Zip, que assente em apoio. Então, me volto para ela novamente. — Só quero viver minha própria vida. Fazer minhas próprias escolhas. E estou escolhendo ligar para o meu pai.

— E depois? Pense com calma. Falar com você só vai deixar Hossein ainda mais magoado. Você é apenas uma ideia na cabeça dele. Algo distante e invisível. Escutar a sua voz vai partir o coração dele.

— Hoje eu aprendi uma coisa — começo. — Um coração partido é melhor do que um coração de pedra. — Dou um beijo na cabeça de Frisco. — Um coração partido pelo menos tem cura.

Saio de casa, ainda segurando Frisco. Zip vem logo ao meu lado.

— Vamos lá, você pode usar o telefone lá de casa. — Fazendo carinho na cabeça de Frisco, acrescenta: — E você é bem-vindo também.

Da janela aberta, posso ouvir mamãe gritando com Willie. É tudo culpa dele, ela berra. Quer que ele saia de casa.

Está claro que o casamento deles acabou.

E a minha vida está apenas começando.

# MOUD

### Teerã, 2019

Estou pesquisando no celular quando Shane me liga. É manhã no Irã, noite em Los Angeles. Silencio a chamada. É a quarta vez que ele me liga e fica sem resposta. Mas acontece que eu não sei como contar tudo o que aconteceu, tudo o que está na minha mente. Volto para a pesquisa, revirando o mundo inteiro atrás de Shirin Mahmoudieh. Sei o nome dela, sei que ela estudou biologia e queria ser pesquisadora no campo da medicina e que tinha um irmão que morava na Inglaterra. Mas as únicas duas Shirins Mahmoudiehs que encontro têm a idade errada. Uma, velha demais, mora em Resht. A outra, nova demais, mora em Munique. Não consigo achar outra Shirin Mahmoudieh em lugar nenhum, então ou ela não deixa nenhum rastro na internet, ou se casou e mudou de sobrenome. Quero muito encontrá-la solteira, ainda apaixonada pelo meu pai. Tenho essa fantasia de dar a ele uma segunda chance na vida, no amor. Talvez ele consiga ser feliz de novo. E, se for amado, talvez consiga me amar de um jeito novo, um jeito mais profundo. Talvez seja uma missão egoísta, apenas um jeito de transformar o pai que eu tenho no pai que eu sempre quis. Shane me liga de novo. Não dá para continuar ignorando, então aceito a chamada de vídeo.

— Oi — digo.

— Oi.

Ele parece diferente. Raspou o cabelo bem curtinho. O visual fica estranho nele, como se fosse uma autopunição.

— Desculpa não ter retornado suas ligações...

— Nem mensagens. Nem e-mails. Nem qualquer meio de comunicação disponível só para dizer: "Oi, Shane, sei que você está passando por um momento difícil. Como está enfrentando tudo isso?".

Ele coça a cabeça.

— Enfrentando? — repito baixinho.

Não quero julgá-lo. Sei que problemas são relativos. Sei que ter viralizado desse jeito é um pesadelo para ele, mas é tão complicado para mim ouvir essa linguagem dramática quando só consigo pensar em Siamak preso, no amor do qual meu pai abriu mão, na vida que meus avós jamais puderam ter. Mas, até aí, como esperar que ele tenha empatia pelas coisas que estou vivendo se não contei nada disso para ele?

— Eu raspei a cabeça — diz ele.

— Tô vendo. Ficou...

— Ficou o quê? Fala.

— Tipo, ficou bom — digo. — Mas não combina muito com você.

Ele assente, e se vira na cama.

— Pois é... Bom, tenho pensado muito em mim mesmo. O que, obviamente, me faz pensar muito em nós dois, afinal, quem sou eu sem você?

Sinto um nó na garganta. O fato de que ele pensa em mim como parte dele me faz lembrar de tudo o que já vivemos juntos, todas as lembranças e a confiança que ele me deu. Quem eu seria sem ele? Provavelmente ainda estaria no armário. Provavelmente seria alguém que não desenvolveu um sistema imunológico emocional, como Shane costuma dizer. Meu pai sempre foi um exemplo de como fugir das emoções. Shane me ensinou a encará-las.

— E eu acho que... — Ele faz uma pausa. Escolhe as palavras a dedo. — Acho que é melhor a gente dar um tempo?

— Um tempo?

Por que ele está terminando *comigo* quando eu já estava pronto para terminar *com ele* há dias?

— Desculpa — pede ele. — Não queria ter essa conversa pelo celular. Óbvio.

— Óbvio — repito.

— Mas acho que ficar adiando seria falta de respeito com você. Eu sempre te digo tudo o que estou pensando, você sabe. Porque, se deixarmos de ser namorados, ainda seremos melhores amigos. Assim espero. E não é culpa sua. É minha. Minha e das merdas idiotas que eu invento. Preciso dar um passo para trás e descobrir quem eu sou sem um podcast, sem minhas opiniões escandalosas.

Fico sentado em choque por alguns instantes, depois solto uma risada. Não consigo segurar.

— Tá bom, não era a resposta que eu estava esperando, mas prefiro te ver rindo do que chorando.

Cubro a boca com a mão, tentando abafar o riso com a palma quente. Quando me recomponho, finalmente falo palavras que pertencem a mim e não a ele.

— Eu ri porque... Bom, não porque isso é engraçado, mas porque eu estava pensando a mesma coisa.

— Você queria terminar comigo? — pergunta ele, com um tom chateado.

— Acho que também preciso entender quem eu sou. Essa viagem tem sido...

Tem sido intensa. Mas o que eu conto para ele primeiro? Por onde eu começo?

— Tem sido... o quê? — pergunta Shane.

— Tem muita coisa que eu não sabia sobre a minha família, e acabei percebendo que tem muita coisa que eu não sabia sobre mim mesmo. E como posso estar com você se ainda nem sei quem eu sou?

— É assim que eu me sinto! — Ele respira fundo. — É esquisito, né? Estamos a milhares de quilômetros de distância, mas de certa forma estamos passando pela mesma experiência.

Balanço a cabeça.

— Na real, não, Shane.

— A mesma experiência *emocional*.

Me levanto. Solto um suspiro profundo. Ando pelo quarto enquanto falo, deixando meus pensamentos fluírem.

— Não — insisto. — Não estamos passando pela mesma experiência emocional. Eu amo que você queira se sentir conectado com a minha experiência, que queira se conectar com o mundo *inteiro*, mas você não sabe como é descobrir que seus avós eram gays e não podiam viver livremente...

— Peraí, o quê???

— E que seu pai desistiu do primeiro amor para salvar a vida dos pais dele...

— Vai com calma, Moud — implora ele. — Não estou entendendo nada.

— E eu beijei outra pessoa — solto.

— Peraí, você me traiu? — pergunta ele, sem esforço algum para esconder que está magoado.

— Eu parei o beijo assim que aconteceu — explico. — E não é como se eu fosse vê-lo de novo, porque ele está na cadeia agora.

— Na cadeia? — repete Shane em choque. — Por quê?

— Por ser um artista gay, e é proibido fazer arte gay aqui. — Fico surpreso ao ver Shane sem palavras, então continuo: — E eu não te contei porque odiei ter beijado outro cara, ou ter deixado ele me beijar, que seja, porque na real não faz diferença. — Recupero o fôlego. Espero ele dizer algo, mas Shane continua quieto. — E eu não te contei porque... porque, se eu te contasse que ele está na cadeia, e que três amigos que modelavam para ele também estão presos, só te daria toda a munição que você precisa para dizer "eu te avisei".

— Não — sussurra ele, bem baixinho. — Não pense isso de mim.

— Isso o quê? — rebato, chocado com meu tom venenoso. — Não era você que não queria que eu pisasse num país tão antiquado que mata gays? Bom, aqui estou eu. Você tinha razão, não tinha? Você sempre quer ter toda a razão...

— Esse era o antigo eu. Não sou mais...

— Não importa — digo. — Não mais. Siamak está preso. Meu avô está quase morrendo. E eu só... Eu só...

303

Desabo. A fúria se transforma em tristeza.

— Moud, desabafa.

— Desculpa — murmuro. — Desculpa por ter beijado outra pessoa.

— Ai, meu amor, para. Você *beijou* alguém. Isso não te torna uma pessoa ruim. Seu amigo vai ficar bem?

Volto a me sentar na cama.

— Não sei. Meu avô está ligando para alguns advogados, tentando ver o que dá para fazer.

— Então, há esperança.

— Sempre há esperança. — Apesar de tudo, consigo sorrir. — Shane?

— Oi?

— A gente terminou oficialmente? — pergunto.

— Acho que sim. — Ele abre um sorriso triste. — Mas posso continuar sendo seu amigo?

Assinto.

— Eu adoraria. E estou aqui pra você também. Sempre que precisar.

— Vai atender minhas ligações agora que não está mais escondendo nada de mim? — pergunta ele.

— Vou — respondo.

Alguém bate na minha porta.

— Moud — diz meu pai, com a voz alta, do lado de fora.

— Hum, seu pai acabou de te chamar de Moud? — pergunta Shane.

— Pois é. Meu pai tem feito um monte de coisas surpreendentes nesta viagem. — Isso poderia ser o meu momento de dizer "eu te avisei", mas não quero ser mesquinho, então só digo: — Pode entrar, pai!

Meu pai entra. Ele já está vestido para o dia.

— Seu avô está nos chamando lá embaixo. Ele tem novidades.

— Sobre Siamak? — pergunto.

— Não sei. — Ele se balança ao lado da porta, todo sem jeito, e então pergunta: — É o Shane no telefone?

Assinto.

— Quer dar um oi?

Meu pai dá de ombros e eu viro o celular para que eles possam se encarar.

— Oi, sr. Jafarzadeh — diz Shane.

Ele pega o ukulele e começa a tamborilar de nervoso. Falar com meu pai nunca foi fácil para ele.

— Olá, Shane. Como vai? — pergunta meu pai.

— Tudo bem, no geral — responde Shane.

— A gente decidiu terminar — conto para o meu pai.

Ele não sabe como reagir. No passado, teria balançado a cabeça e ignorado, como se eu não tivesse dito nada. Como pode ter terminado um relacionamento cuja existência ele nunca reconheceu, afinal?

— Tá tudo bem — diz Shane. — É o melhor para nós dois.

— Pode ser — diz meu pai. Então, com a voz mais seca, completa: — Mas seu sistema imunológico emocional deve estar bem comprometido agora, Shane.

Solto uma gargalhada.

— Shane, meu pai tá te zoando, o que é um jeito superpersa de demonstrar afeto. — Isso arranca um sorriso irônico do meu pai.

— Te espero lá embaixo — diz meu pai antes de sair. — Tchau, Shane!

Consigo ouvir os passos pesados do meu pai quando digo ao Shane que preciso desligar.

— Se a gente não se falar mais até você voltar para casa, só queria te dizer que esse momento com seu pai foi profundamente esquisito, e também... Boa sorte com tudo. Vou ficar pensando no seu amigo. Se tiver alguma coisa que eu possa fazer...

— Shane, não há nada que você possa fazer.

— Nada disso. Posso começar uma vaquinha online, ou entrar em contato com algumas ONGs. Tipo, existem muitas formas de ajudar.

— Sabe, quando os estadunidenses tentam ajudar pessoas do Oriente Médio, geralmente dá muito errado — digo.

— É. — Dá para ver como ele odeia se sentir tão impotente. — Bom, a gente se vê em 2020, então.

— Até 2020!

Aceno um adeus para ele.

Sinto um vazio estranho ao desligar. Vazio porque não somos mais Shane e Moud, agora somos dois indivíduos separados. Estranho porque o vazio me parece cheio de possibilidades. Me parece certo.

Me visto e desço as escadas. Baba e meu pai estão me esperando na porta da frente. Baba me entrega um pedaço de pão *barbari* tostado.

— Café da manhã — diz ele. — Come no caminho.

— Aonde estamos indo? Você achou um advogado para Siamak e os amigos dele? — pergunto.

— Ainda não — diz baba. — Mas tenho uma ligação agendada para amanhã de manhã. Hoje vamos visitar um velho amigo em Karaj.

— Todos nós? — pergunto.

— É claro — responde baba. — Preciso do seu pai para dirigir.

Meu pai sorri.

— Não tenho a menor ideia de aonde estamos indo, mas sei que você não vai querer ficar sozinho depois do... término.

Sorrio.

— Pois é. Obrigado, pai.

Há uma expressão de paz no rosto do baba enquanto ele observa a conexão entre meu pai e eu. Então, ele diz:

— Quem precisa ir ao banheiro, a hora é agora, porque vamos ficar no carro por uma hora ou duas.

Penso no Shane durante a viagem de Teerã para Karaj. Meu pai dirige e o baba vai na frente; a cadeira de rodas está no porta-malas e eu estou sozinho no banco de trás. Ninguém fala nada, talvez porque a gente tenha, ao mesmo tempo, muita coisa e nada para dizer. Mas as rodas do carro girando, a topografia mudando, as árvores, estradas e prédios pelos quais passamos, o pequeno protesto contra o preço do combustível que vemos, tudo isso me ajuda a processar como é estar sem Shane. *Processar.* Uma palavra da qual meu pai provavelmente zombaria. Mas eu gosto. Ela reconhece que todas as coisas pelas quais passamos não têm início nem fim. Não de verdade. Eu e Shane podemos não ser mais um casal, mas esse não é o fim da nossa história. Minha mãe não foi embora, ela está aqui em mim, no meu pai. Se vir até o Irã me ensinou uma coisa, é que carregamos histórias dentro da gente.

Estacionamos na frente de um prédio moderno de quatro andares em Karaj. A rua é uma mistura de prédios comerciais e residenciais, com carros buzinando e pessoas andando pela calçada arborizada. O cheiro de fumaça me deixa meio zonzo enquanto baba se empurra por uma rampa e toca o interfone.

— Pois não? — atende uma mulher.

— Somos nós — diz baba. — Os Jafarzadehs.

Ela libera a entrada. Meu pai segura o portão para mim e baba.

— Graças a Deus esses prédios modernos são acessíveis para cadeirantes — diz baba enquanto chama o elevador. Subimos até o terceiro andar e tocamos a campainha.

Para minha surpresa, um menino abre a porta.

— Sejam bem-vindos — diz ele numa voz cantarolante. — Eu sou Bijan.

Olho para o meu pai. Há lágrimas se formando nos olhos dele enquanto encara os olhos do garoto e percebe quem viemos encontrar aqui.

— Olá — diz baba. — Eu sou Babak Jafarzadeh. Esse é o meu filho, Saeed. E o meu neto, Mahmoud, mas ele gosta de ser chamado de Moud. Viemos aqui ver...

— Meu baba. Eu sei. Ele me disse.

A voz do meu pai sai baixinha quando ele pergunta:

— Você tem o mesmo nome que o seu pai?

— Tenho — diz a criança. — Mas eu sou o Bijan Golbahar superior, e meu pai sabe disso.

Olho para o meu pai enquanto ele percebe que o rapaz que ajudou no protesto há tantos anos está vivo e tem um filho todo saidinho. Meu pai olha para baba cheio de gratidão.

— Como você encontrou ele?

— Eu conheço muita gente — diz baba. E então, voltando a atenção para o menino, diz: — Quer saber, Bijan? As crianças sempre são superiores aos pais. O meu filho, eu sei que é.

Uma mulher vem correndo até a porta, segurando um pano de prato. Ela veste um xador simples por cima do cabelo, coloca o braço ao redor do menino e sorri para nós.

— Por favor, entrem. Eu sou Behi. Estou atrasada porque Bijan ainda não voltou do trabalho.

Enquanto entramos na sala de estar, meu pai olha ao redor e diz:

— Que casa adorável.

Ele tem razão. Todos os pequenos detalhes indicam uma vida bem vivida. Tapetes antigos coloridos. Desenhos do menino pendurados nas paredes. E, é claro, fotos emolduradas da família ao longo dos anos.

— Sentem-se — oferece a mulher. — Bijan, seja um bom menino e venha me ajudar a pôr a mesa do café.

Behi leva o filho até a cozinha. Eu e meu pai nos sentamos lado a lado no sofá. O estofamento antigo nos faz afundar. Baba para a cadeira de rodas ao lado do meu pai. Behi e Bijan se juntam a nós rapidamente, e o menino serve uma bandeja de doces. *Zoolbia-bamieh*, *gaz* e *halva*. Behi traz outra bandeja com um bule de chá ao lado de cinco xícaras de vidro e cubos de açúcar.

— Tudo foi feito aqui em casa — diz ela enquanto serve o chá.

Ficamos em silêncio por um instante, apenas com o som do chá sendo bebericado. Finalmente, meu pai se pronuncia.

— Passei tantos anos querendo encontrar o Bijan. — A voz dele embarga.

— Nós sabemos — diz Behi. — Porque ele também estava desesperado para te encontrar. Mas não lembrava o seu nome, só o seu rosto. E quando finalmente descobriu seu nome, já parecia tarde demais, invasivo demais para... — A porta do apartamento se abre. — Ele chegou — fala ela, aliviada.

O som de passos se aproxima enquanto a voz imponente do Bijan mais velho preenche a sala.

— Desculpe o atraso. Tinha um protesto bloqueando as ruas. Acho que essa crise fóssil pode ser a coisa que finalmente vai derrubar o... — Quando Bijan chega na sala, congela imediatamente na frente do meu pai. — É você. — Os olhos dele se arregalam com o choque do reconhecimento. — É você. Eu te reconheceria em qualquer lugar.

Meu pai se levanta. Ele não diz uma palavra. Apenas se aproxima de Bijan e o abraça com força. Meu pai não é um cara de abraços, mas, no momento, dá para ver que ele não quer soltar.

Quando os dois finalmente se afastam, Behi faz as apresentações formais e todos se acomodam. Bijan senta numa poltrona, e o filho pula no colo dele. Bijan olha profundamente nos olhos de seu filho ao dizer:

— Este é o homem que salvou a minha vida. Ele poderia ter fugido. Mas, em vez disso, ficou ao meu lado, tirou o cinto...

O Bijan mais novo termina a história.

— E improvisou um torniquete.

— Isso mesmo — diz o Bijan mais velho. Movendo o olhar para mim, ele pergunta: — Você sabia que seu pai salvou minha vida?

Não me parece certo dizer que só fui descobrir recentemente. Então, só digo:

— Sim, eu sabia.

— Saeed *jan* — diz Behi, enchendo a xícara de novo. — Bijan sempre se perguntou por onde você andava.

— Eu também sempre me perguntei o mesmo sobre você, Bijan *jan* — diz meu pai. — Rezava para que você estivesse vivo.

Bijan assente, compreensivo.

— E eu rezava para que você tivesse uma vida boa. Rezava para que Deus te abençoasse muito em troca do presente que me deu.

Meu pai assente também.

— Eu tentei ter uma vida boa. Ser um homem bom. Infelizmente não é sempre que...

— Ele tem sido um bom pai — digo, com uma certeza que jamais imaginei que poderia sentir antes de vir para cá.

Meu pai me encara com os olhos marejados.

— Tenho mesmo?

— E um bom filho — acrescenta baba.

Meu pai balança a cabeça.

— Não sei, não. Me culpo por tanta coisa. Quando penso na gente naquelas ruas, Bijan, em tudo em que acreditávamos... E olha esse país agora. Às vezes sinto que falhei com a minha família e com o meu país.

— Você obviamente não falhou com a sua família — diz Bijan, com delicadeza. — Vejo isso com clareza. — Ele olha para a própria família.

— Quanto ao nosso país... Já pedi desculpas à minha esposa e ao meu filho inúmeras vezes por ter participado daquela revolução estúpida.

— Não fale assim — diz baba. — O que vocês fizeram não foi estupidez.

— Foi, sim — responde meu pai. — E você sabia disso mais do que ninguém. Porque me alertou para não ir às ruas.

— E tudo o que um pai diz está certo? — pergunta baba. — Me conta, Moud, seu pai está sempre certo?

— Com certeza não — respondo, com um sorriso.

— Viu só? — diz baba. — Você tinha muita força de vontade, Saeed. Evidentemente, você também, Bijan. Vocês não eram estúpidos. Apenas jovens. E cheios de esperança.

— E olha só no que a esperança se transformou — diz Bijan. — Nós queríamos liberdade e recebemos corruptos piores, mais mortes, mais guerras, mais injustiça...

— Você não pode se culpar pelo que Khomeini fez com o país — diz Behi. — Ele politizou uma doutrina espiritual. Transformou a desobediência a ele em pecado. Foi ele quem fez isso, não vocês.

O Bijan mais novo, que está acompanhando a conversa com muito interesse, se inclina para a frente ao dizer:

— Mas as pessoas não estão protestando de novo? Talvez as coisas mudem desta vez.

O Bijan mais velho balança a cabeça.

— Assim como mudaram durante o Movimento Verde dez anos atrás? Eu tive esperanças na época, mas, de novo, nada mudou.

— Um dia as coisas vão mudar — diz o garoto, com convicção. — Elas precisam mudar.

Baba sorri.

— Ouça o pequeno. Ele tem razão. Mudança é a única constante nessa vida. Nossa história é longa e nossa energia nunca é desperdiçada.

— Você acredita mesmo nisso? — pergunta meu pai.

— Preciso acreditar — diz baba. — Talvez isso só faça sentido quando você for velho como eu, mas não dá para deixar esta vida sem esperança. Preciso acreditar que há um mundo melhor chegando para o meu filho, para o meu neto e para todos os meus futuros familiares que nunca vou conhecer.

Sinto um calafrio repentino. Baba falando sobre a própria morte me assusta. Assim como a pressuposição de que eu possa ter filhos um dia. Que tipo de pai eu serei? De uma coisa eu sei: se tiver filhos, vou me certificar de que eles saibam tudo sobre baba. E sobre meu pai.

Meu pai bebe um gole de chá antes de fazer a próxima pergunta.

— Behi *joon*, você mencionou mais cedo que, quando descobriram meu nome, parecia tarde demais para entrar em contato. Como vocês me acharam?

Behi assente.

— Ela nos encontrou há uns dez anos.

— Menos que isso — diz Bijan. — Bijan já era nascido, lembra?

Eu e baba olhamos para o meu pai, enquanto nós três nos damos conta de que eles só podem estar falando de Shirin.

— Ela estava... estava... feliz? — pergunta meu pai.

— Foi uma ligação — diz Behi. — Ela queria falar com você. Entrar em contato. Mas também não queria voltar para a sua vida à força. Então, nos passou o seu nome, para o caso de querermos te encontrar.

A voz do meu pai sai bem baixinha quando ele pergunta:

— Vocês sabem como posso entrar em contato com ela?

Behi se levanta e pega um caderno de telefones antigo de dentro de uma gaveta. Ela folheia até encontrar o que está buscando, então arranca a página e entrega para o meu pai.

— Pronto.

Meu pai solta nossas mãos e se levanta para pegar o papel.

— Shirin Carmichael — diz ele, quase que para si mesmo.

Ela se casou mesmo. E mudou de nome.

— Ela mora em Londres — diz Behi. — Pelo que eu me lembro.

— Obrigado — diz meu pai. — Vocês não imaginam o que o dia de hoje significou para mim.

O Bijan mais velho se levanta e cumprimenta meu pai.

— Eu sei bem o que o dia de hoje significou para você.

Behi insiste que levemos metade dos doces ao irmos embora. Na saída, consigo ouvir o pequeno Bijan perguntando à mãe por que ela deu os docinhos deliciosos para as visitas. Behi ri.

— Bijan *joon* — diz ela. — Sobrou um monte pra você. Há doçura o bastante no mundo para todas as pessoas.

Passamos por um protesto na volta para casa. Na rua, as pessoas entoam: "Morte ao ditador!". Outros bradam: "Não temos dinheiro! Não temos combustível!". Outros gritam: "Desse mês não passa, Khameini, é hora de ir embora!". Outros exclamam: "Morte à República Islâmica!". Abaixo o vidro do carro e observo todos os rostos. A maioria são jovens. Homens jovens como meu pai foi um dia, marchando nessas mesmas ruas, numa mesma luta contra um inimigo diferente.

— Vocês acham que esses protestos vão mudar alguma coisa? — pergunto.

— Espero que sim — diz baba. — O governo vai fazer o que sempre faz. Matar pessoas. Prender pessoas. Mas o povo está furioso desta vez. As pessoas não têm como comprar combustível. Muitas mal conseguem sobreviver. A inflação tornou insignificante as economias do povo. A pobreza está por toda parte, de novo. E aqueles próximos ao aiatolá não pagam impostos sobre os seus milhões e bilhões.

Meu pai suspira.

— Já ouvi essa história antes.

— O poder corrompe — diz baba, com firmeza. — Mas, um dia, as pessoas deste país lindo terão o governo que merecem. Eu não estarei vivo para ver. Disso eu sei. Mas espero que você esteja, Saeed *jan*. É o que você sempre quis. Um Irã livre e próspero de verdade.

— Sim. — Meu pai assente. — Mas, baba, o meu tempo de vida é o seu tempo de vida. Enquanto eu estiver aqui, enquanto o Moud estiver aqui, você estará aqui também.

— *"E quando eu estiver morto, abra meu túmulo e veja..."* — diz baba.

— *"A nuvem de fumaça que se ergue sobre os teus pés..."* — continua meu pai. Levo um tempo para perceber que eles estão recitando um poema. Os dois finalizam juntos:

— *"No meu coração morto, o fogo continua ardendo por ti."*

— Quem escreveu esse? — pergunto.

— Hafez — diz baba. — Meu pai e eu costumávamos ler poesias juntos toda noite. Ele amava nossos poetas.

— Como ele era? — pergunto, imaginando meu bisavô sentado com a gente. Desejando ter quatro gerações de homens Jafarzadeh neste carro. Baba sorri.

— Ele era carinhoso. Carismático. Sabe, quando vim para Teerã conhecê-lo, aos dezessete anos, a visita era para durar uma semana, não a vida inteira. Não esperava que ele fosse me ajudar a quebrar meu contrato com a MGM. Nunca imaginei que eu fosse terminar meu ensino médio no Irã.

— E como foi vir para Teerã pela primeira vez e conhecer seu pai? — pergunto.

— O primeiro lugar para onde ele me levou foi num banho turco — lembra-se baba. — Ele me fez tantas perguntas naquelas pedras quentes. E respondeu a muitas das minhas também. Quando o homem veio me esfoliar, fiquei chocado com a quantidade de pele morta que saiu de mim. Acho que, naquele momento, eu soube que nunca mais iria embora. Porque foi tão bom me tornar aquela nova pessoa, com uma nova pele. — A voz do baba falha ao dizer: — Foi tão bom ser o filho dele.

Meu pai assente.

— Me perdoe por ter quebrado nossa tradição de ler poemas juntos, mas, se não for tarde demais, podemos recomeçar hoje à noite.

— Eu adoraria, pai.

Assinto para ele e depois volto a atenção para a mudança de paisagem pela janela do carro.

— É claro que, para apreciar nossa poesia de verdade, você vai precisar aprender a ler em persa — diz baba. — As traduções em inglês geralmente são péssimas, principalmente as do Rumi.

— Vou dar o meu melhor — prometo, empolgado com o desafio.

— Você é jovem — diz baba. — Na sua idade eu nem sequer tinha escutado persa, e olha pra mim agora. Os jovens conseguem aprender qualquer coisa.

— Me ensina um poema — peço. — Um dos seus favoritos.

— Você que é o pai dele — diz baba para o meu pai. — Ensine um dos seus favoritos.

— *"Como posso saber qualquer coisa sobre o passado ou o futuro"*. — Meu pai recita de cor.

— Ah, Rumi — diz baba. — Sabia que esse também era o favorito do meu pai? Foi o primeiro poema que ele me ensinou, na minha primeira noite no Irã. *"Como posso saber qualquer coisa sobre o passado ou o futuro..."*

De repente, um motociclista nos corta quando estamos virando na rua Lalehzar. Meu pai quase o atropela e buzina, furioso. Aumentando o tom de voz, berra:

— Idiota! Se tem uma coisa desse lugar que não sinto saudade são os motoristas malucos.

Baba ri e meu pai estaciona na frente de casa. Ajudamos baba a se sentar na cadeira de rodas e ele entra. Hassan Agha nos recebe e pergunta se baba precisa de alguma coisa.

— Estou bem — diz baba. — Acho que vou tocar um pouco de música.

Enquanto ele se dirige para o escritório, meu pai o chama.

— Baba, queria te dizer...

Ele vira a cadeira de rodas.

— Só... obrigado — diz meu pai. — Por encontrar Bijan, e por... por me perdoar mesmo depois de tantos anos de ingratidão. Sou grato por você.

— Obrigado, meu filho — diz baba, com um sorriso melancólico.

— Mas o que eu quero é que você perdoe a si mesmo.

Eu e meu pai estamos subindo as escadas quando o som do baba tocando tar toma conta da casa.

— É tão lindo — comento.

— Você deveria aprender com ele enquanto seu baba ainda está aqui — sugere meu pai.

— Você sabe tocar? — pergunto.

— Um pouquinho — diz ele. — Sempre fui melhor no piano.

— Você toca piano?

Me pergunto se um dia as coisas que eu e meu pai não sabemos um sobre o outro vão acabar. Espero que não.

— Eu costumava tocar. — Ele passa o braço em volta de mim. — E sua mãe era uma cantora magnífica. Numa das primeiras noites em que saímos juntos, fomos a um bar com piano ao vivo. — Ele pausa assim que chegamos no topo da escada. — Um bar gay com piano ao vivo.

— Não me parece um lugar típico para um encontro de um casal iraniano heterossexual na década de setenta — digo, com uma risada.

— Não era um encontro, na verdade. Mas sua mãe cantou "Do Panjereh" e eu toquei piano, e o público nos aplaudiu de pé. — Meu pai balança a cabeça, sorrindo com a lembrança. — Tá bom, o dia foi longo. Vamos descansar um pouco.

Eu o observo voltando para o quarto e fechando a porta. Tem tanta coisa que eu gostaria de dizer. Perguntar. Mas, quando vou até o quarto dele, o escuto falando. Ele está ligando para Shirin. Parece que está deixando uma mensagem na caixa postal.

Decido não interromper, mas ele passa para me ver antes de dormir. Lê um poema do Khayyam para mim, em persa e depois em inglês. Recitamos juntos até eu aprender de cor.


Sou acordado pela voz de Ava na manhã seguinte. Não só dela, dos pais também. Todos estão reunidos na sala de estar, conversando alto. Olho para o relógio. Dormi até tarde, emocionalmente exausto pelos eventos do dia anterior. Quando chego na sala, encontro meu pai e baba sentados de um lado. Ava está no meio e os pais dela, do outro lado.

— Baba, tem certeza disso? — pergunta Ava.

— Ava *joon* — diz o pai dela, Farhad. — Baba disse que quer vender o terreno...

— Eu sei — diz Ava. — E obviamente eu também quero que ele venda.

Me sento ao lado do meu pai, confuso. Ava sempre se opôs à venda do terreno do baba para que Farhad construísse um arranha-céu.

— Então deixe ele vender — diz Farhad. — Quanto mais cedo resolvermos isso, mais cedo ele terá o dinheiro nas mãos.

— Quero antes de janeiro — diz baba.

— Tenho certeza de que será possível — confirma Farhad.

A mãe de Ava, Shamsi, se inclina para a frente.

— Baba *jan*, sei que não era isso que o senhor queria, mas espero que esteja feliz. Mesmo depois que você pagar o advogado e o juiz, terá dinheiro de sobra para comprar um apartamento excelente. Algo que seja acessível para cadeirantes.

Troco um olhar com Ava e ela acena.

— O que está rolando? — pergunto baixinho.

Ava solta um suspiro demorado.

— Baba encontrou um advogado que vai ajudar Siamak e os amigos dele.

— Peraí, isso é bom, não é? — digo. — Ainda há esperanças?

— No Irã, o dinheiro compra qualquer coisa, até esperança — explica baba.

Estou começando a entender o que aconteceu.

— Ah, então você vai... vai vender a casa e o terreno para poder libertá-los?

Ava explica:

— É assim que as coisas funcionam aqui. Juízes podem ser subornados se o advogado certo souber como burlar o sistema.

Para alguém que ama tanto Teerã, no momento Ava parece enojada do próprio país.

Assimilo todas as informações. Toda a corrupção. Acho que, às vezes, esse é o preço da liberdade. Ainda assim, não tem como não perguntar:

— E o que aconteceria com eles se o baba não tivesse um terreno tão valioso em mãos?

— Não faça perguntas se não quer saber as respostas — diz baba. — Pessoas que não podem subornar alguém para se livrar de encrenca não deveriam estar aqui. Deveriam buscar asilo em outro lugar.

Engulo em seco. O presidente cruel dos Estados Unidos entrou em guerra com os imigrantes em busca de asilo, deixando pessoas como Siamak à deriva neste emaranhado de corrupção. Para cada Siamak que conseguir sair da prisão, outros não terão a mesma sorte. Fecho os olhos, sentindo o peso das informações. Os líderes de ambos os países a que eu pertenço não se importam com o povo, só com o poder.

— Baba *jan* — diz Farhad. — Se o senhor for até o meu escritório, podemos arrumar toda a papelada rapidamente. Queremos registrar tudo hoje para ir tocando as coisas.

Baba assente.

— Vamos, então. Estou pronto.

Enquanto ele empurra a cadeira de rodas para a frente, consigo ver a determinação no seu olhar. Tenho tanto orgulho de ser neto dele. Meu avô é um homem que está disposto a demolir a própria casa só para salvar quatro garotos. Me viro para Ava.

— Como você está? — pergunto.

— Não sei. — Ela se levanta para se sentar mais perto de mim. — Acho que estou feliz porque meus amigos vão ficar bem. E triste porque esta casa, com todas as suas lembranças, será destruída.

— Sinto muito. — Queria poder encontrar palavras melhores para dizer.

De repente, ela se levanta.

— Vamos fotografar tudo. Cada cômodo. Cada cantinho. Cada armário. Assim, se um dia esquecermos como era alguma parte da casa, teremos as fotos. — Ela pega o celular e começa a fotografar de vários ângulos. Então, aponta a câmera para mim. — Ai, *baba*, faz uma pose bonita. — Eu faço beicinho. Qualquer coisa que coloque um sorriso de volta no rosto dela — Melhor assim.

Fotografamos o andar de baixo primeiro. Depois, subimos as escadas. Quando chegamos nos quartos, já estamos tontos. Ava me conta as histórias favoritas dela sobre cada cômodo. O banheiro onde maman costumava tingir o cabelo. A janela que Ava quebrou com uma bola de tênis quando tinha dez anos. Ela coloca um cronômetro na câmera e me faz posar junto em todos os quartos, me orientando a fazer uma cara feliz, uma cara sensual, uma cara de choque.

Voltamos lá para baixo para fotografar o escritório do baba por último. Os instrumentos dele estão lá. O tar. O piano de cauda. O tambaque, o dafi, o violão.

— Siamak teve aulas com ele — diz Ava.

— Imaginei.

— Toda vez que eu conhecia alguém passando por dificuldades por causa da sexualidade, eu mandava a pessoa fazer aula de música com o baba. Mas eles não aprendiam só música. — Ela tira uma foto do escritório enquanto fala, depois mais uma. Ela não me pede para posar. O clima não é mais de brincadeira, e sim reverência. — Eles chegavam aqui e aprendiam sobre a própria história. Aprendiam que não estavam sozinhos. Que sempre foram parte do nosso país e sempre serão. É isso que baba e maman faziam pelas pessoas.

Assinto. Passo as mãos pelo braço liso do tar do baba, o instrumento que espero aprender a tocar um dia.

— É demais ser parte dessa família, né? — diz Ava. — Nem todo mundo tem a nossa sorte.

Olho para ela e sorrio. Essa viagem trouxe à tona muitas emoções conflitantes: decepção, tristeza, arrependimento. Mas também amor, conexão, propósito. Ava tem razão. Sou um garoto de sorte.


Siamak e os amigos são liberados no último dia do calendário ocidental. Ainda faltam quatro meses para o Ano-Novo persa, meses que terão para se recuperarem da brutalidade que vivenciaram antes de receber o renascimento que a virada de ano simboliza. Ava leva todos até a casa de baba naquela manhã para que possam agradecê-lo pessoalmente. O rapaz cujo pai deu início a essa cadeia de eventos horríveis está com lágrimas nos olhos ao dizer:

— Sr. Jafarzadeh, se não fosse pelo meu pai, nada disso teria acontecido. Eu já disse para todo mundo que sinto muito, mas preciso te falar que...

— Pare — diz baba gentilmente. — Eu é que sinto muito por você não ter um pai que te ama e te aceita. Espero que ele mude um dia, mas, se não for seguro voltar para casa, você é bem-vindo aqui. E tenho muitos amigos que também podem te receber. Nossa comunidade sempre precisou de mentores para nos guiar e nos proteger. Eu não sou nem um pouco especial.

— Mas a sua casa... O senhor desistiu da sua casa — diz o garoto, com tristeza profunda.

— Ela só será demolida na semana que vem. — Baba olha ao redor. — Ainda tenho muito tempo para aproveitar aqui. E consegui um bom dinheiro com a venda. Você não tem motivos para se sentir culpado.

Depois que todos expressaram sua gratidão, os rapazes vão embora, exceto por Siamak. Ele e Ava me convidam para almoçar *abgoosht* com eles.

— Podem ir — diz baba. — Mas tomem cuidado nas ruas. Os protestos estão piorando.

— Não se preocupe — diz Siamak. — Não vou arriscar ser preso de novo.

Meu pai respira fundo.

— *Você* não deve se arriscar — diz ele. — Mas eu vou. Eu ajudei a trazer este regime nojento ao poder. É hora de me levantar contra eles.

— Saeed *jan* — sussurra baba. — Por favor. De novo, não.

— Achei que você tivesse orgulho da minha coragem — diz meu pai.

— Eu tenho. Eu tive. Mas... — Ele se perde nas palavras.

— Acho melhor eu sair para almoçar com Siamak e deixar vocês discutirem em particular — sugere Ava. — Moud, você vem com a gente?

Balanço a cabeça.

— Acho que vou ficar por aqui, mas levo vocês até lá fora.

Ava e Siamak beijam baba e meu pai nas bochechas antes de sairmos juntos. Enquanto Ava destranca o carro, é impossível não me lembrar da noite em que ela me buscou para a festa em que conheci Siamak. Dalida tocando no aparelho de som enquanto ela me levava para uma nova realidade. Me sinto uma pessoa diferente agora.

— Tem certeza de que não quer *abgoosht*? — me pergunta Ava.

Balanço a cabeça.

— Tipo, eu amo *abgoosht*. Mas, se meu pai vai ao protesto, eu quero ir com ele.

— Moud, tome cuidado — alerta Siamak. — Agora você sabe o que o governo daqui é capaz de fazer.

— Mas ele é meu pai. — A emoção na minha voz me surpreende. — Não posso deixar que vá sozinho. E não posso esperar que ele fique do meu lado se não fico do lado dele.

Por impulso, Ava me puxa para um abraço apertado.

— *Vay.* — Ela aperta minhas bochechas com força. — *Vay.* — Ela puxa meu rosto para perto de Siamak. — O que será de mim quando meu primo for embora, Siamak? Olha essa carinha fofa! O que será de mim?

— Você vai virar uns shots de tequila e dançar até a tristeza sumir — diz Siamak, com um sorriso.

Ava dá um tapa no ombro dele de brincadeira.

— Seu babaca, é isso mesmo que vou fazer! Você me conhece tão bem.

— Isso ainda não é uma despedida — digo. — Vamos ficar por mais alguns dias.

— E me aguente, porque vou te visitar em Hollywood quando vocês forem embora — diz Ava. — Quero que você me leve até Teerãngeles, e também naquele lugar onde a Marilyn Monroe deixou as pegadas dela, e eu adoraria se pudesse me apresentar ao meu futuro marido, Sam Asghari.

Siamak ri.

— Só você mesmo para tentar roubar o homem da Britney Spears.

Ava aponta para Siamak.

— Ela é Britney *joon* agora. E eu não ligo de dividir. Adoro um poliamor.

Não consigo parar de sorrir enquanto observo os dois jogando conversa fora. Mas, quando o papo termina e chega a hora de deixar os dois irem, me dou conta de que, embora eu vá encontrar Ava depois, essa pode ser a última vez que vejo Siamak.

— Ava, tudo bem por você se eu me despedir do Siamak? Não sei se vamos nos ver de novo antes de eu ir embora.

— Manda ver — diz ela, sem sair do lugar.

Eu e Siamak rimos. Então, ele diz:

— Ava, acho que ele estava te pedindo para nos deixar a sós.

Ava balança a cabeça.

— Às vezes tem que desenhar para eu entender.

Ela entra no carro e coloca Britney para tocar, o que faz eu e Siamak abrirmos um sorriso.

Nós nos encaramos.

— Você está bem? — pergunto.

Ele assente.

— Acho que sim. Na real, sei lá. Vou precisar de um tempo para processar tudo o que aconteceu.

Quero me aproximar e abraçá-lo, mas não faço isso.

— Às vezes nem acredito que a gente tem a mesma idade. As coisas em que você tem que pensar... são tão diferentes das coisas em que eu tenho que pensar.

— Tudo é relativo. — Ele olha para Ava antes de perguntar: — Ela sabe? Sobre o nosso momento?

Balanço a cabeça.

— Eu não contei. Mas não é como se eu quisesse manter segredos dela. Pode contar, se você quiser.

— Nem tudo que não é dito é um segredo — fala ele. — Algumas coisas simplesmente só pertencem a quem viveu a experiência.

Penso nisso por um instante. Não sei ao certo a diferença entre guardar um segredo e honrar um momento particular. Talvez um dia eu descubra essa linha tênue que divide as duas coisas.

— Eu contei para o meu namorado. Ex-namorado — corrijo rapidamente.

De repente, o rosto dele perde a cor.

— Ai, não. Sinto muito. Espero que ele não tenha...

Me apresso para aliviar a culpa dele.

— A gente não terminou só por causa do beijo, relaxa. Já estava na hora de cada um seguir seu próprio caminho. Mas, além disso, eu queria te dizer que...

Ele chega mais perto, esperando.

— Bom, obrigado. — Olho bem no fundo dos olhos cheios de vida dele. — Sei que aquela festa, aquele beijo, pode ter sido só uma noite qualquer para você.

— Não foi — diz ele, com sinceridade.

— Que bom — digo, sorrindo. — Porque foi muito importante para mim. Te conhecer, ver sua arte, ouvir sobre a sua vida. — Faço uma pausa antes de completar: — E te beijar também.

— É, até que o beijo não foi nada mal — diz ele, com um sorriso sarcástico.

— Não foi mesmo. E ainda que a gente nunca mais se beije de novo, só queria que você soubesse o quanto abriu meus olhos para muita coisa. Sou grato de verdade por isso, e estou muito feliz agora que você está livre.

— Que bom, porque eu também vou querer que você me apresente para o meu futuro marido, Sam Asghari. — Quando estou prestes a soltar uma risada, ele se aproxima e me dá um selinho bem rápido. — Adeus, por enquanto, Moud *joon*. Nós sempre teremos Teerã.

A música pode ter impedido Ava de nos escutar, mas ela viu o selinho. Abaixa o vidro do carro e grita:

— Nossa, o que rolou?

— Não é da sua conta — diz Siamak enquanto se acomoda no banco do passageiro.

— As pessoas que eu amo são todas da minha conta, sempre — diz Ava. — É o meu jeitinho.

Siamak ri.

— Você é a melhor, Ava!

— Sim, ela é! — digo bem alto enquanto aceno para ela.

— Sim, eu sou! — grita ela enquanto pisa no acelerador e vai embora.

Quando volto para dentro de casa, baba e meu pai continuam discutindo sobre o protesto. Baba pede ao meu pai:

— Saeed *jan*, se você for mesmo para lá, tome cuidado. Fique na lateral. Deixe sua voz ser ouvida, mas não corra riscos desnecessários.

— Pode deixar que eu tomo conta dele — digo. — Porque eu vou junto.

— Nem pensar — diz meu pai. — Não é seguro para você.

Vou até o meu pai. Paro tão perto que chega a ser desconfortável.

— Pai, você quer ir. É importante para você.

— Nada é mais importante para mim do que a sua segurança.

Eu amo ouvir isso, mas respondo:

— Você me manteve seguro a vida inteira. Às vezes seu jeito de fazer isso era se escondendo de mim. E eu não quero mais que seja assim.

— Você não entende o que pode acontecer.

— Talvez eu não entenda mesmo, mas sei muito bem o que vai acontecer se a gente não for. Você vai se arrepender por não ter participado.

Estamos num impasse. Num sussurro bem baixinho, baba diz:

— A gente se arrepende do que deixamos de fazer, não do que fizemos.

Meu pai se vira para o pai dele, curioso:

— Como é, baba?

— Foi o que Zip me disse quando eu não tinha certeza se viria ou não para Teerã conhecer meu pai. — Ele olha para nós dois com certeza no olhar. — Vão. Vão por mim. Vão por todos aqueles que vieram antes de vocês e, especialmente, por aqueles que virão no futuro. Vão, mas fiquem em segurança. Eu imploro, por favor, fiquem em segurança.

Eu e meu pai saímos rumo às ruas. Caminhamos em direção ao som dos protestos. Mal consigo ouvir o celular do meu pai tocando por causa dos brados do povo.

*Morte ao Khameini! Morte à República Islâmica! O Líder Supremo vive como um Deus, nós vivemos na miséria!*

Meu pai atende o celular.

— Alô? — Ele para de andar. Congela feito uma estátua. — Shirin? Meu Deus. Shirin. É você. — Observo meu pai enquanto a escuta do outro lado da linha. — Estou com meu filho maravilhoso agora. E você? — Ele assente e sorri. — Shirin *joon*, posso te ligar quando estiver com mais tempo? Tenho tanta coisa para te contar. — Ele assente mais uma vez antes de dizer: — Até breve, então.

Ele desliga o celular, mas segura o aparelho por um momento, como se não acreditasse que ela estava do outro lado da linha.

— Pai?

Ele está hipnotizado.

— Pai, tá tudo bem? Ela está bem?

Ele sai do transe. Guarda o celular no bolso.

— Ela parece bem. Está morando em Londres. Talvez a gente possa visitá-la um dia.

— Eu adoraria — digo.

Ele começa a caminhar rumo aos gritos novamente. Eu o acompanho, andando ao seu lado.

Quando chegamos ao protesto, a multidão grita que a internet do país foi desligada porque o governo está com medo de a verdade vazar. Estou prestes a dar mais um passo rumo ao protesto quando meu pai coloca um braço protetor na minha frente.

— Não posso — diz ele. — Sei muito bem como isso termina. Com jovens perdendo a vida cedo demais. Não vou correr o risco de uma dessas vidas ser a sua.

Olho bem no fundo de seus olhos enquanto ele me puxa para trás, me afastando da multidão. De repente, a polícia aparece. Começam a imobilizar pessoas, dar tiros para o alto como alertas. Meu pai me protege com o braço.

— Eles desligaram mesmo a internet? — pergunto.

— Tenho certeza que sim. — Ele volta a olhar para o protesto antes de me guiar para longe. — Na minha época, era mais fácil controlar o que a população ouvia. Hoje, com a internet... Eles precisam se esforçar muito mais para abafar a comunicação.

Pego o celular e tento abrir um site, qualquer site. Nada. Abro a câmera do telefone e começo a filmar o protesto. Dou zoom nos policiais disparando armas, imobilizando pessoas inocentes.

Meu pai me puxa.

— Moud, o que está fazendo? Vamos logo!

— Peraí! — imploro. — Só mais um minuto.

Continuo filmando, tentando capturar o máximo de detalhes que consigo.

— Moud, já chega — ordena meu pai.


Eu e meu pai voltamos correndo para a segurança de uma casa que será demolida em uma semana e substituída por um arranha-céu. Mudança é a única constante da vida.

Enquanto os brados e tiros e vozes gritando por um mundo melhor vão ficando mais distantes, meu pai sussurra:

— *"Como posso saber qualquer coisa sobre o passado ou o futuro, quando a luz da pessoa amada brilha somente agora?"*

Olho bem no fundo dos olhos dele.

— Que lindo.

— Nunca se esqueça. — Ele põe o braço sobre os meus ombros e me leva para dentro de casa.

Corro até o telefone fixo e ligo para Shane. Cai na caixa postal. É madrugada lá.

— Shane, sou eu — digo. — Olha, vou te mandar um vídeo assim que eu conseguir. Publica na internet. Compartilha. Eles derrubaram a internet do país inteiro aqui. Precisamos que você espalhe a verdade. Use sua voz. É o que você faz de melhor.

Quando desligo, o som do tar do baba flutua sobre nós, substituindo com uma beleza atemporal o som da violência que acabamos de presenciar.

— Vamos lá avisar ao seu avô que estamos seguros — diz meu pai.

O braço do meu pai me envolve enquanto entramos no escritório do baba. Fecho os olhos. A cada passo, ficamos mais próximos da música. A melodia parece a luz do sol atravessando o nevoeiro que, por tanto tempo, cobriu a minha vida. Me aquece e ilumina a escuridão. Me faz lembrar que a luz brilha somente agora. E eu nunca mais vou esquecer.

# NOTA DO AUTOR

Certa vez meus filhos me perguntaram: "Qual foi o melhor dia da sua vida?". Acho que estavam esperando que eu descrevesse o dia em que eles nasceram, ou talvez o dia em que me casei. Mas, depois de pensar por um tempo, eu disse que o melhor dia da minha vida é hoje, porque ele carrega todos os dias que vieram antes. Este livro, de certa forma, nasceu daquela conversa, de querer entender a maneira como o meu presente, e o nosso presente coletivo, carrega o passado consigo.

Sempre fui obcecado pelo passado, nostálgico por um tempo que nunca vivi. Acho que sou assim porque, quando era jovem, boa parte da minha história foi escondida de mim. Meus pais, e muitos da geração deles, não falavam sobre o Irã, talvez na tentativa de proteger as gerações futuras das lembranças dolorosas. De forma similar, quando comecei a perceber que eu era gay, não sabia nada sobre a história queer. Com certeza não era ensinada nas escolas na minha época. Quando criança, eu tinha medo de procurar saber mais sobre minha história iraniana e queer. Sendo assim, minha obsessão pelo passado ganhou outras formas. Fiquei obcecado pela velha Hollywood. Me perdi no mundo fantasioso de Joan Crawford, Marlene Dietrich, Jean Harlow, Rita Hayworth, Marilyn Monroe, Judy Garland e muitas outras. A primeira versão deste livro não era sobre Moud, Saeed e Bobby. Era sobre uma jovem construindo um nome na velha Hollywood. Essa história me guiou para uma diferente, um conto muito mais pessoal. De certa forma, o processo de escrita deste livro se assemelha muito ao processo da minha vida. O que começou como um escapismo através da ficção terminou comigo tendo que encarar a realidade da minha história e identidade. Criar arte sempre foi um dos verdadeiros presentes da minha vida. Foi a ferramenta que eu precisava para juntar as histórias que foram escondidas de mim e, ao fazer isso, me tornar um ser completo.

Este livro é, entre muitas outras coisas, sobre a resiliência do espírito humano. Em particular, o espírito de pessoas iranianas e pessoas queer que são iranianas. O ex-presidente do Irã, durante uma visita aos Estados Unidos, ficou conhecido por dizer: "No Irã nós não temos homossexuais como no país de vocês. No Irã não temos esse fenômeno". Esse comentário me enfurece até hoje. Através de familiares e amigos que moram no Irã, conheço muitos iranianos queer que vivem lá, embora precisem esconder sua sexualidade do governo. Talvez seja isso o que mais me entristece nessas palavras. Elas me lembram de como, por muito tempo, me senti invisível na minha casa e na minha comunidade quando era mais novo. E me lembram de quantas pessoas, especialmente pessoas queer com identidades interseccionadas, se sentem visíveis *até demais* em certos espaços, e invisíveis em outros. Ainda assim, de alguma forma, construímos uma comunidade que não para de crescer.

Este livro também é uma homenagem aos laços familiares e ao poder de perdoar quem amamos e a nós mesmos. Se tem uma coisa que eu amo na cultura persa é o jeito como a família é valorizada. Na época em que eu batalhava com as dificuldades da minha família e da minha cultura em aceitar minha sexualidade, muitos estadunidenses que eu conhecia transformavam minha família e a comunidade iraniana nos grandes vilões da história. Eles falavam a língua do norte-americano empoderado, que diz que, se alguém não nos aceita como somos, devemos excluí-los completamente da nossa vida. Eu falo a língua das famílias imigrantes, que me ensinou que a lealdade familiar vem antes de qualquer coisa. Minha família e minha cultura podem até ter tido dificuldades comigo, e eu tive dificuldade com eles, mas nós nunca demos as costas uns para os outros. E eu sou muito grato por isso, porque agora tenho uma família que me aceita e uma comunidade vibrante e em constante mudança, que me dá ouvidos. Nunca fomos perfeitos, mas sempre estivemos lado a lado, e sempre nos perdoamos.

Isso não quer dizer que devemos manter nossos familiares por perto se eles ameaçam nossa segurança. Nem mesmo que todos nós temos a opção de curar as feridas da nossa família. Muitos laços de família são quebrados por abusos físicos e emocionais. Muitos membros da nossa comunidade queer não se assumem porque temem pela própria segurança. Ninguém deve se assumir sem se sentir seguro.

Espero que aqueles que se comoveram com este livro se inspirem a cavar o próprio passado e descobrir suas histórias invisíveis. Talvez, ao iluminar todas essas histórias que já foram invisíveis, possamos honrar aqueles que pavimentaram nosso caminho ao transformar o mundo num lugar de empatia, perdão e compreensão, um lugar onde cada dia carrega o espírito de ontem consigo. Porque tudo o que nós temos é o agora, e devemos isso àqueles que lutaram para que ele fosse o mais lindo possível.

# AGRADECIMENTOS

Sou profundamente grato às pessoas iranianas que estão, atualmente, lutando por um Irã livre. Enquanto escrevo estes agradecimentos, iranianos já passam de cem dias protestando contra o regime brutal que os oprime. A fagulha inicial desses protestos foi Jing Mahsa Amini, mas o movimento inclusivo liderado por mulheres também tem colocado em evidência a diversidade étnica e religiosa do Irã. Todo iraniano possui uma história única. Como um dos membros da diáspora que muitas vezes não sabe como honrar a bravura de nossos companheiros iranianos, sempre ouço este conselho: seja nossa voz. Espero que este livro faça isso, mas é apenas uma história. Este livro não representa todos os iranianos, e eu espero que quem se comoveu com ele comece a buscar mais arte iraniana de vozes diversas, e procure saber mais sobre a história da intervenção ocidental no Irã e em outras regiões. Agradecimentos não são apenas sobre gratidão. São sobre reconhecer a existência e, se queremos um futuro melhor, precisamos reconhecer os erros do passado. Para todos os iranianos queer, e todas as pessoas queer que cresceram em culturas que ainda não estão prontas para enxergar e celebrar a sua existência, vocês não estão sozinhos. Nossa comunidade é global.

Alessandra Balzer tem me ajudado a ser minha própria voz. Durante o processo de escrita de quatro livros, ela tem me guiado cada vez mais fundo para dentro do meu coração. Sou grato por ter uma curandeira literária como editora. Muito obrigado ao time Balzer + Bray/HarperCollins: Caitlin Johnson, Michael D'Angelo, John Sellers, Erin DeSalvatore, Mark Rifkin, Andrea Pappenheimer, Kathy Faber, Kerry Moynagh, Patty Rosati, Mimi Rankin e Almeda Beynon. A direção de arte da capa deste livro foi feita por Alison Donalty e o design é de Julia Feingold. A ilustração é de Safiya Zerrougui. Estou obcecado pelo que vocês criaram.

John Cusick da Folio Jr. possui a honestidade, a generosidade e a tenacidade que o tornam um grande agente. Obrigado, John, e todo o time da Folio, especialmente Madeline Shellhouse, por trabalharem para que este livro fosse publicado ao redor do mundo. Como um poliglota que já viveu em muitos países, quero que meus livros viajem e não possuam fronteiras.

Este livro é uma homenagem à minha família, e criá-lo foi um caso de família real. Minha prima Lila e minha tia Azar me guiaram pelas pesquisas com muita generosidade. Eu não conseguiria escrever uma história autêntica se não fosse por elas. A prima da minha mãe, Mandy Vahabzadeh, tirou minha foto de autor. Mandy me mostrou, desde muito cedo, que ser um artista iraniano era algo possível. Sou eternamente grato por isso. Amo todo mundo na minha família vibrante que odeia alho e ama a vida. Al, Maryam, Luis, Dara, Ninzzz, Mehrdad, Vida, John, Moh, Brooke, Youssef, Shahla, Hushang, Azar, Djahanshah, Parinaz, Parker, Delilah, Rafa, Santi, Tomio, Kaveh, Jude, Susan, Kathy, Zu, Paul, Jamie, e todos os Aubrys e Kamals. Aos meus pais, Lili e Jahangir, e a todos os imigrantes que deixaram seus países e se esforçaram para criar uma nova vida para sua família, sou fascinado pela beleza resiliente do seu coração.

Mitchell Waters, Brant Rose e Toochis Rose: vocês foram cruciais na minha jornada como escritor. Um muitíssimo obrigado a quatro autores sensacionais que tiraram um tempo para ler este livro e dar seus selos de aprovação: Arvin Ahmadi, Firoozeh Dumas, Jason Jone e Julie Murphy. Se sentir parte de uma comunidade durante o trabalho solitário de escrever um livro significa muito para mim. A todos os leitores que têm me apoiado: eu vejo e celebro vocês. Brasileiros, vocês me enxergaram como um contador de história de uma forma que eu jamais poderia ter sonhado. Obrigado, fofos*.

Tenho muitos amigos que me fazem seguir em frente. Agradecer a todos eles transformaria isso aqui nos agradecimentos mais longos de todos os tempos. De Choate a Columbia, de salas de roteiro aos sets, se nós compartilhamos risadas, lágrimas, parcerias criativas ou uma pista de dança: muito obrigado. Por me manterem firme nos anos esquisitos em que este livro foi escrito, gostaria de agradecer a Lauren Ambrose, Mojean Aria, Tom Collins, Jazz Elia, Jennifer Elia, Susanna Fogel, Lauren Frances, Ted Huffman, Mandy Kaplan, Ronit Kirchman, Erica Kraus, Erin Lanahan, Joel Michaely, Busy Philipps, Melanie Samarasinghe, Sarah Shetter, Jeremy Tamanini, James Teel, Serena Torrey, Lauren Wimmer e Nora Zehetner.

Jonathon Aubry, tenho tanta sorte de ser seu marido. Nunca imaginei uma vida tão abundante e linda como a nossa. Você me mantém firme no chão e me deixa voar, uma combinação mágica. Te amo cada dia mais. Toujours L'amour, meu parceiro para a vida toda.

Evie e Rumi, tudo o que eu faço é para vocês, só para vocês. Vocês são meu coração, minha vida, meu orgulho, minha alegria, a resposta para todas as perguntas que já fiz. Ver vocês crescendo cada vez mais lindos e únicos é o maior presente que já recebi na vida. Poderia escrever um milhão de livros e dedicar todos eles a vocês dois e, ainda assim, não conseguiria dar conta de toda a inspiração que vocês me dão e tudo o que eu gostaria de dizer aos dois. Os momentos mais lindos são aqueles que eu compartilho com cada um de vocês.

Espero e oro para que, quando este livro chegar nas suas mãos, a população iraniana tenha a liberdade e os direitos humanos que ela — e todo mundo — merece. Zan Zendegi Azadi.

— *Abdi Nazemian, 1 de janeiro de 2023, Los Angeles, Califórnia.*

---

* Na versão original da obra, o autor se dirigiu diretamente aos leitores brasileiros em português: "Brasileiros, você me fez sentir visto como um contador de histórias de uma forma que eu nunca poderia ter sonhado. Obrigado fofos." (N.E.)

Este livro foi impresso pela Vozes,
em 2023, para a HarperCollins Brasil.
O papel do miolo é avena $70g/m^2$,
e o da capa é cartão $250g/m^2$.